朝着鲜花去

# 人民日报2024年散文精选

人民日报文艺部 / 主编

人民日报出版社

·北京·

**图书在版编目（CIP）数据**

朝着鲜花去：人民日报 2024 年散文精选 / 人民日报
文艺部主编 . -- 北京 : 人民日报出版社 , 2025. 2.
ISBN 978-7-5115-8668-1

Ⅰ . I267

中国国家版本馆 CIP 数据核字第 202563QT37 号

书　　名：朝着鲜花去：人民日报 2024 年散文精选
　　　　　CHAOZHE XIANHUA QU: RENMIN RIBAO 2024 NIAN SANWEN JINGXUAN
主　　编：人民日报文艺部

出 版 人：刘华新
责任编辑：毕春月　刘思捷
封面设计：金　刚
封面手绘：孙小良

出版发行：人民日报出版社
社　　址：北京金台西路 2 号
邮政编码：100733
发行热线：（010）65369527　65369846　65369509　65369512
邮购热线：（010）65363531　65363527
编辑热线：（010）65369521
网　　址：www.peopledailypress.com
经　　销：新华书店
印　　刷：北京盛通印刷股份有限公司
法律顾问：北京科宇律师事务所　（010）83622312

开　　本：880mm×1230mm　1/32
字　　数：312 千字
印　　张：12.125
版次印次：2025 年 2 月第 1 版　　2025 年 2 月第 1 次印刷

书　　号：ISBN 978-7-5115-8668-1
定　　价：58.00 元

如有印装质量问题，请与本社调换，电话：（010）65369463

# 目　录

## 文　思

# 我与一座城

# 风　物

# 漫　笔

# 文　思

书中觅清凉

平淡之中
有真味

持之以恒探究
的境界

武术教会我耐心
与坚定

......

渔光新曲

与《洛神赋图》
的相遇

# 生活就是一个大课堂

李雪健

年轻的朋友来问：你如何成了演员李雪健？

我走的路不平坦，有过不少坎坷。当过工人，当过兵，当过好几年业余演员，专业演员是从匪兵甲、乙演起。这20年，又得了两场大病，去鬼门关走了两遭。看到观众喜欢我的作品，比我还高兴的是我的医生们，我也是他们的作品。

我又是一个幸运儿，我的今天来之不易。我对"演员"这个名号很珍惜，用角色跟观众交朋友，这辈子没有白活。既然活下来了，就要活得更有意思，接着演，把精气神都在角色上抖落。

一

一个人的成长，总离不开时代，和他所经历的生活。我生于20世纪50年代，童年在山东菏泽巨野县田庄公社度过。在农村，我接触到的都是普普通通的百姓。有一些人，我始终忘不了。

那是打麦时节，我挥着鞭子，跟着羊倌学放羊。忽然，乌云翻滚，紧接着就是大雨滂沱。哪一条是回家的路？我和羊倌有了分歧。我走上另外一条路，天越来越黑，怎么也找不到家。我迷路了，在一棵大树下躲雨。

忽然，一双大手把我从树底下拉了出来，是一位慈祥的老大爷。他把我带到打麦场的家，让我进屋避雨、晾衣服。那一夜，我高烧不退，老大爷一夜没睡，照看这个不知从哪里来的迷路的孩子。

天亮了，耳边响起一阵熟悉的自行车铃声。我爹挨家挨户找来了。我爹对老大爷千恩万谢，我心里奇怪：他压根不认识我，为啥对我这么好？

我爹说：人要行善。成年后，我有了最喜欢的四字格言：好有好报。

11岁那年，我爹接到调令。我们举家南下，横穿大半个中国，到了贵州凯里。因为会山东柳琴戏、山东快板、山东快书，我进了学校宣传队。在凯里乡下的"三月三"，我学会了唱山歌。

走上社会的第一份工作是在凯里的国营210厂当车工，也在工厂宣传队唱歌、跳群舞、唱京剧。那时候，我的偶像是北影厂的安震江，不是陈强。因为安震江演的都是小反派，我知道自己的条件够不着大反派。

1973年入伍，我到了云南山沟里二炮的一个基地。半年是工程兵，跟大伙儿一起打山洞、挖坑道；半年在业余宣传队，给大伙儿演部队的生活。

一次，昆明军区杂技队到我们那里演出。连队没有舞台，大伙儿用石头、木头架起了野台子，我们业余宣传队就在一边帮忙搬东西、做服务。一位老大姐演《高台定车》。突然来了一阵山风，啪，老大姐连人带车掉下来了。我们赶紧把她扶到侧台，她连着吐了两口血，又上台了。

演完了，好几百人目送她走到车上，鸦雀无声。车子开动，战士们掌声雷动，一直到车子开远，再也看不见。

说她是老大姐，也不过二十五六岁。那次之后，只要有机会路过昆明，我都要到杂技队的大门口去看一看。明知道见不着，但不去，心里就过不去。在门口转一转，也是一种寄托。我成了她的粉丝。

什么是艺术？人们需要什么样的艺术？艺术与人生有什么关系？我在懵懵懂懂中开始思考。

因为敬仰，我演了赵树理。赵树理与别的作家不同，他是文人，又是一个地道的农民；他不是下乡体验生活，而是长年住在乡下；他不是为了寻找题材而去到生活里，而是从日常生活中提出问题。他曾经为了提高老乡们的文化水平，鼓舞他们参加革命，念作家的文章给老乡们听。没多久，老乡们都跑了。为啥？听不懂。之后，他长期在乡下，去了解百姓们想什么、需要什么。这才有了《小二黑结婚》《李有才板话》。

艺术源于生活又高于生活。对职业演员来说，生活就是一个大课堂。生活几乎不可能是一条笔直大道，贫瘠也是财富，坑坑洼洼、曲折崎岖也是命运的赠予。哪怕是苦涩味的赠予，也能酿造甜蜜丰硕的艺术果实。

## 二

做什么样的演员，演什么样的戏，前辈们给我很多影响。李大钊、宋大成、焦裕禄、杨善洲、甘祖昌……我跟作品里的每一个人物交过心，他们也给我带来心灵的洗涤。

电影《焦裕禄》引起轰动，我始料未及。拍《焦裕禄》时，改革开放10年了，国民经济发展很快，各种思潮冲击我们的传统价值观念。揣着各个年代关于焦裕禄的书，我登上了南去的列车，我想知道，焦裕禄只在兰考待了一年多，老百姓为啥对他念念不忘？

有天晚上，在兰考拍焦裕禄带领县委一班人察看逃荒灾民的一场戏。我走进人群，一位大娘突然大喊："焦书记来啦！"抽泣声、呜咽声响了起来。一位老大爷拉着我的手，说："老焦啊，如今俺们不愁吃、不愁穿，你，有钱花吗？"

我和导演再也忍不住了，拍摄也不得不暂停。

焦裕禄病重，在大家的一再催促下，决定去住院，他要和36万兰考人民告别了。拍这场戏时，导演喊了一声："焦书记要走了，大家送送他。"乡亲们就涌上来了。鸡蛋、红枣、干粮，大家把自家的篮子装得满满。这场戏拍完，剧组要付给一位大娘酬金。大娘拒绝了，转身离去时，说了一句："为焦书记做点事，还要钱，那成什么啦！"

老百姓为啥对焦裕禄念念不忘？大家为啥喜欢《焦裕禄》这部电影？因为焦书记留下的是精神。

鲁迅先生说："惟有民魂是值得宝贵的，惟有他发扬起来，中国才有真进步。"我希望，塑造出一个个有民族魂的人物。

在电影《横空出世》里，我演冯石将军。那年是新中国成立50周年，我们想为祖国母亲的生日献点什么。40多摄氏度的高温，大伙儿穿着棉袄，不用化妆嘴唇就是裂的，抓起一把把沙子往脸上扬……我们不觉得苦，心里沸腾着。"横空出世"一声震天怒吼，中国人的腰杆子更直了。如果说，冯石将军他们的付出是一百，他们得到的回报只是一，太不成比例。他们的身上，有坚硬的民族精神。

我在《流浪地球2》里演了外交人员周喆直。郭帆导演找到我，给我看了剧本，还给了我两大摞资料，里面写了30年后关于科技的各种可能。郭帆导演说，这个人是30年后，中国在世界上的一个代言人。

电影里，为了解决月球危机，给后续流浪地球计划提供足够助力，需要将地球上的全部核武器运到月球引爆。面对绝望和放弃，周喆直发出"点火"的命令。"危难当前，唯有责任"，这是中国人的担当。

《封神榜》的故事，我在童年就听过。小时候，在路边小书摊，一分钱看两本连环画，我最喜欢的是《岳飞传》《杨家将》《三国演义》《西游记》《水浒传》《封神榜》。在《封神第一部：朝歌风云》里，我演了西伯侯姬昌。这个人物身上体现了一个"忍"字。他的国家很小，人口也不多，他想改变穷人的生活，让自己的国家变得越来越强大。为了和平、团结，他选择了忍，忍常人难以忍受之忍，是为大勇。这也是我们民族性格里的一种。

"铁肩担道义，妙手著文章。"作家用文字，音乐家用音符，歌唱家用声乐，我们演员用的是表演。我们从事的不是一般职业，表现好了是艺术家，再表现好了是心灵工程师。对演员这个职业，光热爱还不够，要敬重。角色面前，不应该计较个人得失，不论主角还是龙套，刻画人物都不能满足于"像"，要追求"是"。把自己融化在人物里，是我的追求，我的职责。

三

演员跟着角色沾光，观众往往把对角色的感情寄托在演员身上。演《渴望》《焦裕禄》那一年，我突然"火"了。很多熟悉的、陌生的观众给我写信，一拨拨记者到我家里。我上火，急到牙疼，到北京朝阳医院、灯市口医院拔掉了三颗牙。

一个角色的成功不是某个人决定的，它是集体的创作，也有观众的捧场。我的作品有许多不足的地方，但它们在某种程度上和观众的感情产生了共鸣，这些不足，观众就原谅了，光念了演员的好。观众给予的太多了，我告诉自己要清醒。

因为姬昌这个角色，2023年的"金鸡奖"授予我"最佳男配角"。距离上一次拿到"金鸡"，隔了30多年。后台采访时，记者问我的心情。我脱口而出："我愿意为电影'玩命'。"艺术是演员职业的命根子，这个荣誉，是评价我还是一个能为人民服务的老演员。我快乐，感觉前景无限。

我喜欢一句话："日日是好日。"意思是，不管人生遭遇如何，都把每一天当作好日子来过。养病期间，我有了写字画画的爱好，起了"逗能李"这个笔名。在表演这件事情上，我愿意"逗能"，不"玩命"感觉对不起观众，对不起大家的期待。

参加完"金鸡奖"，我悄悄去了趟福建东山县，那里是谷文昌工作过的地方。我想看看，为什么当地老百姓逢年过节是"先祭谷公，再拜祖宗"；我还想知道，他是怎样一个不追求轰轰烈烈的"显迹"，而是默默无闻奉献的人。演了焦裕禄、杨善洲，我还想演谷文昌，完成我的"县委书记三部曲"。可惜，年纪大了，演不了了，只能"梦中圆梦"。

到了我这个岁数，常常想的是：人，来到这个世界是偶然的，离开是必然的。从不懂事到懂事，到有职业去做事，你留下些什么，你要带走什么？

我想，留下一个好名声。好名声，是一辈子的表现。我想，把人生的遗憾带走。

认认真真演戏，清清白白做人。

任姗姗采访整理，《人民日报》2024年1月8日第20版

# 散文的门槛

罗伟章

我喜欢散文。我在散文里寻找低调的声音。读，是跟朋友说话，哪怕这人在千年之远，在万里之遥；写，既是跟朋友说话，也是跟自己说话。我们的散文概念，像杂货铺，像储藏室，其他文体不能涵盖的，都往里塞。我们的散文美学，主张真情实感。你的起居坐卧，吃喝拉撒，走亲访友，书信往来，日记随感……总之，你的日常，你的白天黑夜，你的五官、体肤和心，都被生活浸泡着，一旦为文，就是散文。对小说家来说，去纷繁复杂的人世搏击一番，回到家里，换上拖鞋，沏杯浓茶，坐在躺椅上闭目养神，也就由小说变成了散文。

可恰恰在这个时候，我们看到了当下散文存在的问题。不是每一种真情、每一种实感，都值得去书写，鲁迅所谓"选材要严，开掘要深"，既适合小说，也适合散文。从现实考量，或许更适合散文些。前些天，我去福建师范大学和厦门大学开会，从事散文研究的专家有一个共同感叹：散文的门槛太低。是说，某些散文作者，几乎没有为文的讲究。买个菜写一篇，散个步写一篇，会个朋友写一篇。这些不是不能写，而是，既然是文学，文学所要肯定的价值，所要张扬的意义，总是需要的。如果没有这些，散则散矣，却不能称"文"。

曾经有好几年时间，我订了一种文学刊物，后来不再订了，是因为那刊物常常大篇幅地登载老作家们的书信往来。都是：寄来的书收到了，我正校对旧日文稿，你的血压降下来没有，我孙子考上了博士……落款要么是在国外某地，要么是"于病中"。这些资料性文字，对他们的传记作者或许有用，但对普通读者，既不能共情，也不能获取一星半点的智慧之光，订阅费钱不说，还浪费时间。

散文能不能虚构，曾作为一个话题供大家讨论。"情"不能，"感"可以。文学的"实感"，不止于经验。比如，范仲淹写《岳阳楼记》，写的不是实感，是心象。既是心象，为什么不能虚构？而既是心象，又怎么能够虚构？孙悟空完全变个模样，非但出言不逊，还出手打伤师父，这不是虚构，而是锐利地潜入人性深处。当然这是小说，小说可以曲笔，可以铺展出正大光明的隐私，散文则没有这种方便。它一开始就把创作者逼到墙角，射灯照过来，让你坦陈内心。

杰出的散文作家，不是别人逼他，是他自己逼自己。他坐在屋子里，孤独地面对自己。射灯是没有的，如果有，也不是来自外部，而是来自他的内心。他把自己照亮，让自己成为光，然后再去照亮别人，照亮远方。照亮自己是首要的，也是艰难的，他必须凝视自己的人生，看见尘埃和水垢，并耐心地打扫和清洗。在这样的过程中，他有一些喜悦，也有一些沮丧。喜悦的是，自己变得洁净了；沮丧的是，变得洁净之后，自己是如此渺小，如此微不足道。而看见这些，意义就已经诞生。这不仅是情，还是自我审视之后的智。我们由此会发现，情到深处，本身就是智；智到深处，本身也是情。

前面我说，我在散文里寻找低调的声音，这意思并非排斥激情飞扬的散文。在我的阅读库里，单就散文论，不少都是激情飞扬的。然而我照样觉得它们是低调的。作家的气质，作家的才识，作家的胸襟，作家的洞察能力和语言能力，特别是作家自觉的自我审视，都会生成文字的宽度和厚度，让人情动于中，思沉于内。在这点上，散文和小说几乎没有区别。

《人民日报》2024年1月10日第20版

# 读书有味聊忘老

肖复兴

近读《剑南诗稿》，是后几卷，发现关于读书的诗颇多，都是放翁七八十岁所作。晚年得闲，读读古书，消遣时日，是很不错的选择。可是，放翁晚年，贫病交加，老态纵横，他却说："老去无他嗜，书中有独欣""岂知鹤发残年叟，犹读蝇头细字书"。

面对年迈多病，他不止一次如是说。

"一齿屡摇犹决肉，双眸虽涩尚耽书。"眼花了，牙快要掉了，依然还是要读书。他还说过："鬓毛焦秃齿牙疏，老病灯前未废书。"意思一样。

"蠹简幸存随意读，蜗庐虽小著身宽。"放翁给他的蜗庐起名叫"龟堂"，其窄小蜷缩之意，不言自明。但只要有书读，再小也显得宽敞了。

"柴荆终日无来客，赖有陶诗伴日长。"柴荆，是柴门、蓬门，和蜗庐、龟堂相配，却并非"蓬门今始为君开"，而是门可罗雀。但是，有书读，就可以了。所以，他说："一卷旧书开蠹简，半升浊酒倒余瓶。"再有一点浊酒，就更惬意了。

放翁愿意闭门读书，他说："春寒例谢常来客，老病犹贪未见书。"看他孤独读书，并不寂寞，且有好处："掩关也有消愁处，一卷骚经醉后看。"掩关闭户之后，读书是最好的消闲和安慰。读书就是一个人的事，无须如办晚会那么热闹。

"架上有书吾已矣，甑中无饭亦陶然。"饿肚子了，有书读就行。

放翁还有这样一联诗："贷米未回愁灶冷，读书有课待窗明。"如今，我们的读书人，可曾还有这般借粮为炊的日子吗？却尚能拥有如此彻夜读书的情景吗？

这样读书至天明的情景，对于放翁并非偶然的兴之所至。"孤灯对细字，坚坐常夜半""眼花耳热睡至夜，吹火起读残编书""浮生又一日，开卷就窗光"……这样的诗句很多，是放翁晚年夜读的自画像。

读书丰富他的内心，增强精神的抗体，依此抵抗着自身的老病孤独和贫寒。"蠹书一卷作老伴，麦饭半盂支日长""卷里圣贤能觌面，人间富贵实浮云""贫贱终身志不移，闭关涵泳赖书诗"……

你说他阿Q也好，是自得其乐也罢，他就是这样，总是一个劲在说："我读残编食忘味，朱弦三叹有遗音""读书有味聊忘老，赋禄无多亦代耕"。

我很喜欢这两联诗，一个是"忘味"，一个是"有味"，都是读书带给他的感受和感觉。前面的"忘味"，忘记的是吃的味，实际上，和后面的"有味"，是一个意思的两种表达，在物质与精神之间的选择和抗衡，反复咏叹他的读书乐和价值观。味之有无，在于书的有无之间。

当然，他是读书人，读书是一生的习惯和本分。不过，如他一样如此年迈命衰，肚饥身寒，依然如此钟情于书并非旨在功利的人，包括如今的读书人在内，并不多见。我们常会在"忘味"和"有味"之间徘徊，甚至将其位置颠倒。

放翁如此钟情读书，并非只是沉浸书中，如在桃花源里一样闲情避世。他写过一首《读史》。"万里关河归梦想，千年王霸等棋枰。人间只有躬耕是，路过桑村最眼明。"可见，放翁读书针对的是现实，关注的是万里关河以及眼前的人间桑村。

他还有一联诗："万事到前心尽懒，一编相向眼偏明。"说的意思一样，读书为的是观万事而眼明心亮，而不受欺，不对生活与现实心灰意懒。

在《剑南诗稿》里，还见到放翁写教孩子读书、和孩子一起读书的诗。这是很有意思的，是对传统的"忠厚传家久，诗书继世长"的一种演绎，用他的话是"传家产业遗书富"。

于是，他一再对自己的孩子说："数编鲁壁家传学，一盏吴僧夜讲灯""读书习气扫未尽，灯前简牍纷朱黄"。之所以这样做，他说得很清楚："世衰道散吁可悲，我老欲学无硕师。父子共读忘朝饥，此生有尽志不移。"他写过一首《睡觉闻儿子读书》，其中说："且要沉酣向文史，未须辛苦慕功名。"明确告诫儿子，读书的目的是面对现实，并非为了功名利禄。读书，总是通向现实的一条通道。

所以，看到孩子们读书"常至夜分"，他说："弦诵更阑解我忧""如听箫韶奏九成"。他期待："但令学业无中绝，秀出安知有后来。"和孩子一起读书，是他最快乐的事情："不须饮酒径自醉，取书相和声琅琅""更喜论文有儿子，夜窗相对短檠灯"。

晚年独处山阴的放翁，读书也有苦恼，便是壮志未酬和缺少知音。他不止一次感喟："跨马难酬四方志，耽书空尽百年身""读书浪苦只取笑，识字虽多谁与论"。

"岂无案上书，可与共寂寞！"到底，他还是这样说，是安慰，也是自励。

"少年曾纵千场醉，老境惟存一束书。"这就够了。这就是晚年的放翁。

# 富春山水长卷

胡竹峰

　　船轻轻离岸，斜斜向江心驶去。桌子上有橘子、青枣、云片糕，一杯雪水云绿茶。桐庐郡多山，春山半是茶，无端觉得眼前山中遍地茶园。有一年3月来富春江，阳光下，隔水仿佛能听见茶树发芽生长的声音。眼前景象似曾相识，是黄公望的《富春山居图》。

　　本为江南贫寒人家的陆坚过继到温州黄氏，街坊都说黄公望子久矣，于是改名黄公望，字子久。黄氏专门请人教其诗词歌赋笔墨丹青。

　　成年后，黄公望终日奔走邯郸道上，偶然与赵孟𫖯相识，得到些赵家道法。多年经营，不过区区小吏，却因上司"贪刻用事"引发民乱，黄公望被牵连入狱。出狱后，功名心淡了，隐逸气多了，索性躲进山水自然，躲进笔墨丹青。

　　那时候黄公望喜欢在荒山乱石丛木中闲逛，意态忽忽，人不知其所作所为。又经常在入海处，看激流轰浪，风雨骤至亦不归也。兴致大好时，月夜下乘一叶孤舟，出门绕山而行，船尾以长绳系一串酒瓶，且饮且行，趁醉而行。有一次牵绳取瓶，绳断而酒瓶早已坠入水中，黄公望不禁拊掌大笑，声震山谷，岸边有人看见了以为天神下凡。隐居虞山时，月色皎然，黄公望最好携酒坐湖边桥头独饮，且饮且吟，日积月累，桥边酒瓶成堆，过路人见了，每每咋舌惊讶。后来，他又在松江、杭州等地卖卜为生。步入老境后，身心都归于富春山水，不离不弃，独得安宁。

　　晚年最好静，相交方外人。八十岁时，应"无用师"郑樗之邀，黄公望起意作《富春山居图》，历时多年方成长卷，其中多少人情，多少心血。明代成化年间，图卷传至沈周手里，其故人之子心生歹念，将画偷偷卖掉。沈周捶胸顿足大哭，念念不忘，硬是凭着记忆，意临一幅安慰失落之心。几度辗转，多少年，《富春山居图》如石沉大海，再也不见踪迹。万历时，董其昌购得此图，转手给了别人。清代顺治年间，此画传到吴门吴洪裕手里，吴家建"富春轩"珍藏《富春山居图》，赏画时，只身室内，门窗紧闭。吴洪裕痴迷太深，临死前想携得宝物殉葬，将《富春山居图》投入火盆，方才闭目而逝。其侄吴子文慌忙抢出画卷，祝融无情，长卷断为两截，分离成《剩山图》和《无用师卷》。早有天机也是天意，幸亏先前有沈周的临本，竟意外保存了黄公望原图全貌之大概。

近百年后，《无用师卷》入得乾隆手中，《剩山图》则在民间蛰伏两百多个春秋，民国时期方才露面。

十年前的那个雨天，我在江南，看《剩山图》。一座顶天立地的浑厚大山，左侧斜坡缓缓，林木错落，点缀数处茅庐，不见人影。此后，有幸几回亲睹真迹，看得人心情跌宕又跌宕。有人说可怜半卷，因为是半卷，读来心头怅惘，如此神物隔海遥望那另一卷《无用师卷》。《无用师卷》我也见过真迹，入眼浩荡。画卷像一片阴郁的云，从东边到西山，在天际蜿蜒着，奔跃着，腾挪着，安静着，舒卷着……

来桐庐多次，来富春江多次。一次次富春山居，是赴一场山水的邀约，是赴一场文学邀约，也是奔赴一场丹青邀约，亲近真实不虚的《富春山居图》。看《千里江山图》，看的是金碧辉煌；看《富春山居图》，看的是萧瑟淡漠。王希孟精力弥满，生气勃勃——宋人笔下的山水当然好，典雅、富贵、齐整、细腻、斯文……黄公望站在宋画气韵里，贯通古今，融会自我，于是笔下的山多了私语，水多了纯净，云多了层次，树多了生气，人多了潇洒。

潇洒桐庐郡，除了春山半是茶，还有山霭、竹泉、画楼、清潭、钓台……范仲淹《萧洒桐庐郡十绝》，都被黄公望画进纸本。顽山、拙山、丑山、怪山、灵山、巧山、秀山、奇山，顽水、拙水、丑水、怪水、灵水、巧水、秀水、奇水，安妥氤氲在白纸墨色里，时间过去，白而苍茫，墨色清新。每每面对着原作，几百年前的灵气犹在，神气活现，四周顿时安静了。俯下身子，仿佛和当年作画人身影重叠。

《富春山居图》原画长近三丈，焚烧之后，剩两丈有余。一幅长卷，几十节山水故事。《剩山图》上浑厚大山顶天立地，白雾迷蒙，峰峦浑圆。山脉徐徐转折，可惜进入《无用师卷》时，烧掉一截。从沈周的意临之作里可知大概，还是树木、土坡、房屋以及层峦环抱的山野人家。

进入《无用师卷》，有柳暗花明又一村的喜悦。几户人家依山傍水，山不高而秀，树木掩映，村落宁静。走过柳树、走过古松，枝叶到底有些萧瑟了，山体兀自雄浑。自此行行复行行，山水迥异，烟树仿佛。一直走到江湾处，至此江面开阔，唯有江水，唯有云雾，然后空蒙蒙化作纸色的苍茫。

那些山，各自面目各有韵味，有的鸣凤在竹，有的虎踞熊蹲，有的豹隐南山，有的倒碗覆盂，有的银蛇绕树，有的黑龙奔腾……那些水，各自面目各有韵味，一时洪波涌起，一时波澜不惊，一时水天相接，一时盈盈一掬，一时浩浩荡荡……

山水坚贞，有所不从；山水挺拔，有所不屈；山水宁静，有所不言；山水高妙，有所不与；山水隐逸，有所不争；山水淡远，有所不为；山水磊落，有所不图；山水光明，有所不屑；山水仁厚，有所不让；山水快意，有所不藏；山水自在，有所不羁。师法山水，不如山水为伴；山水为伴，暂借山水为梦。《富春山居图》是黄公望的大梦，江南大梦，梦里山水苍苍、山水茫茫。那是一介老翁用画笔在纸上追忆似水年华：

银鞍骏马江南梦，冷雨枯枝满院风；

纵笔凌云尤驰荡，富春山隐八旬翁。

走过《剩山图》的高峰巨峦，踏入《无用师卷》，依稀几个人影：山脚一人轻提木杖，独立桥头。另一山脚下，樵夫肩挑干柴走在山路上，纵情高歌，林木森森，与墨色人影一体。前方江面一叶扁舟，头戴蓑笠的男子悠然垂钓，左侧一书生闲坐草亭。书生左边，又见扁舟，又见钓鱼人。复前行，江宽风静，水波无痕，两叶小舟静静停泊其中，两个渔夫相向而坐，无心垂钓，默默然，似对谈，又好像各见风景。自此，一卷《富春山居图》渐入尾声，墨色开始淡了。山水一色，水天一色，似有似无，山侧桥上一人拄杖迤迤然入山，与独立桥头的那个人相向而行，遥相呼应。

山何其大，水何其广，相比之下，人如此微小，但优游自得，皆是林泉中人，那也是老画翁晚年心性吧。一心与山水为伴，我是山水，山水即我。那些年，富春山人经常可以看见一个老人背着行囊和画具，只见他走走停停，又见他东张西望，再见他临山而画。据说有一回黄公望到山中游荡，在岩石上欣赏景色，大雨倾盆，依旧不为所动，痴痴看着雨中的大山，直到雨停才离开，如此忘我。

《富春山居图》读得深了，入得忘我境地。内心被笔墨之水洗净，眼里只有山、水、亭、台、树、草、桥，平顺的、朴素的、简洁的、清逸的、正大的丹青之力、丹青之气萦绕胸怀。一轮秋月升起，照得肺腑剔透。

看画看的是笔墨线条构图，其中技艺，法眼观之。我看画，最重意，拙眼在乎山水之间也。江山如此多娇，倘或少了山水画，到底稍逊风骚。

　　山水画，似与不似之间笼罩一片朦胧一片大意，大意泠然，大意凌然，山水仿佛题外话。写生，形状，倘或不得法，跌入窠臼，等而下之了。看画，以会意第一，彼此会意，千年须臾昨天。

《人民日报》2024年1月27日第8版

# 在文字中仰望苍穹

陈慧

从2018年我的第一本散文集出版至今，我参加过大大小小数十场读书会。在这些读书会的现场，无一例外地会有读者问：你是如何成为一个"作家"的？

我能理解提问者的好奇，因为我是个专业"混"菜市场17年的小贩。当"作家"二字无巧不巧地糅合在我的身上，产生了两种效果。一种是感叹：哇！菜市场卖百货的三道贩子竟然出书了！一种是猜疑：咦？菜市场卖小百货的人还能出书？

说实话，"作家"的头衔于我这样随性地"混"在菜市场的人而言，并无太大意义。做小贩的收益支撑了我的生活，写文章的愉悦丰富了我的闲暇时光，二者的作用互为补充。我能用相对顺畅的文字记录身边平凡人的故事，还是源于儿时一些无意间堆积起来的阅读基础。

我的阅读始于童年。在江苏蔡家庄村，我的养父开了一间磨坊，磨坊里请了一个30岁出头的帮工，我叫他"石大大"。为了方便石大大休息，我爷爷把原先堆放杂物的西厢房腾了出来，给石大大搭了一张简易床。石大大个子不高，斯斯文文，蓝大褂子的口袋里常常揣着一本书。

厢房没有门，小孩子能随便进出，摆在枕头边的书很容易就落入了我的眼帘。记不清是哪一天拿到的第一本书、哪一本书，反正尝到了阅读的乐趣后，我就一头扎了进去。石大大的书不定期更换，有《故事会》《今古传奇》，也有《红楼梦》《聊斋志异》《七剑下天山》《天龙八部》……新新旧旧，五花八门。

20世纪80年代的苏中农村，小学生之间流行的多是小人书，我能连续不断地读到期刊和厚墩墩的小说，全托石大大的福。十一二岁的我，差不多读四五年级吧，结构稍微复杂的字都不认识，懒得查字典，就生吞活剥地往前读。傍晚，我从学校放学，匆匆忙忙写完作业，立刻去石大大的床头翻找书，骑在门槛上，一直看到奶奶点起油灯。星期天，大人们下地干活去了，院子里静悄悄的。狗趴在墙边懒懒地打着瞌睡，我捧着一本书在门前的水杉树下，一坐半天。阳光穿过水杉树叶细密的缝隙，掉在我的脚下，麻雀在我的头顶叽叽喳喳。偶尔抬起头，蓝蓝的天上，云朵白白胖胖。世界又明亮又美丽，又温暖又动人。

职高毕业后，我嫁到浙东山区。结婚时一切从简，房间里的桌子柜子早被婆家人用得旧旧的。其中一只镶了厚玻璃的书柜里存放了几十本书，也是旧的，有《青年文摘》，有古龙的武侠小说，还有裁剪和农业方面的工具书。当时的我，初来异乡，迷茫且不安，那叠年代悠久的《青年文摘》居然成了我的床头书。丈夫在市区上班，一星期回来一次，我与公公婆婆住在一个屋檐下。吃了晚饭，我默默钻进房间里，追两集电视连续剧后，再拧亮台灯，在昏黄的灯光下看一会儿《青年文摘》。关了灯，房间空荡荡的，我的呼吸清晰可闻。天亮了，我骑车穿过窄窄的弄堂去街上。后来，我在菜市场小区租了一间月租400元的门面房，卖日用杂货。

白天结束，黑夜续上。远离父母亲人的日子如同《青年文摘》泛黄的页面，一天，一天，平平展展地摊开了。

2005年，我的儿子出生。再一年后，一个初夏的凌晨，我把因怀孕而关张的杂货店里的几大箱子积压物品整理归拢，拉到小镇菜市场边的马路牙子上甩卖。往后4年，我的生活乏善可陈，一年到头只干两件事：上午摆摊卖货，下午带孩子。

我的写作（姑且叫写作吧）和我的阅读一样，是误打误撞，经不起推敲。孩子送进了幼儿园，午后的时间正好空出来了，我正好买了台2600元的组装电脑，申请了个新QQ号。这"正好"莫名其妙地促成了我在网络世界的信笔涂鸦。

当时写了些什么呢？都是些没头没脑的句子、段落、二三百字的短文，花啊，树啊，风啊，雨啊，云啊，月啊，天啊，地啊，怎么矫情怎么来，一派酸文假醋的把式。

那样的文字有水平吗？有意义吗？

肯定没水平，但有意义！因为我发现写东西的过程中，那些长久徘徊在心头的烦恼与辛酸都烟消云散了。我不难过，不痛苦，不抑郁了。

我不紧不慢地写了好几年，篇幅越写越长，从自己的童年往事、日常见闻写起，菜市场人来人往，有些也成了我笔下的主人公。除了几个外地的网友，没有人知道我在写东西。我像只呆头呆脑的土拨鼠，在老宅那一点点属于自己的角落，窸窸窣窣地打着洞。

我正式的阅读应该开始在2017年。我的第一本散文集出版前，一位姓谢的老师约见我。他肯定了我文字的同时，也要求我展开针对性的阅读。汪曾祺和李娟的散文集是他首批的推荐。谢老师宽厚真诚，对后辈不吝关爱，多有提携。直到现在，他只要觉得哪一本书适合我读，就会通过微信告知我。

说实在的，我从无文学野心，三本散文集的出版都不在我的计划中。人在他乡，无所依靠，需要某种精神支撑，鼓舞自己，把自己填满。否则，怎么站得住、挺得直。写作于我，是出口，是陪伴。我在文字中仰望苍穹，感受时空无限的延伸。

# 朝着鲜花去

甫跃辉

　　写过一部短篇小说《朝着雪山去》，后来知道还有一部小说，叫作《朝着鲜花去》，我对这题目印象极深。离开云南二十年来，每当过年回老家，我都是"朝着鲜花去"。

　　以前返乡，都是坐火车。大多硬座，偶尔卧铺，最初是从上海火车站出发，后来从上海南站出发，都是到昆明。一年一年过去，火车渐渐提速，耗时基本上是越来越短了。最久的一次，是有一年南方下大雪，火车走走停停，花了五十六七个小时才到昆明。多数情况则需要三四十个小时，要在车上睡两夜。

　　第一天夜里，难免兴奋，想着总算买到了票，总算可以回家了。坐了一夜，兴奋感退去，只觉得两腿酸胀，伸一会儿，缩一会儿，怎么都不舒服。椅子上、过道上挤满了人，到了夜里，灯是彻夜不熄的，没睡着的人，便在昏昏的灯光下有一句没一句地聊天。

　　第二天，到了四五点钟，醒了。擦一擦玻璃窗上的水汽，看到外面全然换了一幅景象。偶尔路过小的站点，常看到穿特色服饰的山民。天慢慢亮了，裸露的土是红色的，路边细细高高地生长着桉树。这就进云南了啊?!

　　又过些时候，听广播里播放音乐，从《月光下的凤尾竹》到《有一个美丽的地方》，葫芦丝的乐音袅娜而明亮，车厢里混沌重浊的空气顿时活泛起来。睡着的醒了，醒着的眼睛明亮了，脸上都有了笑意，就要到家了！

火车驶入昆明火车站，人人拽了扛了提了行李下车，鼓鼓囊囊。行李是沉重的，但此时的心情是轻快的。走到广场上，往前走去，路边更多的葫芦丝音乐此起彼伏。确确实实，是在云南了。虽然这儿离着保山施甸还有近六百公里，但在我看来，已经是故乡了。

还得再坐公交车到西部客运站去，挤在乡音里买票。等车的工夫长，买了票后，我常常会坐公交到翠湖，沿着湖边走一走。

冬天的翠湖，是最为动人的。柳枝低垂，还未发芽，桃枝临水，尚未开花，就连成片的郁金香也还没绽放。但这里有海鸥啊，有时如一朵一朵白色的花，开在路边，开在树梢；有时如一片一片白色的云，忽地听了谁的号令，呼啦一阵响动，从湖面腾起，迤逦远去。

海鸥的影子，被日光晃动着，叠加着，投影在每个游人的脸上。

看看时间差不多了，再赶回客运站。上车，检票，关车门，缓缓开出去，听着满车厢的乡音，觉得一切都是美好的、踏实的。

车往往要开一夜。看着窗外的天一点一点暗了，油菜花金黄，混同于夕光的金黄，恍若整个世界都是金黄的。客车在蜿蜒山道上行驶，恰如一杯晃晃荡荡的馥郁的金黄酒浆。到家门口时，往往是凌晨三四点。天还黑着呢，连桥在哪儿都看不见，得小心摸索，不然就掉进河里了。

过了桥，一直往东走。东方山顶一线隐隐现出鱼肚白。到家后，爸妈听到声音，必定立马起床，迅速烧起一盆火，让我烘一烘双手。热乎乎的手捧住脸，感觉一整块冰都要融化了。

后来，不单火车提速，高速公路修好后，客车也提速了。从昆明回到家，往往太阳还没落山呢。不记得具体是哪一年，路上遇到一位并不熟悉的隔壁班同学，她在昆明农学院上学，带了几大捆白玫瑰回家，临别时，要送我一捆，我没要。和她告别后，走在回村的路上，却忍不住想象，怀抱一捆白玫瑰走在夕阳下的村路上，那是一幅怎样的景象？后来，我把这想象的场景写进了小说里。

再后来，工作了，手头宽裕了一些，开始坐飞机回家过年。起初是坐飞机到昆明，再从昆明坐大巴走。再往后，连从昆明回保山都坐飞机了。到了保山机场，得坐出租车到城里，转乘通往县里的大巴。而最近两年，最后这一步也变得简单了——从保山机场一出来，网约车已等候就绪了。通往县里的高速公路刚刚修好，宽展的路面在大山里钻进又钻出，只需半小时，就能到家。

交通的变迁，让旅途和时间都变得从容了，我可以心无挂碍地看看风景。从高速公路上看，整片施甸坝尽收眼底。大片油菜花地或小麦地间，绿树团团簇拥着村子，村里的房子大多不再是儿时那种灰突突的砖瓦房，都换成了墙面洁白的钢筋混凝土小别墅。房子是崭新的，田里的油菜花、小麦和蒜苗也是崭新的。在蓝得滴水的天空下，这一切显得明艳，温暖，空阔。

此刻，回家的行李刚收拾好。明天又要出发，一条走了二十年的长路又一次摆在面前，在这条路的终点，仍然有许许多多热烈的花朵和蓬勃的绿树等着我。

忽远忽近的，已经有零星鞭炮声响起。过年不远，家就在眼前。

《人民日报》2024年2月12日第8版

# 慢慢经历，慢慢欣赏

陆<br>梅

　　每个作家都在寻找自己的句子。每个优秀的作家也都拥有自己的句子。在这里，句子不只是句子，它是表达和表情——说话的方式，说话人的神情、口气、性格、思想活动，种种由写作者传达出来的气质，构成了作家"自己的句子"。

　　这段时间看湖南画家蔡皋的画和字，就想把看到的部分，分享给春节假期里终于可以给自己一点时间的人。在假期里，放下手机，抬一抬头，呼吸一下好空气，仰观云彩，俯瞰花草，看"有脚的光"怎样从窗口上爬进来。此刻，最好再翻几页有趣的书。

　　以前，我只看过蔡皋的一些绘本，感觉到民间的古朴和活泼，也没往深里探究。后来得了一套蔡皋的书《记得当时年纪小》，很精美地装在一个硬纸盒里。打开来，六本盈掌小书，采用中国传统折页纸的形式。没多少字，画也是寥寥数笔，写意性的一个小人儿，两三株植物，一片绿叶，两只蚂蚁，或行走的云和月……像是手稿一样的画本，每本一个主题和画风。虽说是绘本，但很特别，画面和形式心意相通，再稍稍留意文字，也好。这样的一套"豪华小书"实在满足不了我的好奇心，于是又从网上买来她的散文集《一篼雨水一篼禾》。阅读的过程很享受，舍不得一下子读完。

　　且看她怎么给花"造句"。比如紫苏花，"紫苏开花很严肃认真。此时它在讲课，讲一片叶子，怎么会被小虫子咬出一个小小的空间。"比如洋葱花，"洋葱的花好顽皮的样子，洋葱喜欢热闹，开起花也是呼朋引类的。"她写紫藤花，春寒时节刚打花苞，"那个好看，是文字形容不出来的，透明的灰蓝中冒出来的红灰，那个美呀，天空都谦虚起来了咧。"

这种散发着太阳香气的描述，可真叫人眼目为之一亮。画家的眼光总是更敏感于形态和色彩，但画笔也有俗雅之分。蔡皋的描摹真"来神"。"来神"是她的用词，她在前言里说："我记着平实的、有趣的和来神的日常。从中培养自己的眼光。"她那么放低了身子，笔和植物、花草、虫鱼一个维度，相当于躬身而行，所以她看到的都是很细微的动态，着急赶路的人根本看不到。她这么写的时候，我想起一个人——也爱画画的作家汪曾祺。我从两人的文章里感受到一种古典的山水气和精致的闲心。同样的意思，汪曾祺也说过，他在一篇《小说笔谈》里写道："要把一件事说得有滋有味，得要慢慢地说，不能着急，这样才能体察人情物理，审词定气，从而提神醒脑，引人入胜……张岱记柳敬亭说武松打虎，武松到酒店里，蓦地一声，店中的空酒坛都嗡嗡作响，说他'闲中著色，精细至此'。"写到这里，汪曾祺悠悠换一行，道："唯悠闲才能精细。"再换一行，说："不要着急。"

这就是一个好作家"自己的句子"。这跟画家一样。不平庸的画家笔下，不只是色彩，还有太阳的香气、雨落的清明，阳春长了脚一样，爬过窗台的植物，又顺着桌子爬到书本上。

既然说到汪曾祺，我们也来看看他是怎么写天气和植物的。比如，有篇散文《夏天》，起首一段："夏天的早晨真舒服。空气很凉爽，草上还挂着露水（蜘蛛网上也挂着露水）。写大字一张，读古文一篇。夏天的早晨真舒服。"就这么简单，可读着"真舒服"。感觉字里有风，叫人心神一爽。接下来写了夏天的花和瓜，还有昆虫，写小时候在天井里乘凉，结尾突然来一句："鸡头米老了，新核桃下来了，夏天就快过去了。"还有篇《花园》，正写着臭芝麻如何讨人嫌，童年的他怎样在花园里举着网急于捉住那只蝉，突然笔锋一转："我觉得虎耳草有一种腥味。"换一行又道："紫苏的叶子上的红色呵，暑假快过去了。"文章并没有结束，作家也不作交代，下文接着写"那棵大垂柳上"的天牛。

这样一种看似漫不经心的行文，其实是对生活细致观察后的反复琢磨，蔡皋说是"删繁就简"，汪曾祺讲过"苦心经营的随便"，大抵是一个意思。对一个孩子来讲，夏天的过去，也意味着暑假的结束，时节约莫是处暑。紫苏叶就是这时节老去的，老了的紫苏叶紫得发红。新鲜的鸡头米也在这时候老去。这样的句子里凝聚着汪曾祺对于时序的感情，情到深处才能细致入微，有感而发。

好的文字其实是生活本身，你怎样生活，你就长出怎样面目的文章。所以很多事情我们急不得，得慢慢经历，慢慢欣赏。蔡皋的这本散文集我还没看完，会慢慢看的。她说，"自己看自己的文字也有一种遇见的感觉"。慢慢看，慢慢遇见，谁说不是呢。

《人民日报》2024年2月17日第8版

# 渔光新曲

何向阳

从北京一路南下，我来到浙江宁波象山。次日，坐上小面包车，从象山县城又一路南下，将近两个小时，才真正抵达此行的目的地——石浦镇。

石浦虽然是象山县的一个镇，名声却大于象山。早在唐代时，石浦就已是有名的渔港，明朝又在此发展了临海军防。依山临海而建的石浦古城，无论是现存珍贵的明清建筑，还是街道两边鳞次栉比的老字号店铺，抑或是海洋渔文化的各种景观，无不流淌着时光的气息。在石浦古城里行走，仿佛在不断穿越时空，走进一个个历史文化的宝库。

我到石浦古城的时候，一个关于电影《渔光曲》的主题展正在一座老房子里举办。1933年9月，由蔡楚生编剧、导演，王人美、韩兰根等主演的中国第一部有声电影，取景拍摄地就在石浦海边。正是这部电影，在1934年创下连映84天的纪录。当年《渔光曲》剧组来石浦时，大部分人住在金山旅馆，而金山旅馆坐落在福建街。于是，我决定先去福建街——与其说是去"看"，不如说是去"拜谒"。

按照指示牌的指引，及至来到福建街上，我才知道这条街其实在古城中街之外，在另一条并不宽敞的巷子里。据说早期赶海的福建人在此聚居，从一片海到另一片海，他们把自己的生活习惯、风俗方言等也带到了这里。

金山旅馆依然在。一个不太显眼的小牌子在斑驳的墙上讲述着它的历史。大门落锁，正在修缮。在获得允许后，我走了进去。迎面是一个青砖铺就的院子，格局不大，像一所房子的玄关。因为旅馆依山而建，所以我进门的地方，可以说是旅馆的二层。一层也有许多房间，但面积也都不大，年代久了，里面的原始陈设已经无存。当地保护者修旧如旧，尽力保持旅馆的原貌，白色的墙面弥补着采光的不足。可以想见，当年的金山旅馆并不是一个奢华的地方。

在简朴的楼梯和安静的走廊里上来下去，我在寻找什么？我想遇见谁？假如时空可以穿越，走在我身边的可能是手拿一摞剧本的蔡楚生，是刚从海边渔民家里拍摄回来、仍未走出角色感受的王人美，是带着海腥味归来的韩兰根，是吹着口哨、笑声朗朗、阳光一般明亮的聂耳……是的，他们与我擦肩而过。他们奔赴到此，驻留于此，不是旅游，不是休憩，而是为了工作。反映当时渔民生活现实的艺术责任，促使他们走到一起，每天晚上短暂休整，白天再奔赴邻近的东门渔村去拍摄。他们通过影像、音乐、表演传达的对渔民生活疾苦的感受、对民族渔业振兴的意愿、对新生活的渴望，都凝聚在电影《渔光曲》里。

金山旅馆，也因为他们曾经的驻留而与其他旅馆显得不同。今天，已无从考证这些艺术家当年所旅居的是哪一间房了，但整座旅馆就像一个文化遗存，见证着那一代电影人的梦想和奋斗。一个念头就这样从我的脑海里跳了出来，应该把它建成一个电影专题展览馆！把刚刚在石浦古城进门处老房子里的影片剧照、艺术家档案，以及电影创作始末的相关档案集中到这里，并在史料上不断充实，让后来人看到那一代电影人的理想与他们的付出。

这也许可以成就石浦古城的另一种文化魅力。

思绪间，回到象山住地，我的目光仍不断透过窗户望向远方。转天，我又奔向当年蔡楚生们奔赴的东门渔村而去。

百年沧桑巨变。那时的电影人到这个叫东门岛的渔村拍片，是划桨摇橹坐船渡海而来的。如今，从石浦镇到东门渔村已修建了一座跨海大桥，面包车从桥上几乎是疾驰而过。走进东门渔村，映入眼帘的是数不清的机动大渔船，每艘船的体量都以百吨计。

那天走在我身边的是一个名叫满江的渔村人。作为国家级非遗项目"海洋号子"的传承人，满江喊出的号子，令我感受到千军万马奔驰而来的震撼。我们沿着堤岸走了很远。满江指着东门——朝向东海的地方——那水天一色处说："看，我们的船就从那里出海的。"是的，一片辽阔的东海，敞开它的怀抱，拥抱着驾船而来的渔民。东门渔村的历史实在太久了，甚至久过了石浦镇，"新石浦，老东门"的说法流传甚广。据说公元706年象山立县，它就已是辖村了。从唐代至今，东门渔村的年龄已在千岁以上。可以想见，当年为什么蔡楚生要选择此地作为《渔光曲》的外景拍摄地，实在是因了它的闻名遐迩。

当然，今天的东门渔村再不是当年的模样。这个3700多人的村子，渔业人口有将近2500人，全村80%以上的青壮年从事海洋捕捞业，大马力渔船有近300艘，渔业固定资产几年前就已达3亿元。从这个角度讲，电影《渔光曲》中，那个留学回乡要发展现代渔业的主人公何子英的梦想，早已成为现实。渔民不仅能靠海吃海，养活自己，而且建起了渔业冷库、渔业码头、渔业网场，还有水产品交易市场，每天发往各地的海鲜产品不计其数。渔民会所、渔民休闲公园、妈祖文化园、渔文化墙、渔文化博物馆，都在讲述着时代的发展、渔民生活的变化。走在海边观光步道，我在想，岂止《渔光曲》中的破落景象一去不返，就是和40多年前改革开放之初相比，渔村生活的变化之巨也是难以想象的。

云儿飘在海空

鱼儿藏在水中

早晨太阳里晒渔网

迎面吹来了大海风

海还是这片海，风还是海上的风。但"破渔网""腹内空""腰已酸，手也肿"的摇橹划桨时代，已经一去不复返了。

站在东门渔村，我想起在石浦镇的渔文化博物馆看到的照片。就是这个东门，到了春天，桅樯林立，百舸争渡，千帆竞发。"开渔节"那天，渔民从这个东门将大渔船开进东海，去收获大自然的丰厚馈赠。

于礁石间辗转，终于找到了蔡楚生、王人美、韩兰根、聂耳他们肩并肩、手挽手站立过的那块巨大礁石。斯人已逝，但我记得他们一脸阳光的样子。那是为了渔民的生计而呐喊的一群艺术家，历史的变革也包含了这些艺术家的奋斗。

迎面吹来送潮风，提着行李的我踏上归程。那时，我突然想起矗立在东门岛上的灯塔，这个时刻，灯塔是亮的吧？

它一定是亮的。正如1927年蔡元培写下的"出其东门，介尔昭明"。东海浩渺，波光粼粼，它向东门渔民张开怀抱，同时在邀约我们。我想，也许应该再提了行李过去，但不是我一个人，而是一群人。一群青年，一群新的艺术家，或者就从金山旅馆开始，创造出一部新的《渔光曲》来……

《人民日报》2024年4月13日第8版

# 持之以恒探究的境界

赵德发

　　人类的好奇心，童年时尤甚，觉得万事万物都值得探究，整天把眼睛瞪大，东跑西窜。家长小心翼翼，不敢让其离开自己的视线。有人虽然年龄不小，依然会被好奇心害惨。譬如，前些年用白炽灯照明，有人听说灯泡放到嘴里拿不出来，想亲自试验一下，结果真的拿不出来，只好求救于医生，成为大家的笑料。

　　然而，好奇心是人类的宝贵天性之一。教育家杜威说，好奇心的终极阶段是变成一股能强化个人与世界联系的力量，这种力量能持续为我们的个人经历增加趣味性、挑战性和兴奋感。人类怀着强烈的好奇心，几千年来持续探索种种奥秘，获取无量知识，才不断提升能力，成为"万物之灵长"。

　　即使到了当今，人类的好奇心还是勃勃如初。譬如，对宏观世界的探究一直没有停止，各种天文望远镜分布在地上和天上，一个个空间站陆续建成，一个个太空飞行器被发射出去，或落向月球、火星，或飞向宇宙深处。对微观世界的探索也是如此，譬如解码生物基因，譬如发现并运用量子理论。在中观世界，人类也对自己的行为与心理好奇，人类学、心理学、社会学、政治学……集中了诸多研究成果。

　　人类的好奇心重，其中作家的好奇心大概更重。甚至可以说，好奇心成就了某些作家。作家要更广泛地了解世界，认识世界，"行万里路"就成了自觉的行动。徐霞客有志于探寻名山大川的奥秘，徒步跋涉，出生入死，"达人所之未达，探人所之未知"，成就了60多万字的《徐霞客游记》。当代一些作家更是热衷于四处游走，几乎踏遍山河大地，他们的作品能让读者很好地增广见闻，开阔视野。我本人从事创作40多年，文才一般，好奇心却强，总想探寻和书写那些关注者较少的领域。譬如说，我想深入了解海洋，曾沿着黄海西岸行走，从长江口到鸭绿江口，掌握了大量素材，先后写出长篇纪实文学《黄海传》和长篇小说《大海风》，后者入选中国作家协会"新时代文学攀登计划"。

人类历史，苍茫浩瀚，也引发了一些作家的好奇心。他们从史书中钩沉，以深刻的历史观作灵魂，以淘得的资料作骨肉，辅之以想象，建构起一部部作品。作家面对自己所处的时代，好奇心更是旺盛。人际关系拉拉扯扯，理不清也想理；大事小事屡屡发生，总想知晓来龙去脉。时代脉搏，现今有何变化；生活方式，怎样日新月异，都需要深入了解。尤其是，全球化、城市化、信息化如火如荼，智能时代轰然来临，人们都在怎样想、怎样做，地球上人类这个物种何去何从，实在是作家们应该密切关注的。时代大潮需要从高处俯瞰，还应该深入泡沫之下把握本质的东西。如此这般，才能写出有价值的作品，为时代留下一份文学记录。

从这个意义上说，好奇心是创作的一份原动力，是作家们一杯不可或缺的醒神咖啡。

人类中的大多数成员，年事稍高，好奇心就会减少，觉得很多事不必费心劳神去琢磨。但是作家不应该这样。即使活到老迈之年，可能眼神不好，腿脚不灵，还是要葆有好奇心，否则创作生命就会受损，乃至提前终止。

这不是说，失去了好奇心就不能成为作家。有一些才情极高的人只沉湎于昔日时光，书写过往的悠悠岁月，也会出大作甚至杰作。因为他已经凭借丰富的经历、睿智的目光，将社会与人生观察透彻，以生花妙笔将平凡事物写得生动传神。但有些作者资质平平，却懒得学习和观察，不关心世界进展，不了解社会现状，对世道人心的把握停留在浅显层面，将常识当新见，把老故事当新段子讲，自己津津乐道，读者却觉得味同嚼蜡。

其实，作品传播过程，也在某种程度上依赖于读者的好奇心：这书写了什么？好不好看？那位作家又出新作，不知咋样？如果作家的好奇心缺失，作品缺乏新知新意，让读者觉得不新鲜、不够味、不过瘾，那他对你的好奇心就会丧失，就会离你而去。作家老了，即使脸上长了斑，作品中却不能有。作品中的"老人斑"，一读便知。读着读着，他会觉得一个人在他面前老生常谈、无病呻吟。他避之唯恐不及，你还想"见字如面"促膝谈心？一厢情愿罢了。

这时，好奇心便是一味良药。应该把童年时就有的好奇心唤醒，对这个世界保持水乳交融的热情。谁说太阳底下无新事？看啊，每天每天，万物在生长，生活在继续，社会在前进，地球在转动。只要葆有一颗好奇心，持之以恒地探究下去，创作就有很大可能保持年轻态，达到古人讲的一个境界，"苟日新，日日新，又日新"。

《人民日报》2024年5月11日第8版

# 与《洛神赋图》的相遇

赵丽宏

中国的神话传说中，有不少女性的形象。这些女神，由凡人变成仙女，在天地间遨游飘飞，把世俗女子无法实现的梦想，变成了流传在人间的故事，尽管虚幻，却令人神往。古老传说中的神女有很多，如补天的女娲、奔月的嫦娥、法力无边的西王母、太阳之母羲和等。现代人能记住这些女神的名字，也知道有关这些女神的故事和传说，但谁能描绘她们的形象呢？文学家们的笔下出现女神时，有了具体的形象。譬如屈原在《九歌》里写到的山鬼，也是神话中的女神，但只是简单的描写："被薜荔兮带女萝""既含睇兮又宜笑""乘赤豹兮从文狸"。宋玉《神女赋》中的巫山神女，"其象无双，其美无极"，赋中有大段对神女姿容的描绘："其始来也，耀乎若白日初出照屋梁；其少进也，皎若明月舒其光。须臾之间，美貌横生。晔兮如华，温乎如莹……"宋玉笔下的巫山神女，形象清晰迷人。这样描写女性之美，可以说是前无古人。

传说中的女神中，还有一位绝色女子，她是水中的仙女洛神。洛神相传为伏羲之女，在洛水中溺亡，化为水神。洛神如何模样，没人见过。但是因为一篇文学名作，洛神翩翩而降，成了天下无双的美人。这篇名作，是曹植的《洛神赋》。在文学作品中，写女性之美，曹植的《洛神赋》可谓登峰造极，超越了宋玉的《神女赋》。《洛神赋》是一篇幻想作品，是一个梦，一段神话，也是一首绮丽凄美的长诗。曹植在幻想中遇见洛神，为她的绝美姿色和风韵倾倒，从此相思绵绵，梦牵魂绕。人神之恋，只能是擦肩而过，永无结局。

少年时代，第一次读《洛神赋》，惊异于文中描写洛神美貌的华美文字。洛神长什么模样？曹植这样写："其形也，翩若惊鸿，婉若游龙。荣曜秋菊，华茂春松。髣髴兮若轻云之蔽月，飘飖兮若流风之回雪……"这些汉字的组合，产生神奇的效果。一个幻想中的仙女，被瑰丽绮美的文字化成了声色灵动的具体形象，从她的表情神态、身姿肢体，到裙裾衣饰，甚至是身上散发出的兰蕙幽香，都呼之欲出。

文字描绘的美，给人提供了想象的天地。也许，不同的读者，想象中的女神形象并不一样。但是文字可以转化成图画，画家可以用线条和色彩，用画面把文字描绘的美画出来、固定下来，这是对文学作品的再创造。曹植离世100多年后，有一位伟大的画家，把《洛神赋》画成一幅绮丽多彩的长卷，洛神复活在画家的笔下。这位画家，是东晋的顾恺之。顾恺之画《洛神赋图》，距今1600多年，原作已经亡佚。世人能看到的《洛神赋图》，都是后世画家的临摹。

我曾四次看到《洛神赋图》，每次都有不同的感受。

第一次看到《洛神赋图》，是在北京故宫博物院。那是宋人的摹本，是近千年前的绢本长卷，褐色的画面上布满岁月的烟尘。但谛视之下，画中的人物情景还是清晰可见。洛神是长卷的主角，她一次次出现在画面中，演绎着曹植《洛神赋》中无望的人神之爱。洛神从天外飞来，伴随她的是龙雁祥云，是奇花异草，是群仙翩跹。画家用柔软飘逸的线条，细致地勾勒出洛神的形象，画出她深情惆怅的表情。这样的线条，被人形容为"春蚕吐丝"。曹植也是长卷的主角，他和洛神遥遥相对，由远而近，又由近而远。画中的曹植，是被随从簇拥的王公贵族。他的目光，和周围人的视线不一致，始终专注地凝视着洛神。曹植在画中的形象沉稳端庄，却让人感觉怅然若失。

第二次看到《洛神赋图》，是在伦敦的大英博物馆。同是古人摹本，和故宫所见，似乎大同小异。但大英博物馆收藏的那幅《洛神赋图》，更多地留下了岁月的沧桑。数米长的绢本长卷，布满了千年风尘造成的龟裂，裂缝中断损的绢丝依稀可见。但画面中众多的人物，大多还完整地保存着。主角洛神飘然翔游在画卷中，每一次出现都呈现不同的曼妙仪态。画卷的最后一组图令人印象深刻。当洛神的身影在缥缈的洛川中消隐，伤心的曹植不顾一切，乘船在水上追赶。画面上，飘在水上的洛神正回首深情望去。残缺的画面上，曹植乘坐的那艘船已经残缺不全，船身和船上的随从都已形迹难辨，唯有端坐在船舱的曹植完好无损。曹植的目光，正执着地追赶着远处的洛神……

第三次见到《洛神赋图》，是在台北故宫博物院。拥挤的展厅里，很多人在围观，那是古人临摹的长卷局部。那次，我只是隔着玻璃柜远远地看了一眼，落在眼帘中的，是一片发散着神秘气息的黄褐色，繁密的线条和斑驳的色彩在画页中交织，其中隐藏着洛神和曹植的梦中之恋……

第四次邂逅，是在欧洲的莱茵河畔。那次，我们从德国慕尼黑坐车去奥地利维也纳，沿着莱茵河走了很长一段路。途经一座奥地利小城，我们进城休息用餐，找到了一家门面素雅简朴的中餐馆。餐馆老板是中国侨民，一位热情的中年人，说话带着闽南口音。听说来了中国的作家和艺术家，他表情有点神秘地笑着说："来，我要把你们带到中国的古代去。"说着，穿过厅堂，把我们引进一个幽暗的大包房。

进门，一片漆黑。我正感到纳闷，灯光突然亮起来。眼前的景象，让人惊愕不已。这是一间没有窗户的暗室，四面都是白墙。白墙上，画得满满的，都是中国的古人。我发现，画面上的人物，都是我熟悉的。

正面的大墙上，是巨幅线条白描《八十七神仙卷》。这是唐代的名画，当年被徐悲鸿从海外收购回来捐给国家，成为美术史上的佳话，相传是吴道子的杰作。白墙上的图画，是这幅画的局部，把原作放大了很多倍。画面上，删去了原作头尾两群男性官吏武士，只留下队列中那一群衣裙飘拂、姿态优雅的仙女。我眼前的《八十七神仙卷》，当然不是原作，是现代人用毛笔和墨汁在白墙上的描摹，但绘者手笔不俗，墙上的画面足够让人感觉惊艳和震撼。另外两面相对的墙壁上，还有让我更为惊奇的画面，墙上画的竟然是《洛神赋图》中的情景。一面墙上，画着洛神乘坐龙舟远去的场景。六条昂首飞行的神龙，拽着旌带飘扬的龙舟，穿行在浪花和云波间。坐在龙舟上的洛神，正含情脉脉地回首凝望，眼神中，是留恋，是惆怅。对面墙上，画着曹植，他正坐在船上，追赶远去的洛神。两面墙上的一男一女，无奈地隔空相望。这两面墙上的人物，永远不会有重合的一天。

　　我站在餐厅包房的中间，环顾这三面墙上的墨线白描，惊讶得说不出话。白墙上的《洛神赋图》和《八十七神仙卷》，形象传神，技法高超，是谁的手笔？曹植、洛神、仙女、顾恺之、吴道子，正在这小小的空间聚会。怎么也想不到，在莱茵河畔的欧洲小城中，竟然会有如此奇遇。餐馆老板笑着为我解开了谜团。他告诉我，墙上的《洛神赋图》和《八十七神仙卷》，是一位年轻的中国画家留下的墨迹。这是一位从北京来奥地利留学的美术研究生，曾经在这座小城生活了一段时间，吃住都在这家餐馆里。为了报答老板的热情款待和照顾，年轻的中国画家挥舞画笔，在这间包房独自画了很多天，在三面墙上画出了这三幅画。这个展现中国绘画和神话的包房，成了莱茵河畔的一个景点，很多人慕名前来，在品尝中国美食的同时，欣赏中国的绘画，走进千百年前的神话世界。

离开小城，在莱茵河畔继续旅行，我的眼前飘动着洛神的形象。莱茵河的波光，居然和我幻想中的洛水融为一体。洛神，传说中的中国神女，此刻正在辽阔的世界到处漫游呢。

《人民日报》2024年5月26日第7版

# 平淡之中有真味

戴伟华

　　唐诗是诗中盛景，天中满月。张若虚的一首《春江花月夜》足以让人陶醉，无愧"孤篇压全唐"的美誉。"江畔何人初见月？江月何年初照人？人生代代无穷已，江月年年望相似。"唐诗中这样优美的篇章甚多，选三百首，或选三千首，也都是上乘之作。

　　唐诗中还有另外一类诗歌，平淡无奇，易被人忽视，也有可能不味其中之妙。大诗人李白一生行踪不定，飘飘然宛若神仙，人谓之"谪仙人"。这位仙人是食人间烟火的，怀抱着的也是普通人的感情。他有一首《赠汪伦》："李白乘舟将欲行，忽闻岸上踏歌声。桃花潭水深千尺，不及汪伦送我情"，讲述的就是日常生活中的常理常情。

　　可以说，这首诗在李白的诗中，甚至在流传至今的五万首唐诗中属于别调。不算题目，这首七言绝句将作者"李白""我"、被赠者"汪伦"的姓名和代称同时入诗，在唐诗同类作品中极为少见，恐怕属于创格。问题来了，将作者"李白"与被赠者"汪伦"同时入诗有意义吗？貌似平淡，而且质实，甚至有损诗意，味道何在？

　　唐俗多以字、号、行第、籍里、官职、封爵等相称，但诗人们平辈论交，也会直呼姓名以示彼此相亲，不拘俗礼，这种情形初、盛唐较为常见。李白交游广阔，诗中言及时人，往往或名官爵，或称字、号、行第，或叙亲缘，而能被李白在诗或诗题中直呼姓名的同辈好友并不多，今日可见者仅有权昭夷、元丹丘、岑勋、王昌龄以及"醉眠秋共被，携手日同行"的杜甫等几人。这些人都曾与李白游从多日，诗酒会心，是如兄如弟的知己。汪伦与李白仅是初识，却在诗题和诗中被李白直呼为"汪伦"，从中可见汪伦的赤心淳朴与李白的真诚纯粹。

比较有趣的是，李白的确喜欢自称"李白"。他曾不止一次自写"李白"之名。颇为独特的是在《襄阳歌》《赠内》《赠汪伦》三首诗中，品味三作，可见相通处有二。

其一，三首诗均为饮酒尽兴之作。《襄阳歌》为李白醉中歌谣，"舒州杓，力士铛，李白与尔同死生"，既是疏旷语，亦是陶醉语。不难看出，当李白自称"李白"时，身心处于极为愉悦、自在、逍遥的状态。

其二，三首诗都内蕴李白与诗中人平等相待的情意。《襄阳歌》可以视为两个"李白"的隔空对话，《赠内》也可见出李白对妻子的歉疚与尊重。宋人杨齐贤为李白诗作注时，始称汪为"村人"，后人多沿其说。在名动天下、曾为翰林待诏的李白面前，汪伦难免有身份、地位的不对等。然而，傲上而不倨下的李白并不在意。桃花潭的美景就在眼前，汪伦的踏歌声就在耳边，在生命的这个瞬间，李白欣然享受着这样的淳朴与美好。全篇以"李白"乘舟起，末句以"汪伦"送"我"收，意脉首尾呼应，一腔平交眼前人的热忱贯注其中，读来并无人名空滥、径直无味之弊，反觉情思深切，天趣盎然。

诗中如此表达，亦由李白对二人关系的感受及相应的抒情方式决定。李白擅长结合受赠者的身份、性情及赠别情境，选择合适的地域景观、贴切的典故辞藻与分寸得宜的抒情方式。如孟浩然主张抒情言志不必太过直露，追求诗歌的淡雅含蓄之美。李白《黄鹤楼送孟浩然之广陵》有心致意自己仰慕的这位诗坛前辈，因此诗中第三、四句"孤帆远影碧空尽，唯见长江天际流"，二人姓名及身影均未入诗，别意却尽在景中。

《赠汪伦》的抒情方式就很不一样，无论是汪伦踏歌相送的殷殷拳拳、豪爽真诚，还是"桃花潭水深千尺，不及汪伦送我情"的慨叹，李白的情感抒发都是热烈直白的。通过前三句叙事、写景、抒情的层层烘染，先蓄足了势，结句画龙点睛，点明题旨，此前种种风景与画面都有了着落，全诗也如蛟龙张目，跃出潭面，腾空飞起。与之相应，赠别的双方自然也就清晰无隐。清人黄生《唐诗摘钞》批点此诗曰："直将主客姓名入诗，老甚，亦见古人尚质，得以坦怀直笔为诗。"确为解诗之言。

　　品读此诗，最要紧之处在于："李白"之名出现在首句，"汪伦"之名出现在末句，你不觉得李白的真情楚楚动人，而且与一位乡人平等对视吗？如果你注意到桃花潭水的深碧、岸上朴素而深情的踏歌声，人物、色彩、音响交融，诗美在平淡中更有一番滋味。故读诗之功应在平淡处用力。

《人民日报》2024年7月22日第19版

# 武术教会我耐心与坚定

邱华栋

有段时间我在健身房里练习搏击，教练听说我是一个作家，很吃惊，说，你这身手这么敏捷，实在不像是一个待在书房里的文人啊。

我告诉他，我多少有点童子功。20世纪80年代初，电影《少林寺》上映，一下子引发了各地青少年的习武高潮。那时候，我刚上初中，脑子一热，就报名参加了武术队。这个武术队就设立在我们中学内，教练姓黄，他是上海人，早年毕业于扬州师范学院中文系。黄老师曾经在上海师从武术家蔡鸿祥，蔡鸿祥又是著名武术家蔡龙云的师弟。

黄教练同时是我们的语文教师，他本人可谓文武双全。我看电影《少林寺》觉得武术拳脚打起来特别潇洒好看，可真入了这个行，才知道练武术是非常艰苦的事，需要水滴石穿的磨炼和艰苦卓绝的意志，才能成为一个高手。

当时，我虽然是在课余参加武术队的训练，但每天的训练强度很高。早晚两个时段，每一时段两个小时，高强度的训练加起来有四个小时。我们都是从蹲马步、冲拳、踢腿等基本功开始练习。一年之后才能开始练习套路和器械。先是练习组合拳，再学习整套的长拳、南拳、通背拳等套路。

我喜欢广东南拳，可能和看了邱建国主演的《南拳王》有关。我们也练习武术器械，我比较喜欢单刀和长枪，黄老师就教我这两样。软器械里我练习过绳镖。此外，我比较擅长腿法，我的腿法又快又狠，弹跳力好。上了高中，我又练习拳击和散打，增强武术对抗性。高中毕业时，6年下来，我的身体明显变得强壮，行动也变得敏捷。

在我们武术队，很多同学都拿到过国家级武术比赛的金银牌。我是比较一般的业余运动员，黄老师看出来，我志不在此，就鼓励我多多写作，把我作为二线队员。果然，后来我上了大学、读起了中文系，体育爱好也改踢球了，担当后卫或者守门员。上大学后偶尔练习拳击、散打，明眼人能看出我的底子还在。

黄老师后来回到了上海，仍旧教孩子们学文习武。2016年夏天，我参加上海书展期间，去探望了年近八旬的黄老师。黄老师见到我这个徒弟很高兴，他早就穿好了对襟练功服，将他珍藏多年的武术器械全部拿出来，摆了满满一屋子。那些长刀、短刃、明器、暗器，加起来有上百件，令我目不暇接，兴奋不已。

我们师徒二人来到他家楼下花园摆拍。他一下拉开一个弓步，将关羽耍的青龙偃月刀往天空中一横，单手将大刀举在头顶呈45度，长达几分钟。这是很难的动作，因为那柄青龙偃月刀特别重。接下来，他让我练。我一个弓步，将青龙偃月刀往脑袋上方一举，可几秒钟之后，那大刀就落了下来，我躲开来，咔嚓一下砸到地上了。我这时年40多岁的徒弟，和年近80岁的师父比，功夫还是差了很远。

2019年，黄老师80岁大寿。我想我应该写一本武侠小说，献给黄老师，用以祝寿才好。于是，我在繁忙的工作之余，把偶然浮现在脑子里的武侠灵感，记在一个笔记本里，慢慢酝酿，成熟了就写出来。最终，我在2020年写出了短篇小说集《十侠》。我写短篇小说的时候，喜欢一组组来写，有一种图谱式的组合，就像当年练习拳法一样。

在少年时期练过武术，使我受益终生。我后来做任何事都很有耐力，也比较坚定。比如我在写作时，就很有耐心，保持着充沛的精力。我很怀念那6年的武术训练，特别是练得不好被教练教训的时候，他会提醒我——我做得还不好，要坚强起来、完善起来、强大起来。中华武术是国粹，它不仅能够磨炼一个人的筋骨，还能锻造一个人的坚强意志，这是我很多年以后才真正体会到的。

　　到如今，我写小说有近40年的时间了。我不喜欢重复，就经常换换写作的题材，左手写当代，右手写历史，以后还想写写科幻，这能让我保持写作的浓厚兴致，让读者也感到新鲜。因为武术教会我，最精彩的招式总是下一个。

《人民日报》2024年8月11日第8版

# 书中觅清凉

沈念

一到炎夏，南方的溽热是不好经受的，尤其是生活在湖南长沙这座有名的"火炉"城市。今夏入伏，朋友夜间邀约去爬岳麓山消暑，从湖南大学西侧的登高路往山上走，热度就降了下来。山路上夜行者不少。朋友确凿地说，这是韩愈当年走过的上山消暑之路。我心里咯噔一下，抬头四望，月色稀疏，爱晚亭四周树密荫浓，小池中蛙鸣虫唱，身心之间也有了几缕凉风荡漾。

古代文人一般是怎么消夏的？脑中突然冒出这一问题，抛给朋友，他脱口诵出唐代诗人白居易那首著名的《消暑》诗："何以销烦暑，端居一院中。眼前无长物，窗下有清风。热散由心静，凉生为室空。此时身自得，难更与人同。"白大诗人在1000年前给出了这么一个"妙招"——心静自然凉，却让我想起了一件儿时旧事。

孩提时代，我是在洞庭湖畔的一个小镇度过的。有一年夏夜酷热，又遇上停电，弟弟睡在床上，翻来覆去，燥热不安，嘴里直唤"太热了"。我嫌弃他聒噪，很大人般地说了一句："心静自然凉。"这话刚好被站在窗外的父亲听到，当即将我表扬了一番。十来岁的我说出这话，只是从父辈们交谈间偷学到的，那时不求甚解，后来读书多了，才知道出处原是在白居易这里。

古人的生活方式，我们常从典籍、诗文、逸事中读到。冬天围炉焙酒，"晚来天欲雪，能饮一杯无"；而遇到夏日溽热绵长，则是以竹林坐读、品茗赏荷、吟诗听曲等文雅之事来散热驱暑。读书自遣，果真能消夏？虽有些"不得已而为之"，但在没有便捷降温电器的过去，从身体上的散热转而寻求心灵的安静，何尝不也蕴藏着古人的智慧？

那天从岳麓山回来，在书房无意中翻到一册叫《避暑录话》的旧书。书是从窑岭旧书店淘的，为宋代词人叶梦得退居湖州卞山时所作。作者在序中自称，酷暑难熬，每日早起后去往泉石深旷、竹林幽茂处，与二子及门生避暑，泛话古今杂事，二者兼得，以为欢笑。书中也的确记载了欧阳修、苏东坡、王安石等文人的消暑方式。"一生勤苦书千卷，万事销磨酒百分"，勤读的欧阳修喜欢守在书房读书消暑；苏东坡在密州时，自制清热解渴的饮料"蜜酒"，并邀友人谈天说地，甚至听怪诞故事来消暑；而王安石则骑着毛驴到山林间读书，困了就地而眠，日落方归，和大自然在一起，何"热"可言呢？

在难耐的暑热中要做到心静，静到什么程度才会自然凉？我想没有谁能给出一个确切的答案。

古人甚至为了拥有夏日静读的好环境，巧花心思想计策。明末清初的文学家李渔，是一位讲究生活美学的人。他把书房窗户设计成扇面形，又发明了专门用于夏天读书的"凉杌"。后者其实就是小椅凳，只是形状奇特，中间是掏空的，有一个平面的洞，另造一个可以填充井水或冰块的方木匣置于其中。人坐上去后，由于凳内有凉水或冰块，因此感觉凉飕飕的，非常适合夏天读书人使用。看来李渔很会为自己好好读书创造条件。

当然，古人也不是人人都能做到如此。有的人心神易扰，有的人心静但仍体热不止。喜欢呼朋引友的大书法家王羲之，到了三伏天耐不得酷热，赶紧闭门谢客，于是乎在《今日热甚帖》中说："今日热甚，足下将各勿勿，吾至乏，惙力不具。"意思是告知朋友们，今天实在太热了，各位都别来了，我也没力气招待你们了。

细细琢磨，古人讲求内观于心。"心静自然凉"的道理，大概就是要懂得"忘掉"身体上的燥热，不扰心神，不乱心境，以内心的"清凉"来帮自己消夏吧。

那夜山行路上，我想起20多年前刚参加工作，租在一栋老楼的顶层小屋居住。楼是20世纪80年代末盖的，隔热效果差，到了7月，像个烘烤房。我那时年轻，在学校里工作，暑假不愿回老家，就在出租房里读书写作。把凉席铺在地板上，一台轰轰作响的台扇，像架战斗机日夜逡巡。以书为枕，读书甩汗。就是在那年夏天，我在酷暑和热汗里啃完了博尔赫斯小说全集和如天书般的《尤利西斯》。

朋友听了，于诧异中连连称赞。其实他不知，直到今天，我虽搬过几次家，但书房从没装过空调。我当专业作家后不用每日打卡上班，又不喜外出避暑，只是窝在书房里，以坐忘般读书消夏，也是有意让身心感应四时变化。

从另一个层面来说，每每独坐桌前，环视书丛，拿起想读的书，那些文字似乎就变成了冰块和凉风。我回想这些年夏天读过的大部头书，都是平常难读完的，却在这夏日里成了我手中的一把摇扇，也替代了空调的飕飕冷风。

不知我这算不算是有些毅力，真正做到了"心静自然凉"，又算不算成本最低的避暑方式？想起陶渊明说过："每有会意，便欣然忘食。"不一定能做到"忘食"，沉浸书中世界而暂时忽略了暑热，倒是一件让我觉得愉悦和清爽的生活真事。

# 当文字燃烧成火焰

王计兵

勺子碰锅沿，那天，和爱人吵了一架，从生活中的鸡毛蒜皮到人生观，各执己见，谁也说服不了谁。不知怎么，我脱口说出："人生，是一场采蜜的过程。无论过往有多苦，生命最终还是要酿出蜜来。"爱人突然叫了暂停："你先把刚说的话记录下来，免得吵完架，这些'金句'就忘了。"我们的争吵戛然而止。然后我开始反思，向她道歉。满天的乌云烟消云散。

这是我们生活中文字产生的力量，不仅对我，也影响到我的家人。我一直喜欢写作，久而久之也影响到家人，即使是在争吵中，仍记着那些"金句"的迸发。于我而言，没想到，文字的力量居然能及时修复我和爱人之间偶尔产生的缝隙。

对于文学，我有过许多比喻。如果生活真的是苦的，文学就是药后服下的一颗糖，糖的甜蜜会贯穿所有的岁月。文学是落在我生命空地上的一场大雪，尽管不能改变什么，但绝对会让我变得精彩。

不同阶段的经历，让我对文学有着不同的感受。1988年，我第一次远离故乡，成为工地上的一名工人。作为一个年轻人，我初次对人生产生了思考。在我最迷茫的时候，我爱上了阅读，后来爱上了写作。那时，文学就是插在地里的竹竿，不断为我的生命提供着向上的拉手，支撑着我不至于在迷茫中匍匐。

此后大半生的时间，写作一直支撑着我走过了一段又一段的岁月。

生活中，总会有这样或者那样的事情突然发生，像是道路的突然转折，这种转折会改变我们的生命方向。这些年，我从事过很多的工作，比如：码头上的装卸工、行走在街头的拾荒者、走街串巷的小商小贩、争分夺秒的外卖员。有人问过我，这样的人生你满意吗？于是我写下：不是所有的翅膀都可以展翅高飞，低处飞行也是飞行。

事实上，幸福是一种感觉，只有你愿意打开，幸福才会扑面而来，无处不在。我曾经在一家砖厂工作7年。每天晚上，趴在砖厂的通铺上，写下文章，记录当天发生的事情，引发我对生活的思考。写完之后，我会把稿子扔进厨房的灶膛，成为第二天早上烧火做饭用的引柴。当那些文字燃烧成火焰，我在心里告诉自己，谁说文学无用，它如此火热、跳跃，提供给我"一日三餐"。

曾经有很长一段时间，我只写作不投稿。谈起那些过往，有人会问我，可惜吗？我想说，人生没有一段经历是白费的。即使有些日子，我们一无所获，那也不是真正的空白。那些空白，是为了未来更好地书写而预留的纸张。

就这样，我一面生活着，一面写着。把生活过成一种固体的形状，把爱好变成液体。当它们相互纠葛，就形成了我生命里的山水。2018年，我成为一名大龄外卖小哥。因为工作原因，争分夺秒的生活无法给我的笔墨写作提供时间。我便改变方式，用语音去写作。在等餐间隙，甚至是等电梯的瞬间，一旦灵感触发，我都会快速地留下一段语音。当安静下来时，再把这些语音转成文字，整理成一首首诗歌。

因为生活的不断变化，我从最初的小说、散文、随笔等写作，转向更加便捷的诗歌写作。在情感深处，我对于文字有着无法割舍的情结。而这种生活和写作的相互结合，意外地为我积累了大量的创作素材。在5年送外卖的工作间隙，我写下了3000多首诗歌。

　　我们常说，机会是留给有准备的人的，当然也需要一份幸运，而我恰恰就是幸运的那一个。2022年，我的一首不足百字的小诗在网络上迅速走红，引发了媒体和出版界的关注。生活从此迅速为我打开了另一条道路，至今我已经出版了3本诗集，也对文学有了更深的理解。我今年56岁了，随着身边老一代人的不断退出，愈发感觉文字成了不可替代的依靠。当我记录下那些逝去的人的名字，每一个笔画都有不可替代的作用，是生命里的魂牵梦绕、依依惜别和万般不舍。如果我是一道光，被写作拧亮了开关，我愿意义无反顾地为照亮一条路，用尽自己所有的能量。

《人民日报》2024年11月23日第8版

# 重新学习阅读

胡一峰

友人问起：好久没见你晒书了。答曰：近来忙乱，无暇阅读。我知道他说的"晒书"是在朋友圈里分享自己读过的书或者读书心得。这样的"晒书"与天气无关，与心情有关。而在以前，恰好相反。

我老家在浙江，儿时家中藏书虽不多，黄梅雨季里难得逢到大晴天，再忙也定要把书拿出来，在太阳下晒晒，免得受潮霉变。北方干燥，书极少发霉。但每次搬家，手忙脚乱之际，最大的受害者也是书。现在好了，我的书装在手机里，天荒地老，兹书永葆。哪怕手机摔得稀烂，书也是完好无损的。往大了说，从骨、石、竹、帛到纸张再到屏幕，读书更方便了，书的生命愈发长久。

互联网改变的东西很多，阅读是其中之一。互联网时代不仅"晒书"有了新解释，买书、藏书、读书也都有了新变化。

读书，对我而言，是生活的刚需，无法离弃。最近这些年，我每年读过的书是三位数，去书店的次数是两位数，从书店买的书则是个位数。往前数20年，我读的书绝大多数是从书店买了带回家，或者在书店里读完。往前数10年，大多是在书店里选定后从电商平台下单，由快递送上门，既便宜又省力。到了这几年，我从书店里选了书，打开手机，不忙下单，先看看各款阅读软件里有没有。如果有，就把书店里的书放回书架，把手机里的书"加入书架"，在回家的地铁上便迫不及待读起来。

不过，虚拟的"无形书架"随身携带，并没有取代"有形书架"在我生活中的地位。虽然，去书店越来越成为某种习惯，和买书没多大关系。但是，走进书店，徜徉于书架之间，闻着一排排书散发的纸墨气息，依然让我觉得踏实温馨。此时的我像一个刚搬进城里不久的农人，侍弄着种在阳台上的那几株黄瓜西红柿，心里觉得挺满足。虽然，端上桌的必是购买的蔬果。

因为习惯了在阅读软件里读书，"不动笔墨不读书"这条我奉行了多年的训诫被打破了。"标签"代替了折角，"复制"代替了摘抄。那个伴随我多年的摘录卡片箱子，已经许久没有增加新成员了，正如电子支付普及后，小猪零钱罐光荣退役，成了纯粹的摆件。然而问题来了，我至今未能熟练整理阅读电子书时随手加上的标签、画下的道道、粘贴的片段。更让人汗颜的是，我在阅读软件上"加入"或"收藏"的电子书越来越多，真正读过哪怕几页的却越来越少。

曾几何时，手机阅读的无限"藏书量"让我欣喜不已，以为终于可以一劳永逸地摆脱家中书堆放不下的杂乱。我却慢慢发现，一本纸质的新书摆在书柜里，它的封面、封底、书脊、开本、腰封，哪怕只是书页堆积的厚度，都不停地召唤你去翻动。电子书收藏进软件，却常常听不到声响。

而阅读软件内置算法推荐功能，又比任何书店经营者都更明白你的阅读喜好。它为你量身定制阅读书目，还偷偷告诉你，哪些书正受到成千上万读者的追捧，而其中又有多少是你的"好友"。它仿佛在暗示，要是再不读这些书，你就落伍了。如此这般，当无穷尽的书在眼前的屏幕闪亮登场，我又怎能克制把它们"收入囊中"的欲望呢？

于是，电子书的海量存储给我带来了些许焦虑，"藏而不读"的恐慌平添心理负担。我暗暗告诉自己，一定要管住那根在屏幕上点戳的食指，没有阅读哪一本的决心，就不要轻易藏入"书架"。藏书之变，成了养成阅读新习惯的契机。

而今的阅读软件很贴心，不但可以按照读书进度把书分为"尚未阅读""刚开始读""正在阅读""即将读完""已读完"，还时不时就提醒我，某本书已经放进书架一个月、两个月甚至更长时间了，"还没有开始阅读哦"。说实话，头几次收到它贴心的提醒，我是很难为情的。读中学时，学校图书馆的管理员老师也爱这么问，他的语气严厉而急切。

经过三五年的磨合，如今我的无形书架中的电子书动态更新，保持着不多不少的数量，还实现了和家中有形书架上实体书的互补。

大部头的书、竖排的古籍，主要定居在家里的书架上。这是因为，读大部头的书常需前后翻动比照，纸书远比电子书来得方便。竖排的古籍呢，转为横排电子书时容易有错漏，更不用说阅读本来就关乎心灵又属于肢体。一本纸书卷持在握，摇头晃脑、顺行而下的快意，岂是点点屏幕可以替代的。

新出的小说、插图多的书，则大多驻扎在手机里。小说装在手机里，随时可读。古人所谓"三上"，网络时代叫"碎片时间"，正好用得一点不剩。如果书中有大量彩色插图，电子书更是优选。高清屏幕不愧为读图利器，还能放大细部欣赏，且无因陈旧发黄破碎之虞。

坦率地说，我正在重新学习阅读，努力适应着买书、藏书、读书的新变化。应变以守常，本就是阅读之目的。作为读书人，唯一不变的，是阅读的信念和执着。

《人民日报》2024年11月27日第20版

# 苏轼与岭上梅

刘
扬

　　苏轼曾在岭南度过约7年时光。彼时，岭南被视为蛮瘴之所，苏轼被贬至此，大抵是人生的至暗时刻。然而，正是在这7年，苏轼的思想精神转入更为广阔的世界，泊然无所芥蒂，此间心境，值得后人一读再读。

　　苏轼的文字给人最直观的印象，莫过于他总是心怀热情，从朴素的生活中挖掘出诗意和乐趣。在苏轼眼中，惠州风物宜人，漠漠江云、潇潇海雨中，桂花香气遇水成滴盈盈欲坠，新鲜的荔枝像小火球一样挂在枝头，橙黄的柑实、朱红的橘子、紫红的杨梅，岁岁都是好收成，且价格极廉……身为老饕，苏轼自然要一饱口福。岭南的荔枝果然清甜可口，他又辗转购得羊脊骨，点以薄酒粒盐，烤至微焦，剔食佐酒，乐此不疲。白鹤峰上的小房子盖好了，终于能披散头发，躺在小藤床上，宽心睡上几觉。哪管窗外春日迟迟，先生犹在梦中。

　　这一幕幕剪影，固然源于苏轼那自适的天性、诗人的敏锐，可也确为自觉的智慧。苏轼是很清醒的，"一生忧患，常倍他人"，把生命的热情燃烧在此刻也就不失为良方。正如寓居惠州嘉祐寺时，苏轼常往松风亭散步，可年近花甲之人，早过了牵黄擎苍、立马射虎的年纪，有时脚软筋疲，望着不远处的亭宇，不知如何走到。一日，苏轼忽然想到"此间有甚么歇不得处？"于是坐下歇了歇脚，掉头回家，自觉如钩上的鱼儿，忽得解脱。

　　苏轼还有一种能力，就是无论走到哪儿，都可以很快和当地人交上朋友。弟弟苏辙说他是"人无贤愚，皆得其欢心"。初抵惠州，当地官民父老同情他的遭遇，欢迎他的到来，让他倍感亲切释然。在给朋友的信中，他说这里风土食物不恶，吏民相待甚厚，已然计划终老于斯。很快，惠州的詹范、博罗的林抃、广州的王古，一个个成为他的新朋友。苏轼还热心公益，向惠州贫病的百姓发放药物，建议广州官府从白云山用竹管向城中引水，改善百姓的饮水状况。他多才多艺，待人温和，同理心丰富，又不存身份之见，无论是士大夫还是贩夫走卒，都常常倾倒于他的魅力。成为苏轼的朋友，大概是很幸运的一件事吧。

　　正是朋友们的相助，苏轼度过了最艰难困窘的时刻。绍圣四年（1097年），苏轼责受琼州别驾、昌化军安置。初到海南，资用匮乏，正所谓"此间食无肉，病无药，居无室，出无友，冬无炭，夏无寒泉"。在当地士人的帮助下，他在城外买了一小块地，又是当地人帮着"运甓畚土"，几间小屋子得以盖成。饮水食芋，总算在儋州安定下来。

　　上元节，他与当地朋友约好一起夜游城厢。月华如水，他也许穿戴的正是黎族老人的样子。他们进入西城，穿过僧舍，走过街巷，一路欢歌笑语，肉铺酒肆热闹异常。回来时夜交三鼓，他早已熟门熟路，身世两忘。海南3年，离开时，他说自己应该本就是海南人，只是碰巧在蜀地出生。心理学认为良好的社交关系可以让人避免抑郁，估计苏轼会很欣赏这种说法。

　　读苏轼这个时期的诗文，很难不被他精神世界的圆转无碍打动。宋人常说子瞻好辩，其实最难的还是开解自己。早年谪居黄州时，苏轼常常思念家乡眉州，他就想长江水中有一半是峨眉山的雪水，自己饮食沐浴都取此水，和身处故乡也就没有太大差别。登岛前，苏轼已与家人诀别，天涯海角，这回连山与水的精神联系都无法攀借了。周遭海天无际，故乡渺不可见，看来是很难回去了。

但苏轼到底是苏轼，心情慢慢就转过来了。他想到天地被积水包围，九州在一片大瀛海里，从这个意义上说，所有生灵有谁不生活在岛上？那么，身处海南或回故乡又有何区别？如此，再大的困境也变成了风景。

岭海7年，襟怀磊落的他早已心地光明，不再囿于往事，而是把关注点放在未来，放在事物美好的一面。元符三年（1100年），苏轼遂得北归，后再次来到大庾岭。度岭时，当地最引以为盛的梅花已过花期，他遂赋诗《赠岭上梅》："梅花开尽杂花开，过尽行人君不来。不趁青梅尝煮酒，要看细雨熟黄梅。"梅花飘尽，就连梅子青涩适于煮酒的时节也已经过去。那么多美好的时刻，多少来往行人都曾拥有，唯独自己全部错过。这也许是令人悲伤的，但苏轼让我们看到了另一面，总有美好的事情可以期待：梅花落了，还可以有青梅煮酒。青梅季也过了，那就静待细雨把甘甜压进果实，看黄梅渐渐成熟。

《人民日报》2024年11月30日第8版

# 日常生活有文韵

吴画成

　　朋友要给孩子起名字，下意识翻出了《诗经》《楚辞》，马上又说，里面的好名字，怕都已经被前辈用完了吧？我大笑，转念一想，确实是，翻诗、辞给孩子起名字，大概是国人的"本能"。在我们大众的观念里，它们几乎是"文化"甚至"美好"的代名词。普遍尊崇文化，普遍希望给孩子以美好的祝福，所以就偏爱诗、辞。这未必出于对诗、辞多深刻的认知与研究，很多时候只是自然而然的举动。但正是这种下意识的自然而然，更显出文化在日常生活中的悠长韵味与生命力。

　　"蒹葭苍苍，白露为霜"，近3000年前的陇南水边风景，至今还在人们眼前流转。风景还是风景，但也不只是风景。历代吟咏，它已经由当时人的日常生活风物，转化成了具有文化内涵和审美情趣的社会风景。

　　这让我想起前几年一度很流行美食纪录片。从高大上的文化解码式拍摄，到早餐夜宵的人间烟火式呈现，都不乏可观的观众群。这些纪录片的流行，固然有一部分原因是新的媒介手段和拍摄模式在画面上给了美食更强烈的吸引力，但促使它们形成风潮的，更主要应该归功于观众从中找到了日常饮食的文化意味，还有无数人在日常生活中汇聚成的那股精气神。

　　后之视今，犹如今之视昔。这样想来，今人在漫长又平常的生活中刻录下来的某些画面，经过时间的积淀，会不会成为另一时代念念不忘、别具意味的风景呢？

"是日也，天朗气清，惠风和畅，仰观宇宙之大，俯察品类之盛，所以游目骋怀，足以极视听之娱"。王羲之在《兰亭集序》中描述的三月初三上巳节曲水流觞的场景，曾经引得我专门跑去会稽山脉北麓的兰亭。王羲之等人当年修禊的确切位置早已不可考，现在所能见的大概只是后人以想象复原的场景，水、石只是寻常。但即使追溯到1600多年前的原处，十之八九也不会是多了不得的风景。只是寻常的风景，也让我在跟前站了很久，脑补了一番"引以为流觞曲水，列坐其次"的身影。因为《兰亭集序》在文学史、书法史、社会生活史中的价值，并非殊异的风景也有了独特的光彩。那些一时相聚的剪影，也有了"虽世殊事异，所以兴怀，其致一也"的久远意义。

如今，在离兰亭不远的绍兴古城里，每到节假日，都有许多"跟着课本去旅行"的小朋友，甚至也不乏成人跟着书本去旅行。连本来只是本地口味的绍兴菜，据说也火了起来。外地游客点菜时，点的或许并不只是口腹之需，而是"鲁迅笔下的绍兴菜"。菜和那些经典的文章形成了联结呼应。百年前的文字，慢慢透到今天游客的箸尖，成为今天人们物质与精神生活合而为一的那部分，渐渐产生和时间共同生长的力量。

也因为这种合而为一，人间烟火虽出于寻常，又升腾起超出寻常的气息。其实许多人诚诚恳恳所求的理想生活，正是这种出入于寻常、平凡但非平庸的生活。说到理想的日常生活，我想起孔子弟子曾皙描绘的著名场景："莫春者，春服既成，冠者五六人，童子六七人，浴乎沂，风乎舞雩，咏而归。"《论语》中描绘的这个看似寻常的画面，漫长时间里引起无数人心有戚戚，自然有它坚实的生活基础，有它值得万般涵泳的韵味。

《人民日报》2024 年 12 月 11 日第 20 版

# 我的几何人生

丘成桐

　　月前，我在汕头参观了我出生的小洋房。这小洋房是我父母在新中国成立前购置，作为我们一家人居住的地方。75年的老房子经汕头市大修得以重睹，非常感激人民政府的厚爱。

　　我也见到父亲走过的路。我发觉它和我一生走过的路、想要做的事情，何其相似！只是大时代的走向不一样，我比他幸运得多！

　　父亲成长于粤东蕉岭的农村，在祖父去世后生活艰苦的条件下，到厦门大学学习政治经济学，随后东渡留学日本早稻田大学。回国后正值日寇侵华，父亲奔走广东、福建、江西3省30多个地方，奋力抗日救国。

　　抗战胜利后，他帮助联合国救济总署在潮汕地区散发救济物品。这是个肥缺，但父亲清廉自持，不同流合污。

　　后来，我们一家人到了香港，我在新界元朗的农村长大，父亲在几所大专院校任教，其中一间叫崇基书院，是香港中文大学的前身。开始时父亲研究中国哲学，要从基础上认识中国文化。为了彻底了解中国儒道，他花了很多时间去研究西方哲学及印度佛学，和中国哲学比较，希望能揭橥中国文化的精髓。

　　我们一家10口，生活由父亲一人独支，肩负之重可以想见。但他仍然对教学充满热情，并常常写作直至深夜。他每个星期都会在家中向诸生讲述哲学，我虽不懂，但在不知不觉之间，东西哲学的精神在我心中已经产生了潜移默化的作用。

父亲一生为国，为了国家愿意舍弃一切。作为读书人，他不畏强权，不为富贵所屈。他秉持读书人的气节，颠沛中以读书思考为乐，直至英年去世，不改其志！

我现在年过70，回顾走过的路，和父亲何其相似。只不过我屡遇明师，才有所成就。父亲去世后这61年，祖国经历了巨大的变化，改革开放大大地改变了整个社会，教育不断提升，国家欣欣向荣，华侨在海外也得到保护。

我13岁得到父亲的鼓励，开始对数学发生兴趣。父亲对我标示从哲学高台看众学的重要观点，海纳百川，而又要脚踏实地、虚怀若谷，以成就不朽之业。为学需要标心于万古之上，送怀于千载之下。这样的胸怀，对我一辈子的行事为人，影响甚深。

然而好景不长，次年父亲去世。对年幼的我可谓晴天霹雳！一家人顿失支撑，家无居留之所，食无隔夜之粮，前途茫茫，情何以堪？

幸赖母亲坚持，学业得以继续！

母亲在全家极度困难的时候，还坚持让我们上进，让我有机会去追寻我父亲向往的不朽之业。直至今天，我还记得她慈祥却坚定的目光。

10岁时，父亲教我古文，第一篇是《礼记·檀弓下》的《嗟来之食》，第二篇是陶渊明的《五柳先生传》。

以后，我才知道父亲在教我做人的道理。第一篇告诉我们做人的尊严，富贵不能淫，贫贱不能移，威武不能屈。第二篇描述陶渊明好读书，不求甚解。研求之乐，使我一生受用不尽。

父亲写他的《西洋哲学史》，在引言中引用《文心雕龙·诸子》："嗟夫！身与时舛，志共道申，标心于万古之上，而送怀于千载之下！"

在学问上能够做出不朽的工作，这个宏愿一直激励着我。

正如"孔子厄于陈蔡"，不朽的工作，不可能都是坦途，所以父亲说："寻孔颜乐处，拓万古心胸。"

做学问要达到这个境界，要学孟子说的："我知言，我善养吾浩然之气。"

一个人的际遇，对生命的领会，会影响到我们对美的追求，对真理的认识。

所以太史公年轻时遍历天下名山大川，访寻古代遗迹民情，始得天人之际，成一家之言。

我喜欢历史，它使我增加对人生的经验，我也喜欢《史记》《左传》的文字，直抒胸臆，令我情不自已。以后，我做科研遇到困难时，会朗诵秦汉古文，也会诵咏诗词，它们使我心旷神怡，回观科研，竟然若有所得。

人生的经历，不可能都是顺境，科研也如此。没有经过逆境而得到的成果，一般来说，深度总会不够。

《红楼梦》是一部伟大的作品，它花了很大的功夫去描述一个大家族的荣华富贵，通过一群妙龄女子和贾宝玉吟咏风月的爱情故事，又通过贾蓉父子、刘姥姥、尤二姐的眼睛和行止，描述秦可卿和王熙凤的种种，指出家族的问题。

小说最动人心弦的部分，却是这个大家族最后的破落。小说通过凄美的爱情故事、奢侈浮华的贵族生活、封建社会对年轻男女的桎梏，呈现大家族破落的原因和经过，引起大家深深的共鸣。

我第一次读《红楼梦》时11岁，入世不深，对书中这些男女的行为甚为不解。父亲又要求我背诵其中的诗词，初时觉得辛苦。但是在父亲去世后，我心情相当波动，也开始了解人情冷暖，家庭经济极度困难，能否继续读书成为一个重要的问题。

家庭经济产生的种种问题以外，我丧失了精神上的支柱！以前，父亲告诉我做人的道理，做学问的方向，我一直跟随他的步伐，深信不疑。但是他不在了，我必须自己做决断。在极度哀伤的心情下，我决定继承父亲的遗志，这辈子必须要做出一番不朽的事业，因此必须继续我的学业。

为了能够按时交学费，我必须忍受别人的歧视，必须承接别人的白眼。在这个时候，才终于体会到孟子说的："独孤臣孽子，其操心也危，其虑患也深。"

我在念高一那一年，对历史特别感兴趣，阅读吕思勉先生的《中国通史》，开始了解中国古代的历史，也培养了我的家国情怀。在书中的最后一页，吕先生引用了梁启超翻译的英国拜伦的诗篇，是拜伦在希腊看到波斯古墓而吟咏的作品，中间有句说，"难道我为奴为隶，今生便了？不信我为奴为隶，今生便了！"这首诗一直在鼓励我向上。

我决定要在学问上出人头地，当时实在没有其他道路可走。我可以望尽天涯路，但是我必须解决眼前的经济问题。最简单的办法是替学生补习数学，争取给家庭一点补助。我走遍了香港岛、九龙各地区，上门教授学生，我的第一个学生只低我一年级。收入也很微薄，但我还是兴致勃勃地去做。有时要走相当长的山路。为了争取时间读书，一路上拿着书本看，有时候也思考数学的问题。

当时，我读遍了能找到的数学书籍，有些书籍是将吃饭钱省下来到旧书档买的。这些书并不连贯，要看运气，都是从内地运出来的，有些是中学用书，有些则是大学用书。这样子念着，虽然不求甚解，但努力用功，还是有不少裨益。

当时没有图书馆，我常跑到市区中的书店，站在书架前看书，一看就是一个多钟头！书店老板居然没有阻止我，大概是认为我好学不倦吧。

需要说的是，我看的书不是准备高考的书，任何有意义的书我都会阅读。我养成了一个习惯，无论到什么地方，我总会带着一本书，一有空就拿出来看。

尽管我在中学名列前茅，但没有得过任何奖项，我不在乎。我始终没有忘记人生的目标是成就不朽的学问。我也很清楚，如果我长期在当时的香港，顶多做个井底之蛙，香港的老师们，不可能带领我望尽天涯路。到了大学的时候，我数学的水平已经远超同侪，但是我觉得没有什么值得骄傲的地方，因为这个不是我的目标。

念大学时，我常到图书馆借书看，但是那里书并不多，也不知道主流学问的方向，走了很多冤枉路。幸好得到一位年轻老师的赏识，推荐我到加州大学伯克利分校，最终师从陈省身先生。这可以说是我做学问最大的转折点！

陈先生的名字我早有所闻。父亲去世那年，《明报月刊》转载了一篇文章，是陈先生的简要自传，叫作《学算四十年》。

看了文章，我才知道中国有数学家在海外出人头地，甚至还有如陈先生这样完成不朽之业的大师，这使我茅塞顿开，有大丈夫当如是的感觉。现在在他做学问的地方念书，教授中又不乏大师，我的精神至为振奋！

我在伯克利的第一年，陈先生到外地休假去了，但是围绕在我身边的都是良师益友。老师有非线性微分方程大师查尔斯·莫里（Charles Morrey）、拓扑学大师埃德温·斯帕尼尔（Edwin Spanier），年轻教授有布莱恩·劳森（Blaine Lawson）、凯伦·乌伦贝克（Karen Uhlenbeck）、多里安·戈德菲尔德（Dorian Goldfeld）、鲁弗斯·鲍恩（Rufus Bowen）、伍鸿熙，同学则有比尔·瑟斯顿（Bill Thurston）、比尔·米克斯（Bill Meeks）、约翰·米尔森（John Millson）、郑绍远等，真可谓一时之盛！

在这样的环境下，我在当年冬假20岁时完成了人生中第一篇比较有意思的论文，这篇论文在我21岁那年夏天发表在《数学年刊》（*Annals of Mathematics*）上。

陈先生刚好休假回来，见到我的时候，一脸笑容，大概是高兴没有押错宝吧。毕竟我在香港中文大学还没有毕业，由他力挺，进入了伯克利的研究院，虽然他是大教授，难度也还是不小的。他回到伯克利后，我请求他当我的博士指导老师。

他对我期望很高，一开始就要我解决黎曼猜想，作为博士论文的题目。但是我对这个题目的兴趣不大。陈先生是很宽容的导师，大概见我没有继续和他讨论这个问题，就放弃了要我朝着这个方向走。

过了两个月后，他要求我在他的几何讨论班演讲，介绍我刚到伯克利时做的文章。这是一个很著名的几何讨论班，能够在讨论班上做演讲是个荣誉。

当天来了50多位听众，讲堂挤得水泄不通。听众中有约瑟夫·沃尔夫（Joseph Wolf）教授，他是陈先生在芝加哥大学时的博士生，是我演讲题目的专家，看来他很满意我的工作。

过了两天，陈先生叫我到他的办公室，告诉我可以毕业了，着实让我吓了一跳。

我自问学问还是不够扎实，还需要学习，但又考虑到香港家人经济不好，早一点毕业，可以让母亲和兄弟姊妹生活舒适些，所以听从了陈先生的建议。

我师从陈先生，学习了复几何的陈氏特征类，对我的学问有裨益。陈先生60岁那年，在我行将毕业时，送了一本他写的书给我，书名叫《不具位势原理的复流形》（*Complex Manifolds without Potential Theory*）。

他在书中亲题赠言，说："余生六十矣，薪传有人，愿共勉之。"

这几句话使我受宠若惊。30年后，我写了一副对联给陈先生，中间有句叙述此事："留书赠言，墨迹犹在，相期未负平生。"

我父亲早逝，陈先生无论在学问还是在事业发展上的教导，都继续了我父亲的遗训，影响了我一辈子。

但是，正如我少年时没有全部听从父亲的教导一样，我喜欢探索自己的研究方向。研究院一年级时，我师事莫里先生。受他启发，我决定要以新的观点来研究几何学，利用非线性微分方程去构造几何结构，也通过几何的观念来研究非线性方程。以后，郑绍远、孙理察（Richard Schoen）、凯伦·乌伦贝克、莱昂·西蒙（Leon Simon）、克利福·陶布斯（Clifford Taubes）、理查德·汉密尔顿（Richard Hamilton）、李伟光（Peter Li）等人都有同样的想法。我们共同努力，解决了一大批重要的问题。

我们创立的这个学科被称为几何分析（Geometric Analysis），直到如今，它还是数学中最重要的分支之一。

这个分支的开花结果，得到的成就，可以说无愧于先人，可以传诸后世矣！

几十年来，我希望这些科研工作也能够在祖国落地生根。在我名下毕业的博士生已经超过70名，其中大部分是华裔学者，他们不少已经回到中国，在各院校发热发光。

在国家的大力支持下，我们在清华大学成立了求真书院，期望在未来10年，能培养出一大批中国数学领军人才，使中国基础科学得以自强于世界，不负国人的厚望！

# 写作，让我的世界越来越大

单小花

《樱桃树下的思念》出版后，越来越多的人把我称为作家。其实，我就是一个喜欢记录的人，仍是生活在西海固的一个农民。

我上中学的时候，正赶上西吉县连续两年干旱，地里颗粒无收，我被迫辍学了。和当地很多女孩子一样，我早早结婚，学做针线茶饭，生儿育女，养牛喂羊。一晃16年过去了，我没看过一本书、写过一个字。

有一天，我坐在炕上做针线，在抬头移脸的一刹那，望见窗外飘落的雪花，突然想起了母亲。我溜下炕，走到柜前一把拉开抽屉，取出相册，翻看母亲的照片和她的遗物——筘筘。筘筘又名口弦，是用竹子做的一种袖珍乐器，是母亲生前的心爱之物。看着筘筘，我眼前满是母亲的音容笑貌，突然就很想把那些逝去的岁月写出来。我向孩子要来一支笔和一个写过的旧作业本，像个学生娃娃一样趴在炕桌上，在本子的背面写起来，遇到不会写的字就转身问一下孩子。写完之后，我的心里骤然清亮很多，舒适了很多，如同向知己倾诉，得到了莫大的安慰。

起初，我的写作都是背着人的，常常是半夜三更写，写完后就悄悄藏起来。在农村，一个女人家如果成天拿笔写写画画，别人看到了，可能会说这是"不务正业"。可是我写上了瘾，隔段时间不写，就觉得不自在。写作时，我将一切都抛在脑后，只沉浸在我讲述的人物故事中，快乐着主人公的快乐，悲伤着主人公的悲伤。

有一次，我正在写一则挖坑植树故事的结尾。突然，门"咯吱"一声被推开了。听见响动，我抬头望了一眼，原来是我邻居。她冲我一笑，问我家的筛子在哪儿，想借用一下。那会儿，我正写得顺畅，就用眼神示意她筛子挂在墙上，自己去拿。而后，我低头继续写稿去了。

门"哐啷"又响了一声。我抬起头，发现邻居闷着头一步跨出了门。我如梦初醒，邻居肯定误会了，以为我不肯借给她。我连忙扔下笔，跳下炕，伸手从墙上取下筛子，追了出去，边跑边喊。可邻居早没了踪影。我只好提着筛子追到她家，低声说："今天是我的不对，怠慢你了，别往心里去。咱们是多年的老交情，你直接拿就是了。"邻居没好气地说："我问你借，你不言喘，我怎好意思拿呀？""哎呀！你是有所不知，有时灵感来了，不吃饭都得马上抓住，它就跟兔子一样，一不小心就跑没了，再想找，不知得到猴年马月去了！你看这不是给你送来筛子了嘛！"

邻居半信半疑看了我一眼，抿嘴一笑，送我出了门。

过了一段时间，我那篇文章发表了。我拿着编辑部寄来的样刊，跑到邻居家跟她分享。我坐在她家炕沿边，给她念我的文章。她一边听，一边"咯咯"笑："写得真像，咱们植树就是这个样子的！""是，明天我就用稿费请你下馆子！"

几年后，在出版社的扶持下，我的散文集《苔花如米》和《樱桃树下的思念》相继出版。

很多朋友一见到我就会问："你的书为什么取名'苔花如米'？"其实，我是受清代诗人袁枚的一首诗《苔》中句"苔花如米小，也学牡丹开"启发。苔藓虽然生长在没有阳光的地方，且青苔花也很小，但毫不自惭形秽，而是像牡丹一般，充满自信地绽放自己的个性。"苔花"和"樱桃树"适应生存环境的能力都极强，我喜欢这两种植物。

因为写作，我才有幸坐上火车、飞机、地铁、轮船等，才有机会了解社会，走向更远的世界。记得我去安徽时，看到那里的茭白与我们西海固的玉米长得很像，但茭白长在水地里，是一种蔬菜；而玉米在水地旱地都能生长，是一种粮食。还有福建的杏儿成熟得很快，不像我们西海固的杏儿需要半年才能成熟，这就是南方与北方的区别。要不是写作，我也去不了那些地方，更不会知道这些事情。我知道后，就想写出来，让更多的人知道。

一位文学前辈说过："文学最终是一件与人为善的事。"这句话对我影响很大。前两年，我和几位文友合力办了一个网络写作学习班，希望帮助像我一样身处逆境的朋友，走出精神上的困顿。起初，我们的写作班遭到了一些人的笑话。有人说，都是些"泥腿子"，能讲出什么来？我听后没在意。周六的晚上，我拿自己的故事做实例，用语音在微信群里讲了一个多小时。群里的同学都很上进，白天打工，晚上挤出时间写作。我们则帮他们修改，还挑质量好的稿子，推荐给我认识的文学编辑。

西吉县木兰书院每次搞活动时，大家都踊跃参加，有带甜醅的，有带水果的，有拿茶叶的，还有拿麻花油圈的。大家每次去西吉文联、作协、木兰书院时，都称作"回娘家"。彼此见面第一句话是："最近看的啥书？写了啥文章？"这是文学的聚会，也是生活的聚会。大家说着笑着，快乐无比。

《人民日报》2024年12月26日第20版

# 我与一座城

潘家园淘宝

花香果香书香

岳麓山，桃花岭

古朴的钟鼓楼

长长的弄巷

车轮上看永川

登临寿州古城

东江岸边的活力之城

城墙边的大同

# 岳麓山，桃花岭

王跃文

　　我刚到长沙时，岳麓区还叫作西区。我住湘江东岸，长沙人谓之河东。西区在湘江西畔，长沙人谓之河西。五一路从老火车站起头，一箭笔直射到橘子洲大桥，过了湘江，再往深处去，就到了蔚然横亘的岳麓山。长沙山、水、洲、城的气脉就这样贯通了。

　　我那时还没学会电脑写作，白天忙公事，爬格子写小说只在周末或晚上。周末双休制正试探着执行，一周单休，一周双休。我很渴望每周都是双休日，多些时间写小说。那个夏天，我正在写中篇小说《秋风庭院》。暂住的斗室热得凳子挨不得屁股，人坐下去就张嘴喘气。提起笔来，落纸不是墨水，而是汗水。有个周末，我背着稿纸上了岳麓山。行至半山亭，风过林响，鸟鸣啁啾，心里顿时清凉。我在半山亭坐下，背靠亭柱写小说，阳光斜照在稿纸上，金晃晃的，有些刺眼。偶尔闭目沉吟，便有两条金龙在眼皮下的暗红里游动。那时，我并不懂得保护眼睛，不知眼睛是不能过久盯着强光的。写起小说来，我脑子动得比手快，只好龙飞凤舞地写。初稿上的字，别人是认不得的，我便晚上再去誊抄和修改。半山亭内并无石桌，只能以膝头为几。游人过亭，三三两两，老老少少，或有驻足观望者。我写得忘情，视若无睹，只顾沙沙走笔。写到得意处，我会笑出声，或情不自禁摇头晃脑。游人以我为疯子也未可知。这部中篇小说是《湖南文学》黄斌先生约的，后来发表在该刊1995年7、8月合刊上。次年，小说获得《小说选刊》组织评选的全国最佳中短篇小说奖。

那几年，我陆续写了六部与《秋风庭院》相关联的中篇小说，先后发表在《当代》和《人民文学》上，最后结为长篇小说《朝夕之间》出版。这些小说的很多文字就是在岳麓山上写的，有时是在半山亭，有时在爱晚亭往上一点的放鹤亭，有时在岳麓书院前的吹香亭。放鹤亭，我最喜爱，素朴雅致，气态安闲，仿佛一位饱学先生，旧衣旧鞋，清清朗朗，立于清风峡边上。放鹤亭中间有个方石礅，刻着"放鹤"两个大字，据说是为了纪念曾经的山长罗典。放鹤亭游人来往最多，却大都脚步匆匆，奔爱晚亭去了。我便安坐其间，埋头写作，有时还把石礅借为书几，也不管罗典先生允不允许。

岳麓山是有灵的。我不敢惊动岳麓山上的前圣先贤，但岳麓书院里的古樟怪柏、麓山寺的六朝神松、爱晚亭前的翠竹红枫，也许皆见过一位年轻人，或低声吟哦，或俯首沉思，或摇笔疾书。《朝夕之间》里有位离休多年的地委老书记陈永栋，长年半闭着眼睛独来独往，每日清早都在大院里舞太极剑。老书记去世前写下遗嘱：全部积蓄45万元交作党费。众人知此，莫不感佩。我描写陈老的外貌和性情时，模拟了在麓山寺前屡屡遇见过的一位老者。有一天，我坐在麓山寺前写小说，见一位老者，不僧不道，长辫垂背，手秉宝剑，半闭双目舞太极剑。我初以为老者是疯子，却见他舞起剑来惊风遏云。我目不能移，待老者收势立定，忙趋步上前试与攀谈。老者却双目低垂，转身下山去了。那段日子，我常在麓山寺前遇着这位老者，却始终未能同他搭上话，倒是将他的身形写进小说里去了。

几年后，我终于卜居河西，向岳麓山又近了些。我居住的地方叫咸嘉新村，选择这个地方住家，大半是为它离岳麓山近，距闹市远。站在屋顶花园举目望，远近皆是绿意葱茏的小山，仿佛画家笔下的青绿山水，随意一拖一带，都是气韵。田野边美人蕉红黄连天，松竹深处隐现着村舍人家。我的所谓"屋顶花园"，只是房产推销的噱头，不过就是个露天大阳台而已。我好种花木，把阳台侍弄得好似小花园。我家的三角梅翻悬到阳台栏杆外面，花开时节火红欲燃，引得楼下行人登楼敲门争看。

眼看着四周高楼拔地起，咸嘉新村很快又成了闹市。热闹起来的咸嘉新村倒也闹中得静，生活设施极是方便，但我心里总恋着山野气，便又向着离岳麓山更近的地方搬了家。我现在的陋居背靠桃花岭，面向梅溪湖，前湖后山，绿意扑人，极是称人心意。桃花岭本就是岳麓山伸出的支脉，为修西二环公路劈开了。我每同朋友说起桃花岭好，便说："桃花岭其实就是岳麓山。"2022年，岳麓山新修了西大门，正对桃花岭，看看，岳麓山同桃花岭不又连起来了？

冬日清晨，太阳从桃花岭上升起来，热热闹闹照进卧室。由春往夏走，天气越来越暖和，太阳也慢慢移位。待到酷夏来临，太阳就照到别的地方去了，我的卧室竟到了阴凉处。从客厅望去，一湖青蓝横陈，阳光下碎金辉跃，晃人眼睛。尤是晴好秋日，傍晚时分，西望天边腾腾一片夕阳，冶铜熔金，绛红烟紫，无限光色流泻湖中，水天相映，绚烂至极，也奢华至极。梅溪湖四季好花，春来桃花如海，夏天紫藤垂地，秋时桂香袭人，冬日梅花幽馥。爱花的人，恨不能时时守在湖边，寸步不离。我的陋居朝湖的窗前尚有一奇，湖边往湖心柔柔弯出去两座小山，以一石桥相连，桥上桥下水如圆镜，青山白水若青白二鱼，环抱依偎，仿佛一个太极图。我每日晚间散步，要么上桃花岭，要么走梅溪湖。走梅溪湖，环湖有时觉得太远，散步总要走回头路。心想，湖心有座桥就好了，人们爱走大圈也可，只走小圈就跨桥而过。不多久，居然心想事成，湖心真建步行桥了。从我家门口上湖边栈道，一路绿草茵茵，花木扶疏，风荷轻举，清波粼粼。过桥到节庆岛，或略作盘桓，或径自前行，再上北岸往东走，刚好万步归来。

我写《家山》是在咸嘉新村动笔的，先写了三十几万字。家搬到桃花岭下梅溪湖畔，我对原先写的却不满意了。于是，另起炉灶，重新开笔。人物和故事有些是先前写过的，小说的结构和语言却变了。我偶尔写到笔钝，赶紧出门走走。桃花岭上见到的香樟、松树、麻雀、乌鸦，都会到我笔下。岳麓山中，桃花岭上，梅溪湖边，初春的樟树林新叶老叶杂陈团簇，成鸟雏鸟翻飞，正是我在《家山》里写到的样子。《家山》的笔墨具体而微，庄稼树木，五谷六畜，花鸟鱼虫，皆称其名。《家山》里写到的风物，岳麓山、桃花岭、梅溪湖及附近乡村，都能寻到。

2022年12月2日凌晨3点58分，《家山》杀青。我木坐良久，心里一一跟小说中的人物道别，不舍而怅然。我在床上倒了一会儿又起来，曙色渐明。拉开窗帘，桃花岭山间霞光万道，一轮红日正冉冉而升。望着窗外桃花岭，恍如家乡雪峰山飞抵眼前。梅溪湖上起起落落的水鸟，也让我联想到家门口的㳇水。我到长沙已29年，竟有23年逐岳麓山而居。不管长沙再怎么长大，我会永远住在岳麓山桃花岭下。岳麓山，也是我的家山。

《人民日报》2024年1月10日第20版

# 长长的弄巷

陈培德

　　2024年元旦刚过，我再度回到福建厦门。这次没住在位于新城区的大女儿家，而是住到弟弟家——位于老市区四仙街26号的老宅。老宅是我少年时和父母同住的地方，典型的南方三进式的院落老平房。三间平房，大姐、二姐两家各住一间，我、弟弟、妹妹和父母亲合住一间。厅堂的对面是另一家子。我上大学离开了这里。而父母亲去世后，弟弟一家一直住在老宅。

　　四仙街26号有我挥之不去的浓浓乡愁。这里有我少年时的童趣。一条长长的弄巷，放学后我们邻里的孩子们常在弄巷里滚铁圈。家门口有个大大的平台，我们常在这里打陀螺、弹玻璃珠、玩老鹰抓小鸡。这里也有艰难生活的印痕。厦门解放之初，父亲被市军管会安排在厦门至香港的货轮金顺安号上当海员。后来船主改了航线，父亲弃职回厦门。老实巴交的父亲没有向军管会要一份工作，而是用一根扁担开始自谋营生的生涯，卖菜、卖豆腐脑、卖草药，维持一家五口的生活。日子的艰难可想而知，我曾萌生辍学出去做工的念头，但父亲坚持就是自己再苦也要让孩子读书。

　　那时，我和弟弟放学后常跑去帮父亲把沉重的担子挑回家。三年困难时期，年过花甲的父亲仍然用一根扁担挑起一个家，因为一天不出门全家就断炊。父亲为孩子们能有出息甘愿千斤重担一人挑的精神，激励我更加发奋读书。我小学保送初中，初中保送高中，并在1962年考上北京大学哲学系。为了凑够我进京求学的费用，父亲把家里能卖的东西都卖了。二姐还拿出她的退职金给我做盘缠。

四仙街26号，是我在艰难中磨砺长大的地方，也是我走向希望的出发地。我始终深深地眷念着它。回厦门第二天一早，我就迫不及待地出门，寻找少年的足迹。四仙街位于厦门著名的特色步行街中山路的岔路口。几十年过去，面貌依旧，始终保持着历史的风格。路面宽一般在两米以内，石板路段是老的，水泥路面是后来新铺的，不能通汽车。巷弄如织，四通八达，颇像迷宫。没有死胡同，每当走到巷底以为走到尽头，结果一拐弯都有窄路逢生，又有出口拐向另一条弄巷。一大片巷群有十几个路名，有的叫巷，有的叫街。

原来的弄巷里都是一层的老宅。其中穿插着几处新中国成立前两层庭院式住宅，现在门口挂着不可移动文物标识。弄巷住户密集，当地政府开明，从实际出发，没搞大拆迁、大建设。这既省掉一大笔拆建费，又保持老城区原有的特色。但无论是私宅还是公租房，只要经过批准，都可以自费改造翻修加高。主巷两侧开着各种小饮食店，路边散落着肉铺和菜摊，各种日常生活用品应有尽有，方便居民就近购物。

几十年来，弄巷里一直保持着传统的民俗。路边的"四仙石"修缮得更新更有香火气。每到传统节日，不少人会自发地给它张灯结彩，炉里的香密密麻麻，香火很旺盛。居民们世代都居住在同一条弄巷里，彼此知根知底，常熟如自家兄弟，和睦相处，民风淳朴，门户敞开，相安无事。这是和住在高楼里感觉大不同的民风。正因为有了对老城区的保护，让十八岁离开、八十岁再回来的我，还能找回往日的印记。

四仙街弄巷只是厦门老市区弄巷的一角，也是缩影。每一条大街的背后大都有一片这样的巷区。本地的城市化建设思路既创新又务实，既扩城又留旧。除了如织弄巷留下历史的印记，大街也仍保留着独特的排楼风格。除了海滨大道，市内没有高楼林立，只有少数加高或重建的楼宇。一般每条街都是清一色的三层四层排楼，外墙体统一重新装修，但依然保持旧时的风格，二层以上是骑楼，人行道就在二楼的屋檐下，行人走在人行道上，可以遮风挡雨。

厦门作为全国知名的宜居城市，一大亮点在于改革开放后既扩建了繁华的新城区，又在保留历史风格底色的前提下改造提升了老城区；既让外地游客流连忘返，又给出外的本地人留下浓浓的乡愁。这座经济发达、旅游兴旺的城市，是一座有故事的特色城市。

《人民日报》2024年2月7日第20版

# 花香果香书香

谢<br>冕

　　闽江自武夷山麓一路南下，开始是涓涓细流，江流蜿蜒，染绿了夹岸山峦。建溪、沙溪，诸多的碧水清滩汇聚于山城南平，遂成巨流。这一派流水，洋洋洒洒，直奔东海。所到之处，一路花香伴着果香，茉莉、缅桂、柑橘、龙眼、荔枝、芒果，铺天盖地的香气氤氲。花果香一路伴随，这就到了三塔鼎立的省城，但见闽江从城中悠悠流过。群山夹峙中，一泓清流，映照着这里的佛塔和寺庙。从那里传出了佛号弦诵之声。这就是我的家乡福州往日的风景，人称此乃有福之州。有一首古诗唤起了我旧日的记忆：

　　　　路逢十客九青衿，半是同窗旧弟兄。
　　　　最忆市桥灯火静，巷南巷北读书声。

　　这里说的是除了花香果香之外，由满城的读书声夹带而来的另一种迷人的香气：这就是书香。这首题为《送朱叔赐赴闽中幕府》的诗的作者是南宋的吕祖谦。诗人为我们带来了遥远年代的特殊的文化记忆。记得幼时，我家在城中如今被称为"三坊七巷"的郎官巷。每天夜晚，市集散后，街巷寂静。此时家家亮起灯火，四围响起了琅琅书声。那是童蒙识字的读书之声，其声悠悠，其乐融融，我在其中。

　　像这样描写福州读书之盛的诗文还有很多。有专讲读书的，表现了福州的风雅："等闲田地多栽竹，是处人家爱读书"（龙昌期）；"天涯何代无逐客，海上千秋有讲坛"（叶向高）。福州人认定，三坊七巷里有大智慧："谁知五柳孤松客，却住三坊七巷间"（陈衍）。

闽省旧称"蛮荒之地"，文化并不发达。晋室东迁，衣冠南渡，带来了中原文化，滋润着这一方土地。在宋代，一代大儒朱熹在八闽大地开坛授徒，极大地传播了儒家文化。有宋一代，蔡襄、曾巩、陆游、辛弃疾这些名家，都在福州留下了足迹和声音。他们是传播和繁荣文明的一代人，他们致力于当地文化的建设。正是他们的到来，为这片大地增添了生机和活力："家有洙泗，户有邹鲁""比屋为儒，俊选如林"。跟随着前人的足迹，这里走出众多学者、作家和诗人。

八闽子弟也真的没有辜负先辈的期望。他们以自己的勤奋和智慧回报。福州后来成了东南的全盛之邦，获"文儒之乡"的美誉。史载，福州文庙保存的历代进士名录中，共有进士4000余名，其中有宋一代占了2600多名。在我有限见闻中，近代以来，福州人因好学和勤奋，造就了令世人瞩目的文化业绩：第一位"翻译家"是不懂外文的林纾，他在他人协助下"翻译"了百余部西方名著；第一位用外文写作文学作品的是陈季同，他的法文小说被翻译成英文、德文、丹麦文等多国文字，陈季同在巴黎高等师范学院演讲时，听众中就有罗曼·罗兰，于是他被写进了罗曼·罗兰的日记；再有，第一个翻译赫胥黎《天演论》的是严复，他为中国翻译界提出了至今仍是经典的"信、达、雅"的标准。

我本人也是在深巷的书声中告别了童年。童年是如此令人怀念。难忘的是我幼年的记忆。我的家是平常人家，母亲是平常的乡间女子，没有上过学，不识字，甚至没有一个正式的名字。但她十分敬重文化，"敬惜字纸"是她给我们的最初的、也是始终的家训。母亲经常用雷公雷婆要打不敬字纸的人来"警示"我们。她目不识丁，却随时俯身捡拾有字的纸张。母亲一生育有五男一女，家境虽是贫寒，却奇迹般地让所有的子女都读书识字。在福州，知书达礼、目光向着世界是一个传统。因为方言复杂而全民学习普通话，是一般的气象。记得作家张洁对我说过，在福州没有语言的障碍，福建是全国普及普通话的模范。

我常想，决定一个城市的悠久生命力的，不是铺天盖地的高层建筑，也不仅是异常发达的现代科技设施，而更应是它的历史文化。一篇《岳阳楼记》使一座城市天下闻名，历史悠久的岳麓书院，因为"惟楚有材，于斯为盛"也是如此。文化的传承是无形的，却是永恒的。幸好福州的三坊七巷给我们保留了这自豪的记忆。

《人民日报》2024年2月28日第20版

# 古朴的钟鼓楼

葛
竞

冬日微雪，我又来到故宫。

穿过红墙黄瓦，行走于气势恢宏的昔日皇家庭院，我踏进了奉先殿里的钟表馆。这是一座属于时间的宫殿，各式古董钟表泛着时间积淀下的光泽。钟表设计师的巧思，能工巧匠的手艺，让人惊叹！作为一个土生土长的北京女孩，钟表馆是我从小就喜欢逛的地方。对我来说，这里到处都是时间的故事。

铜镀金象拉战车乐钟通体金色，大象披着镶满宝石的毯子，金盔金甲的士兵体型不大，却个个神采奕奕。到了整点，战车就会鼓乐齐鸣，大象迈步前行，士兵们也有序忙碌起来，击鼓、吹号、舞旗，栩栩如生。

铜人写字钟最让人好奇。一位洋装书生端坐在钟楼里，凝神伏案，在小小的条幅上书写起两排工整的字。他还会跟着笔画的方向摇头晃脑，真是生动极了。

我最喜欢彩绘楼阁祝寿钟。这是清乾隆时期造办处的代表作，古色古香的二层中式小楼，雕梁画栋。二楼站着报时人偶，一楼表盘左右则是两个神话小剧场。左边"海屋添筹"，山峦重叠，海浪起伏，近处那精致到可立于指尖的仙人，正站在云端，让海中升起楼阁；右边"八仙献寿"，山石园林中，苍松翠柏下，八位仙人飘然而至，给老寿星献礼。

这些几百年前制造的钟表，有的来自英国、法国、瑞士，有的是中国宫廷御用工匠的作品。漫步钟表馆，听着嘀嘀嗒嗒的钟表声，眼中是经历岁月打磨的艺术品，我不仅触摸到时间流动的质感，也感到东西文化艺术的交汇与融合。

钟表馆把记录时间的钟表，变成熔铸文化与历史的艺术品、收藏品，凝结成时间长河中的一抹印记，这与故宫的高大巍峨、古风雅韵相得益彰。我禁不住感叹：北京的时间有着巧夺天工的精美，有着贯通中西的广度，也有纵横历史的恢宏气派。

城市与时间交融的方式不止一种，每一种都会让人动心、动情，难以忘怀。

沿着中轴线向北，走入地安门外大街，那里的人间烟火，会让人感受到北京的时间刻度中的另一种呼吸、另一种脉动。

北京的中轴线从钟鼓楼出发，胡同里北京的时间由钟鼓楼奏响。

这一带现在可是个热闹的地方！各色店铺装点着胡同，透出红红火火的人气。开在胡同里的小店，与开在高楼大厦里的商铺带给人的感觉不一样。它们像是自己邻家的买卖，亲切可爱。铺面不算大，灯光温暖，随意逛逛，和铺里店员闲聊两句，心情也随着轻快。

我喜欢在那些胡同里遛弯儿。灰墙灰瓦大槐树，小店总藏在胡同深处，大都是杂货铺，什么都卖，零食玩具、日用百货、瓷罐的酸奶、橙汁汽水，让嘴巴和心里都甜美起来。在胡同里边走边吃，抬头就能看见古朴的钟鼓楼。

钟楼由淡褐色砖石搭建而成，黑色的屋顶，绿色镶边，肃穆淡雅。其中的大钟，雄浑庄重。铜钟铸于明朝永乐年间，纹样精美，撞击时声音浑厚绵长，"都城内外，十有余里，莫不耸听"。登上钟楼，仰望巨钟，仿佛仍能感受到那个时代的震耳轰鸣；闭眼想象，仿佛还能看到永乐年间繁盛的街景。

鼓楼则是红墙绿瓦，廊檐下满是精致的彩绘。夜色中，鼓楼披上金红色的"灯光披风"，仿佛深藏繁华市井中的古老宫殿，耳边又响起那清脆响亮的鼓声，明朗璀璨。

钟楼和鼓楼，两座建筑物相守相望，像一对穿越时光之旅的老友，默默记录属于北京的时间，守护着生气勃勃的胡同。

我登上鼓楼，向南望去。左边是鼓楼东大街，小铺子里热腾腾的炒肝儿、档口里泛着金光的冰糖葫芦，这些我童年就爱的小吃一直都在，就是这个味儿！右边是什刹海和银锭桥，湖上的冰场又开了，红绿牌坊掩映之间，人们兴致盎然地在银白色冰面上滑冰、玩冰车，欢声笑语不断。

鼓楼的二层放置一面老鼓。这件传承自古代的旧物，鼓面已破、鼓身伤痕累累，记录着它所经历的漫长岁月与曲折故事。在它旁边，还有25面新鼓，其中的24面代表着24个节气，剩余一面主鼓则代表着一整年。

古人对时光的解读实在浪漫，为一年中的节气变化都取了名字。从立春、雨水的万物萌动、草芽初发，到小寒、大寒的天凝地闭、落雪满城，24个节气里有时间，有万物，有人生。在鼓楼里，每敲醒一面鼓，就有一段美丽的时节应声而响。"紧十八，慢十八，不紧不慢又十八。"两遍敲下来，总共是108下：一年有24个节气，72候，再加上12个月份，刚好108下，一下不落，一段日子也不错过。咚咚锵锵，这是中国人吟诵的一首关于时间的诗。

时辰到了，击鼓表演开始了！穿着白布衫、扎着红腰带的汉子排成一排，按照老规矩敲起鼓来。有节奏的鼓声沿着廊檐传了出去，人们仿佛在这一刻穿越了古今，乘着鼓声游历于时光之上。

鼓楼里还有古代计时器展。这也是一座关于时间的小型博物馆，圭表、日晷、漏刻、时辰香……时间在这里有了声音，有了形状，有了香气。

我也置身于钟鼓楼的往昔时光。一更，夜幕初临，先击鼓，再撞钟，提醒城门关闭，人们回房安寝；五更，晨露初降，钟声与鼓声提醒守卫打开城门，恢复交通。待到天边露白，日光熹微，街面上渐渐有了行人，直至熙熙攘攘，车水马龙。北京这座古城真正醒来了！那时候，在这里生息劳作的百姓们，就靠这暮鼓晨钟记录天光的流逝。

千百年东升西落，云卷云舒，世事沧桑巨变，钟鼓楼巍然挺立，见证着老北京城的悠悠历史。

等到纯白落满人间，一床雪做的被子轻轻柔柔地盖过中轴线，将钟鼓楼和周边的小胡同、四合院融融地团在一起，满目山河，落花风雨。待到雪将化未化的时候，住在这附近的居民便会三五成群地走出来，在钟鼓楼广场晒晒太阳，踢踢毽子，或是牵着心爱的人，走过街边的小店铺，赏街景，聊心事。直至天边夕阳那火红里淌出一点金色，温温柔柔的余晖投在你身上，催促你快些返家。

在北京这样一座快节奏、多元化的国际大都市里，有这样一个地方，能让人悠悠漫步，真是美妙！

每当白日将尽，倦鸟归林之际，仿佛总有穿越百年的钟鼓声在耳畔响起。钟鼓声温润而平和，就像那首歌所唱的："一座城听你召唤，晨起，日作，夜眠，春秋冬与夏，沧海几千年。"

《人民日报》2024年3月13日第20版

# 潘家园淘宝

王祥夫

　　北京的潘家园，以前叫潘家窑，也不知道它经过了什么样的周折与变化，现在成了一个人气旺炽的所在。有一个词叫作"地摊文化"，我以为这个词潘家园当得起，那里的地摊儿真是到处可见。周末去潘家园，涌动的人流会把你一下子卷进去。不单是古玩，潘家园几乎是什么好玩儿的都有，整个潘家园被包裹在浓浓的文化气息之中。以前去潘家园除了淘自己喜欢的小古董，还可以买蝈蝈、金铃、油葫芦和大鹦鹉，后来卖虫卖鸟的都搬去了十里河花鸟市场，但实际上隔得也不远。

　　我总觉着，潘家园对我而言是一所学校，我在那里学到了不少在课本里根本就学不到的东西。其实，一个人从小到大的学校可以有许多所，只要能学到东西的地方，我以为都可以叫作学校。那时候，几乎是每个周末，我都会一大早就赶过去。到了潘家园也没干别的，就是看，不停地看，用北京话说，就是"练眼"。那时候，冯其庸先生是潘家园的常客。有一次，我在冯先生家里看到了两块长方形的汉代琴状古砖，真是让人喜欢极了，放在茶台上，大小正合适，可真好。但他不舍得匀给我一块，就对我说："走，我带你去潘家园找那个摊儿，估计还有。"那时候，冯先生住通州张家湾，说走就走，我们便马上坐了车去。到了潘家园，冯先生穿着简便干净的中山装，在前边走，我戴着小黑眼镜，在后边紧紧跟着，不一会儿就吸引了不少人的目光，要我们照顾他们的生意。那一次，我买了一对50多厘米高的铁狮子。明知那是新的，但仿得实在是太好，我便买来送给冯先生。冯先生把它们放在院子里的屋门口，真是好看极了。

"还在这里。"我每次去了都会拍拍铁狮子的头说。

"当然还在这里。"冯先生也说。

冯先生的院子里，蜡梅正盛开着。

"你去看看蜡梅。"冯先生对我说。那蜡梅种在院子的东北角，黄灿灿的，闻着很香。

进客厅的过道上，两盆梅花一红一白，也正在开着。

冯先生是一个热爱生活的人。他写字画画儿写文章的那张案子可真大。案子背后的书架上，一半是书，一半是从潘家园淘来的各种古物，整个书架上满满当当。

潘家园的真东西不少，但假东西也很多，真真假假，就看你的眼力怎么样。地摊上的瓷器、玉器、青铜杂项多到让人根本看不过来。逛潘家园，我特别喜欢到那些冷摊上去看。冷摊大多是临时摆的摊儿，往往会有意想不到的好东西出现。我在冷摊上淘到的两只萨珊王朝的大银碗和天蓝色带柄琉璃杯，就是极为少见的西域古物，后来捐了博物馆。还有一个波斯银魁斗，那件魁斗原来只是波斯的一只小银碗，下边没有圈足，碗里有缠绕的植物纹。可能是当年不符合中国人的使用习惯，所以工匠又给它加了一个鸟首形鎏金手柄。一加上这个手柄，这件器皿就很难保持平衡了，放在那里总是朝着一边倾斜。这个从潘家园淘到的宝物现在在大同市博物馆。

到潘家园，最有意思的还是淘旧书和老唱片。潘家园的旧书都在最南边那块地方，后来又搬到了靠北边的棚子下边。有一次在旧书摊上看到了杨朔先生的一本手稿，一指厚的那么一大本钢笔写的手稿，当时要价6000元。我翻来翻去，最后还是没舍得买。记得那是写抗美援朝的一篇报告文学手稿，上边有许多涂涂改改的地方，现在想想有些后悔，那毕竟是杨朔先生的手稿啊。在潘家园的地摊上还看到过冰心先生不知写给谁的信，小字写得真是好。

那几年，能大量看到或买到老唱片的地方好像只有潘家园，百代公司的唱片也只要100多块钱。我买到过一张谭鑫培的《洪羊洞》唱片，但音质受损，找到一部老唱机播放，仍是失真的。现在老唱片少了，主要就是听老唱片得要老唱机，现在想要找到好一点的老唱机很不容易。

潘家园是个好地方，我曾经在那里买到不少很珍贵的旧书，其中有上海开明书店的石印本。还有不少作家题字、赠送的书，也偶有放在摊子上卖的，比如浩然先生签名送某某的《艳阳天》，玛拉沁夫签名送人的《在茫茫的草原上》，等等。我每每看到这样的书，心里就有点难过。我后来不随便赠送别人书，也许就与在潘家园买旧书的经历有关。你送他书，签了名，结果被他拿去卖废品，这真让人心里不好受。

去潘家园淘旧书是一大乐趣，戴着口罩翻来翻去，潘家园好像什么都有，几乎什么都会翻出来。有一次翻一大堆旧书画，忽然翻出来一件叠得好好的整张《石门铭》，是清末原拓。当时，我心里好一阵乱跳，想把它打开看看，但拓片太大，没地方可以把它打开。回到家，我的客厅不算小，但要完全打开还是地方不够。我知道这是捡了个不小的漏。这件《石门铭》清末原拓，后来我送给了写书法的朋友。

我住在光明桥的那几年，每到周末就会早早起床。先步行去吃早点，买几个荠菜包子，再要一碗武圣羊汤。吃完再往南去，等到了潘家园，那里早已是人挤人。

我始终认为逛潘家园是一种学习，而且可能是比正经上学更为宝贵的学习。逛潘家园的要诀永远是多看少买。不仅是多看，而且最好要把东西拿起来上上手，感觉一下手里那件东西的皮壳和气韵，用民间的说法这就是"养眼"。其实真正的买家去了潘家园也主要是看。因为潘家园的东西实在是太多，不可能一到地方就一个摊儿一个摊儿蹲下来看，所以我个人的习惯是，先顺着摊儿走。好像是什么也没看，但两边的摊儿都在眼里，一边走一边就记下了什么摊儿上有什么东西大约是可以的，一边走一边在心里就想好了，然后再在摊儿上蹲下来细细看货。在我国，不少城市都有天还没亮就开始的古董摊儿，但像北京潘家园这么大规模的古玩市场，别处好像很少见。

年前吧，去潘家园买我习惯使用的马毛笔，想不到竟看到了卖蜡梅和梅花的，真是让人高兴。年都已经过完了，但我买的蜡梅还开了好一段时间。

多少年了，去潘家园逛地摊儿像是一项自己给自己安排的工作，像是不去不行，像是有瘾。去了，往往一逛就是一整天。到了中午，若是出西门，会到对面的烤鸭店去吃烤鸭；若出北门，找一碗炒肝儿或卤煮火烧。吃完饭，希望再去转一圈，希望潘家园里有新的物件出现，希望可以捡到大漏。最高兴的事，就是和朋友一边吃饭一边把从摊儿上淘来的东西掏出来让大家看。那一次，记得看到一位朋友淘到的一枚古代的白玉蝉，可真好。

北京的潘家园真是一个令人着迷的地方。你时时希望有东西在那里等着你，你时时希望有东西在那里等着你让你开眼。潘家园是我的学校，里边有学不完的东西。

《人民日报》2024年3月18日第20版

# 车轮上看永川

龙远信

　　家乡永川区位于重庆西部，是一座因水而兴、因水而名的城市。因城区三河汇碧、形如篆文"永"字而得名。明正统年间，永川县教谕诸华曾有诗赞曰："流成永字三江秀，汇入碧川万顷涛。"

　　20世纪80年代中期，我从位于黄瓜山下的永川师范学校毕业，分配到永川城郊一所乡村小学任教。那时，流行的交通工具是自行车。我也有一辆自行车——重庆生产的五洲牌加重自行车，车铃声的音节是隔开的，按一下，响一声，声音清脆。

　　骑自行车，最大的好处就是想走就走，最尴尬的事情则是：平时人骑车，有时车骑人——遇到烂泥路，泥巴把车轮裹得严严实实，实在转不动了，只得扛起车子走。

　　我在那所村小工作了12年，那辆自行车陪伴了我10年。

　　终于，学校建起了教师宿舍楼，我如愿分得一套新房子。于是，抽一个周末，我与妻子进城买家具。我们选中了一套组合柜，还有床，都挺大的，如果租货车送到学校，价格贵，有点舍不得。我便和妻子商量，借了一辆人力板车，两轮，双杠，我在前面用力拉，妻子在后面用力推。

　　这是我平生唯一一次拉板车的经历。老把式告诉我，拉板车，上坡要绷住，下坡要稳住。意思是，上坡时要绷紧拉绳，下坡时要把车撑住，否则，就会滑车，后果不堪设想。一套崭新的家具，放在板车上，就是家的一部分。尽管我拉得大汗淋漓，但想到马上就要住进新房子了，心里就美滋滋的。

现在，我曾工作的那所学校，已经成为独具特色的兰亭小学，校园环境优美，根本找不到昔日的模样了。

1997年，我考录到永川日报社工作。虽然进了城，但城里没有住房，家仍然在原来工作的学校里，相隔将近20里路。乘车不方便，骑自行车又太费力，我便买了一辆摩托车——重庆生产的建设摩托。从自行车到摩托车，算得上是飞跃了。每当下班骑着摩托，行驶在回家路上，我都会生出一种"我心飞翔"的感觉。

之后，在城里租房住，免去了舟车劳顿之苦。再之后，单位集资建房，新房距离办公室，步行也就十来分钟路程，于是我自然开始了"绿色出行"。美中不足的是，就环境而言，远不如现在的小区。

先前，永川远没有扩展到现在的规模，单位与住家都在永川老城，紧临区委区政府。后来，区委区政府驻地东迁新区，永川新城迎来了快速发展的时期。短短几年时间，宽阔的道路、崭新的小区、各具特色的城市公园陆续建成。

我所在的报社也搬到了新城的汇龙大道。从住家到单位，差不多要跨越新城与老城，路途一下子又变得遥远了。于是，我想到了买车。我的第一辆小汽车是手动挡的轿车。那时，永川新城的街上车辆还不多，路上宽阔敞亮，没有塞车、拥堵之说，远不是现在这样的车水马龙。

虽为故乡人，疑是故乡客。永川城市发展之快，甚至让老永川人也有点不敢相认。有一天，驱车在新城跑，我竟然迷了路，不得不在"家门口"开启了导航模式。

把家搬到新城去，是几年后的事情了。新家安在兴龙湖畔，站在16楼阳台上往外看去，茶山竹海就在不远的地方，一线青黛绵延横亘，让人顿生山河壮丽之感。近处的兴龙湖公园尽收眼底，不远处神女湖公园的茶山神女雕像清晰可见。环顾四周，处处都似画框里的绝美风景。

尤其是那些美丽的城市公园，每次看到它们，我的心里就会生出一些感叹来：多好的湖景花园啊，你享受它们，它们便是你的；你忽视它们，它们也就与你无关了。每逢周末或节假日早晨，我都会独自出门，沿着临湖步道步行一个小时。偶尔，择湖边的亭子，一个人静静地坐下来，感受时光的恍惚与惬意。

从兴龙湖边的16楼住房望出去，还可以看到重庆云谷·永川大数据产业园——这是永川新城里最具有科技感与青春活力的地方，正激荡着我的家乡发生神奇蝶变。如今，永川已成为中国首个实现无人驾驶商业运营的城市，正加快建设西部智能网联新能源汽车城、科技影视城。"让大数据永远川流不息"，似乎成为"永川"地名新的寓意。

如今，我已经有过好几辆小车。想起曾经的自行车、摩托车出行经历，我的心里就会涌起满满的幸福感。

在永川，车轮的转动，伴随着生活的变迁。我从一辆加重自行车，到拥有自己的私家小汽车，中间的变化，正是永川蝶变的一个缩影，也是时代车轮滚滚向前的历史见证。

《人民日报》2024年4月29日第20版

# 东江岸边的活力之城

丁
燕

2013年夏，我租住在广东东莞一栋电梯公寓16楼的一间小屋内。

窗户正对面是密密麻麻的摩天大厦，近处是挤成团的农民房，侧旁是喧闹的下坝坊酒吧街，而楼下正对着一块袖珍农田。每日凌晨，农田里都会出现一个农夫，拎着水桶，用勺子一点点舀水浇地。每日凌晨，站在阳台上的我，都会向这片菜地及这个农夫行注目礼。我不知道这块菜地因何被剩了下来，但我知道，它不会长久地存在下去。因为在它的周围，幢幢高楼早已切开云霄，让顶部直抵云天。

从这个居所出发，我的自行车穿过坝新路，跃上东江大道，经过金鳌洲塔后，终于抵达岭南美术馆对面的东莞文联。这条路线，是我的上班路线。午休时，我可以到美术馆去看画展，也可以到可园博物馆去看黑天鹅，还可以拎着布兜去细村市场购物，或者到莞城图书馆看杂志。这段职场生活从2013年初一直延续到2021年底——那一年，我退休了。

尽管我不断地行走、观察和思考，但其实，我只接触到东莞的"皮毛"。我根本无法看到东莞的全景，因为它实际上拥有上百种、上千种风貌。我发现，无论我站在哪个地方观察，我所看到的东莞都是千差万别的。我在这里住的时间越久，就越是无法说清它。

东莞有一条江，名字叫东江。

我有时觉得，东莞这座城是建立在河流之上，而不是建立在陆地之上。所以，东莞和中国大多数城市有些不同；所以，东莞依仗的不是稳固，而是变化；所以，东莞永远不会被真正定型。清晨，当第一缕曦光投射到江面时，这座城便开始喧闹起来；深夜，当橘红青紫的灯光倒映在江面后，那光会编织出一条长带，不断向前延伸。东江就是这样，日复一日看着岸边城市的变化，包容一切，接纳一切。

外地人对东莞的理解，可能停留在"制造业名城"的认识上。然而有谁知道，改革开放前，这座城除了莞香、莞草、烟花、爆竹等手工作坊外，工业几乎是一片空白。1978年的秋天是一个分水岭——香港太平手袋厂在东莞虎门镇开设了第一家工厂。东莞人利用祠堂、饭堂和会堂，以及影剧院、旧教学楼等作厂房，承接"来料加工"。那些原本种水稻、割橡胶、捕鱼虾的手，开始接触皮革、毛织或电子板。

到1988年，东莞升格为地级市，但东莞政府的治理结构为市直接管到镇，没有中间县这一级。进入21世纪后，东莞从低端加工的服装、制鞋、家具等产业，逐步升级为科技含量较高的电子信息、生物医药、机器人、新能源等产业。如今，东莞已跻身"新一线城市"行列。今天，我们只有通过摄影家拍摄的老照片，才能看到割莞草、编渔网、牛耕地、用铁锹修整河道等这座城市的昔日生活场景。

在东莞，生活不仅是忙碌的车间、奔驰的货车、繁忙的码头，还是酒楼里的早茶、榕树下的粤曲、球场上的灯光。在东莞，城市与乡村并没有鲜明的分界，反而处处彰显出一种联姻与融合的甜蜜状态。在这里，虽然很容易就能看到一座工业园，可你随便一个拐弯，又能与一个拥有几百年历史的古村落劈面相逢。在这里，人们的脚步是匆忙的，但同时，他们的内心世界也是自洽的、丰足的。在这里，新兴潮流和老旧传统就像一棵树的两根枝丫，持续地生长着，不断地交缠着。

那个位于莞城的细村市场，是老东莞人最爱的购物地。第一次进入这个市场时，我居然迷路了！我被那高低不平的窄巷、斑驳的骑楼墙、石板路中肆意生长的茅草所吸引，一步步向前，就像走进一个大迷宫。无论是推着大捆蔬菜的车夫，身穿羽绒服、脚踩拖鞋的主妇，准备买热腾腾大包子的少女，还是站在一排鸟笼旁的银发老人，都让我感觉分外新奇、分外亲切。

东莞是一座移民城市，也是一座富有活力的城市。晚上，当我坐的公交车驶过某个工厂附近时，常常能看到一群人——他们穿着湖蓝色的工装，白色的运动鞋，脚步匆匆地往前走。我知道，这是吃了晚饭赶着去加班的工人。我觉得他们才是这座城市的主体人群。东莞的常住人口有1000多万，而户籍人口不到300万。所以，有七八百万的外来人口生活在这座城市，在这里打拼。他们为这座城市带来了无尽的活力，让这座城飞速地发展着、变化着。

到了春节，这座城便歇息了下来。当打工人拎着大包小包回老家后，这座城便显得空空荡荡。最初的征兆，是从快递慢下来开始的。接着，我发现几乎所有的餐厅，无论是湖南大碗菜、川味小炒，还是江西菜馆，全都暂停营业；我常开车行驶的道厚路上，车流量也大幅度减少。春节过后，千百万人提着编织袋，拖着拉杆箱，再次投奔到东莞的怀抱。他们知道，这座城会让他们梦想成真。

在我看来，古老的东莞和现代的东莞是彼此相通的——没有其一，便无法想象其二。在我看来，东莞是丰富而无限的——它每天都在发展，每天都在变化，如东江之波涛，生生不息，永远向前奔涌。

《人民日报》2024年6月1日第8版

# 登临寿州古城

李云雷

安徽寿县古称寿州、寿春，紧临淮河。在读魏晋南北朝、五代十国的史书时，我发现寿州出现的频率极高，著名的淝水之战、陈庆之北伐、赵匡胤讨南唐都发生在这里，说明寿县的地理位置非常重要。

我第一次到寿县是在去年。当时坐在高铁上悬想历史上的风云际会，眼前是一望无际的田野，平畴如砥，远树含烟。来到寿州古城，站在古城的城墙上，可以眺望到淝水之战的古战场。当年"八公山上，草木皆兵"，符坚在此折戟，遂使东晋谢安留名青史。与八公山相关的另一位历史名人是西汉淮南王刘安。八公山的名字就来源于刘安的八位门客，他们在此修道著书，《淮南子》正是著述于此。民间还有一种说法，刘安在炼制丹药时，无意中发明了豆腐。豆腐已经成为千百年来中国人餐桌上必不可少的一道美食。八公山上草木青青，我们至今似乎仍能看到淮南王刘安衣袂飘飘、翩然若仙的神采。

青苔斑斑的寿州古城，初建于北宋初年，已有1000多年历史。这是国内少有的保存完整的古代城池，在军事价值弱化之后，依然还发挥着防洪的作用，护佑了一方水土。据说当年洪水围城，但城中的居民安居如常，不受洪水侵扰，这都有赖于城墙的保护。穿过古城东门，我们可以看到门下的青石板路，已被轧出一道道车辙，那是历史的车轮碾过的痕迹，饱含着岁月的沧桑。

寿州有不少特产，其中有两样据说跟赵匡胤有关。传说赵匡胤曾在此驻军，他的战马跑到一块草地上吃草，牵也不肯走。赵匡胤顺手摘了一根草叶嗅嗅，发现这草竟有异香，寿州香草由此出了名。后来，寿州人用这种香草做成香囊，香气浓郁持久，但据说只有报恩寺这一块草地的香草最为正宗。还传说，寿州有一种小吃，救了赵匡胤的急，于是被命名为"大救驾"。种种传说扑朔迷离，"大救驾"我尝了一个，其实是一种油盐糖混合炸制的面食，很受寿县人喜欢，主人总会热情地推荐给客人。看来，人们总是善于将历史的沧桑融入日常生活的细枝末节中，以丰盛的烟火人生延续历史的记忆。

寿州城之所以固若金汤，与一件水利设施密切相关，那就是"月坝"。通过月坝，城内的水位在低于城外时仍能向外排水，很是奇妙，令人不禁感叹古人智慧之高超。说到水利设施，寿县还有一个水利奇迹，那就是始建于春秋时期的安丰塘，相传为楚相孙叔敖所建，水面40多平方公里，是历史上著名的大型灌溉工程，至今仍在发挥着作用。远眺安丰塘，一望无际，烟波浩渺，微风吹来，水波潋潋。正是这一片湖水滋养了这一方水土，造就了寿县历史上的沃野千里，稻花飘香。

寿县还有一个"安徽楚文化博物馆"。为什么寿县会有这样一个博物馆呢？到了寿县之后，我才知道，寿春本是战国四公子之一楚国春申君黄歇的封地，后来楚国与秦国交战不利，迁都寿春，楚国就是在这里度过了最后的19年时光。

这个博物馆门口矗立着高大威武的楚大鼎模型，因为著名的楚大鼎就出土于寿县。新建的楚文化博物馆设计新颖，藏品丰富，馆藏的国家一级文物就有230件，其中收藏的楚金币数量为全国之最。今年春天，我又来到寿县。刚回京不久，一则从寿县传出的考古消息再次震惊了世界。在寿县武王墩大墓中发掘出一个青铜重器，这是一尊比楚大鼎还要大的铜鼎，成为迄今发现最大的楚国大鼎。

江山留胜迹，我辈复登临。我们的先人创造了灿烂的文化，留下了厚重的历史，中华大地上到处都有他们奋斗的足迹。古人说："读万卷书，行万里路。"从古人的智慧中不断汲取营养，在行走中感受大地上厚重的文化传统，这正是我们进行新的创造的灵感源泉。

《人民日报》2024年10月7日第8版

# 城墙边的大同

韩浩月

晚秋时节，又见大同。这是我第四次来大同了，每次都有新的发现和感受。受今年山西古建旅游热影响，大同站在了这股热潮的前端。火归火，但我总觉得大同不像一个网红城市。大同人文历史深厚，形象沉稳内敛，加上近年来开发保护下了功夫，因此，今天人们再说到大同的时候，"煤都"的形象已经远去，取而代之的，是那句"美美与共，天下大同"了。

大同有云冈石窟、善化寺、华严寺、悬空寺等，都是必看景点，但如果充分了解了大同的城墙文化，会对大同有更全面的认识。记得上一次来大同，住在古城墙内的民宿客栈，我居然没发现一路之隔就是大同城墙遗址陈列馆。这座博物馆"藏"得太好了，哪怕步行路过，也容易错过。也许是考虑到城市的整体感，所以没有特别突出。不过对游客来说，反而获得了开盲盒般的惊喜。

陈列馆里的古城墙，是有"壳"的。这个"壳"是用钢结构支撑起来的，外部是2009年用砖铺砌的新城墙，内部是北魏、辽金、明代城墙的夯土遗迹。也就是说，想要看到最为原始的城墙样子，陈列馆是个好去处。顺着梯子，一步步走近夯土遗迹，古城墙的气息扑面而来。在这些夯土上，能清晰看见时间的痕迹。历经风雨、踏踩、修筑，古城墙已经有了岩石般的质感。同行的朋友用手指触碰了一下古城墙，却舍不得把手指上的沙土擦掉，举着手说："这可是1000多年前辽代的城墙土。"

在有着"一眼千年"观感的古城墙面前伫立，我浮想联翩。古城墙在无声诉说着它的历史，而在古城墙的内部，埋藏着北魏、辽金等时期的文物。那是各个历史时期，人们在使用、修缮城墙时留下的，包括各种生活用品、生产工具、武器部件等。

如今，大同古城墙的绝大部分已经被砖石包裹、保护了起来。当人们行走于其上的时候，想到脚下的城墙遗址已有千年，相信定会产生奇妙的感受。每次来大同，我都会在城墙上散步。有时是在月下，在大同的城墙上拍月亮，特别容易出片。有时是在阳光下，耀眼的光线让城墙显得愈加雄伟。这次赶上了大同降雪，雪花不大，还没落地就已化成雨。站在雨雪中的城墙上，远望月楼、箭楼、望楼、角楼，还可见善化寺大殿唐代风格的屋顶。整个古城区在雨雪降临的环境里，显得愈加安静、壮美。

大同目前的城墙，已经将整个古城区合拢围绕了起来，东西长1.8公里，南北长1.82公里。从地图上看，像个四四方方的印章，结结实实地盖在了这片塞北大地上。城内有中轴线。这条线是古城的灵魂，2300年来从未改变。明代形成的"四大街八小巷七十二个绵绵巷"，如今也被最大限度地复原。我们去了大同古城的东南邑，现在那里不但是一处历史文化街区，也是一个文艺格调浓郁的地方。店面丰富，院子漂亮，道路洁净，就连公用卫生间对面也设立了休息长廊，人们可以在那儿饮水、给手机充电、聊天休闲。在这样一条街巷中，现代的大同与古老的大同融为一体。

在大同东城墙一处带状公园内，还隐藏着一座梁思成纪念馆。1933年，梁思成与林徽因一行来大同工作了19天，为大同留下了10余处古建的详测与略测数据，以及大量摄影图片。这些资料对于后期古建修复时追溯大同历史，起到非常重要的作用。大同人感念梁思成，于是将城墙边一座下沉式二进仿古院落设立为梁思成纪念馆。和大同城墙遗址陈列馆一样，这座纪念馆也是"藏"起来的，需要导航或询问才能找得到。盘桓于馆内，倍感今日之大同与梁思成之间有着极为细密的联系。

一座城市的古城墙，关注得越多，就越会发现它的重要。历史流淌到了今天，我们仍然能感受到中国人对于城墙的厚爱与依赖。在提供一种安全感之余，古城墙也是时间流逝中一道似可永恒的坐标。这些年来，我曾数度登上西安、南京、平遥等城市的古城墙，在城墙上面骑车、散步、吹风、远望、沉思……城墙之上，可以做那么多让人心旷神怡的事情。这次登上大同古城墙，除了感受到深厚历史文化底蕴的外溢之外，更多的感慨是，城墙边上的大同，是一座把历史遗迹充分展示和使用起来的城市，它充满着怀旧味道，也涌动着新的活力。

《人民日报》2024年11月4日第20版

# 家乡那条河

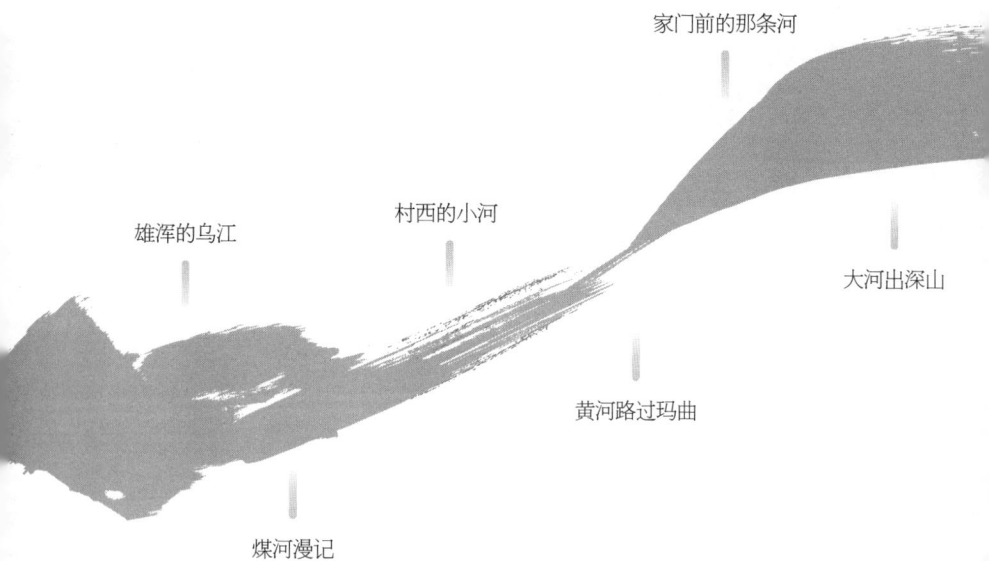

家门前的那条河

雄浑的乌江

村西的小河

大河出深山

黄河路过玛曲

煤河漫记

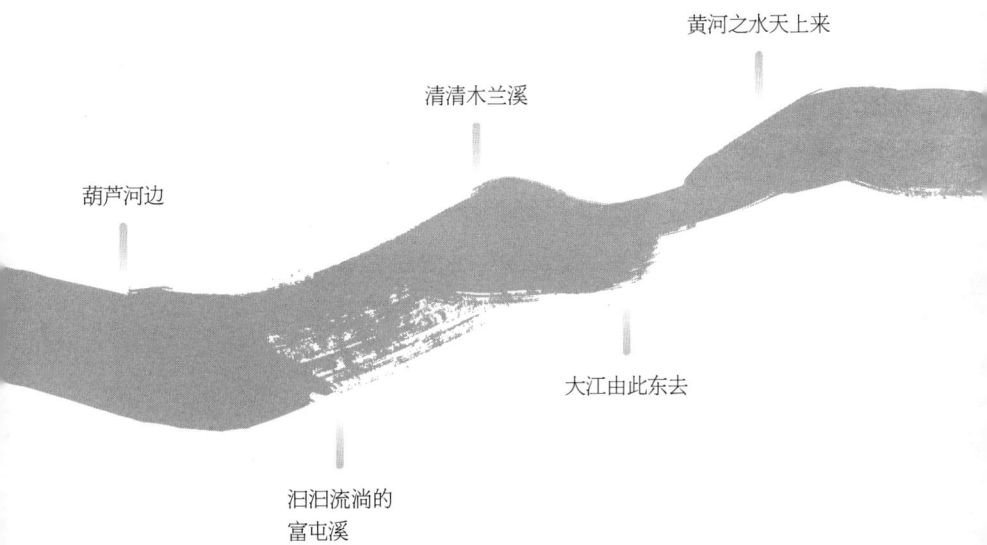

黄河之水天上来

清清木兰溪

葫芦河边

大江由此东去

汩汩流淌的
富屯溪

# 雄浑的乌江

欧阳黔森

乌江是一条湛蓝色的大河。

它从磅礴的乌蒙山脉海拔2000多米的高山之巅一泻千里，至重庆涪陵汇入长江。2000多米的落差，造就了乌江的雄浑之气。

乌江是长江上游南岸最大的支流，有南、北两源，均发源于乌蒙山脉。南源三岔河发源于贵州威宁彝族回族苗族自治县，为乌江主源，北源六冲河发源于赫章县。两源在黔西市化屋村汇合后，开始称为乌江。化屋村至思南县段，为乌江中游；思南县以下，为乌江下游。乌江全长1037公里，总流域面积约87900平方公里。

乌蒙磅礴，乌江天堑，是对这片神奇土地最言简意赅的表达。于我而言，对这样的言简意赅，最为感同身受。30岁以前，我是一名地质队员，徒步乌江流域，惊叹于大自然的鬼斧神工。在这样的惊叹中，我逐渐形成一个习惯，就是我一看见山，就想翻越，就想登顶。于我而言，没有比一览众山小更愉悦的了。这样的愉悦，美妙无比，却又不可言传。而这样的感受，从骨子里，又分明地让我想与人分享。于是，我成了一名作家。

成为一名专业作家的近30年里，一个地质队员的初心，仍然让我乐此不疲地行走在乌江流域。贵州有125万多座山峰，就是"万峰成林"这样的词，在这样的数据面前，也显得有些底气不足。

如果说，作为一名地质队员，跋涉在这块土地上让我惊叹；那么，作为一名作家，我绞尽脑汁也想不出能真实反映心情的词语。是的，没有最好的词语，只有用惊叹的近义词——震撼！好在惊叹和震撼，还是有区别的。惊叹，在脸上；震撼，在心上。

在乌江穿过的连绵不断的群山里，一抬头，看见的是14亿年前的山巅，落脚的每一步，都好像跨越了几万年。在那样的一瞬间，你会有什么感受？只能是感觉到自己的渺小，由此产生对大自然由衷的敬畏。

我当然记得，30多年前，我站在山之巅的表情，眼里满是惊叹。这样的惊叹让人直想嘹亮地大声歌唱。

我当然也记得，作为一名作家，这片土地给我的震撼。这样的震撼，不仅写在我的脸上，而且深深地烙在了我的心上，在我的胸中激荡起了滔天的巨浪。

"地无三尺平，人无三分银"是这一块土地千百年来的真实写照。李白来到夜郎，曾写下"夜郎万里道，西上令人老""去国愁夜郎，投身窜荒谷"。王阳明来到龙场驿，曾感叹"连峰际天兮，飞鸟不通。游子怀乡兮，莫知西东"。

距今约14亿年的远古时期，这里是一片汪洋大海。到了距今约3600万年至5300万年的第三纪始新世时期，发生了喜马拉雅造山运动。在青藏高原不断隆升的影响下，这一块土地逐渐隆起，构筑起了乌蒙山脉、武陵山脉、大娄山脉的千山万壑。

这风这雨，千万年的酸蚀和侵染，剥落出它的瘦骨嶙峋；这天这地，亿万年的隆起与沉陷，构筑了它的万峰成林。这是我行走乌江流域时的最初印象。

我们可以想象，在亿万年的沉积中，松散的沉积物在压力作用下，逐渐变成坚硬的岩石。这些岩石当中，有震旦纪、寒武纪、奥陶纪、三叠纪、侏罗纪等地层，时长8亿年至8000万年以上。可这样比拟，喜马拉雅造山运动，像一只巨大的手，搅动着这些沉积岩层，原本在下面的，翻上来了，原本在上面的，覆盖下去了。这就造成了在一块不大的土地上，前脚刚刚离开5亿年前三叶虫刚开始活跃的寒武纪地层，后脚就踏上8000万年前侏罗纪恐龙活跃时期的地层。这样的奇观，地质队员最能深切感受到其中的端倪。

我穿越过罗布泊，横跨过塔克拉玛干，在喜马拉雅山脉、昆仑山脉、天山山脉、祁连山脉、阿尔金山脉、横断山脉等都曾留下足迹；我俯瞰过壮观的黄河壶口瀑布，仰望过雄奇的长江三峡，在金沙江的虎跳峡领略过水的狂欢，在怒江的大拐弯感受过一江春水的奔腾……大自然的鬼斧神工，给予我无数的惊叹和震撼。但是，于惊叹和震撼而言，我体验最为深刻的，还是家乡的乌蒙山脉、武陵山脉，以及山脉中最大的河流——乌江。

在乌江之源，我惊喜地看到晶莹剔透的五眼清泉，从岩层狭缝里淙淙涌出。不难想象正是这无数的涓涓细流，变成了小溪，汇集成了小河。它一路奔流，时而潜伏在地下，时而冒出地面，最终变成一条蔚为壮观的大江，在跌宕起伏的山间飞流直下，一泻千里。在以往的印象里，乌江是蛮荒的，乌江岸边的文明是滞后的，可是六冲河沿岸的可乐考古遗址公园，改变了我的这一印象。

可乐，古籍称为"柯洛俹姆"，曾经是夜郎古国鼎盛时期的大都市，在古时与成都、重庆、昆明等齐名。不知道为什么，只有可乐大城淹没在了历史的岁月里。

白云苍狗、白驹过隙，乌江沉寂在这"失落的文明"里，几千年以来，只有零星的记载和历史的片段。可以说，它远离政治文化中心，也与重大历史进程失之交臂。一直到1935年1月1日，乌江边一个叫猴场的地方，迎来了"伟大转折的前夜"。猴场会议后，红军强渡乌江天堑，攻取了遵义城。

当我站在红军强渡乌江的河段时，已不见当年的急流险滩，只见高峡出平湖的景象。原来是乌江上的一个超级工程构皮滩水电站，改变了这一段"水急滩连滩、十船九打烂"的旧模样。

这个工程一举创造了6个世界纪录。通过一系列工程，经过构皮滩水电站的船体在"电梯"中被抬高230多米，然后进入构皮滩水库。这种奇观被人们形象地称为"船在天上行"。从此，乌江的水运通江达海，创造了新时代的人间奇迹。

乌江的生态系统也曾遭到过破坏，一度变成了"污江"。党的十八大以来，贵州以前所未有的力度抓生态文明建设，"铁腕治污"，推进乌江流域生态修复，乌江迎来了涅槃重生。

我走进化屋村这个悬崖下的村庄时，这里已经成为远近闻名的生态美、百姓富的美丽乡村。站在化屋村，我看见一座大桥像飞虹一样连接起乌江大峡谷的两岸。眼前青山如黛、江水碧蓝，船在江上走，车在天上行，仿佛置身天上人间。

我深切体会到了天堑变通途的奇迹。在这片"万重山""千条水"的土地上，一座座桥梁，一条条隧道，联通了昨天、今天和明天。峡谷不再限制我们的想象，我们可以站在高处看世界。如今的夜郎故地，已成为现代桥梁的展厅。截至2023年底，贵州架起了3万余座桥梁，大小桥梁连起来超过5000公里，创造了数十个"世界第一"，赢得了"世界桥梁看中国、中国桥梁看贵州"的美誉。造型各异的桥梁，已成为这块神奇的土地与世界对话的一张亮丽名片。

以往瘦骨嶙峋的贵州、"人无三分银"的贵州彻底撕掉了千百年来贫困的标签；万峰成林的贵州、"地无三尺平"的贵州告别了出门"万重山"、回家"千条水"的历史，谱写着新的精彩篇章。

乌江，这条湛蓝色的大河，美丽而富饶！

《人民日报》2024年4月10日第20版

# 煤河漫记

关仁山

　　我的故乡河北省唐山市丰南区有一条河，叫煤河。煤河不仅有故事，还散发着古朴的气息。走近这条河，我感觉它流得又深又缓。那一刻，我坚信，故乡的河里一定有我痴迷的东西。

　　地上本没有煤河，出于运输需要挖了这条河。清朝光绪年间的一个秋天，上海轮船招商局总办、候补道台唐廷枢奉直隶总督李鸿章之命，乘船顺陡河而上，第一次去开平镇勘测煤铁矿藏。开平煤铁矿成色与英国上中等煤铁矿相仿，极具开采价值。开挖煤矿的同时，唐廷枢考虑到了运输问题。于是，一条人工河开挖了。这条人工河，起自今天的唐山市丰南区胥各庄镇，东向连接当年的唐胥铁路，西面延至蓟运河，只有35公里，很短。这条人工河，人们叫它煤河。

　　煤河迎来了鼎盛时期。煤河上行驶着煤船，煤船上装着煤炭，这就增添了几分贵重和沧桑。煤船上的舵手喊着号子，岸边的纤夫躬身前行。可以说，煤河与中国工业文明的发展紧密相连。走近煤河，人们就走进了煤河的历史岁月中，那里流淌着多少波澜，上演了多少传奇。

　　史料记载，1887年，唐胥铁路延至芦台。1888年，铁路通到天津。煤河结束了它最初的使命。河边的柳树、槐树和杨树，目送着煤船远去的背影。时光荏苒，光阴流转。在沧桑的岁月中，这些树木依然遒劲挺立、郁郁葱葱。可是，随着河床淤积，从20世纪50年代起，煤河上连舟楫帆樯也没有了。其实，煤河并没有消失，只是在喧嚣中沉寂了，横河卧波的九道桥没有了，河水空流，风光不再。

20世纪60年代，我出生在煤河边的谷庄村。从小，我就在河边玩耍。河水清澈，鱼虾成群。人们在河边捞鱼捉龟，打水仗，非常热闹。夏日的酷热烘烤着庄稼、房顶和街道。我奔跑着，跳进煤河里游泳。野鸭被惊动，鸣叫着游走了，水鸟、麻雀飞来飞去，鸟叫声响成一片。我们故意把河水弄得哗哗响。夜晚，星光闪烁，蚊子飞舞，即便这样，也是快乐的。冬天来了，大地寒瑟，我喜欢在煤河边看雪、堆雪人、打雪仗。记得有一次，我在河面上划着冰车，还用冰车拉劈柴，谁知冰车坏了，我偷偷砍了一棵小树用来修冰车，结果被母亲发现，挨了批评。第二年春天，我在河岸上特地补栽了一棵柳树。如今每每想起这些事，心中会生出许多美好的情愫。

后来，因为父亲工作调动，我家从谷庄村搬到了唐坊镇，那时我11岁。唐坊镇也叫"五道桥"，挨着煤河上的第五座桥梁。我在煤河边的唐坊镇读完了初中和高中。当初跟随家人离开谷庄村的时候，我以为再也见不到煤河了，就跑到煤河边和它告别。其实，我的新家离煤河更近了。我喜欢在河边玩耍，母亲担心我坠河，总是寸步不离地守候着。河岸上有一座老炮楼，我常常钻进炮楼里看书，记得那本《苦菜花》就是在炮楼里读完的。煤河上的风从炮楼的弹孔里吹来，吹得我手中的书页直响。我听着流水声看书，别有一番感觉。突然，火车鸣笛声响了，我吓得打了个哆嗦，站起来顺着弹孔向远处望去，火车渐渐走远，甩下一缕缕黑烟。我呆呆地望着远去的火车，想象着远方。

我忘不了，1976年唐山大地震，唐坊镇在地震中瞬间被毁了。天亮时，我被邻居扒了出来。我没有受伤，可是母亲因为保护我，被砖头砸中了眼睛。我搀扶着受伤的母亲走向煤河，在河边停运的铁轨上搭建防震棚。我们干渴难挨，只能喝了一阵河里的水。至今，我仍然很感激这救命之水。很快，飞机空投救灾食物，有两袋饼干掉进煤河，我们跳到河里捞了上来。这种生死体验，让我对生命有了深层理解。煤河见证了我们的悲伤，也见证了我们的顽强。后来，唐山在废墟上重生。

晨光一点点照亮了大地。春醒了，河岸上的生命重新鲜活，到处绿油油的。小树长高了，在风中轻轻摇曳。如今的煤河边一片欣欣向荣，充满生机。可是谁能想到，煤河两岸曾经是贫穷的土地。改革开放那年，煤河边开始了"联产承包"。农民们披星戴月地劳动，乡镇企业如雨后春笋般出现。人们终于富裕了起来。可是煤河也因此付出了沉重的代价。河流一度被污染，河水变得浑浊，河里的鱼消失了，让人心痛。

家乡人对煤河的感情深沉，他们真切地爱着煤河，他们见不得煤河变了样子。2002年春天，丰南区成立了煤河治理指挥部，投资4000万元，历时两年完成了煤河治理一期工程。在新时代，随着绿水青山就是金山银山理念深入人心，又开始了煤河的综合治理，关停了产生污染的工厂，拓宽了河道。如今，煤河已是碧水荡漾、鱼翔浅底，岸上花团锦簇、杨柳依依，健身步道曲径通幽，一片旖旎风光。

以文旅为特色的"河头老街"落成了。河头，即煤河的起点。今天的河头老街距离历史上的河头老街不远，复制了曾经的河头老街的民俗民情。仍然叫河头老街，足以说明煤河的影响力，以及当年河头老街的繁华。听说今年春节，这里成了网红打卡地。故乡的朋友对我说，回来看看河头老街吧，现在这里忒热闹了。我看到朋友发来的视频——老街流光溢彩，烟火气十足，游人熙熙攘攘。

今天，与煤河有关的新的故事仍在书写。

我走在煤河边的甬道上，看见鸟群消失在遥远的蓝天里。河岸上，绿草旺盛地生长，开着一片片野花。我在洒满阳光的河边走，看见田野，想起这是母亲挖菜、割麦子、拾棉花走过的路，眼前不禁浮现出母亲蹒珊的身影，眼泪立刻流了下来。父母去世后，我将他们合葬在煤河边的墓园里。我知道，我的一生已经离不开这条河。我生命的一部分，已经悄悄融入这条河。

阳光渐渐退了下去，煤河迎来了夜晚时分。灯火闪烁，月光皎洁，繁星点点。煤河的夜是如此之美。岸上，是全面振兴进行中的美丽村庄。与煤河一起变化着的，还有沿岸的村庄。随着乡村振兴政策落地，这片热土每天都在发生变化。我沉浸在故乡的河流和村庄新生的喜悦里。

故乡的煤河，已融入家乡人的血脉之中，养育了我们的身体，也浇灌着我们的梦想……

《人民日报》2024年4月17日第20版

# 村西的小河

李骏虎

对于晋南农村长大的我来说，汾河曾是一个传说，就像黄河和长江一样。

小孩子们经常听长辈说起，刚刚赶着马车从河西拉了一趟炭回来，"水可大啦，望也望不到边！"他们不住赞叹。

小孩子们在不远处玩耍，看似不经意，实际上支棱着耳朵一字不落都听进了心里。但我们不羡慕，因为有村西的那条小河就够玩了。对于我们来说，十里之外的汾河太遥远了。

直到10年后，我到了省城太原求学。有一天，我忽然就明白过来，原来我们村西的那条小河就是汾河的支流。它向西流淌，是因为汾河在西边，它要投入汾河的怀抱。并且，在回忆祖母的讲述中，我对那条小河的感知更加清晰——那条小河流经宽阔的河谷底部，与地面有10多米的落差，河谷两岸遥遥相望，足有一二百米远。

祖母讲过，我们的村庄最初就建在河边，周围垒着一圈又高又厚的石头墙。到了汛期，汹涌的河水在围墙外不断上涨，眼看快要跟墙头齐平，却很神奇地不再上升。于是就出现了这样的奇景：村墙外是汪洋大水，村墙里鸡鸣犬吠、烟火照常。

回忆让我无法平静。试想如果村西那条作为支流的小河都曾经奔腾咆哮，冲刷出一两百米宽的河谷，它所注入的汾河该是何其浩大啊！汾河绵延700多公里，有100多条大小支流，号称"百纳汾水"，这是怎样壮阔的一条大河啊！

很快，我就从史料中领略到了汾河的气魄。史料记载，距今2100多年前，汉武帝刘彻的船队由黄河河口进入汾河，来到河东汾阴（今山西省万荣县）祭祀后土，之后乘坐高大的楼船泛舟汾水，饮宴中流。时值秋后，洪波涌起，烟水浩渺，汉武帝诗兴大发而作《秋风辞》："泛楼船兮济汾河，横中流兮扬素波。箫鼓鸣兮发棹歌，欢乐极兮哀情多。少壮几时兮奈老何！"这就是汾河"棹歌素波"美誉的由来。

作为这样一条浩瀚大河的支流，我们村西那条小河曾经应该也是可以行舟走船的吧。而在我儿时的记忆里，它是连名字也没有的。它是沿河各个村庄的天然界河，流经上游杜村时就叫杜村河，流经我们李村时就叫李村河，而村里的人们谈起它时只叫它"河"。两个下地干活的人碰上，一个问："到哪里干活去呀？"一个回答："河里。"——不是下河的意思，是把河谷和河岸上的土地统称为"河里"。

河里实在是我们这些放牛娃的乐园。夏天的时候，浅浅的河水被阳光晒得像温暖的被窝，我们在水里欢快地扑腾，大呼小叫打水仗。岸边露出水面的石头上，婶子大娘们把泡好的皂荚裹在粗布床单里，抡起捣衣杵使劲地砸，"嗵嗵嗵"此起彼伏响彻河谷。说笑声中，婶子大娘们揉搓好衣物，抖起来铺在水面上拽几下，衣服就被水流冲洗干净了。再叫个同伴合力拧干，抖开铺到岸边的草地上，小风儿吹着，不消一会儿，衣服就干了。

离我们游泳的地方不远的下游，大人们说那里有一眼深井。那里是小孩的禁区，却是个至关重要的地方。因为水深的地方正好下水泵，所以经常会有一辆拖拉机开过去，用车头发动机上的皮带带动抽水机，通过一条黑色胶皮管把河水扬到10米高的河谷上去，灌溉方圆数百亩土地上的庄稼。高处看守水渠的叔伯们不时发出憨厚而响亮的笑声，很宽容地任由我们拿着一块破窗纱接在水龙头下面，捉那些在抽水机中幸存的小鱼小虾。

那可真是一幅其乐融融的田园图景啊。浇灌过的玉米地和高粱地，伴着静夜的虫鸣声，发出清晰而嘈杂的"吱吱"声。那是无数庄稼一起拔节的声音。小学语文课上，老师讲到"天籁之音"这个成语时，我无端地就会想起跟随父亲在墨黑的田野里听到的庄稼一起拔节生长的自然之音。

夕阳压山，庄稼地也快浇完了，童心未泯的叔伯们玩兴大起，跳下水去把河道上下游的泥坝口子都堵起来。柴油机的油门加到最大，一会儿工夫，被隔绝的河段就渐渐露出黑亮的河床。那些躲在水草和淤泥里的大鱼小虾们惊慌地跳跃起来，一片银光闪闪。

"把你们的大盆给咱用用，谁的盆给谁分鱼啊！"叔伯们笑嘻嘻的，挽着裤腿站在淤泥里，冲着收了晒干的衣物准备回家做饭的婶子大娘们喊。于是，那些塑料大盆红红绿绿地扔过去好几个，有些鱼直接跳了进去。所以，就算是在黄土高原上的北方乡村，我小时候也经常吃到鱼，虽然只是很普通的被我们称作"梆子鱼"的白鲢。

而我最喜欢吃的，是游泳的时候从岸边的水草里捞回的河虾，它们是水晶般半透明的。母亲炸完鱼，会就着锅底那点热油把河虾倒进去稍微翻炒一下，瞬间河虾就变成红色。这时候撒点盐巴放进碗里，就是最美味和富有营养的小吃。那条无名的小河，它灌溉庄稼、提供水产，养育一代又一代的人们，也给我们留下无尽的乡愁。

很多年来，我一直以为自己童年时是没有去过汾河滩里的。因为那时候汾河有时发大水，大人们担忧我们的安危，就对汾河滩的凶险极尽渲染。数里宽的滩涂上长满了喜欢盐碱地的古老植物，银灰色的藜（灰灰菜）和水嫩的马齿苋，是家畜和割猪草的孩子们的天堂，但平坦宽阔的滩涂也会在大水突至时令人畜无处可逃。

前些年我写一部长篇小说，回忆起五六岁时在姥姥家老村子里的时光，有一个梦幻般的场景始终困扰着我。

那是一块长满皂角树的巨大湿地，阡陌纵横，沟渠交错。十几岁的小舅舅带着我们表兄弟几个去水渠里抓鱼。小舅舅高挽着裤腿站在水里，突然扑下身去抱起一条银白色的大鱼。大鱼"啪啪"甩着尾巴，小舅舅几乎要站不住了，赶紧喊我们把水桶提过去。好不容易才把鱼倒栽进水桶里，尾巴还垂在外面，一条鱼就装满了一个大水桶！

令我困惑好些年的是，那样又窄又浅的细细的水渠里，怎么会有跟成年人大腿一样粗细的大鱼呢？长大后，我找小舅舅和几个表兄弟都求证过，确定那并不是梦。后来我自己明白过来，原来老村子所在的那块湿地，就是古老的汾河滩涂。大水退去后，很多巨鱼搁浅在沟渠里，成为大自然留给一方人们丰盛的馈赠。

我在太原求学那些年，坐着绿皮火车往返故乡。我在南同蒲铁路沿线上看到汾河断流，萎缩成一条细细的黑线，心里很不是滋味。一晃30多年过去，汾河公园太原段已经建成40多公里长的景观长廊，各种珍稀的鸟类回归草木葳蕤的河畔，汾河重现"山衔落日千林紫""沙际纷纷雁行起"的晚渡盛景。

暑假的清晨，我和女儿在沿河的塑胶跑道晨跑。歇脚的时候，在"桐叶封弟"雕像前给女儿讲当年周成王把弟弟叔虞分封到唐国的历史故事。

孩子是幸福的，汾河在她眼里一开始就是一个美好的自然与人文相谐的景区，她没有经历过我与这条河流还有那些无名的支流的生命故事。那天在汾河公园，我很想给她讲讲村边那条小河的故事，却发现无从说起。因为那条小河连个名字也没有，就像祖祖辈辈生活在河边的人们一样平凡。

　　在汾河的100多条支流里，有多少这样无名的河流，它们又养育了多少代平凡的人们，谁也不知道。

《人民日报》2024年4月24日第20版

# 黄河路过玛曲

马宇龙

　　古老的黄河从巴颜喀拉山而来，越过青藏高原，像一台蒸汽列车，冒着白汽驶入陇原大地，开始了陇上的漫漫行旅。此刻，我就坐在这列火车上，我就是黄河的一朵浪花、一波微澜。河水一头扎入甘南，却猛地掉转方向，拐出一个180度的大弯。

　　这里是甘肃省甘南藏族自治州玛曲县。玛曲，在藏语中的意思就是黄河。在我印象中，以黄河命名的县只此一家。

　　耳边回响着歌唱玛曲、歌唱黄河的民歌，我登上这片草原的制高点之一——像剑一样直插天边的尼玛梁山梁，远眺黄河蜿蜒曲折，柔美地逶迤远去。想起少年时，一个朋友第一次去兰州看黄河，回来后逢人就念叨：黄河一点都不咆哮，就跟咱家门前那条河一模一样。可见，《黄河大合唱》是何等深入人心，使人们忘记了黄河还有舒缓温柔的上游。在草原捧着云朵的地方，黄河像一条细细的白色飘带缓缓地舞动，安详、静谧、旷远。要是当年朋友来到这里看一脉清流的黄河，他一定无法将它和想象中那条咆哮浑浊的黄河联系在一起。

　　这个180度的大弯，是河流遭遇了群山的阻挡，折向西北而形成的。自古河水东流，玛曲的黄河却颠覆了人们长久以来对大江大河走向的一贯认知。黄河在这里不仅西流，而且来来去去，不断往复，由此滋生出一片广阔而美丽的湿地。

　　顺着蜿蜒流淌的黄河行走，我觉得自己的血脉也开始升温，对于黄河"母亲"一般的感觉在我心中不断滋长。由源头的涓涓细流一路抵达玛曲的黄河，经过宽阔草原的滋养补给，渐渐变得湍急，变得清澈明亮起来。因为河流不断复回，玛曲的土地大多是湿地。无数的支流，还有支流的支流，再加上丰茂的水草、肥壮的牛羊，点缀出草原的原始生态之美，广袤而苍凉。有人把这块湿地形象地称为"黄河之肾"。肾，是清除体内代谢产物，排出废物、毒物的重要器官。它还具有再吸收功能，可以保留住水分和其他有用物质，调节人体内部的平衡。湿地的作用正与之相若，它维护着自然环境的稳定，在吐故纳新和新陈代谢中绵延福祉，造福于人。这种种的功用，赋予了湿地生态之美和精神之魂。

河水流过玛曲黄河大桥，仿佛忽然停滞不动了。它左顾右盼，频频回首，像有什么放不下、舍不得。

湿地辽阔，长河曲折。从襁褓中走出来的黄河，保留着本真的模样，就像一个新生的婴儿。她惺忪眼里的一切都是新鲜的、梦幻的、神秘的。她一边走一边摸索，一边成长，一路吸纳各个支流，在这里终成大河。终成大河的她，在柔美尚多于壮美之时，与玛曲黄河大桥相遇。这是不是她遇见的第一座大桥，我不清楚。但她的欢欣，她的激越，早已被那不停歇的哗哗声响表露无遗。以后的千里之行，她将走过更多的桥，面对更大的山、更深的谷，遇见更美的风景，但这一次的邂逅，注定烙在她的心里。源源不竭的水源补给赐予她巨大的力量，从此她再也不用惧怕下游那些传说中的崇山峻岭、高峡低谷了。

站在桥上，我望见成群的牛羊，互相交错的雪山与湖泊，还有目光所及处那些红色屋顶的房子。云层低垂，阵阵风起，让一片辽阔苍茫多了秀丽与妩媚。不用问，那一定是牧民们生活的村庄，那里一定有好多身穿长袍的卓玛，弯腰弓背，在劳作，在歌唱，不紧不慢地维系着人们与自然的关系。这样想着，果然看到两个穿绛红长袍的女子俯身从河中取水。她们先将水弹向天空，再弹向大地，最后抹一下头顶。她们感恩黄河，将黄河时刻呵护在手心，捧上额头，百般怜爱疼惜。她们是一群真正热爱黄河的人。

一名当地的青年告诉我，在玛曲的乡镇，但凡是有黄河和其支流流过的地方，每一段河流都有一名乡镇干部来担任河长。青年是尼玛镇的干部，也是一名河长，每周都要巡河。巡河，听起来威风，实则是辛苦事。他必须发现细节，查补漏洞。他要想方设法拦住垃圾，不让一滴污水流入黄河，把一河清水放心地交给下游。黄河的下游，多到无以计数的地方、无以计数的人，与他素未谋面，此刻却与他的心相牵挂。在这里，人与河的关系，人与大地的关系，人与人的关系，跨越辽阔的空间而变得更加紧密。

千百年来，因为河流的阻隔，岸边百姓各自谋生，风俗殊异。人们要想渡河完成贸易或交流，常用的方法就是揪着马尾巴游过去。40多年前，玛曲黄河大桥飞架河上，从此结束了玛曲人世代揪着马尾渡河的历史。一轮朝阳下，拱桥托日，美轮美奂。黄昏时分，夕阳渐渐西沉，坠入黄河，长河落日之景凝结起亘古的乡愁。40多年后，又一座玛曲黄河特大桥横空出世。这座上千米长的大桥，让玛曲驶入了开放发展的快车道。桥通世界，桥连文明。因为桥，河水也收敛了不羁。在桥上站了太久，我的裤脚被风鼓鼓吹起，我知道黄河已经翘首远方，催我出发了。

那么，走吧！与这条壮阔河流一道，且行且回顾，在一往情深地投身于苍茫群山间的谷地后，重新回到青海的怀抱。黄河以一颗奔赴之心，莽莽撞撞，在跌宕坎坷的旅途上，于此处以退为进，难道是为了给这片土地留下一个命运与共的生态湿地吗？

草原的尽头，峻拔的高山绵延起伏，与牦牛群和羊群相伴而生，好像已连上了天边涌动的白云。黄河就是一个丹青高手，左勾白云，右挑山脉，笔墨所到之处，画下一条条曲线，描摹出一片片水草丰美的牧场、一个个原始古朴的本真天地。我使劲地招手，黄河的背影漫漫汤汤、一望无际。她走了，我成了广袤草原上一个白色的点、一抹亮晶晶的水。

　　我久久站在甘南，站在玛曲的湿地，期待西去的她再次东返，在另一个路口再一次与我相遇。

《人民日报》2024年4月27日第8版

# 家门前的那条河

许春樵

　　河不大，雨季河里水大。水流乱窜，就窜出了大大小小的河湾。

　　河湾里是一汪活水，水边长满了水柳、芦苇、菖蒲、龙须草、水葫芦……有些杂，有些乱，有些野。春风一起，空气中四处弥漫水的味道，我闻到的却是鱼腥味。父亲说是的，河里的鱼冬眠了好几个月，全都醒了，昼夜闹腾个不停。

　　少年的我对河的记忆是：河里有鱼。

　　乡下岁月安静，推开门就看见河，没上过心。10岁前，我都不晓得河叫什么名字，只晓得河里有鱼，有船，上游三里，有一座摇摇晃晃的木桥。夏天涨水季节，河水泛滥，湾里的大水漫过稻田、缓坡、土地庙，一步步向村庄逼近。傍晚，村巷里晃悠出一串光着膀子、打着赤脚、拎着鱼篓的少年，他们去河边抓鱼，鱼贯而出的孩子中，就有我。雨停了，阳光从云缝里漏出来，天地间回荡着喧哗的水声。潜伏水底的鱼在水声的诱惑下，成群结队地逆水而上。小溪中、水沟里、田埂中，鱼挨着鱼，鱼叠着鱼，密密麻麻，那是鱼在戏水。戏水鱼昂着脑袋往前拱，拱不动，就扭着身子，嘴里吐水泡，大口地喘气。

　　小小少年比鱼还兴奋，先跳下小溪、河沟的，随手抓起鱼抛向慢一步的伙伴。等到都跳下来，鱼在空中飞过一道道跳跃的弧线，砸到身上又反弹到水沟里，重新混入了赤裸的鱼群中。水沟里打鱼仗相当于雪地上打雪仗，开心！

　　戏水的大多是鲫鱼，也有少量黑鱼、白丝鱼、汪丫鱼，都不大，三四两到一斤左右。鱼大，身子就重，贴地逆水而上，难度大；太小，向前挤，力量就不够，也少见。偶尔还可见到极少耐力较好的马蹄鳖、泥鳅混迹其中。雨季是鱼的季节，满世界都是鱼，与其说我们是去抓鱼，还不如说是捡鱼，像捡稻穗般随意，不到一顿饭工夫，鱼篓就满了。我个头小，比鱼篓高不了多少，背不动，倒掉十几条，这才回了家。

　　绿荫深处，村庄上空陆续升起炊烟，黄昏里的暮霭一步步围过去，潮湿的炊烟和稠密的暮霭混在一起，天空被压低了。一身泥水进屋，背回来20多斤活鱼，跟背回来一篓子猪草一样平常。母亲站在昏暗的煤油灯下不停地搓手："煮这么多鱼，要多少油呀！"

　　天气晴朗的日子，坐在树荫下，时常扛着脑袋望着河湾呆想，要是一年四季都下雨就好了。一下雨，鱼从湾里逆水上游，白花花的鱼就成了锅里红彤彤的菜。河边长大的孩子，鱼吃得多。因为家里的鸡、鸭长大后，都要卖到城里，换成油、盐、酱、醋，还有布料、肥皂、火柴、马灯。长大后，渔业专家告诉我，逆流戏水的鱼，满足三个条件，才会从河里露头，一是岸边要有落差的流水，二是流水见底的小溪、水沟，三是低气压、高气温。后来回想，确实没在秋天和冬天去河边抓到过鱼。

　　河里的鲫鱼，纯野生，活水里长大，鱼肚泛白，鱼鳞泛着银白的光。小时候写作文，常写道"清晨，天空泛着鱼肚白，太阳从河面上冉冉升起"。长大后离开乡村，也离开了鱼肚泛白的天空。

　　父亲对少年的我说，长大了要学一门手艺。少年的我最想学的手艺是"抓鱼"。尤其是钓鳝鱼，老家叫"黄鳝"。鳝鱼活性强，力气大，味极鲜，鲜活的鳝鱼到城里能卖个好价钱，比鸡鸭贵。

　　有个夏天，我想靠钓鳝鱼买一双塑料凉鞋。在河湾里钓了两个月，才钓了七八条。钓钩是自己做的，下钩的位置也没找准，凭感觉、随兴趣，任意垂钓。岸边沟坎坡埂，底部光滑的洞口，里面住的不是鳝鱼，就是蛇。蛇不吃蚯蚓，咬钩的一定是黄鳝。要是洞口有不规则齿印，里面住的不是螃蟹，就是乌龟。等我稍微明白了一点钓鳝鱼的技术时，暑假都已结束了。

但那个夏天我还是有了一双凉鞋，是父亲用卖鳝鱼的钱买的。广播里说那一年第14号台风从舟山群岛登陆，正以每小时160公里的速度移动。第二天一早，台风裹挟着暴雨，铺天盖地将老家的村子和河流卷了个天昏地暗。一天一夜后，风停雨歇，但河水泛滥，大部分稻田被洪水抹平。没淹的稻田里，水稻齐齐倒伏在了水里。就在这天晚上，父亲带着我和弟弟去河湾里抓鳝鱼。天黑之后，四周是蛙声、鹧鸪声、知了声。我背着鱼篓，父亲手里攥着一把烧灶用的火钳，弟弟举着一个火把。火把是一捆稻草浇上柴油，冒着油烟的火光照亮了水草下和稻秧间。神奇的一幕出现了，出洞的鳝鱼，趴在水草、稻秧的缝隙里，一动不动。父亲支开火钳，夹起鳝鱼，很轻松地扔进篓子里。这与日常鳝鱼的狡猾和凶猛判若水火。鳝鱼没戏水鱼那么多，可一晚上，我们父子仨抓了足有20斤。第二天，父亲将筷子细的小鳝鱼拣下喂鸭，留十几条中等的家里吃，剩下大的到县城卖了8块多钱，给我买了凉鞋。几十年过去了，至今我也没明白，为什么暴雨后的鳝鱼在光线下那般呆滞、迟钝。是火光让鳝鱼失明，是风暴让鳝鱼受了惊吓，还是别的什么原因。

有时候半夜梦醒，我常常会想起老家河里的鱼，想起结伴在清澈的河里游水、扎猛子，想起没学成的钓鳝鱼手艺。我还想起小学五年级时，读了第一本小说《鲁滨逊漂流记》。鲁滨逊流落荒岛的传奇故事让我整整一个夏天处于梦游状态。我一心想着如何从家门口的那条河出发，一直漂流到鲁滨逊的岛上去，那个由文字编织的梦幻世界太神奇了。

17岁，我终于从家门前那条河出发了，去很远的地方读大学，放弃了河边抓鱼的手艺，锤炼了推敲文字的手艺，并且一直乐在其中。河边出生，吃着河鱼长大，又被河带向远方，我告诉没抓过鱼的儿子，带我去远方的河叫王桥河。王桥河起源横山，自西向东跌宕而下，历5座水库，蜿蜒40里，经洋湖入高邮湖，然后流到长江，直奔大海。

如今河边的少年都到县城读书了，家也搬到城里，河边的水草和鱼成了父辈们的往事。我在城里看好了一套三居室的房子，想让晚年的父亲享受城市生活，父亲只说了两个字："不去！"于是，我在老家地基上翻建了一栋房子，站在二楼，王桥河就在眼前。我仿佛看到少年的我正光着脚、踩着一片泥泞，跟着一帮小伙伴去河边抓鱼。打开窗户，空气中扑面而来的是鱼腥味混合着青草与水稻的气息，与小时候一模一样。这时候，我终于悟出了：人生就是一条河，这不仅仅是比喻，而是说，河流常常也是人生旅程的一个地标。

《人民日报》2024年4月29日第20版

# 大河出深山

汤素兰

老家在湘中丘陵，那儿属雪峰山余脉，山峦重叠，围出一小片山中盆地。青瓦白墙的屋宇依山而建，散布在盆地四周，组成一个小小的村庄。

村庄里开门见山。小时候，望着层层叠叠的山，我的心里便生出一个疑问：山的那边是什么？

于是，趁着上山打柴的机会爬上屋门前的大山，去看山的那一边。然而站在山顶上，不管朝哪个方向望，极目所见，依然是层层叠叠的山。

山里人见的山多了，走的山路多了，便有了关于山的智慧。"望山跑死马"，意思是你虽然望见了前面的山，但若想到那山上去，把马跑到累死也不一定能到达。

你若身在山中，朝着山走，是走不出大山的。只有沿着水走，才能走出大山去。

两山之间必有涧，涧中一线泉水，像害羞的小蛇，在杂草灌木丛中悄悄滑行。数线这样的涧泉从四围大山中滑流而出，慢慢朝盆地中汇聚，盆地里就出现了一条清亮的小溪。

这小溪是我童年的乐园。夏日的午后，阳光照得整个村庄昏昏欲睡，蝉在树上大声喊热啊热啊，我却一点也不觉得热。我赤脚，拎着小桶和撮箕，跳进小溪，将撮箕伸进水草中撮鱼虾泥鳅，翻开小石头捉螃蟹。

　　小溪蜿蜒流过村庄。村路像飘带似的，沿着小溪往村口飘去。温柔的小溪来到村口的山嘴处，突然变得大胆起来，以决绝的姿态跳下悬崖，纵身跃入山下峡谷中的大河。村路则在这里犹豫一下，转了个弯，绕过山嘴去寻找大河，然后沿着大河飘向山外。

　　我不能跟小溪一起跃进大河，也不能跟着村路走去山外。我童年的世界只有头顶那一方蓝天和蓝天下的村庄。但我的脚步没有停歇。河岸边的山坡上开凿了层层梯田，我赤脚跳跃在梯田窄窄的田塍上。沿着那些高高低低的田塍，我终于也像小溪一样，走进峡谷中的大河，去继续我的渔获。

　　说是大河，其实河里的水不多，也不深，一年四季，我们都可以涉水过河。但大河曾经也是大的。从夹岸耸峙的高山、刀砍斧削般深切的河床和河床里大如茅屋的乱石，都能感受到大河当年奔腾的气势。但如今，它只能在乱石间穿行，沿着曾经的巨大河床，执拗地爬向山外。

　　大河往下一里多的地方，有一座古老的石拱桥，名叫高桥。爷爷说，早年间，船是可以一直开到高桥的。爷爷还说，早年间，大河里发大水，洪水一直淹到了土地庙。土地庙在村口的山嘴处，在小溪跳入大河的悬崖边上。但就像大河不再是大河，只留下了名字，土地庙也没有了庙，只剩下一个名字。

　　在爷爷的时间里，早年间就是从前，究竟是从前的哪一年，并没有具体的说法。

　　爷爷还跟我讲过一个关于早年间大河的传说：芙蓉山下有条阴河，河里曾有一股水桶粗的水直往外冒，害得这一带总发洪水。后来，不知从哪里来了一条大蟒蛇，用身子堵住阴河，又有四条蜈蚣死死钳住蟒蛇不让它动，于是洪水止住了，大河里再没发过大水。

　　很久之后我才知道，这个传说不过是一个形象的比喻，并没有什么蟒蛇与蜈蚣，它们指的其实是河上修建的水利设施。

爷爷说的芙蓉山，是我们那儿最高的一座山峰。据说唐代诗人刘长卿曾在这山上遇雪，借宿山中，写下脍炙人口的《逢雪宿芙蓉山主人》："日暮苍山远，天寒白屋贫。柴门闻犬吠，风雪夜归人。"虽然各地以芙蓉命名的山甚多，但从当年刘长卿在湖南游历的轨迹和诗中描写的自然风物看，八成就是我故乡的这座芙蓉山。

芙蓉山下有一座水库，是在我童年时代修建起来的，水库的大坝就建在大河上。也因为修建这座水库，才使大河失去了奔腾的气势。

随着水库一起修建的，还有两条渠道。其中一条渠道通过隧道，将水库的水送到我们村庄。这渠清水在流过我们村庄后，又通过一条架在盆地中间的高高渡槽和另一个隧洞，流向我所不知道的远方。

村道狭窄蜿蜒，高低不平，渠道却是宽阔平坦的，那是我童年时代见过的最宽最平的路。渠道修成后，村小也搬到了渠道边。

渠道不像溪流和大河那般弯弯曲曲，渠道里的水也不像溪流和大河里的水可以随心所欲。溪流像调皮的孩子，整天叮叮咚咚唱歌，有时贪玩，改了道，弯进圳沟，忘记了再回小溪，就聚成山塘。大河里的水常在窄处湍急，而在一些大石头下又沉静为深潭。渠道却规定了水的来路和去处，让水流得规规矩矩、明明白白。途经村庄的渠道虽然不长，却有明渠、隧道和渡槽。明渠有一个梯形的底座，渠道送水的时候，渠水在梯形的渠道里平缓无声地流动，没有波澜，也看不见底。隧道和渡槽的内壁都是陡直的，里面没有可供抓握的水草或者杂树。所以渠道送水的时候，小孩子都得远离水渠，以免发生危险。

后来，为了防止孩子们下到渠道玩水，村小在渠道边装了不锈钢栅栏。在渠道过水的时节，父母每天都要叮嘱孩子们不要去渠道里玩水，走在渠道上要靠渠道外面走；不管渠道里漂着什么宝贝，都不要去捡；

不管什么值钱的东西不小心掉进渠道里，也不要去捞。因为被这样反复叮咛，流经村庄的这渠清水，我们简直对它又爱又怕。

对于农人们来说，这渠道真是太重要了。记得渠道第一次送水时，正是一个干旱的夏天。满渠清澈的河水流过村庄，不仅带来缕缕凉风，也通过渠底的孔洞，流进两旁的田野，让久旱的禾苗得到灌溉，让农人们的脸上荡漾开水波纹似的微笑。

少年时代，我沿着大河走出山村，到镇上读高中时，才发现家乡的大河在镇上有一个名字，叫流沙河。大河到了流沙河段，已经没有了夹岸耸峙的高山和河床里嶙峋的乱石。河道变得宽阔，流水变得平缓，河床铺满金黄的流沙，流沙河也因此得名。那时候沿河正在搞建设、盖房子，于是，流沙河里的沙子被广泛用到建筑工地上去，而那原本开阔平缓的河床，被掏得尽是窟窿。大河因此遍体鳞伤。

后来，我沿着大河再往外走，到省城读大学，才知道大河的书名叫楚江。楚江从我的故乡发源，全长48千米，沿途又汇入20多条支流，然后入沩水、进湘江，直通大海。

楚江是个大名字。因为古人把长江也叫楚江。是不是因为和伟大的长江同名，所以乡亲们才把家乡的这条河叫作大河呢？

读大学后，我弄明白了，爷爷所讲的传说中，被四条蜈蚣钳制、堵住阴河的巨蟒，其实就是大河上那座水库的大坝。正因为在大河上修建了大坝，调节了山洪，才保了我们一方平安。

我还知道，那通过水渠引出来的水，后来走得很远。在缺水的年份，它甚至被调往邻县，为那儿的禾苗解渴。

我故乡的这条大河，虽然在我的童年时代就被截断了，但不管是水库里的水还是渠道里的水，它依然以水的形态，滋养着大地上的万物。

如今，楚江之源的水库被命名为青山湖，是下游多个乡镇的饮用水源。经过近十年的治理，楚江已经是水清岸绿，时有白鹭、野鸭在水中嬉戏。

"只有河能走出重重叠叠的山。河呼啸着冲撞而去，山门轰然打开，前面是一马平川。"这是我年轻时一篇小说的题记。而关于河的这种印象，是童年时代故乡的大河带给我的。

当日子流水似的远去，我在回忆故乡和故乡的大河时，也开始重新理解了河的意义。河水走出大山，其实最终又会回到大山。因为河水在流动的过程中，会被蒸发成水汽，飘入天空，聚成云彩。总有一片云会飘回故乡，变成雨，又落入故乡的大河。

《人民日报》2024年5月13日第20版

# 葫芦河边

郭文斌

每次回家，当车子从葫芦河大坝上开过，我就会想到我的童年。

小时候，我和川娃喜欢趴在玉米秆搭成的房子里，看着永远不知疲倦的葫芦河水，心想，这些水是怎么来的呢，怎么就流个不停呢，它不累吗，哪儿是它的眼，哪儿是它的手，哪儿是它的脚呢？它这么匆忙地赶路，是要流向何方呢？又是要去寻找什么呢？

川娃家的玉米地就在河边，被无边无际的苜蓿地包围着。玉米收获后，我们两人就用玉米秆在河边搭房子，再在里面横放两捆玉米，就是我们的炕。自己搭的房子有一种特别的美，玉米秆散发着太阳的香味，也散发着葫芦河水的气息。父亲说，玉米从一粒种子长成人那么高，除了吃阳光、吃地气、吃肥料，还喝河水。

逢到旱年，这河水就更显得金贵。看着一河边的人，挑水浇田，川娃就会得意地说："还是我爷爷有眼光，把院子打在河边。"我反驳："可是逢到发大水，也危险啊！"只见川娃眼里的光芒一下子蔫了："是啊……"有一年，河水涨起来，就淹到他家炕头，把一窝鸡全卷走了，他娘哇哇地哭了两三天呢！

后来，要打坝了，这片玉米地也要没了。眼看着一条活泼可爱的河里多出来一个大坝，熟悉的景象不再，让人心里有种说不出来的惆怅。

大坝打成那天，村里人敲锣打鼓地欢庆，川娃爹却蹲在坝面上，望着玉米地出神。我看到他的眼里噙着泪水。但川娃的好事来了，他爹拿出补偿款，请公社里最著名的裁缝给他缝了一身新衣服，可把我眼馋坏了。

一晃许多年过去了。今年回家，儿子嚷着要到坝里划船，我们一家就租了一条小船，在坝里游览。当船行至川娃家玉米地的水面上时，我跟儿子说，这下面，有你爹和川娃伯伯的童年哩！

我给儿子讲自己童年的故事。

记得河坝修成后，我常和川娃在晚饭后到玉米屋，趴在玉米捆上。暮色中的河水有种说不出的神秘，对岸人家的灯光映在河水里，星星点点。蛙声像过队伍一样，一阵比一阵起劲儿。青蛙一定知道我和川娃正竖起耳朵听，才那么带劲儿地演唱。

这是秋天。

夏天的时候，我和川娃最喜欢烧玉米吃。一垄垄地找，一株株地看，找那些快成熟的玉米，烧着吃。寻个地埂，挖个灶，把玉米放在上面烧得半生不熟，饕餮一通，然后哈哈大笑，因为我们吃得满嘴满脸都是黑，变成了黑包公。

春天，最难忘的是在河边割苜蓿。盼着盼着，苜蓿从地面探出绿色的小脑袋，我们就开始拿刀子割了，割满一篮子，回去让娘给我们炒上一小碟。那个香啊，真能把人香晕！

苜蓿既带来了春天的消息，也带来了春天的恩泽。在那个缺衣少食的年代，能够吃到一碗香喷喷的苜蓿，真的是一种难以形容的享受。但苜蓿不能多吃，吃多了胀肚，往往一夜辗转难眠。

终于有一天，苜蓿老得不能吃了，我们就割来喂牛。喂牛的时候也要操心，不能让牛吃多。

有那么几天，一河滩的蓝色苜蓿花开放了，给葫芦河穿上一身蓝花裙子。蜜蜂像彩云一样覆在上面，如金的阳光经它们的翅膀折射到我和川娃的眼睛里，让我俩觉得这世界是如此甜蜜，如此光彩照人。

川娃要折一个玉米秆咀嚼，玉米秆里的汁子就像蜂蜜水一样甜。每年收玉米时，我们都会美美地咀嚼一通。但是这个季节不能，我抓住川娃的手，说："这玉米秆折了，它身上的玉米棒不就死了吗？"川娃恳求道："就折一个。"我说："一个也不行，这是伤天害理的事情。"川娃一听，缩回了伸出的手。

川娃家种玉米时，爹带了我去帮忙。往地垄里点种子时，爹说，你看这种子多神奇，一粒下土，就能长出一株玉米。一个玉米棒儿上，又结着那么多玉米，少说也有二三百粒吧。一株玉米秆上，结四个玉米棒儿，就是一千粒。一粒种子，一下子变成一千粒，神奇吧，种一得千，这就是天理。再说，只有种子，没有地力，它也长不成，没有阳光，它也长不成，没有雨水、河水，它也长不成。一粒种子，要变成一千粒种子，里面包含着多少天赐的缘分呀！

经爹这么一说，手里的玉米种子一下子神奇起来。再往犁沟里点时，我就多了一份感动和珍惜。

在玉米屋里玩够了，就开始"渡江"。这是我与川娃常玩的一个游戏，因为那时候，我们都特别喜欢《渡江侦察记》这部电影，都崇拜李连长。于是，我俩交换着扮演李连长。只不过，在我与川娃的游戏里，枪是玉米秆做的，帽子是柳枝做的。

"首长，赶快打信号，红色，三发！"

随着声声"炮响"，我与川娃的"渡江"开始了！

江面上全是"船只"，那是我和川娃用玉米秆扎的……

如今，随着将台堡红军长征会师纪念碑在葫芦河东岸落成，随着"文学之乡"落户宁夏西吉，故乡的河越来越出名了。近几年，每逢夏天，我就在这里组织"文学之乡"夏令营，一次次给孩子们讲述当年的故事，常常会把我的泪水讲下来。

夏令营里，我们也让孩子们挖锅锅灶烧土豆、烧玉米，也让孩子们在河边住帐篷、看星空、听鸟鸣、观日出、赏月色，体验乡村安静和深沉的夜色。孩子们的兴致也非常高。

小船靠岸，妻儿去爬山了，漫山遍野的杏花正在怒放。我坐在山坡上，望着葫芦河，再次想起了《渡江侦察记》的台词：

"四姐，我们要走了，我相信，用不了多长时间，我们就会再见面的。"李连长说。

"不管时间长短，我一定会等你的。"四姐说。

一晃五十多年，我坐在故乡的山坡上，李连长和四姐的影像再次浮现在眼前，我的鼻腔陡然一酸。五十多年，这条葫芦河，一直不停地流着。岸边的父老乡亲，大半已经归去；孙子辈们，像庄稼一样一茬一茬长起来，他们再也不用像我和川娃那样，为衣食所困，也不用像我和川娃那样，要小心地提着鞋，蹚过葫芦河，跑几十里路看一场电影。

但我并不羡慕他们，那曾是属于我们那代人的日子，是我们的生活，是我们的课堂，是我们的童年……

《人民日报》2024年5月22日第20版

# 汩汩流淌的富屯溪

陈毅达

我出生在闽北邵武。我对邵武地理最深的记忆，是那条叫富屯溪的河。

我幼时随祖母在闽南生活，当时没有什么识字识物的启蒙教育，所以，我最初对水的认知是相当有限的。那时，都是用自己家中院子里的井水，年幼时的我，只知有井，不知有河。

到了上学年龄，我从闽南回到闽北邵武。邵武有河，许多居民住在木板做成的老房子里，临河而居。而我家地处县城中心，不临河。父母忙于工作，不像现今的父母这般，周末节假日带着孩子识天认地，解物开智。不仅如此，当时无论是父母还是学校老师，都会特别交代，河边是危险之地，不可擅自去。以至于我到了小学二年级，知道城中有河，但仍没有去过，还莫名对河有深深的敬畏与恐惧。

我的一位邻居叔叔，他有两个儿子，大的比我小一岁，与我是朋友。一个暑期的傍晚，他家的老大拿着一个用货车内胎做成的救生圈，在我面前炫耀，骄傲地说，他爸爸要带他们去河里游泳。我一听，不知道哪来的勇气，就怯生生地问，我，能一起去看看吗？他没多想，立即自作主张地说，你就跟着我们嘛！我急切地去询问母亲，母亲听说有大人带着，没什么迟疑，就应允了。我扯了一条薄薄的洗脸毛巾，塞进裤袋，就欢喜地出发了。

穿街过巷，走了约十分钟的路，我们来到了邵武的东关码头。码头不大，地上铺着大个的鹅卵石，倾斜着向水边延伸，面水的那一部分，全是青石条堆砌的。时为傍晚，码头挺热闹，一些河边住户就在码头边洗衣服。

邻居叔叔家的两个男孩，也并不会游泳，入水后就在浅水区里，抱着救生圈扑腾，用脚打着水花，胡乱地戏水。看着他们开心的样子，我心里十分羡慕。这时，邻居叔叔家的大男孩向我招了招手，喊在一旁看着的我下水去。我终于按捺不住了，飞快脱去外面的衣裤，走进了河里。

这是我第一次入河亲水。水先没过我的脚面，然后淹了我的膝盖，最后没了我的腰。我感受着河水的冲力和浮力，努力地站在河中，享受着水别有滋味的浸润，紧张的心，终于放了下来。我用手轻拍着水，让水花四溅；后又用手划动着水，劈开河水。玩耍了一阵，我大胆地收起站在河底的脚，身体一下沉入水中。我突然有种惊慌，但又迅速地感到，河水就如棉絮般包裹着我，爱怜地拥着我。我只剩脑袋露出水面，这一刻，无比享受。

上岸回家，我虽穿着湿淋淋的裤子走着，但心已放飞，这就是河呀，太有意思了。

我就这么简单地爱上了家乡的河。这个暑期，我对邻居家的大男孩十分殷勤，为的就是他跟他父亲去河里游泳时，一定要告诉我，能带上我。

我的初中，是在邵武四中读的。学校就在东关，出校门不远，就是河。一天放学，一位同学问我去不去河边"砸鱼"。我不知道是什么意思，觉得肯定好玩，就跟着他去了。在河滩浅水处，我那同学左看右瞅，看准了，就搬起一块鹅卵石，对着一块半露出水面的鹅卵石用力砸下去，然后挪开水中被砸的鹅卵石，真的就有一两条因石头相撞被震晕了的小鱼，翻着肚子，浮出了水面。当地人叫小鱼"白条"，尖尖的头，细细长长的鱼身，鱼肚子上全是雪白如银的小小鳞片。

上高中了，我考入邵武一中。邵武一中离熙春公园不远，熙春公园一旁就是河。此时，我已经知晓，家乡之河有个正儿八经的河名，叫富屯溪。这时的我，酷爱唐诗宋词，也知道，家乡有个了不起的人物叫严羽，是南宋著名的诗论家，撰有《沧浪诗话》一书。熙春公园里有为纪念严羽而立的沧浪阁。沧浪阁耸立于富屯溪畔，我有几次受好伙伴之邀，就在离沧浪阁不远的河边，捉鱼、摸螺蛳。远远望去，沧浪阁在蓝天映衬之下，有一种庄严的美。

我幼时所在的闽北，所有的县城，几乎都建有一座宝塔。宝塔多建在河边的高山上，多年下来，形成一河一塔的景观。宝塔因位处高峰，那时县城也没有高层建筑遮拦，经常一抬头就见到宝塔，风中雨中，它总那么孤独高傲地默立在那里。高中毕业时，我考上师专，即将离开邵武，我的三个最好的朋友，商定给我送行。也不知为何，我们选择了一起上宝塔。

我们带着零食，就那么上山了。站在宝塔下，我放眼望去，天高气爽，视野非常好。第一次从高处看家乡的河，河道蜿蜒，河水清澈，汩汩流淌，无比柔美。我几乎呆住了，这就是相伴了十年的富屯溪吗？

我们找了个草丛，席地而坐。一位朋友哼起歌来。他哼的歌很好听，也很对我们当时的心情。我们问他是什么歌，他说叫《红河谷》。接着，他又哼了一曲《曼莉》。两首歌都表达了离愁别绪。正所谓少年不识愁滋味，我一下被吸引了，就问他能不能教我唱。很快，我学会了。就在这宝塔下，遥对着家乡的河，我开口唱起了歌。

离开宝塔下山时，已是下午，我再次看向富屯溪，心里不知为何多了一份伤感。这种伤感，是年少之时从未有过的，它非常新鲜，又非常缠绵；它十分特别，又十分美丽。它从我心中汩汩而出，有如在夏末初秋缓缓流淌着的富屯溪。

去读师专以后，我很少再回家乡长住。但奇怪的是，只要对少年时光有所回忆，我就会想到家乡的这条河。它已深深流入我的心中，一直在默默给我巨大的滋养。

《人民日报》2024年6月10日第8版

# 清清木兰溪

李朝全

　　木兰溪是我家乡的河流，是福建莆田仙游两地百姓的母亲河。福建有"五江一溪"，即闽江、九龙江、晋江、汀江、赛江和木兰溪。奇特的是，其他河流都称为"江"，唯独我家乡这条独流入海、长达百公里、年径流量10亿立方米、灌溉着百万亩良田的河流却被称为"溪"，足见"木兰溪"之低调、自谦。

　　木兰溪的得名，与"开莆来学"莆田文教先贤郑露有关。据传，在唐代，郑氏三兄弟郑露、郑庄、郑淑来到莆田南山，创立了"湖山书院"，开启莆仙儒学先河。"地瘦栽松柏，家贫子读书。"从此，在千年的科举史上，莆田先后涌现出2400多名进士、21名状元，22名宰相，"二十四史"立传者百余人。传说，当年郑露奉诏入仕，乡亲们便在木兰山下的溪边为其送行。因为郑露喜欢木兰花，百姓便采来木兰花瓣，纷纷扬扬撒落在船上和水路之上。木兰花顺着溪流而下，伴送郑露远行。后人便将这条河流命名为"木兰溪"。

　　木兰溪是闽中最大河流，发源于戴云山脉的黄坑头。这条溪流也正像一个卧倒的巨人，整个水系呈树枝状，犹如密密麻麻的血管，因冲积造就万顷良田，养活了上百万的莆仙儿女。

　　我的老家就在溪边。从我记事起，父母便在木兰溪的河道里筛沙敛石，一点一点开辟出两亩溪田，种上水稻麦子，确保了我们一家六口的粮食。

　　我的童年是浸泡在木兰溪里的。一年里总有半年的时间，我会和溪流亲密接触。每年端午节一过，村里的孩子们便开始在溪里游泳，一直游到国庆节以后溪水变凉。溪水是我们百玩不厌的伙伴。木兰溪的鱼虾，也是我们那个艰苦年代重要的肉食来源。逢年过节，我们在溪边的水草间，用畚箕或是渔网捕捞，不一会儿便能捞上来半斤一斤的小虾。再用清水煮开，一只只原本透明的小虾，摇身一变成了一碗红彤彤的虾米，煞是诱人。而在溪底的沉沙中间，总是埋藏着大大小小的沙贝，随手抓把沙子，就能捡出三五个来。

　　溪水清澈，可以沐浴净身，可以淘米涤衣，也是我们日常生活的饮用水。往昔，我们并不懂得欣赏它的美丽，只觉得它就像我们普普通通的邻居。事实上，木兰溪流域1732平方公里，数十万亩兴化平原的良田，莆仙这片鱼米之乡，都不能不归功于这条"普普通通"的河。

　　在绝大多数的时间里，木兰溪清水长流，微波不兴。它是安详的、平和的、秀丽的。然而，当台风刮来时，暴雨连续不断，洪水暴涨，木兰溪便像是一匹狂躁的奔马，横冲直撞，倾泻而下。洪水淹没了我们的溪田和稻谷，令庄稼减收。读中学六年，我每天都要沿着木兰溪岸，步行去3公里外的度尾中学上学，早出晚归。下暴雨发洪水时，沿线的堤岸常常被洪水冲垮决口。半大的孩子如我，不得不绕路一两公里，从镇上的大街走去学校。到教室时，我的全身几乎都被雨水浇透，头发往下滴水……

　　为了治理木兰溪的水患，千百年来莆仙人付出了诸多努力。1064年，长乐女子钱四娘携资10万缗，来到莆田修筑陂堤。后来，几次大雨、几次海潮上涨，陂堤被冲毁又重修。自此，木兰溪下游，海潮不再漫灌，土地不再沦为盐碱之地，原先"只长蒲草，不生禾苗"的土地变成了郁郁葱葱的万亩良田，一年可植三季庄稼。"蒲田"也改为"莆田"。木兰陂沿用了1000年，成为世界水利工程史上的一大杰作。

然而，随着土地不断被开垦，人类活动频繁，木兰溪生态也遭到了严重破坏。据统计，20世纪后半叶，木兰溪几乎每十年遭遇一次大洪水，小洪水年年不断，木兰溪变成了乡亲们又爱又怕的一条河。我到北京求学后，每年寒暑假回家，发现木兰溪一年比一年丑，堤岸毁坏，溪流污染，鱼虾消失，垃圾遍地，生态恶化。记得有一年，因为村子上游建厂养鳗，过度抽取地下水导致水位下降，许多乡亲家里挖的水井几近干涸，弄得人们守着水乡没水喝。

有一天，父亲打电话告知我，我家修在河道里的溪田要被政府有偿征用，还原成河道。我说："爸，这是好事，我们当然要支持！"接着，溪流两岸重新修筑了牢固的堤岸。漫长的溪岸种植了团团簇簇的绿树花草，一点一点地将木兰溪装扮成了一座流动的、狭长的大型花园，成为乡亲们漫步休闲驻足的佳处。

后来，我才逐渐了解到：其实自从1999年开始，木兰溪治理便热火朝天地展开了。

在下游，经科学论证，裁弯取直，因地制宜建成了风光旖旎的玉湖景区。兴化平原是冲积平原，淤泥形成的软泥层厚达14米，淤泥中含水量高达70%。在如此厚的软泥上修筑堤坝，犹如"在豆腐上筑堤"。南京大学窦国仁教授等经过反复试验，提出了"三明治式"的筑堤对策：先在堤岸上打下水泥桩，再在其上覆盖石板，就像三明治一样，将淤泥里的水分一点点地挤出、挤干。从新河道里挖出淤泥，晒干后回填到堤坝里。专家们还针对软基河道筑堤的特点，发明了独特的"软体排"，来为堤坝加固加牢。莆仙百姓再也不用自备大木桶逃生了。

古有钱四娘治水，今有科学的木兰溪治理。这，怎能不令人感慨？

经过20多年的持续治理，原本桀骜不驯的木兰溪终于被驯服，变成了一条安澜之河、生态之河、发展之河。木兰溪，正以优美的新姿讲述着古老的故事。

如今，每次在木兰溪的怀抱里漫步，我都真切地感受到，我家乡的那条河正越变越靓丽，我的乡情得到了真正的抚慰。

《人民日报》2024年6月17日第20版

# 大江由此东去

汪渔

四川宜宾三面环水，一面靠山。

一岸是著名的东山白塔，一岸是林立的高楼。一眼望去，江水包裹的城区仿佛一艘犁开江面的巨轮。

黄昏时分，青山隐隐，碧水悠悠，凭栏临江，有风一样的思绪，有云一样的情调。徜徉于合江门广场，广场变成了宽阔的甲板，夹镜楼便是兀立的桅杆。

天幕一层层渐变为无垠的灰白，山岚轻绕的翠屏山正被染上黛色，岸边低低高高的建筑被灯火次第点亮。它们把身影轻描淡写倾入江中，重叠成一幅朦朦胧胧的写意山水画。

左面是江，右面是江，前面也是江。

当你明白脚下踏着的地方是江水交汇之处，仿佛自己左手挽着岷江，右手挽着金沙江，两手轻轻往前一推，它们就挣脱羁绊，势若奔腾，合成了长江。

也许是前世的两片雪，被安排在各自的源头，因为某个约定，便化而成水，一片随金沙江滚滚西来，一片随岷江滔滔南下，相逢在宜宾。为了百川归海的宏愿，长江一路高歌，穿三峡、越武汉、下江南，直达东海。

眼前的夹镜楼雕梁画栋、飞檐翘角，建于清朝初年，历经沧桑，古韵悠然。它的地理位置十分独特，能够俯瞰三江六岸。人站在夹镜楼上，恍如站在一部历史典籍之上，浩瀚河山尽收眼底，苍茫时空齐上心头。桨声欸乃，星光婆娑，桨声灯影里翻卷起的，当然不仅仅是江中的浪花，还有历史深处的幽微回响。

遥想当年，苏洵、苏轼、苏辙父子三人，顺流而下到达宜宾。父亲苏洵身边，两个儿子都是新科进士。彼时彼刻，"三苏"何其有幸！

而苏轼、苏辙兄弟二人，心怀鹰击长空之志，为宜宾写下《过宜宾见夷中乱山》《夜泊牛口》《牛口见月》。彼时彼刻，宜宾何其有幸！

逝者如斯，江水淘尽世间之事，时间平复欢笑悲忧。

如果江上的人不上岸，大概夹镜楼的光芒会覆盖掉冠英古街的风采。如果不走进冠英古街那些四合院，大概不会感受到萦绕在院落上空的历史余温。如果不轻抚一遍那些青砖黛瓦和老物件，大概无人能解码古街刻录的岁月与烟火气息。

冠英古街始建于明代，繁盛时聚集着40多个院子。通街院落，两进或三进进深。房上青瓦覆顶，房体以柱承檩，楼房走马转角。高门大户，灯笼雕窗，盐商、药材商进进出出。江风阵阵，吹来涛声、桨声和船工号子。石板街上，算盘声噼里啪啦，觥筹声叮叮当当，戏曲声咿咿呀呀……

行走在夜色中的冠英古街，远远近近，里里外外，游客摩肩接踵。站在街上张望，观音阁、八省会馆隐隐约约，粮房街、戏楼院宛如昨日重现，文麻阁依旧韵味悠然。顾客盈门的老字号、娴静又时尚的咖啡馆，还有路边餐馆里的川菜味道，不时溢上街面，总能一次次地把人从恍惚中拉回烟火人间。古典与新潮在这里不断碰撞，交织成不一样的风景。

我的目光，总是被"船员"或"乘客"吸引，忍不住打量他们的一举一动。

那位蹲在门墩上的老人——他额头的皱纹里刻着对故乡最深情的眷

恋，嘴里的烟筒是他记忆的闸阀，一吸一呼之间，轻烟升腾，那是时间深处的野花、河流和鸟兽在他的眼前盘旋游走。

那对穿着婚纱的情侣——他们正试着阅览爱情长路上的美好或是波折，努力书写岁月长河中属于他们自己的那些章节。

那双母亲怀中婴儿的眼睛——澄澈的眸子里，是天真，是单纯，是笑，是爱，是暖，是人间四月天。

街边聊天的中年男人，笑靥如花的时尚女子，牵着父母衣襟、跌跌撞撞行走的小孩子……

一座四合院，进得门来，自己找桌子，自己取碗筷，主打一个自我照顾、自我服务。全体服务员似乎就做一件事——不停把刚出锅的形形色色的菜肴端出来更新场面。

大抵人间烟火，是城市里最古老又最现代的生命张力。

饭后，一群人漫无目的地沿街行走。来到一地，眼前的景物似曾相识。定睛一看，原来不知不觉间，我们又回到了"船"头。

一群游客正顺着一位"老宜宾"的指点阅览山河：你们看到没有？有一座塔的叫白塔公园；有一座桥的叫长江公园；灯光隐隐约约的地方，那是因为树木太多而得名的翠屏公园。

"老宜宾"的语速不疾不徐，音调不高不低。我看出来了，他很认真地在给游客介绍心目中的新宜宾。

"若是白天，你们会看到……"突然，"老宜宾"停止了讲解。

顺着他的目光，一只彩色塑料风筝从一名小朋友手中滑落，飘飘荡荡掉进岸边的江水里。

"老宜宾"没有迟疑，迅速跑到江边，把风筝从水里捞了起来。

上得岸来，他才继续刚才的话题："若是白天，你们会看到公园里满眼青绿，江面上飞翔着鸿雁、灰雁、白额雁；你们会看到清澈的水面下，岩原鲤、胭脂鱼、长江鲟在自由游弋。"

他说，"共抓大保护，不搞大开发"已深入宜宾人心里。长江十年禁渔政策实施以来，宜宾1200名渔民告别"水上漂"，成为"护鱼人"。如今，鱼类种群数量由禁渔前的48种增加至92种。

他说，从2018年开始，政府对沿江化工企业进行搬迁、关停，拆除餐饮趸船……如今，宜宾的生态环境大幅改善。宜宾人还开始打造"两岸青山、千里林带"，建设生态缓冲区，建成环长江生态廊道近100公里，用实际行动守护好一江清水。

细聊之下才知道，这位"老宜宾"竟是1200名上岸的"水上漂"之一，难怪对江面上的变化这么熟悉。

"为什么你一定要去捞起那只掉进水里的风筝？"有人问。

"为了一江清水向东流，我生活在长江边，决不让污染出现在长江里！"

《人民日报》2024年9月4日第20版

# 黄河之水天上来

廖奔

　　我的母亲是水文泥沙工程师。当年她踏勘黄河时，我正年幼，常随她到河滩边玩耍。母亲每每吟诵"黄河之水天上来"的诗句。我听见了，抬头望望，河水老远，真的好像来自天尽头。

　　在郑州黄河花园口泛区下乡垦荒那些年，我没少在黄河滩里割草、耩麦割麦、种瓜收瓜。出一身大汗，跳进黄河里洗个澡，出水则一身泥。夕阳西下，列车在大桥上浮着，黄河泛着粼粼金光，我也披着这金光。

　　上大学后走远了，后来参加了工作。工作性质让我得以不时沿着黄河行走。我发现，上下游的黄河水是不一样的。

　　黄河的源头位于青海腹地，巴颜喀拉山脉北麓的约古宗列盆地，4500米的海拔。从雪山下来的汩汩小溪，流经绿草如茵的天然牧场，宛转汇聚成水道四散的孔雀河，又挂着数不清的水泊，孔雀开屏一般在天光映射下闪闪发亮。眺望昆仑山雪峰皑皑，丽日阳光给这静穆的秘境之地涂抹了一层金光。当年周穆王乘八骏马车驰骛八极，在昆仑山会见西王母，该是经过了这里吧？

　　穿过青海果洛藏族自治州、黄南藏族自治州、海南藏族自治州的道道峡谷，流经西宁南部的黄河水是清澈的，在石砬、崖壁间喧嚣着、奔涌着，激荡起白色的浪花。也就是在这一带的草地下，出土了不少美丽的舞蹈纹彩陶盆。

　　东下青藏高原，黄河流向黄土，穿过兰州的河水已经变成了黄色。

15岁那年，我在兰州铁桥上看到有农民在黄河里高举双臂左右划水昂头前行。在当地生活的表弟告诉我，那些人正在捞取水中漂流之物。兰州向西就是河西走廊，古代的丝绸之路由此一直通往中亚、西亚。

天下黄河富银川。从飞机上可以看到，从贺兰山脚流过的黄河水，与周边的稻田浑然一体，盈盈水光映天，真乃一片银川世界。区别只在于，中间的河水显得黄稠，两侧的田水显得清澈，用田垄的格子划开。旁侧的西夏王陵，述说着又一重久远的历史。

黄河经内蒙古巴彦淖尔市、托克托县，流出一个大大的"几"字弯。然后向南劈出秦晋大峡谷，到达华山脚下而东转。在这里，黄河接纳了西来的渭河。渭河源头处有天水大地湾遗址，7000多年前的先民在那里造屋建官、烧陶制器、猎兽种黍。黄帝氏族即起自黄河源头的昆仑山。会用火、会种粟的炎帝神农氏，则由关中平原附近逐步东迁。

千年万年，黄河的众多支流把黄土高原冲成了千沟万壑。切开鄂尔多斯台地和吕梁山脉的黄河，由于落差和泥沙携带量加大，成为咆哮奔涌的烈河。看看壶口瀑布和禹门口吧，真叫浊水骤泻、啸吼震天。

巍巍华山阻住了奔腾南来的黄河，逼其90度大拐弯。原来被高原土层挟持着的黄河，一旦向东越过三门峡进入华北平原，顿时就变成了在平地上肆无忌惮的"野马"，成了到处滚动、狂奔的地上河，一会儿从东北方向流入渤海，一会儿又从东南方向夺取淮河河道注入黄海。万年千年间，黄河携带的泥沙渐渐淤积出了美丽富饶的华北平原。

我想到抗日战争时期，当年的抗日英雄是高唱着保卫黄河、保卫华北、保卫全中国英勇阻敌的。浓稠的黄河水呜咽东流，这一段沉重的历史人们永远不会忘记。

在古代，中下游黄河因为泥沙淤积抬高河床，总是三年两决口、百年一改道。新中国成立后，黄河堤内河床高于堤外地面的郑州段与开封段，用建造锯齿状石砌堤坝的方法抵御洪峰冲击，获得了成功。我当年每到汛期和冬季，就用架子车拉土和石头，参与加固黄河堤防的劳动。2001年小浪底水库建成，随时调水冲沙刷低河床，解决了一直以来纠缠黄河的难题。小浪底开闸泄水亦成为一大旅游景观。

今天，大规模退耕还林、植树造林、修建梯田、保土保水的综合治理措施，正在显著改变黄土高原的面貌与黄河的颜色。于今，我们通过卫星云图可以惊喜地看到，黄河曲折穿过的黄土高原，正在被逐年扩大、加深的绿色所覆盖。

今年到晋陕蒙黄河湾头采风，我亲眼见到河水澄澈、田畴碧绿，出现海晏河清之象，心中激动不已。唐代诗人薛逢在《九日曲池游眺》中说："正当海晏河清日，便是修文偃武时。""修文"恰当其时，"偃武"则属短视。只有文武齐备，才是黄河得以万世奔腾的根本保障。

"黄河之水天上来，奔流到海不复回。"李白此诗，写出了我们的民族性格和厚重历史。

《人民日报》2024年10月7日第8版

# 遇 见

花的使者

文港一支笔

鹿城盛开三角梅

一碗面的学问

竹之梦

儒雅竹刻

向新而生

一株古树的背后

在齐河，有个
豆腐窝水闸

蟳埔簪花春常在

一碗鲜面

无声的绽放

# 鹿城盛开三角梅

杜卫东

走出海南三亚凤凰机场出港口，我们齐整地把几个行李箱放在路边。

一辆小汽车像一条银鱼般，"哧溜"，从车流中驶来。车窗摇下，一个平头发型的青年核实了我们的身份后，跳下车，身轻如燕。我感慨："你真厉害，一眼就能认出要接的客人？"他笑了，说："'候鸟族'有特点啊，辨识度高。"说着，提起路旁的行李箱，一件件放进后备箱，动作干净利落，毫不拖泥带水。

小伙子人不错，一般的网约车司机不会抢着帮乘客搬行李。他若不上手，这几个大行李箱还真够我们忙一阵子的。

车驶入主路，路两旁如画一般的风景，在车窗外渐次展开。

突然，手机响了，小伙子摁下接听键，是一名客人去机场，预约的车没到，怕耽误行程，情急中想起他。小伙子很愕然，蹙起眉头，说："不应该呀，一般是我们等客人，怎么能让客人等我们？"可惜他分身无术，便安慰对方再耐心等会儿。挂断电话，他看看仪表盘上的时间，摇摇头，神色有点焦虑，嘀咕了一句："再不到，真可能会误机。"这时，手机又响了——原来网约车停在小区的拐弯处，客人没看见，一场乌龙。小伙子如释重负，忙说："没耽误您用车就好。"感觉得出，他的急切和高兴都发自内心，自然而然，没有一丝刻意。其实，这件事和他一点儿关系都没有。此刻，车窗外，路边的三角梅正热烈地盛开着，是那么鲜艳、动人。

妻子夸赞小伙子："你真是个热心肠！"

小伙子有点腼腆地说："服务行业嘛，就是要为客人提供最优质的服务。"

闲聊中，我们得知，他是陕西人，在北京顺义当过几年兵，退伍后来到三亚闯世界。先是在一家贸易公司工作，后来，专职做了网约车司机。看得出，在部队，他得到过很好的锻炼，说话不紧不慢，很有气场。红灯亮了，小伙子踩下刹车，扭过头，笑着说："你问干这行累不累？累呀。不过，累点没什么。我才30岁出头，如果把人生比作一本书，也就才翻了少一半，远没到精彩的部分呢！"

乐观是青春的鸽哨，它和憧憬连在一起，总是伴随着蓝天与白云。我被他的情绪感染了，笑问："哎，你怎么断定出我们是'候鸟族'？"

小伙子嘿嘿一笑，神色中闪过一丝狡黠，说："这不难判断呀。特定的时间段，飞到三亚来，入住的是'候鸟'集中的小区。"我接着问："你说'候鸟族'有特点，是什么特点？"小伙子握着方向盘，头也不回地回答："头发白，穿衣多，箱子大。当然，如果加上米色礼帽和拐杖，就更容易识别了。说实话，接你们这种行动自如的老人比较省事，看准了就可以；如果遇到行动不便的高龄老人，我会在出港口等候，一直搀扶着到停车场。"

"那，要另外加收费用吗？"妻子问。

"哪能啊！"小伙子语含惊诧，"举手之劳，还要收费？"

一句话，顿时让我对小伙子更加刮目相看，距离一下子又拉近了不少。我告诉他："年轻时我也当过兵。"小伙子听了，双眸一亮。他摁下音响开关，车厢里立马回响起那首熟悉的歌："咱当兵的人，有啥不一样，只因为我们都穿着朴实的军装……"一时间，我们谁也没有说话，仿佛回到了当年的军营。那是属于男儿的回忆，连着边关的明月，连着青春和梦想。本来两个素不相识的人，因为一段相同的人生经历，有了命运相连的感觉。良久，小伙子像对自己也像是对我说："我从来没有忘记过——自己曾是一名军人。"我也感慨："是啊，军营的记忆会伴随我们一生。"记忆像一幅山水长卷，可以将那些难忘的时光定格；没有什么可以将它冲淡或者抹去，因为，它已经被浓烈的情感着色。我忽然想起，在首都机场出示退役军人优待证，可以优先登机，便问他是否办理了。小伙子点点头，说："办了，不过从来没用过。"这在我的预料之中：他办了，是因为珍惜；他不用，同样是因为珍惜。

正聊着，妻子突然提出一个问题："这条路你好像很熟，一直没看你用导航。"

小伙子莞尔一笑，说："太熟了，前两年，我还是你们这个小区的租户呢。"

妻子像是一下子想起了什么，有些激动："啊，我是不是见过你呀？好像有点面熟。"

小伙子回过头来，高深莫测地眨眨眼，说："嗯，有可能。"

"对了！前两年，你是不是一到周六下午，就在小区门口挂一块'免费理发'的纸牌，高龄老人还提供上门服务？"妻子问。

小伙子点点头，没有否认。

妻子更激动了，双眸有了神采，继续问道："听邻居说，80岁以上的独居老人，你还留下电话，免费提供买菜、就医服务？"

小伙子一笑，语气平和地说："我是党员，又是一名退役军人，群众需要的时候，肯定要冲在前面。""不过，"他下意识摇摇头，吐出一口气，说，"也有人质疑我，说我肯定有个人企图，不然，怎么会干得这么起劲？我听了，一笑了之。我问心无愧，对得起曾经穿过的军装。"

说这话时，小伙子挺直身板，嘴角上扬，表情中有一种明显的不屑。一个人的一生中如果有过从军的经历，生命就是一块淬过火的钢。我感受到了他的真诚，情动于衷，发乎于心，像清澈的湖水，即便被泥沙侵袭，经过沉淀和自滤，仍会坚守自己原有的明澈。

车行平稳。路旁盛开的三角梅像一簇簇燃烧的火苗，在车窗外一闪而过。小伙子告诉我们，三角梅是三亚的市花，只要有适宜的阳光，它可以一年四季把城市点缀得生机盎然。已是傍晚时分，夕阳渐渐落下，天被涂上一层金黄，远处的海面上波光粼粼，几艘游轮正在入港。有余晖照进车厢，洒在他身上，侧面看上去，有一种庄重的美。

我想，城市也是有魂的。城市的魂，呈现在一座城市的日常表情中。而这日常表情，由生活在这座城市的人们的一颦一笑、一举一动构成。小伙子说，三亚还有一个别称——鹿城。相传，一位青年猎手追逐一只坡鹿，面对山崖和茫茫大海，无路可逃的坡鹿回过头，目光竟像山泉一样澄莹。猎手被眼前的情景震撼，放下弓箭。不想，火光一闪，烟雾腾空，坡鹿化作一位美丽的少女，两人因此结缘并定居，繁衍出了这座城。确实，这是一座爱意流淌的城，它不光有动人的传说，有盛开的三角梅，还有像青年猎手一样善良而质朴的人。

他们用心守护着这座城市，也守护着心中的美好与未来。

《人民日报》2024年3月22日第20版

# 儒雅竹刻

施立松

简舍知秋竹刻馆外，馆主朱宏苏把几枝枳椇递给我。我才知道，他刚才在墙角的草丛里走来走去，低头寻寻觅觅，就为找这几枝枳椇。"很甜！"他说，"前两天还极酸涩，经了霜就甜了。"

那是去年入冬第一天，我在"儒生雅士辈出"的儒雅洋村。古村坐落在浙江象山西部蒙顶山脚下，保存着许多清末的建筑。像一部线装的书，徐徐掀开，一砖一瓦，一草一木，写满了光阴的故事。

竹刻馆的灰墙，已遍布岁月的痕迹。零摄氏度的气温下，院子里养荷花的石臼结了厚厚的冰，荷的枯梗败叶像琥珀一般凝固在冰层下。或许就是这一夜之间，风刀霜剑褪去了枳椇的酸涩。

"小时候一直想在家门口种一棵，撒过几次种子，却都没长出来。"朱宏苏拨弄着手里的枳椇，顶端圆圆的部位，用手指轻轻一搓，露出一粒扁平而光滑的种子。"后来才知道，枳椇是插枝的，春来时，剪枝插，不用怎么侍弄，挺好养活的。这是我十岁那年插的。"他指指头顶的枳椇。

朱宏苏是土生土长的儒雅洋村人，从小在雕梁画栋的老房子里长大，对房子里那色彩艳丽又栩栩如生的雕画十分痴迷。近竹而居，喜欢上竹刻，就像潜藏的基因被唤醒一般自然而然。他打小师从民间艺人石永生，后又进入象山德和根艺美术馆深造，学了一手精湛的竹刻手艺。十年前，他在象山县城自家房子六平方米的车库里，创立了知秋竹刻工作室，算是给自己的作品一个栖居之地。

他创作的仿陶罐系列，有竹的轻盈，又有陶的质感。我最喜欢《桑蚕图》茶叶罐，蚕在桑叶上蠕动啃食，纤毫毕现，鲜活灵动，仿佛能听到沙沙的蚕食声。

几年前春节回儒雅洋村过年，朱宏苏萌生了回村去的念头，为古村重新焕发昔日的生机尽一份心力。可家人不理解：好好的日子不过，折腾个什么劲儿！别人都是走出来，你还要回村去？那时，外地高薪聘请他去负责当地的竹文化产业，资源、待遇，都是难得一遇的好机会……

那一天，他坐在村边的浩瀚竹海里，看着阳光从竹隙细细碎碎地洒下来，像一张金色的细密的网，林间浮动着的丰沛的负氧离子，让他神清气爽。几个深呼吸后，他决定了，留下来！这里才是安放自己心灵的地方。

不久，朱宏苏的简舍知秋竹刻馆在何恭房祠堂落地，成为对外推介美丽儒雅、开展各类文化艺术交流的平台。挂牌时，他是欣喜的，又有些沉重。扑面而来的，竟是村民的质疑和误解。

一颗心沉沉地直往下坠。最难受的时候，朱宏苏还是去那片竹林。石隙间，一棵竹子刚刚破土，竹身被石头挤压得有些扭曲，竹尖却笔直向上，这纤弱却又坚韧的小精灵啊！他的心仿佛被稳稳地托住了。事实不必辩白，真诚无须喧哗，他坚信时间会证明一切。

中秋前，他给在外地打工的乡贤打电话，把大家召集在一起，举办"我爱儒雅"中秋茶话会，谈了自己的感受和规划，赢得大家的信任。再后来，他又策划"儒雅山居"番薯烧文化节。儒雅洋村有烧制番薯烧的传统，取蒙顶山甘甜的山水和自家种植的番薯，用独特的制作方法烧出口感醇厚的番薯烧。番薯烧文化节吸引了县内外无数的目光，一时间，来赏儒雅洋村山水古建之美的旅客络绎不绝，为儒雅洋村攒足了人气。

朱宏苏每天都要到竹林里走走，听听竹子拔节的声音，摸摸竹身光滑的纹理，和竹站在一起，生命就丰盈了。他总能从密匝匝的竹丛里，找到他想要的竹竿和竹根。

竹刻馆挂着许多他的作品，巧中带拙，但我似乎更喜欢他的一些"小玩意儿"：细而曲的竹竿上，顶一枚戴着草帽的浑圆如意；竹节上潜藏着一只安静小螃蟹的镇纸；有的像一枚板栗，有的什么都不像，就是好看，浑圆细腻、竹色油亮，像染了岁月的包浆。

《人民日报》2024年3月27日第20版

# 文港一支笔

王
芸

每逢农历一、四、七日，在距离江西南昌市中心城区60多公里的进贤县文港镇有个集市，汇聚来自各地的客商。这里售卖的不是蔬菜肉食，不是百货杂物，也非古玩珍宝，而是笔，更准确地说，是与毛笔有关的各种原材料。

这是个两层小楼。一楼的店铺不多，售卖成品毛笔。随意走进一家，女店主听说我们平时练字，多写行书，偶尔写小楷，便从众多"花朵"中摘取一瓣，"这是鸡距笔，试试。"她的眼神饱含期待。

鸡距笔的笔毫不长，接近笔管处浑圆饱满，收缩至笔尖的弧线短而陡峭。笔毫入水浸透，在纸上运笔写来，笔锋游走间，字的筋骨浮现，一支笔的品性也随之显现。这支笔笔锋内蕴力道，蓄墨不散，圆转自如。

与女店主闲聊，她的老家在进贤县张公镇。小时候，她喜欢看自家姐姐做笔头；长到11岁，堂姐家开始做笔头，她就天天跑去堂姐家玩。堂姐告诉她不同的毛毫有什么特性，适合放在笔头的哪个部位。她嫁到这个有着1600多年制笔历史的小镇后，自然与毛笔结下了更深的缘分。有小时候的经验作底，她三天就学会了做小楷笔的笔头，再到做各种笔的笔头，慢慢熟悉了制笔的每一环节。30年间，她与毛笔耳鬓厮磨，相看两不厌，而今可以轻易地知晓毛毫的优劣，以及羊毛、兔毛、黄鼠狼毛等的不同配比，会带给一支笔何种特性。"柔弹的笔，相当好写！"至于何为"柔弹"，如何制出"柔弹"之笔，这个话题她可以细细说上半天。

在文港，但凡与笔有关的人家都是二代、三代接续制笔，也有四代以上的。笔，穿过纷纭世事，穿过不同年代的时光，支撑起一个家庭、一个家族的日常生活与生存大计。

沿楼梯上二楼，人影穿梭叠映。一侧是笔头区，一侧是笔杆区，再一块是画笔区，还有钢笔区、圆珠笔区等。

在这里，还处在混沌状态的笔，以局部的形态呈现。未加处理的动物毛毫，散开的片羊毛，成捆的把羊毛，一朵朵捆扎成束或串联成线的毛笔头，还未被截成笔杆、犹带有枝丫的竹茎，已做成笔管形状的牛角、竹、木，大大小小、形态不一的绘画笔，纤细的画瓷笔……来自文港各乡村的制笔师傅，走过一个个摊位、店铺，不时停下来用眼睛审视，用手指摩挲，在心里掂量，仔细挑选心仪的物品。

我在笔杆区的74号店铺前停下来，那不大的铺板上密密地摆满了各种竹管，其中有着天然斑点、纹路的，尤令我心仪。女摊主姓付，她说自己做笔杆40年了。早年跟着父亲来集市，而今每逢集日，她一大早坐40分钟公交车赶来这里。

我看中的笔管来自福建山中，名为红湘妃，一支成品笔管8元钱。摊位旁的墙上靠着一捆竹茎，是今天刚收到的，还来不及截管制作。有人停下来细细察看，议论着其中一段竹节，笔直均匀，褐色斑纹分布适当，不疏不密，色泽也美，天然一副上品。

二楼的笔头区地盘最广，人气也最旺。一条条串起的笔头或如丛林，或如队列，排在水泥台摊位上，下垫木板或报纸。据说，这里开市在凌晨4点，头一批笔头售价最廉。天光放亮后，客商们陆续赶来，至中午散去。不同品质的笔头价格有别，但这里的市场价格稳定、透明。我看见一位客商买下6000个笔头，一个笔头售价3毛6分钱。

从这里回到自己的作坊,满载而归的制笔师傅们沉下心来,按照手工制笔的古法,一道一道工序往下走,直到一管管笔经由灵动的手指、聪慧的心思、丰富的经验,被赋予独一的形态与灵魂。

每到文港,话题就绕不开毛笔。一个又一个文港人不无自豪地告诉我,这里有规模很大的毛笔材料集散市场,连东北三省、内蒙古、山西的客商都到这里来买毛笔。毛笔、画笔、圆珠笔、化妆笔应有尽有。2022年,小镇产销毛笔逾9亿支,产值超35亿元。

一个地处偏远、人口5万的小镇,缘何拥有知名的毛笔集市,有2000多家制笔作坊、400多家毛笔生产企业? 自然,与文港镇拥有1600多年制笔历史不无关系。

清代时,文港毛笔生产进入鼎盛时期,邹紫光阁笔和周虎臣笔闻名于世。位于文港仿古街的中国毛笔文化博物馆里,收藏有数支邹紫光阁笔和周虎臣笔。它们有着鲜明的文港毛笔特征,形貌质朴、刚柔并济。

中国独有的传统技艺,靠人创生、传承并创新发展。文港制笔师傅周鹏程是省级非物质文化遗产代表性传承人。记得第一次走进他的工作室,穿一件白色汗衫的他坐在一方小木桌前,戴着眼镜,专注地"护笔"——将盖毛卷覆住笔心,再剔除杂毛、浮毛,以确保毛毫的齐整纯粹。

颇有年头的木桌上,堆挤着台灯、笔筒、蜡烛、药瓶、眼镜,一个铁盘里躺着许多细小的棕色、白色笔头。铁盘左边竖着一排排笔毫,右边一只白瓷碗,清水一盏。他手下卧一方黑色的大理石板,左手中指、食指、大拇指抵住一截竹管,竹管前一排湿润的毛毫紧密排列;右手握一柄刀,埋头用刀尖理顺毛毫。

这一幕就是他的日常。在他身后,铁架子上悬挂着一条条笔头,长案边坐着埋头"装笔杆"的儿子、"绑笔头"的孙子,而他做了一辈子笔的父亲坐在一把躺椅上。一家四代人共处于被毛笔环绕的空间。

工作室连通陈列室，这里是毛笔们的天下，一支支笔都出自这个家族的巧手、妙思。周鹏程熟悉每一种笔的品性，他会根据不同书家的特点和运笔习惯，设计不同的毛毫对比。做笔已有60年的他，经由一枚小小的笔头，抵至他心中的大道。周鹏程一家与毛笔的渊源，到他这里已有八代，一代代人完成着关于中国古老技艺的传承。而无数这样的制笔师傅，共同写就了文港的千年制笔史。

在集市上，我看到不少拿着手机直播的年轻人，面对镜头介绍文港毛笔的历史和各种原材料。小小的文港镇，在新时代电子商务勃发的背景下，由"一支笔"催生出3700多家电子商务企业及网点，一年发出快递超过5000万单。直播兴盛起来，更是将文港毛笔的声名传扬到了国内外。如今每天晚上，小镇约有200个直播间在推介、售卖文港毛笔与相关的文化产品。

从无到有，一支笔需要120多道工序。在文港，一支笔穿越了千年时光，依然生气勃勃，保持着古老的形态。这变化甚微之物，如一枚穿越时空的箭，连贯起千年历史和丰沛文脉。

《人民日报》2024年3月30日第8版

# 竹之梦

叶梅

每回到江西资溪，都不由得为武夷山脉西麓这片汪洋般的绿色而惊叹不已。层叠丰饶的葱绿、嫩绿、墨绿，养就一派水碧山青、浮翠流丹。人在其间，时刻被绿色所环绕，吸纳着自然的清香。

都道是"纯净资溪"，得"纯净"一说并非容易，全靠资溪人对山川林木多年不变的挚爱和呵护。我曾得知，为了护住青山绿水，当地人拒绝了多个可能对环境造成污染的项目。他们懂得发展的前提是大保护，几代人的坚守换来了今天的绿意盎然。放眼山野，除了葱茏的树木花草，更有大片翠浪翻滚的竹林，它们在科技的加持下，为资溪人编织起了"竹之梦"。

这个春天，出门在外的资溪人有不少回到家乡。往日里，家里造的小楼大都空着，大门上了锁，窗户像沉默的眼睛，代替他们守望着家园。院子背后的竹园，门前的香樟树、银杏和山楂却都耐得住寂寞，无论主人去了何方，它们都忠实地站立着，兀自伸展枝叶，该开花时开花，该结果则结果。有时，它们也会将枝条伸向隔壁的院落，向邻近的树木和竹林打声招呼。

12万人的资溪县，有4万多人在其他省市做面包，有人评价说这是一项香甜的事业。的确，心灵手巧的资溪人将面包糕点做出了远近闻名、十分可口的味道。这门手艺是从外地学来的，当年由两名退伍军人带回家乡，开了一个小面包坊，继而将手艺一传十、十传百。后来，不仅在当地做，在其他省市做，甚至还做到了国外。一代人走向远方，他们的孩子在异乡长大，掌握了新的知识和技能，而今陆续踏上了回乡的路。年轻一代有的子承父业做面包，有的另辟蹊径创新业，就像他们的父辈一样，敢问路在何方。

于是，有了零污染种植养殖，有了别出心裁的乡间民宿，更有了与竹相关的特色产业……森林覆盖率高达87%的资溪，是毛竹的重要产区之一，被称作"中国特色竹乡"，遍布山野的毛竹总蓄积量有上亿根。如果为资溪的竹海写一首诗，可以是小桥流水，更可以是大河奔流。那毛竹、慈竹、观音竹等多达百余种的翠竹，即使是看惯竹林的南方人也未必能认全。

资溪人对竹的喜爱溢于言表。有一名当地的年轻人小汤，大学毕业来到此地，如今逢人就说竹，说毛竹的生长，最快24小时就可达一米半，1个月后可达20米。这是因为毛竹的每一个竹节都有一个居间分生组织，每根竹子有三五十个竹节，就相当于装了近50台发动机带动快速长高。这是多么神奇的植物啊！

从古至今，由竹衍生的文化源远流长，人们对竹的探究从没有止步。资溪人有了"智汇资溪"的行动，他们思竹养竹，实行竹林地流转，推进毛竹林科学化、集约化生产，使竹资源培育由"量"向"质"转变。引进数家竹产业龙头知名企业，定位打造户外高性能重组竹集成材基地，资溪初步形成从毛竹下山到精深加工的全产业链条。《诗经》唱曰："瞻彼淇奥，绿竹猗猗。有匪君子，如切如磋，如琢如磨。"资溪人就是在不断的切磋琢磨中打造着"竹梦小镇"。

走进资溪竹产业科技园，小汤说，这里是竹的天下。竹的浑身都是宝，随着现代科技的发展，竹的用途开发走向低碳零污染，可分出若干种类。这让人想起苏东坡曾经的感叹："食者竹笋，庇者竹瓦，载者竹筏，爨者竹薪，衣者竹皮，书者竹纸，履者竹鞋，真可谓一日不可无此君也耶？"苏东坡的家乡眉州，也是著名的竹产地。苏东坡日常的衣、食、住、行，每一处都与竹相伴，难怪他的诗词中也常有竹的身影。

在资溪，能见到一丛丛修竹的千变万化。传统的竹板烙彩画、竹花瓶烙彩多次获全国大奖。"以竹代塑"的倡议和引导已见成效。大量竹制生产生活用品实行"六进工程"，即进景区、民宿、酒店、馆所、商超、街区，全县新建的许多场所都使用竹材料装修，配备竹办公家具乃至竹梳子、竹牙刷、竹剃须刀、竹筷、竹吸管，甚至电脑的竹键盘、竹鼠标。小汤提起一块砧板，板上有清晰的竹节纹理，这块经过处理的家用竹砧板极为坚硬，经得起大厨的妙手刀功。

野竹自成径，绕溪十里余。从大觉山流下的小溪旁，竖着"幽竹紫云"的木牌，溪畔人家无不倚竹而立。春分过后，勤快的主人纷纷晾晒笋干，午间用腊肉炒了鲜笋，邻舍间相互将菜碗攒成一桌，就着自酿的米酒，说一番家常。那由笋长成的竹，到了如今，又变为竹板、桌椅和家居生活用品。竹的下脚料还能生产出一种活性炭，可用于净化空气。

这次到资溪，几乎每天夜里都能听到雨声，但到天快亮时便放晴了。春雨就像调皮的孩童，一时跑近，又一时跑远，间接响起春雷，那是在黎明将晓的时候，告知春天的来临。早起的资溪人踏着雨水浇湿的乡间小道，去往田野、车间或作坊。那一幢幢小楼的窗户敞开着，就像睁大的眼睛，欢悦而又充盈。主人回乡，乡间的一切便活了起来。

临走的那天，当地朋友还要带我去看一棵特别的竹。我看时间不早了，怕误了火车，他却一再坚持。我索性随他去了大觉溪旁的排上村。田里，一些穿着胶靴的村民正在栽种新品种的玉米苗，村头一棵高大的枫杨树，树身挂满了细藤，树下有冒出的尖笋，却没见到竹。朋友笑指树说，你抬头看。

　　这一看，令我惊诧万分。原来这棵粗壮的、枝叶繁茂的百年老树的树心是空的。它的枝干是从那半尺余厚的树皮上再生的，而空洞的树心里竟然伸展出一棵秀劲挺拔的毛竹，与老树融为一体，果真是应了那句"胸有成竹"。不觉揣摩，那竹根在地下默默地掘进，自会遇到百般拦阻，但它巧妙地择地而行，与这枫杨树根交织会合，长成了一道奇观。资溪人的竹之梦，也正如春雨催发的春笋，在人们的努力中卓然生长。

《人民日报》2024年5月1日第8版

# 花的使者

程
红

　　春末的浦江，江水清清。微风吹过，小桥的一弯倒影抖了几抖，也把一阵花香抖落而来。循着花香，竟踏进了一间工厂。

　　一进门，湿润的空气扑面，花香更浓郁了。银白色的货架上，一排排花束如繁星缀满空间。工人们正熟练地剪裁、捆扎，把花枝包装成精致的花束。哦，原来这是一家生产"美"的工厂。

　　"接下来要上一个我们家的新品！"一阵充满活力的声音打破了宁静。循声看去，柔和明亮的补光灯前，一个小姑娘正手捧鲜花直播。她声音清脆，向屏幕彼端的观众介绍细节——如何下单更优惠，如何搭配，如何醒花……一侧的中控台，正实时显示直播画面和数据。"看这束郁金香，是不是特别美？"主播轻轻嗅了嗅。高清镜头下，娇艳欲滴的花瓣、慕斯蛋糕一般的质感，被捕捉得淋漓尽致。随着新品的亮相，直播间数据也陡然攀升。

　　可是，有谁能想到，镜头外，这些娇美的花朵大多出自六七旬老人之手。主理人薛勇在教会老人们种花养花上，可是投入了不少精力。早年，薛勇在广东经营灯具生意，一次偶然的机会，他在老家门前随手种下的几株牡丹，被一位上海游客相中。这件事触发了他的灵感，何不在家门口做一份"花的事业"呢？

　　回到村里，厂子建起来了，招人时却面临一个难题：年轻人大多外出务工，留下的多是老人。老人们爱种花，也能吃苦，但固执地采用传统方法，效率低，品种单一。看到如此年轻的薛勇，他们并不相信他能带着大家赚到钱。

薛勇决定把科学的方法展示给老人们看。如何引进外来品种，如何选择土壤，如何给花做营销……几年时间里，他手把手教老人们种花，根据每个员工的兴趣和特点，巧妙地安排工种。有的大爷力气大，就去花田锄草；有的大娘心细手巧，就做花束的修剪包装。

一来二去，薛勇种花种出了名堂。老人们都亲切地称呼他为"花师傅"。

赠人玫瑰，手有余香。花的巧思不只是"花师傅"一个人的功劳。有位顾客长年下单买花，终于找机会要到了薛师傅的微信。"薛哥，你家的线上业务做得还是太窄了，需要拓展，我推荐一个专家帮帮你吧！"顾客推荐的，原来是自己的姐姐，在杭州的大公司专业做直播业务，定期来友情助力薛勇的花经济再上台阶。"我嘛，只能算半个'新农人'，比父辈强一点，但确实离先进水平还有差距，要多学习。"薛勇说。就这样，鲜花成了媒介，店主与顾客有了不一样的互动。

5月正是花朵盛放的季节。工厂不远处，1500亩花海如织如锦，恍如天边流淌的晚霞落入田间。眼下，芍药和玫瑰开得正盛。一朵朵鲜花，宛如精致的舞者，在微风中摇曳。花瓣层叠，色彩斑斓，白的如雪，粉的似霞，红的胜火，美得让人沉醉。花海常年对外开放，游客们穿梭其间，或低头轻嗅花香，或驻足拍照。孩子们嬉戏追逐，笑声在花间回荡。

我来得真是时候！不忍浪费如此美景，便打开手机搜索直播间，当场下了一单"落日珊瑚"芍药花。我想把这春日的浪漫延续得长一点、再长一点。

次日，我从浙江浦江返回北京。惊讶的是，花儿几乎与我同时抵达家门口。不禁感慨现代高速物流，让美好的事物打破时空的界限，传递到每个角落。据薛勇介绍，花束从工厂送往江浙沪地区，一般走陆运；送往更远的地方，则要空运。遇上热天，还要加冰袋。如今，鲜切花的冷链物流如同一条严密的"美丽守护线"，采摘、预冷、分级、包装、运输和储存，将鲜花从田野的怀抱，迅速、完美地送达千家万户。我打开包裹时，花束还新鲜得滚动着露珠。

我顾不得归置行囊，连忙把这束花插进透明的花瓶里。不懂养花的我，生怕怠慢了它，小心翼翼地灌水观察。听闻，"落日珊瑚"最美妙之处在于它绽放的过程。我开始留意它每天的色彩变化，并用手机拍照记录下来。

第一天，它还是含羞的花苞，内藏着无尽神秘。第二天，那些紧紧闭合的花苞次第张开，似有抵挡不住的力量喷薄而出。第三天，花朵开始呈现橘红色，鲜艳而独特。第四天，花瓣伸展得趋于宽阔整齐，外瓣近圆形，每一片都像是用细腻的丝绸编织而成……一天又一天，"落日珊瑚"似乎也在回应我的期待，绽放得隆重而热烈。

终于，黄昏漫卷花瓣。花朵逐渐由橘色变为浓烈的黄色，落日西沉的景象仿佛被"烙印"在花瓣上，一天中最温暖绚烂的时刻熔铸进了花蕊里。浦江那日所见的花海，一瞬间浓缩在我的一方小小阳台上。

"在心田里种花，人生才不会荒芜"，这是直播间的介绍。"花师傅"薛勇恰如"花的使者"，将一粒种子培育成一个花苞，跨越千山万水，盛开在我眼前，绽放在我掌心。而我内心也生发出继续传递这份美丽的使命感，在美好的日子里，为亲朋好友，送去一份来自田野的温柔问候。

《人民日报》2024年6月1日第8版

# 一碗面的学问

谭国伦

　　我说不在家吃早点了。爱人说，又去吃你的热面呗。我说当然。

　　热面，在东北是相对冷面而言的另一种做法。我在东北当兵十几年，热面是实实在在没有吃够。转业到地方以后，也吃过几家热面，不是味道差了一些，就是分量太少。直到爱人像发现新大陆似的告诉我，在一个小区里发现一家热面。那面香一下就把我带回身在东北的岁月，这一吃又是二十多年。

　　面店店主老李，河南信阳人。他和妻子开的面店，最早只是个面摊。几把遮阳伞，几张可以收放折叠的桌子，只要不刮风下雨，几张桌都是人满为患。客人结账时，自己把零钱扔在纸盒里，找零也是"自助"。给人感觉这两口子做买卖就是心大。后来，面摊搬进了屋子，开成了面店，营业执照、夫妻二人的健康证等，都大大方方上了墙。

　　以前，老李的热面冷面种类单一。冷面只限于配料简单的甜口，热面也只有一种汤头。老李说因为地方狭小，没办法做很多种类，只能靠量大实惠取胜。自打搬进店铺，空间大了，可以放置更多的食材，老李特意花了半个月时间，到吉林延边学习更多冷面热面的制作方法。这一去，让老李开了眼界，原来这面还有那么多汤底和口味！老李顿觉以前做的面都太简单，对不起客人，愣是将这些种类和做法分毫不差地从延边带了回来。

　　客人们发现，老李的面不管是热面还是冷面，味道比以前好了不知多少倍，品相也让人很有食欲。热面碗里的辣白菜堆得像一座小山，冷面碗里有苹果片围绕切开的熟鸡蛋。做得一手好面食的妻子，还为客人增添了四种馅料的包子。那包子褶捏得花儿似的，均匀细致。

和老李熟悉了，他给我讲起面的制作技艺，说这手艺看似简单，要做到色香味俱佳也要费番功夫。底汤的熬制、煮面的火候、调料的选择、食材的配比、色彩的搭配、装碗的造型等，都有很多技巧。季节不同，热面和冷面的食材选取也不同。前期制作的功夫都在熬骨汤。大火、中火、小火的时间比例要拿捏，八角、桂皮、虾米、葱姜蒜等调料一样都不能少。最后的汤汁还要用细布过滤，不能有沉渣和肉末在里面，这样才能保证面汤的清澈。做冷面，还要把汤汁冷藏一宿。

原来干好哪一行都有很多学问。

我当了老李多年的食客，也知道了老李的一些故事。当年夫妻二人出来打工，辛苦一年收入也仅够维持温饱，孩子的学费还没着落。夫妻俩就商量做个小买卖，发现做冷面热面比较方便，成本也不高，靠着量足，就把生意做起来了。实在人做实在事儿，一开始全凭量大吸引客人，后来味道再精进，客人们来得更勤了。如今熟客一进门，夫妻俩就知道客人吃什么口味的面，要什么馅的包子，直接上桌。吃完后，客人微信支付走人，整个过程都不用问一句话。

很多人说，做经营很难。在老李看来，只要勤奋肯干、实实在在，不在"缺斤短两"上做文章，味道又不差，自然会有不错的回报。这些年来，夫妻俩凭着自己的勤劳，专注一碗面，也用一碗面培养出两个大学生，供养两位老人，在城里和河南老家都买了房子。我称赞老李两口子能干，攒下了这么多钱。老李说，他非常感谢这个社会，感谢这座城市，是社会认可他们的勤劳，是这个城市的回头客让他生意兴隆。

我的热面上来了。海碗里堆起的面如海上群山起伏。红红的辣白菜、绿绿的香菜末，煞是诱人。轻挑一筷，面条入口，细腻而富有弹性的面条在齿间跳跃，那醇厚的口感与鲜美的味道仿佛在舌尖上跳起了舞蹈……

《人民日报》2024年6月3日第20版

# 在齐河，有个豆腐窝水闸

梁
衡

水闸是干什么的？拦洪蓄水、调节水流，是天生与洪水搏斗、逆水而生的"拼命三郎"。但有谁见过巍然如山却寂静无声、与黄河相伴50年而滴水未沾的水闸呢？有，山东省齐河县的豆腐窝水闸就是一个典型。

黄河自青海发源，至内蒙古的托克托县河口镇为上游，再至河南省荥阳市桃花峪为中游，直到入海口为下游。黄河上游占全流域面积的45.7%，却形成92%的泥沙，经过湍急的晋陕峡谷，一股脑地全部压向了只占流域面积3%的豫、鲁下游之地，直接抬高了下游的河床。

都说黄河之水天上来，殊不知与之相伴的还有滚滚黄沙，水过河南开封时已经与城墙齐平了，直到入海都悬在空中，让下游的人提心吊胆。而黄河也极其任性，哪一天不高兴就弃堤而走，历史上特大的决口改道6次，小决口无数。它曾北夺海河入渤海，南夺淮河入黄海，它成就了丰沃的土地，也曾威胁着百姓的生存。

黄河总是在筑堤、决堤、改道中循环，人与水做着漫长的拉锯战。直到1972年的一天，在黄河下游河堤最险的地段之一——号称"黄河咽喉"的齐河县豆腐窝，人与水开始了一次心平气和的"谈判"。这里向来有"开了豆腐窝，华北剩不多"的说法。黄河携万里之势，挟16亿吨泥沙之威来上门对话。齐河人则一片诚心："黄河，不要再闹了。你挟沙远行到此也已很累，我给你修一座大门，出得门去大片空地，足够你横躺竖卧。行不？"黄河说："不是我要闹，实在是年年沙淤堤高，逼得我走投无路。"齐河人说："我们现在就动工。"振臂一呼，20万众上阵，8个月为黄河筑起一个新居，6个乡镇、近5万人搬走，空出100平方公里土地。同时盖起一座8层楼高的7孔大闸。黄河为这份诚心所感动，50年间竟没有一次来"敲门"。闸前黄河滚滚去，闸后草木悄悄绿。

我曾两次到豆腐窝大闸。第一次是到堤上看一个治水史迹展，偶遇大闸。1958年，这里发生过特大洪水，水与堤平，万人抢险。有两位民工巡堤，见一处管涌急喷，手边没有合适用料，一人急屈身坐进管口，犹如战士以身堵枪眼。另一人爬上堤岸大呼求救，何等惊心动魄！1970年9月，齐河堤防段研发制造的黄河第一艘吸泥船下水，命名为"红心一号"，后获全国科学大会奖。你想黄河水每立方米含沙高达几十到几百公斤，吸泥船一小时出水700立方米，这一口吐出了多少泥沙？这在当时是大新闻。如今这条船已退役，现正静卧岸上接受游人的礼赞。

豆腐窝水闸离这个展览馆不远，陡峭的闸墙，粗大的钢缆，冰冷的铁门。它没有故事，也没有上过什么报纸，游客更不会注意到它。工作人员说，你别看它这样安静，每年这闸门总要轰隆隆地提升几次，试试运转灵不灵。闸前的土层里预埋着炸药。遇有紧急情况，一声雷鸣，土飞门开，洪水就夺门而出。但是50年来这种情况还没有过，黄河一直遵守与人的承诺。

那次离开豆腐窝水闸后我心里总有一丝的惆怅。我们平常一提治理黄河，就是三门峡、刘家峡、李家峡、龙羊峡、小浪底……可有谁知道这个名不见经传的"豆腐窝"呢？谁会想到它、歌颂它呢？"为隐者传名，为无名者立传"是记者的职责，我于心不忍，两年后重访豆腐窝。

正是深秋季节，红的高粱、黄的玉米、白的棉花，大地一片五彩斑斓。大闸脚下是一条水泥路，阳光下村民晾晒的玉米、棉花堆积如山，豆腐窝变成了金银窝。我说这样不妨碍闸门的起吊吗？工作人员说近年黄河上游治理有成，下游河床降低，危险已经解除。豆腐窝大闸已光荣退役，将成文物。我立即想到闸外那100平方公里的备用土地，即问怎么样了？他说因祸得福，备用了50年，现在升值无法计量。于是，我又花了两天的时间去逛这个大闸的后院。这里已经入驻了不少高新企业。有大型游乐园，过山车惊险刺激；有野生动物园，长颈鹿的头伸到二楼阳台上去吻客人的手；有珍宝馆，我第一次看到传说中的夜明珠，有汽车轮子那么大，在黑暗中熠熠发光。而传统农业也大放光彩，大型粮库的粮塔高耸入云，当地的美食手工挂面居然细得能穿过针眼去，而且是空心的。最可看的是一座博物馆，在诉说黄河的历史。有各种各样的动物化石，庞大的黄河古象正向我们走来，其他还有各种飞禽走兽，都是些远古的生命，那时还没有人类，但已经有了黄河。50年前人送黄河100平方公里的土地，50年后黄河又分毫不少地还赠于人，上面还附加了这么多的宝贝，豆腐窝变成了科技窝、财富窝、欢乐窝。人敬自然一尺，自然敬人一丈，水闸为证。

　　还有一件心事未了，就是这闸的设计者是谁？几经查访不得其详。我想他们和这水闸一样，本来也是不想留名的。但他们与闸都有功于世，何忍其没于尘埃？遂书见闻，是为记。

《人民日报》2024年6月19日第20版

# 无声的绽放

张珊珊

一

早春的杭州，多雨。惊蛰这天，雨淅淅沥沥下了一整天。

短视频平台上，有不少关于"惊蛰"的短片。管升声的这一条显得有些独特——它是"无声"的。

头戴黑色鸭舌帽，穿一件红色卫衣，视频里的管升声双手比画着，正在打手语。

视频配有字幕。管升声"说"："今天惊蛰了，如果听不到雷声，是不是错过了什么？"这时，他的神情有些黯淡。

紧接着，神采又重新回到他的脸上。他"说"："有时候错过也是一种幸福，至少不用担心被雷声吵醒。"他头枕着手歪向一侧，闭上双眼。显然，这是"睡觉"的意思。笑意爬上了他的眼角和嘴角，他似乎在享受美梦。

新年伊始，管升声开始更新"管叔叔讲事手语版"系列短视频。每期一个主题，管升声自导、自演、自拍。管升声从小就失去了听力。他的世界是无声的，却是有梦的。

三年前，管升声和同是听障人士的郑正启、王盛蕾开了家摄影工作室。

摄影工作室在拱墅区潮鸣街道的艮园社区。穿过热闹的街心花园，我来到这里。管升声、郑正启、王盛蕾三人都在。

三人都是80后。和视频里一样，管升声一身运动休闲打扮，年轻有活力。郑正启戴眼镜，斯斯文文。见到我来，两人起身，微笑相迎。一旁的王盛蕾微胖、圆脸，热情地同我打招呼。

同管升声、郑正启从小就失去听力不一样，王盛蕾还有残余听力，可以口语交流。

"我们仨，离开谁都不成。"王盛蕾爽朗一笑。在这家工作室，郑正启摄影，管升声摄像，联络沟通的工作则交给王盛蕾。

我和三人交谈时，管升声和郑正启用手语讲述，王盛蕾帮我翻译成口语。这是三人的默契。

郑正启和管升声是校友，都曾在浙江特殊教育职业学院读书。毕业后，管升声去了粮食收储公司，郑正启在一家丝绸厂做设计。后来，因为摄影这一共同的爱好，两人熟络起来。他们用镜头捕捉美好，光和影就像是他们未曾发出的"声音"，帮他们去表达、去诉说。

两人常在一起交流摄影技术，一起去西湖采风。后来，"一起开一家摄影工作室"的想法开始萌生。

那时，郑正启已待业一段时间。为了开工作室，管升声决定辞去原来的工作。这份工作，管升声已经干了十年，稳定，待遇也不错。

"开摄影工作室，能养活自己吗？""跟形形色色的人打交道，搞得定吗？"管升声跟父母商量，父母抛出一连串的问题。

这些问题，管升声不是没想过。但回味起拍照带给自己的喜悦和满足，他还是想去更大的世界闯一闯。

一开始，两个人满怀激情，可真正干起来，才发现创业不易。去哪儿找场地？怎么办手续？两人一筹莫展。

两人想到了王盛蕾。王盛蕾是他们在聋人协会认识的朋友，在社区工作，热心、爱张罗。一听两人要创业，王盛蕾打心底里佩服，立马答应帮忙打听联络。

三天两头去街道跑、去残联问，还真让王盛蕾找到个好场地。

当时，有个场地闲置，潮鸣街道打算用来扶持残障人士就业。在王盛蕾的积极争取下，街道同意了他们的创业计划。让三人喜出望外的是，街道不仅减免了租金，还承担了工作室的装修。

帮着帮着，王盛蕾不知不觉把这件事当成了自己的事在忙活。工作室很快就要开张了，真正的挑战还在后头。他俩应付得来吗？王盛蕾不放心，干脆和他俩一起干！

就这样，管升声和郑正启有了新的"合伙人"。

"他俩是'技术流'，我是'大管家'，活儿都是他们干的。"虽然王盛蕾不居功，但管升声和郑正启心里知道，王盛蕾帮他们架起了一座桥。

工作室从管升声和郑正启的名字中各取一个字，名为"升启"——这是一个充满希望的美好开端。

几年下来，工作室积累了稳定的客户群，订单多来自杭州的残联、街道、公益组织等。"升启"的报价公道，服务又好，在当地有口皆碑。

我环顾工作室四周，40多平方米的房间里摆放着各种摄影摄像器材，显得有些局促。搁板上的摄影作品和获奖证书，见证着郑正启和管升声的"高光时刻"。去年，郑正启在第七届全国残疾人职业技能大赛中获摄影艺术创作项目第三名，还成为杭州亚残运会专业摄影师。

二

王盛蕾和管升声外出拍摄，我和郑正启在手语翻译平台的帮助下聊了一会儿。

工作室时不时有人进出，一位身穿蓝色外卖服的骑手推门进来。当两人用手语交谈时，我才知道他是郑正启的朋友，也才知道他是位听障骑手。他的名字叫黄毅，顺路帮郑正启捎些东西。

说起这位认识十多年的老友，郑正启竖起大拇指，说他很能吃苦，人品也好。我想了解黄毅的故事，便跟郑正启要了联系方式。

黄毅的微信头像是他参加自行车骑行比赛时的照片，是郑正启拍的。

和黄毅再次见面，是在大关街道的一家快餐店，黄毅常来这里取餐。帮我们翻译的是"手语姐姐"无障碍交流服务中心的志愿者支健，是个20多岁的青年。

在跑外卖之前，黄毅在一家扇子厂画了十年的扇面。这份工作沉静，不需要太多沟通，许多听障人士都在从事这样的"手艺活儿"。

扇子厂有段时间经营不景气，黄毅的收入随之减少。这时，黄毅听说一位听障朋友跑外卖收入可观，便想试试。

平日里，他爱运动，骑自行车、越野跑，奖牌放了一抽屉。"跑"外卖，自己肯定能行！

从一开始兼职到后来全职跑外卖，三年下来，黄毅成了站点"单王"。

黄毅点开了手机上的外卖应用。"103、101、101、112、100"，连续5天破100单！

我和支健朝他竖起大拇指，黄毅羞涩一笑。

日均配送80到100单，最高纪录117单，月均近2000单。这样的成绩，健全人骑手也要对黄毅竖大拇指。

不过，黄毅依然记得第一次送外卖时的慌乱。

正是午餐高峰时段，这边取餐等候时间久，那边顾客催单的电话又打来了。黄毅想请服务员帮忙解释，可比画半天，服务员也没明白他的意思。不一会儿，投诉就来了。一个投诉，如果被认定，就意味着好几笔订单白跑了。

沮丧、无助，在黄毅最初跑外卖的那段时间，这样的情绪不时袭来。

向站点的队长和同事请教，钻研配送规律，一段时间的磨合后，黄毅适应了这份新工作。

同时，他也收获了温暖和感动。

通过外卖应用上的备注得知黄毅是听障骑手，有顾客发来长长一段信息："小哥，听说你有沟通障碍，等下就放门卫台子上。辛苦了，路上注意安全！"送餐时，有的顾客还会弯弯大拇指表示感谢。

我问黄毅能不能跟他跑一次外卖。黄毅有些犹豫。他每天早上不到8点出门，跑单很拼，有时要过了半夜12点才收工，一直都在"赶时间"。

见我恳切，黄毅考虑了一下。下午2点到4点，订单相对要少，他可以带我跑一下。

第三次见面，还是上次那家快餐店。担心我赶不上他的速度，黄毅没有选择通常的"派单"模式，而是去"抢单大厅"抢单，这样便可以"抢"配送距离和用时较短的订单。

黄毅给我发了条微信："多注意安全。"我点点头。

第一个订单是去一家水果店取餐，再送往两公里外的一个写字楼。

"您好，我是听障人，不能接听电话，请您耐心等待……"接到订单后，黄毅先给顾客发了条信息。平台也根据不同配送场景设置了"电子沟通卡"，方便听障骑手无障碍沟通。

黄毅戴上头盔，调整好后视镜的角度，把手机固定在电动车车把上，便出发了。我紧随其后。

因为听不到，黄毅格外注意交通安全。过路口时，观察好路况再通行。转弯时，伸出手臂，给后车提示。

等红灯的间歇，黄毅看下有没有值得"抢"的订单。听不到提示音，黄毅只能通过不断刷新手机来获取订单情况。

健全人常用的语音导航，像黄毅这样的听障人士用不了。刚开始跑外卖的时候，他对周边不熟悉，又用不了语音导航，便自行熟悉周边路况，甚至摸到了不少小区里的近路。

第二个订单是去药店取药，送往附近的居民区大关东六苑。

黄毅的配送范围在大关街道周边三公里的区域。跑外卖的这几年，这个小区他不知道去了多少回。他熟悉小区的楼栋分布，也熟悉哪家哪户常点外卖。同样地，居民也熟悉他，知道他是一位"无声骑士"。

这是个老小区，没有电梯，要爬楼。许多外卖骑手不爱接这样的单子，跑上几单，身体就吃不消了。可黄毅来者不拒，他把爬楼当锻炼。他告诉我，最近在为杭州的一项马拉松接力赛做准备，要跑十公里。

跟着黄毅爬到六楼，送达后转身下楼，我大口喘着粗气。

要说黄毅成为"单王"的秘诀，"能跑"就是之一。接到电梯房低楼层的订单，黄毅会选择爬楼，而不是等电梯，他说这样可以节省时间。

又跟着黄毅跑了几单，我的速度渐渐跟不上了。我跟黄毅告别，他再次叮嘱我，"注意安全"。

## 三

离开杭州之前，我来到"手语姐姐"无障碍交流服务中心拜访。

门口挂着"荷湾·暖咖"招牌，走进去是一家烘焙坊，香气扑鼻。

再往里走，别有洞天，"手语姐姐"无障碍交流服务中心的"大本营"就在这里。

毛董莱是"手语姐姐"的创始人，她的故事颇有传奇色彩。

她是重度听障人士，23岁时，通过自己的努力学会了开口说话。虽然发音有些含混，但交流已无太大障碍。她勤学苦练，成了专业的手语主持人，被人们亲切地称为"手语姐姐"。

十多年前，毛董莱和几位手语爱好者成立了"手语姐姐"志愿服务队。后来，志愿服务队升级为无障碍交流服务中心。如今，"手语姐姐"由一个人变成了一群人。

他们中，有支健，还有00后姑娘谭凤玲。

谭凤玲扎着马尾辫，眼神里透着股机灵劲儿。手语翻译专业毕业后，她来到这里工作。在此之前，她已做了一年多的志愿服务。

服务中心工作间的电脑连接着杭州380多家银行、医院、车站、社区等公共服务点。听障人士可以在这些地方扫码，也可以通过"手语姐姐"平台联系志愿者。

那天是支健和谭凤玲值班。

支健的父母是听障人士，他从小在手语环境中长大，自然就学会了手语。他曾经是父母和有声世界之间的桥梁，现在，他成了更多人的桥梁。

跟支健不同，在读手语翻译专业之前，谭凤玲没有接触过手语，对听障人士也不了解。

"我就觉得手语很帅气。"说起为什么读这个专业，谭凤玲的回答有些出人意料，但也符合她古灵精怪的性格。

真正和听障人士接触起来，谭凤玲才发现，自己的手语还需不断练习。

在学校，她学的是通用手语。然而，在和听障人士的交流中，谭凤玲发现，他们使用的手语更丰富也更个性化，不同地区之间也存在差异，类似普通话和方言的区别。

谭凤玲一边说话，手里的动作也没停下。这已成了她的"职业习惯"。

听障群体看起来跟健全人没什么两样，但常常会因为沟通问题而碰壁。谭凤玲很高兴自己能帮助他们跨过一些障碍。

同时，听障群体也感动着她，"他们很勇敢，很乐观。看到他们那么努力地生活，我就觉得没有什么是做不成的。"

我跟几位"手语姐姐"聊起这几天的采访经历。无论是"升启"的三人，还是黄毅，大家对他们都不陌生。

升启工作室跟"手语姐姐"有过不少合作，是个优质的合作伙伴，而黄毅的努力更是让大家佩服。

离开杭州的那天，又下起了雨。

我发微信同王盛蕾告别，她说，下次来一定再去工作室坐坐。

我又给黄毅发了一条微信："下雨路滑，注意安全。"

黄毅回复："有补贴，多下雨真好。"并附了一个笑脸表情包。

我眼前浮现出一个在雨中穿梭的身影。虽然听不到雨落的声音，但他能感受风儿拂过面庞，雨滴落在手上。从他无声的世界里，我却听到了绽放的声音，关于梦想，关于成长……

# 一株古树的背后

李青松

　　九搂十八杈，何意？——这是一株古柏树。九搂，谓之粗也；十八杈，谓之分枝数也。通俗地说，就是9个成年人手拉手才能合抱的古柏，生长着18个形态各异的分枝侧杈。树冠巨大，密叶浓郁，如天然华盖聚气巢云，风雨不惧。

　　它，稳稳矗立在天地之间。

　　这是一株比北京城还要古老的树——树龄3500年了。

　　出京城东直门往东北70公里是密云区，出密云往东北70公里是新城子镇，出新城子镇往东北一箭之地，就是九搂十八杈了。它是一株侧柏，被称为北京的"古柏王"——高12米，胸围8米2，平均冠幅17米4。酷暑中，移步树荫下，有明显的清凉感觉。

　　某日，我与古树专家施海来到这株古柏树下，对它的前世今生和生存状态一探究竟。3500年，不是一个抽象的数字概念，而是一道道具体的年轮。

　　之前，施海多次跟我提起九搂十八杈。多年来，施海一直呼吁要加强对古树文化的研究和保护工作。他对文化有自己的理解。他认为，所谓文化，就是"讲究"。比如，"松"的构成为什么是"木"和"公"；比如，民间为何"屋前不栽桑，屋后不种柳"；比如，桃李为何与教书育人有联系，中医界为何叫杏林；比如，颐和园里为何多为油松，天坛里为何多为侧柏；等等，诸多"讲究"里大有学问。

古树是一部编年史。历史在典籍里，历史在坛坛罐罐的文物中，而活着的历史在古树的年轮间、树梢上。

施海手指古柏告诉我，所有的树都是由内向外生长的——最新的年轮紧挨着树皮，而最古老的年轮则在树的中心部分。形成层主要负责生长，它是位于树皮和里面木材之间的一层很薄的细胞。新的木材细胞由形成层产生，并积聚在以前形成的较老的一层木材细胞的外面。整个树干中，被树皮保护的这层薄薄的形成层是唯一有活力的部分。其他部分——树皮和木质部——都是由失去活力的细胞组成的。它们的主要功能是保护树木不受损害，保持树干的稳定性，保持水分和营养物质在根和叶子之间正常运输。

正说话间，古柏背后闪出一个人。中等身材，脸膛黝黑，额头布满皱纹。他叫胡玉民，北京密云区新城子镇林业站站长。1986年从北京农校毕业后，胡玉民被分配到林业站工作，39年没换过单位。刚到林业站报到的第一天，他就与九楼十八杈有一张合影，那时候他还不到20岁。

胡玉民说，他参加工作的时候，古柏的西北面是关帝庙的残垣，青砖石条横七竖八的还有一些。他说，一刮大风下暴雨下冰雹，他就惦记着这株古柏。只有来看看，没什么情况，才能放心。

跟人一样，树老了容易得病。蚜虫、小蠹虫、白蚂蚁等轮番袭击古柏，或者蛀干，或者食叶，或者寄生在树皮组织里，威胁着古柏的健康。曾有一窝土蜂蛰伏在古柏树干上打洞，对古柏造成危害。有人建议用药液毒杀土蜂，既简单又省事。胡玉民却摆摆手，拒绝了。他说，对古柏来说，土蜂是害虫。可是，对于别的植物来说，土蜂可能是传粉者。再者说，土蜂也吃别的害虫，不要轻易杀戮某种生物，而使生物链条断裂。他从野地里割来艾蒿，采用艾蒿烟熏的方法，把那窝土蜂赶走了。

前些年，天牛对古柏的危害很严重。天牛是食叶害虫。在幼虫期，它会蛀蚀树干、枝条及根部，引起古柏断枝、枯萎。胡玉民经过一段时间的观察，决定"以虫治虫"——释放人工饲养的肿腿蜂，寄生在天牛幼虫或者虫蛹上，吸收天牛幼虫的营养而使其死亡。此法不污染环境，也避免了使用农药对其他生物造成危害。

20世纪70年代修筑的松曹（松树峪至曹家路）公路，由于护坡挡墙紧挨古柏，致使古柏根系伸展不开，影响透水透气。后来，古柏西侧侧枝不同程度地出现枯枝现象。胡玉民看在眼里，急在心上。他采取了许多复壮办法，但治标不治本，难以改变古柏衰弱的态势。

他几次反映情况，得到了上级重视。专家现场考察和对古柏进行"体检"后认为，要使古柏复壮，只能把影响古柏生长的道路和建筑物挪开。

2020年10月，当地政府决定，拆除松曹公路护坡挡墙195米，公路整体东移15米。拆除挤压古柏裸根的公路段物资站和镇卫生院部分房屋，搬迁至别处。为古柏腾出空间，把属于古柏的地界还给古柏。

新城子镇林业站专门制定了古柏养护方案。在树冠四周竖立9个仿生支撑柱，通过分散支撑强度来为主干助力。还对古柏树下的土壤进行了改良，修建了深根复壮井，并用科学方法在地下引根，促进根系向深处延伸，向四周扩张。俗话说，树有多高，根有多深。其实，树根并不乱长，也非无章无序。直根分出粗根，粗根生出细根，细根生出更细的根，更细的根生出千千万万的根须。树根深藏地底，人的眼睛是看不见的。然而，正是看不见的东西决定着看得见的东西。

每逢秋天，古柏树籽成熟了，胡玉民就提着矿泉水空瓶，蹲在古柏树下捡拾柏籽。每年秋天都能捡拾三四瓶，多的年头，能捡拾五六瓶。在胡玉民眼里，这些柏籽都是宝贝，想想看，能活3500年的古柏，在它的体内一定存在我们至今没有破译的生命密码。看着古柏树下自然生长出的两株小苗，胡玉民的脸上露出不易觉察的喜悦。他告诉我，他捡拾的柏籽，送给林业科研部门后，已成功繁育出小苗。

因为这株古柏，当地建了一座公园——古柏公园。公园依山而建，占地320亩，有步道，有台阶，有石壁，有花坛，有草坪，有灌丛。当然，公园里的主角是九搂十八杈。公园不收门票，游人三三两两，一拨走了，一拨来了，一拨一拨总是不断。

阳光灿烂的日子里，古柏上常有花狸鼠跳跃腾蹿，也有灰喜鹊时不时光顾。古柏主干上生出的新枝及树梢上冒出的嫩芽，生动诠释了古柏焕发的勃勃生机。考虑到安全问题，古柏被铁栅栏围起来了，游人只能在围栏之外参观、留影。对此，有人抱怨，但更多的人是理解。

为了使这株古柏免遭雷击，在距古柏10米处安设了一座塔状避雷针。在南北隐秘处各安设了监控摄像头，360度无死角实时监控。两个摄像头各有分工，一个监控古柏生长情况，一个监控古柏周围现场情况。可以说，古柏枝头上栖一只鸟，掉一片叶子，都有影像记录在案。

面对古柏，也许我们可以窥见生命奥秘的一二。九搂十八杈以自己的方式构建了一个完整的生态世界。在长达3500年的时间里，它存储了日月星辰的倒影，存储了气候、时令、灾害、动荡、战乱、文明和进步，以及生命演替的一些重要信息。通过古柏，我们可以在更广大的视野里，在更长的时间尺度上，来探求人与自然的关系，以及人类社会变化的历史，从而思考在我们所处的时代，生态文明到底意味着什么。

有人说："城市靠记忆存在。"

可是，我要说，古树能保存时代的记忆。那记忆里包括思想和传奇，也包括情感。

《人民日报》2024年7月17日第20版

# 一碗鲜面

云<br>德

在种类繁多的面食中，面条虽不是每餐必备，然因其操作简捷，且兼具饭、菜、汤于一体，食用起来很便利，故而深受大众的欢迎。

在我国，面条覆盖广、样式多、品类盛。据说，我国的面条品种已超过两千。即使抛开配料的千差万别，仅面条制作就有手擀面、生鲜面、半干面、挂面、拉面、伊面、碱水面、刀削面、饸饹面等的区分。具体吃法上也有汤面、拌面、蒸面、炒面、冷面、捞面、焖面和烩面等多种类型。

渐渐地，各地造就出各具特色、声名远播的面条品牌，比如四川担担面、重庆小面、兰州牛肉面、北京炸酱面、上海阳春面、河南烩面、山西刀削面、陕西臊子面和油泼面、江苏奥灶面、武汉热干面、浙江片儿川、延吉冷面、新疆拉条子、福建沙茶面、广东云吞面、港式车仔面等，共同构成了面条世界的丰富多彩。

除了当作日常的主食之外，面条还是特定纪念日、特定时间节点上的隆重食品。比如，我国多地都有吃寿面的习俗，不论男女老少，到了出生纪念日，通常都会下碗寿面，取其健康长寿、长命百岁之美意。即便在西式蛋糕盛行的当下，生日的面条，依然还是必不可少。又比如，谁家添丁生子，会请亲朋好友聚会庆贺，面条往往是宴席上必备的主食，谓之吃"喜面"。元好问曾有"人家欢喜是生儿，巷语街谈总入诗。我欲去为汤饼客，买羊沽酒约何时"的诗作，鲜活道出他期待赴席吃喜面的欢愉之情。再比如，华北与东北地区流行"起脚饺子落脚面"的风俗，远游回家要吃面条，告慰顺利归来。

一碗普普通通的面条，就这样被中国人赋予了诸多意味独具的仪式感，吃出浓郁的文化风情和人生况味来。

当然，不光在我国，面条亦算风靡世界的食品。恰因其东西方共有，故而有关面条的起源，一些文明古国长期以来各执一词、各有说法。学术的争论一直延伸到2002年，中国考古队在对青海喇家一处四千年前新石器遗址进行地下发掘时，意外出土了人类迄今为止最古老的面条实物。

其实，作为一种餐饮方式，面条起源于何时何地，发明权归谁所有，虽具有特定学术价值，但对现实生活本身并无多大实际意义。因为普通食客，更关心哪里的面条好吃，哪种面条能让人大快朵颐，这才是食品市场的真正王道。

在食物相对匮乏的年代，面条理应列入稀罕紧俏的美食范畴。刘禹锡这样描述："吾王昔游幸，离宫云际开。朱旗迎夏早，凉轩避暑来。汤饼赐都尉，寒冰颁上才"，可见面条与盛夏稀缺的冰，同样都是皇帝馈赠大臣和贤才的贵重礼物。

古人暂且不论，仅就我们这代经历过饥荒年月的人而言，面条亦属童年舌尖的美好记忆。当初口粮实行供给制，粗粮过半，如果不是什么节庆日，吃顿细粮面条，堪称难得的生活改善。记得20世纪70年代，龙须面刚上市，我生日那天，祖母特意给下了一碗清汤龙须面，如丝的挂面配上葱油混激的清香，吃罢留下了过年般的惊喜。以至自己独立生活后，龙须面一直成为常备食品。

这一特殊爱好，被我在天津生活期间发挥到极致。当时单位楼内不能生火，伙食只能由餐饮公司配送。由于自己只身在外，晚餐仅靠中午多打一份快餐凑合。冬春时节尚可，到了盛夏，忽一日吃过单位带回的盒饭，半夜里胃痛难忍、腹泻不止，未及天亮就紧急敲开了药店的窗口，服下加倍的止痢药才消停。有了这次惨痛教训，再不敢带饭回家，龙须面适时派上了用场。于是乎，晚饭千篇一律的面条，前后坚持了四年之久。应该说，前一两年还志得意满、感觉良好，因为面条好吃、省事。尤其是我自己独创的快速煮面法，前后不到十分钟，一顿干稀兼备、营养齐全的晚餐即大功告成。

唯可惜，繁忙的工作、渐老的躯体加之单调的饮食，却悄无声息地蚕食着我对于面条的喜爱。尽管其间也会隔三岔五改善一下饮食，但对面条的餍足感亦悄悄滋长起来。特别是再次转任回京之后，基本不再吃面条。

面条的再度回归，缘于一次偶然的旅途。十年前，与著名音乐人徐沛东一起出差苏州，办完入住手续的瞬间，沛东兄郑重叮嘱：明早我们去吃面条。我立马婉拒：北方人吃了一辈子面条，岂有来南方吃面之理？不料这老兄态度比我更坚决：别争了，等你吃后再下结论！

第二天一早，去了一家知名的奥灶面馆。抬头一瞧，店里竟然排着长队。犹疑中，我们走进预订的房间。沛东兄再次不由分说地吩咐服务生：鱼面、肉面每人各一份。我赶忙打岔，大清早哪来的胃口？

等面一上桌，鲜香扑鼻而来，诱人馋涎欲滴。面条吃起来口感滑嫩细腻、味道馥郁醇厚，让人欲罢不能。两碗面几乎被瞬间消灭。

询问方知，一份早点，人家竟用新鲜的鱼头、鱼架、田螺和脊棒骨之类长时间熬制汤头，面里除了美味的鱼片和卤肉，出锅前还要再次加入秘制酱料提味。南方人做事的精细，确令粗犷如吾者汗颜。这不期而遇的口福，不仅让我深切领教了一回南北饮食的巨大差异，而且重新唤醒了我对面条的胃口。

退休后，有更多闲暇时间品味生活。何不仿古人之境，趁清风明月、灯火良宵，置老酒一壶、鲜面半盏，借以品酌桑榆非晚的生命滋味，岂不也是物我两忘的惬意人生？

《人民日报》2024年8月5日第20版

# 向新而生

施芳
周舒艺

清晨，太阳慢慢地从东边爬上天空。

一张张年轻的脸庞，洋溢着朝气。上班的人群，从车水马龙的北京西直门外大街，汇入崭新的金科新区——曾经的北京动物园服装批发市场"动批"，如今的国家级金融科技示范区。

而在与北京一河之隔的河北省永清县，不到5点，张新环就醒了，一骨碌从床上坐了起来。自打20年前在"动批"开始卖服装，她就养成了早起的习惯。

从所住的小区走到"云裳小镇"，不过十来分钟。一路上，张新环和熟识的商户说说笑笑，精心打理的"大波浪"在肩头上下起伏。

走进位于云裳国际服装城一楼的自家店铺，理货、上架新品、查看订单……张新环一刻不得闲。墙上、货架上，一件件新中式女装，十分打眼。

7点刚过，一名外地的老客户走进店里。

"这件藕荷色小衫，什么价？"

"不包边69元，包边79元！"

"那给我1到4号，各来一件。"

张新环麻利地挑好衣服，装进一个红色购物袋里。

袋子上，印着"淘金屋北京动物园东鼎2楼甲78号"等字样。"淘金屋"是张新环在"动批"时注册的商标。这些袋子是原先在"动批"

做买卖时准备的，定制了20多万个，一直用到现在。

日子过得真快。一晃，张新环离开"动批"快10年了。

今年元旦，她带着孩子到北京动物园游玩，情不自禁走到昔日的"动批"一带。看着整洁的马路、气派的楼宇，她自言自语："'动批'大变样了！"

2014年春天，习近平总书记在北京考察工作并主持召开座谈会，提出"调整疏解非首都核心功能"。"京津冀协同发展"上升为国家战略。10年间，这一重大部署落地生根、开花结果；10年间，一幅高质量疏解发展并举的新时代画卷，徐徐展开。

"动批"疏解，是疏解非首都核心功能的标志性项目，成为这幅画卷中浓墨重彩的一笔……

## 10年前的那个春天

20世纪80年代，"动批"应运而生。到2013年，北京动物园周边已有12家服装批发市场，建筑面积达35万平方米，摊位1.3万多个，从业人员超过4万人。"动批"成为中国北方地区最著名、最具影响力的服装批发集散地。

1998年，张新环从山东老家来到北京，先是卖蔬菜水果，后在"动批"老天乐市场当起了导购。有一阵子卖唐装，生意特火，一天卖出好几千件。

"这样替别人吆喝，还不如自个儿干！"说干就干，她拿出全部积蓄，又借了点钱，租了一个4平方米的档口。

"咱家祖祖辈辈没人做生意，赔钱咋办？"老父亲担心。

"赔了，大不了我再去卖菜！"认准的事，张新环不回头。

那时候，张新环没少吃苦。冬天，大铁棚子里没暖气，冻得缩手缩脚；夏天，棚子里像蒸笼，汗直往下淌。档口小，坐的地方都没有，踩着细高跟鞋站一天，双脚到晚上总发胀。

苦是苦点，可钱没少挣。张新环记得清楚，那些年，靠着"动批"，几乎干啥都挣钱。不仅服装销路好，就连市场周边卖盒饭、矿泉水、茶叶蛋的，腰包都挣得鼓鼓的。

当年"动批"的人气有多旺？每天顾客在10万人左右，节假日单天最多达15万人。随之而兴的是围绕"动批"的仓储、运输、餐饮……最高峰时，"动批"一天流动人口近30万人。

北京动物园门口，原先有一座过街天桥。每逢节假日，到动物园游玩的、逛"动批"的，天桥上人流如织。因为担心人多把桥踩塌，后来干脆把天桥拆了。

丰富生活，繁荣经济，"动批"一度功不可没。然而，问题也接踵而至。人多、车多、货多，环境脏乱、交通拥堵、治安事件频发、消防隐患等问题，成了西城区乃至北京市的一块"心病"。有人给"动批"算过一笔账："动批"年均创造经济效益约6000万元，但政府支付的治安、交通、环境等管理费用也不少。

"动批"成为当时北京"大城市病"的一个缩影：人口密度过大，交通拥堵不断加剧……

种种问题，在10年前的那个春天，有了答案。

2014年早春时节，2月25日至26日，习近平总书记在北京考察。

在北京市规划展览馆看科学规划，在雨儿胡同谈民生改善，在北京市自来水集团第九水厂思环境治理，在首都博物馆论历史文化遗产保护……总书记一路看得仔细，问得深入。

"建设一个什么样的首都，怎样建设首都"，习近平总书记高屋建瓴、举旗定向：明确城市战略定位，坚持和强化首都全国政治中心、文化中心、国际交往中心、科技创新中心的核心功能，提出建设国际一流的和谐宜居之都的目标，要求调整疏解非首都核心功能，部署京津冀协同发展重大国家战略……

"总书记的讲话，为首都未来发展指明了方向，特别是为破解核心区的发展难题提供了根本遵循。"

"西城是首都功能核心区。对照习近平总书记重要讲话提出的要求，反思西城的工作，必须深刻思考哪些'应该为'、怎样'更有为'、哪些'不该为'，使西城发展更加符合首都功能核心区的定位。"

"这一次，我们要有壮士断腕的决心，处理好进与退、留与疏、舍与得的关系，调整疏解非首都核心功能。"

"哪些是非首都核心功能?"

"比如'动批'这一类的区域性批发市场，占用资源多、劳动密集型，不符合首都'四个中心'的城市战略定位，不符合首都功能核心区定位。"

…………

那段时间，会议、讨论、调研在北京市、在西城区密集展开、有序推进。围绕总书记的重要讲话精神，大家进一步统一了思想认识。

"总书记的重要讲话，给了我们疏解'动批'的底气。现在，没有什么好犹豫的了!"在北展地区建设指挥部那间临时办公室里，指挥部的同志满怀信心。

"千难万难，我们一定要'啃'下'动批'疏解这块'硬骨头'，坚决打赢这场攻坚战!"时任指挥部总指挥孙硕与副总指挥李玉庆为大家加油鼓劲。

"动批"疏解，按下了启动键。

## "牵牛要牵牛鼻子"

疏解，说白了就是做减量。减量发展，这是西城区党员干部从未遇到过的新课题。

问题的答案在习近平新时代中国特色社会主义思想中。学习使西城区党员干部思想认识得到提高：在京津冀协同发展大背景下，以非首都功能疏解为突破，探索形成以"规模约束、功能优化、空间提升"为鲜明特征的高质量发展模式，正是时代赋予的使命和担当，"功成必定有我"。

疏解从哪里入手？

俗话说，"牵牛要牵牛鼻子"。市场，重点在"市"，而不在"场"有多大、楼有多高。有党员干部提出，"市"的关键在商户，不妨先从做商户工作入手。这一提议立刻得到了大家的响应。

2015年的春天到了。"动批"商户感受到不一样的气息——

数辆吊装车、卡车聚集在四达大厦门口，吊臂高高抬起，伸向楼顶。"金开利德国际服装批发市场"12个大字的招牌被缓缓卸下。

不到一个月，"动批"的户外牌匾、标识、广告等全部被拆除，总面积达5000多平方米，相当于12个篮球场。

"'动批'？外面牌子都没了，要关门了吧？"

"听说了吗？'动批'的牌子都摘了！"远在广州、杭州等地的"动批"供货商也听到了风声。

整顿"僵尸车"、治理"黑物流"、取缔"地下旅馆"……多个部门联合，打出一套"组合拳"。

"动真格了！"商户们议论纷纷。

可真的动起来，难题一个接着一个。

市场疏解，涉及产权方、市场方和商户。有的是产权方把地租给市场方，市场方拿钱盖楼，然后把档口租给商户，商户又层层转租，多的倒手六七回。如此复杂的关系，同同一个又一个"扣"。

更难的是，产权单位中有央企、市属企业、民营企业、事业单位，竟没有一栋楼的产权属于西城区。

"扣"该怎样解？从学习思考中找出路。

就在指挥部同志犯愁时，当年股权分置改革的思路触动了大家。那场改革，监管部门对2000多家上市公司没有提出唯一标准，而是采取了一司一策、综合统筹的方法，效果很不错。疏解工作能否借鉴这种办法，来个"一楼一策"？

一个创造性的举措就这样付诸实施。

万容天地市场原是北京建筑大学（以下简称"北建大"）科贸楼二期项目，由学校提供土地，市场方出资建设。项目建成后，市场方享有20年使用权、经营权，20年后建筑物无偿归还学校。

疏解时，摆在北建大面前的有三个方案：一是学校筹措疏解资金，把整栋楼全部拿下；二是学校留两层楼，其余交给政府；三是整栋楼由西城区政府购买。经过反复论证，最终决定采用第三种方案。

方案一出，教职工中炸了锅："什么？那栋楼盖了8年，刚经营3年，就要收回去。这下地没了，楼没了，钱也没了！"

"'动批'疏解是北京市重点任务。学校筹措资金压力大，采用第三种方案，咱们经济上虽然有损失，但以后周边环境提升了，对学校发展大有好处。"从疏解政策讲到高校担当，从提升环境品质说到学校长远发展，学校召开职工代表大会，摆事实、讲道理、议未来，大家的思想认识逐渐趋于一致。

于是，西城区政府在北京市支持下买下了那栋楼，市场疏解需要的资金问题迎刃而解——这，就是"产权换疏解"。

再说"拆"出来的金科广场。如今，这个占地6000多平方米的开放式广场，让高楼林立的金科新区有了透气的空间、舒展的天地。谁能想到，这个广场是"拆"出来的，这里原是众合市场与天和白马市场的一部分。市场拆除后，产权方北京矿冶研究总院得到资金，市场的疏解得以推进。同时，指挥部通过协调，让产权方损失的面积在丰台区异地平移——这一招，叫"减量平移"。

干工作各有各法，贵在得法。8栋楼宇，12个市场，逐个推进。"产权换疏解""减量平移""政府引导基金""税收推动""股权收购"……"一楼一策"，解开一个个"扣"。

疏解，关键在人，找到起关键作用的人至关重要。

聚龙市场负责人高长敏就是一个关键人物——"有事找老高！"指挥部同志常挂在嘴边。

老高何许人？究竟有何能耐？

说起来，在聚龙市场之前，老高就"搬过两回家"。先是在北展西大馆，后是在华堂老聚龙市场，每回他都是二话不说，不计得失，带头挪地儿。老高还经营着"动批"一带最大的物流站，几乎没有商户不知道老高。

"老高，可找到你了！"一天，聚龙市场疏解组组长李云伟急匆匆跑进老高的办公室。

"别的事都好商量，这事可别打我主意。"听明来意，老高一边摆手，一边算起账：自己和聚龙产权方签了20年合同，刚开张没几年，又赶上疏解。这些年为了养市场，给商户这优惠那优惠，自己贴了不少老本，还没完全收回来。

老高嘴上没答应，心里却明白，私底下把北京新闻看了又看，脑海里不住翻腾："动批"留不住了，疏解是板上钉钉的事儿了。早疏解，早主动。往后去哪儿？干啥买卖好？

不久，李云伟和老高再次探讨起聚龙市场疏解的事儿。

"你想不想带头打个样儿？"李云伟问。

"谁都想做头一个，垫底儿有什么意思？我早想通了。"老高明确表态。

很快，老高主动做起了商户的工作。

有一些商户，自以为越闹，赔偿越多。老高挨个儿打电话，把这些人一一找来。

"老高，给钱吧！不给钱，我们就闹！"有人嚷嚷。

老高的脸色严肃起来："你们要信得过我，该给的赔偿一分都不少。谁要是胡闹，我今儿把话撂这儿，甭说钱了，犯了法得先治罪……"

见那些商户低头不言语，老高又做起了思想工作："现在的政策都很阳光，你们放心吧。"一来二去，大家渐渐打消了"闹"的念头。

功到自然成。2015年12月31日，聚龙市场平静闭市。

转眼到了2016年。这天，已担任指挥部副总指挥的李云伟又找上门来："老高，疏解眼下推进得有点慢，你还有什么好办法？"

"这事儿，得刨根！不刨根，绝对办不好！"老高语气不紧不慢。

"怎么个刨法？"

"清物流！"老高斩钉截铁地说。没有进货、出货的地方，等于断了市场的"咽喉"。

一旁的人大吃一惊：老高这是要断自己的财路！

得知物流站要拆除，各个市场的老板轮番给老高打电话，劝他别干傻事，后来他干脆把手机关了。还有人出高价买物流站，老高也压根儿没动心。

"要算个人账，咱是损失了。但瞧瞧这大楼，多气派！人家一张桌子上收的钱，等于咱之前一年交的钱。"如今一走到这一片，老高总会禁不住感慨。"你们找我？上展览路榆树馆百姓生活服务中心。"除了这一摊子买卖，现在他还在内蒙古满洲里从事跨境电商监管服务。

2017年11月30日，随着东鼎服装批发市场完成"使命"，"动批"12个市场全部闭市。闭市那天，有的商户流泪了。指挥部产业发展处副处长刘林也流泪了。大伙儿聚餐后，他忍不住哭了，"憋不住了。泪中有受过的委屈，也有完成任务后的喜悦。"

## "干部的心里是装着咱们商户的"

2013年底，听说北展地区建设指挥部成立了，当时在西城区委统战部工作的刘林立即报了名。

"这份差事吃力不讨好，别人躲都来不及，你干吗出这个风头？"不少人好心相劝。

"工作都是人干出来的，趁年轻，闯一闯呗！"那时，刘林刚30岁出头。

刘林万万没想到，"苦头"在后面。

当时，刘林既担任指挥部产业发展处副处长，又是天和白马市场疏解组成员，和商户打交道最多。

"动批"疏解中，每周固定时间，指挥部、产权方、市场方、商户代表一起坐下来，开诚布公进行沟通。

那阵子，刘林最怕中午吃面条。单位食堂每周二中午吃面条，而天和白马市场的沟通会就排在每周二下午。吃了面条，他又要面对商户了。

商户中，刘林和八姐打交道最多，起初让刘林最发怵的也是她。

八姐是谁？

八姐，全名王凤惠，因在家中排行第八，许多人都叫她"八姐"。东北人，嗓门大，脾气火暴、爽直。她在"动批"的生意做得风生水起，在商户中人缘也不错。

正当八姐在天和白马市场买下档口、准备大干一场时，传来了"动批"疏解的消息。那时她还在外地，火急火燎地往北京赶，一大早就去了指挥部。

"市场关了，我们去哪儿？损失谁来赔？"八姐连珠炮似的发问。

"这里有两个合同关系，你们和市场，市场和产权方。你们的合同是和市场签的，只能用解除合同的办法来疏解……"刘林耐心地解释。

说着说着，刘林留意到八姐的眼睛又红又肿，赶忙换了话题："你眼睛咋回事？"

八姐长叹一口气："我愁得一宿没睡觉。"

"咱们不是千方百计想早点把赔偿拿到手吗？可要是把身体累垮了，那钱还有什么用？"刘林连忙劝八姐。

提到商户，指挥部的同志们有这样一个共识："'动批'商户有的来的时候十八九岁，走的时候快四五十岁，青春和汗水都留在了这里。疏解，必须依法保护商户的合法权益，这是底线。"

他们一直尽可能为商户争取权益，保持与商户的沟通，安抚商户的情绪。"八姐，可一定不能冲动，有事咱们好商量！"刘林苦口婆心地做八姐工作，时不时给八姐打电话，一聊就是近一个小时。

"人家跟咱非亲非故，凭啥这么关心我，还不是为我好！"八姐渐渐转变了看法，"干部的心里是装着咱们商户的！"

也有些商户一时想不通。

一次，有几个人扯着嗓门喊："不给我们解决问题，今儿没完！"

有人把空矿泉水瓶"嗖"地甩过来，正砸中刘林肩头。刘林只皱了一下眉，没有言语。

八姐的火"噌"地往上蹿，"啪"地一拍桌子，眼一瞪："指挥部做这么多工作，不就是为了给咱们要回钱来嘛！人家帮你，你怎么回过头就翻脸！"后来，只要有商户冲刘林说出格的话，八姐当即就驳回去。

疏解最吃紧的时候，刘林得了亚急性甲状腺炎，反复发烧，吃着退烧药，每周二还是准时出现在沟通会的现场。刘林心里清楚，"看到指挥部这边换人，八姐他们就'发毛'。"那段日子，他瘦了二三十斤。

其间，刘林还做了一次手术。"疏解正是节骨眼上，这耽误一天，损失多大啊！组织上把这事派给我，无论多难都要把活儿干利落。"躺在病床上，刘林左思右想，"明天就是周二了，八姐他们来了咋办？不行，我必须去！"

第二天，刘林提前来到会议室，刚缓缓坐下，八姐就风风火火撞门进来。

"哎哟，几天不见，听说住院啦，啥病啊，装的吧！"八姐揶揄他。

"胆结石，这回吃药没顶住！"刘林苍白的脸上挤出一丝苦笑，右手不由自主按住隐隐作痛的上腹部，小腿旁的引流管、引流袋晃悠了一下。

"妈呀，还真动刀了，就这还上班，你不要命了？"八姐很惊讶，话语中充满关切。

一场疏解，让刘林和八姐成了无话不谈的朋友，至今仍时不时打电话聊天。这不，今年7月的一天，八姐又给刘林打来电话："刘林，我要搬家了！永定城·京津冀固安国际商贸城。你以后有时间，就上那儿找我！"

八姐总说很感激刘林他们，"要不是小老弟苦口婆心开导我，就冲我这暴脾气，当初还不知道整出什么动静来！"

"做群众工作的关键就一条——将心比心。"疏解过程中，指挥部同志总结出这样一个规律，并时时记着这4个字。

他们有一个生动的比喻：西城区是"动批"商户的"娘家"。

"我们要像嫁闺女那样把'动批'的商户'嫁'出去。"

"迁走只是完成疏解的半个圆，让商户在外面立得住、活得好、有发展，疏解工作才算圆满。"

"动批"疏解后，人们欣喜地看到，在天津、河北的各个市场，忙碌着"动批"商户打拼的身影……

早在疏解之初，西城区就着手与天津、河北等地政府进行对接——天津西青区、河北石家庄长安区、河北沧州高新技术产业开发区……由当地政府推荐合适的承接市场，指挥部多次组织大巴送商户到这些地方实地察看。

那时候，指挥部负责相关工作的同志，每个月至少要跑三四次外地市场考察。既然是"嫁闺女"，就要为"闺女"争取更多的保障——到了新市场，租金减免多少？在当地生活，购房有没有优惠？孩子上学的问题怎么解决？他们都得和当地一一谈好才放心。

后来，西城区相关负责同志还到承接"动批"商户的外地市场回访过，为的是亲眼看看商户在新市场的经营和生活情况。

"有什么困难，尽管提。"时常有商户现场反映诉求，回访的同志也毫不含糊，"只要有可能，我们当场就给解决。"

刘林还代表指挥部参加过外地市场的订货会、开业仪式等活动。不为别的，就是为了代表北京、代表西城区，给疏解过去的商户鼓鼓劲。"娘家人"怎能不到场支持？

天津王兰庄温州国际商贸城、河北沧州明珠商贸城、河北永清云裳小镇……乘着京津冀协同发展的东风，一个个市场在北京周边"拔节生长"，成了"动批"商户们的落脚点。

## 沙荒地"长"出时尚小镇

区域内，一个地方的疏解，有时需另一个地方的承接。这是大局意识，也是协同发展。

有眼光的企业家和具有大局意识的河北部分干部，捕捉到了这千载难逢的发展机遇。

"想不到吧？ 10年前，这里还是一大片沙荒地！"一见面，云裳小镇总裁赵晓东卖起了关子。

与其他承接"动批"商户的市场不同，云裳小镇是全新打造，从一片沙荒地里"长"出来的，是疏解非首都功能首批重点承接项目之一。

从北京丰台区大红门出发，沿京台高速驱车约40分钟，从临空（永清）出口下高速，向西一转，一大片时尚的波浪形建筑群映入眼帘——位于河北省廊坊市永清县的云裳小镇到了！

如今，作为国家3A级旅游景区的小镇，哪儿还有一点沙荒地的影子？面料区、辅料区、高级定制工作室、打版工作室、设计师工作室、展示中心、创研空间、电商中心、云裳国际服装城……走在小镇宽阔整洁的街道上，一个个区域划分清晰，一间间店铺令人目不暇接，繁忙的物流、车流、人流交织成小镇的热闹景象。

那是2014年，看到北京新闻，在北京大红门经营了20多年服装市场的浙江温州人卢坚胜，脑海中立即闪过一个念头：一定有大量的服装市场、商户、工厂会被疏解，得赶紧在其他地方寻摸一块地，建一个大项目给承接住！

中等个儿，平头，一身浅色运动装，时尚得体，卢坚胜50岁开外，看上去很是精神。多年做服装生意的他，还当上了京津冀服装行业委员会会长。

"有个好项目，要不要一起干？"卢坚胜立马想到了自己的发小、中国人民大学硕士毕业的赵晓东。一次聚会，他开门见山问对方。

"老话说衣食住行，服装可是刚需！"尽管从来没接触过服装行业，尽管当时在西北地区还有房地产项目，赵晓东毫不犹豫地答应了。

说干就干！卢坚胜和赵晓东等人马不停蹄地考察了20多个地方，把环首都可承接服装行业的点位看了个遍。

当时，云裳小镇所在的这一片是沙荒地，稀稀拉拉种着一些蔬菜，周边人烟稀少。

摊开地图：永清距北京60公里，离天津60公里，毗邻规划中的北京大兴国际机场，京台高速贯穿全境。

就这儿了！2015年，卢坚胜和几个温州老乡联合成立一家公司，投资建设云裳小镇。永清县委县政府和他们达成共识：这不只是北京服装业一次地理的"迁徙"，更要以疏解为契机，对服装业态进行升级。

雄心勃勃的卢坚胜，请来专业团队做规划设计。一行人接连到意大利、日本、韩国等国考察。

"只有商业肯定不够，这么多人过来后，还要吃住、生活。"

"我们要打造的是一个特色小镇，主打创新、创意、创业，有生态、生产、生活，既宜居又宜业还宜游。"

"李白有名句：'云想衣裳花想容，春风拂槛露华浓。'咱们这个项目就叫'云裳小镇'如何？多有诗意！"

在当地党委政府和干部群众支持下，卢坚胜的团队没日没夜连轴干。征地、拆迁、修路、建配套设施、招商……小镇一天天"长"了出来。

两年后，云裳小镇投入运营。近3800家服装商贸企业和商户先后来到这里，其中就有不少"动批"商户。

如今，云裳小镇已经打造出从面辅料采购到服装研发设计、个性定制，再到展示、交流、交易的全产业链时尚平台。

"这里服装上下游全打通了，非常方便！"小镇上，还有将工作室从北京798艺术区搬来的年轻设计师。小镇离北京近，可及时了解行业信息，且面辅料齐全、产业链完善，成本却比北京低不少。这对不少年轻设计师来说很有吸引力。

短短几年间，包括"中国十佳时装设计师"在内的200多名服装设计师进驻云裳小镇，培育了130余个品牌，一些品牌在业内很有名气。这，也是让卢坚胜、赵晓东最为自豪的——现在的云裳小镇有一支颇具实力的服装设计师队伍。

作为"中国国际时装周"的合作伙伴，近年来，云裳小镇已多次成功承办"中国时装技术奖（金剪奖）"赛事活动。

"这是疏解带来的发展机遇。"卢坚胜说。

2023年，云裳小镇从"国家纺织服装创意设计试点园区"升级为"示范园区"。

"只有夕阳的技术，没有夕阳的产业！"赵晓东笃信这句话，"坚持创意发展这条路，我们走对了！"

"他们服务很贴心，让大家找到家的感觉！"对云裳小镇充满期待的，还有包括张新环在内的商户。

张新环口中的"他们"，是云裳国际服装城负责人卓彩锋等人。张新环忘不了，她第一次尝试直播带货就爆了单，直播间里近1000人下单，卖出近2000件衣服。

她一下傻了眼：这么多单子，她连电脑都不会用，一个人怎么发货？情急之下，她向卓彩锋"求助"。接到电话，卓彩锋二话不说，赶紧联系快递公司，又找了一个临街店面，和五六个市场管理人员一起配货、出单、打包，一直忙到晚上10点多钟。张新环又接着收拾，忙到深夜一两点。

85后卓彩锋，年纪轻轻，却已在服装行业打拼多年。他从部队退役后来到北京，替亲戚打理专营羽绒服毛领的市场。

疏解后，他和商户一起来到永清，负责服装城管理。从管理面辅料市场到管理服装市场，各行有各行的门道。个别商户把积压货挂在那儿充当应季货，他愣是看不出来。

卓彩锋一头扎进市场。渐渐地，他对流行趋势、服饰搭配有了独到眼光。

"你把拉链换成纽扣试试？"

"这个花边的位置稍微往下移一移，会不会更好？"

"你把货品位置调一下，把新品亮出来。"

每天，卓彩锋不停地在市场里边走边看，尤其关注商户们的经营状况，不时给他们提建议、出主意。"每天至少走2万步，有问题马上解决。"卓彩锋扬了扬手机，"大楼一共6层，每一层都有微信群。还有服装产业对接群，县主要领导也在群里，商户的需求件件都有回音。大家真心希望商户能留得住、发展得好！"

"美美这些年没少给我传授经验，她是个实在人！"走到"淘金屋"前，卓彩锋停下脚步，朝里张望。"美美"是张新环的小名，市场里的人都这样亲切地称呼她。

"我那些不算啥，卓总才帮了我大忙！"听到卓彩锋夸自己，张新环停下手里的活儿，笑着迎上来，身上穿的是自家刚上市的新中式马甲，显得很时尚。

原来，张新环的二女儿在北京通州区一所学校上学。刚来永清时，每天她都要赶回通州家中，第二天一早再奔过来，时间一长，累得腰都直不起来。这样下去可怎么办？得知张新环的烦心事，卓彩锋记在了心上，三番五次去协调，终于在当年9月将孩子转学到永清一所学校就读。孩子跟在自己身边，张新环的心终于踏实了。

服装城里，张新环的店面有40平方米，货品展示齐全。一条马路之隔的家中，她养的花儿开得正艳，大鱼缸里鱼儿自在地游来游去。"原先在北京，挣得多，但开销也大。现在，开销少了，也有工夫养花养鱼了。"张新环笑声爽朗。

张新环是个闲不住的人。早市打烊后，下午，她还要忙着去打版，上工厂看看——店里的衣服九成都是自家工厂生产，要在朋友圈发新货的图片，给客户配货、发快递……圆通快递北方总部就在永清，发小件一单两三块钱，近的地方，今天发货，明天就能送到客户手上。

"霞姐，新上的货品不错！"从张新环的"淘金屋"出来，没几步，卓彩锋就走到了"霞姐服饰"店铺前，朝店主热情地打着招呼。

"都是我自己搭配的！"顺着声音瞧去，齐耳拉直短发，牛仔裤配小白鞋，一个打扮时尚的女子出现在眼前——她就是霞姐，"动批"老商户、安徽人任翠霞。与其他开放式店面不一样，她家的店面别出心裁地设计成半开放式，转角处还拉着纱帘。霞姐有自己的想法："这样增加点私密感，顾客试衣服方便！"

"动批"疏解后，一些商户辗转了几个市场，一时不知道去哪儿好。霞姐平日里很有主见，大家都想听听她的意见。

"组团去云裳小镇"微信群里，霞姐连发了几条信息："我觉得永清挺好，离北京近，交通方便。""做生意最讲究地段。"

"霞姐说得有道理！""一起去，谈个团购价！"群里赞同的人越来越多，最后有200多人和她一起来到云裳小镇。凭北京的营业执照，他们都被免了3年租金。

看上去比实际年龄年轻不少的霞姐，喜欢研究穿搭，从自己的"这一身"到顾客的"那一身"，她都时常琢磨。"店里卖的衣服都是我搭配好的，顾客买回去特别省心！"她相信自己的眼光。

19岁，霞姐就到了北京。"动批"疏解时，她舍不得离开。现在到永清6年了，越来越习惯。她打定主意还要干下去："盼着精品楼早点建成，周边交通越来越好。服装这一行我没做够，还想接着做！"

继续南下150公里，河北沧州明珠商贸城。一大早，前来拿货的客户已经赶来，曾经的"动批"商户们忙着配货、打包、发快递。当初，得知"动批"要疏解的消息，沧州东塑集团负责人于桂亭敏锐地意识到：这是个大好机会，一定得千方百计接住！集团立即赴北京招商。一辆辆大巴载着商户来沧州考察。年近七旬的于桂亭亲自接待，最多一天见了1000多人。一些商户还被邀请到他家里做客，大家感到满满的诚意。当然，更重要的是实实在在的优惠。

"北京疏解的，正是我们需要的。"沧州人这样说，"对于沧州来说，这是一笔财富。"伴随着京津冀协同发展的推进，沧州市政府积极和北京西城区政府对接，签订了合作协议。沧州市不断完善商贸城周边的交通、学校等配套，"接纳"北京来的商户。

曾经的"动批"商户，纷纷走向新的生活……而在北京，他们心里惦记的"动批"，也已"脱胎换骨"。

## "动批"向新而生

2024年6月24日，一则消息快速在北京西城区新动力金融科技中心传开：位于园区的奇安信集团参与申报的"超大规模多领域融合联邦靶场（鹏城网络靶场）关键技术及系统"项目获得国家科学技术进步奖二等奖。这是本年度网络攻防领域唯一的国家级科学技术进步奖，也是新动力金融科技中心入驻企业第一次获此殊荣。

那天一大早，和往常一样，李坤跟随上班的人群出地铁、进大楼、上电梯，来到位于新动力金融科技中心B座6层的办公区。他的思绪闪回到多年前的那个午后——

那一年，他在北京读大学，国庆节假期慕名来逛"动批"。走进金开利德，市场里到处都是人。没逛多久，他便头昏脑涨，赶紧挑了几件衣服，"逃"了出去。

如今再次来到这里，李坤的身份已是神州数科的一名员工。整座楼，也华丽转身为国家级金融科技示范区标志性楼宇——新动力金融科技中心：开阔的公共空间，整洁的办公区域，随处可见的绿植透着盎然生机；入驻的企业也很"高大上"——多家企业聚焦金融科技，其中不乏行业龙头企业，也有正在孵化的小企业。

时光回到2017年底。"动批"疏解完成后，关于"动批"地区的发展前景，西城区规划了几个方案，最终确定为金融科技方向。"入驻的企业一定要符合这一定位，做产业聚集，而不是简单地租房子。"大家意见明确。

打开地图可以发现，"动批"的地理位置十分优越：往东南3公里是西城区金融街，往北5公里是海淀区中关村，可实现金融资源与科技资源的对接。这一产业方向，正符合北京市"全国政治中心、文化中心、国际交往中心、科技创新中心"的定位。

这当中，两个时间点尤为关键：2018年5月，西城区政府在北京金融街论坛上正式发布，启动建设北京金融科技与专业服务创新示范区；一年后，经国务院批准，该示范区正式升级为"国家级金融科技示范区"。

"动批"区域，正是金科新区的核心区。

说起企业落户金科新区的故事，神州数科相关负责人马洪杰直言："这是一场政府和企业的双向奔赴！"

金科新区的定位明确后，西城区负责同志来到国内金融科技领头企业神州信息开展深入调研。企业的金融科技战略、自主研发的分布式应用产品及解决方案、智能银行解决方案等，让他们产生极大兴趣——这，不正是金科新区所需要的吗？

2020年，神州信息旗下神州数科作为首批入驻新动力金融科技中心的企业，正式成为金科新区的一员。

"这里离金融街、成方街非常近，一旦客户有需求，我们的员工很快就能回应，不仅拉近了我们和客户之间的物理距离，也拉近了心理距离。"马洪杰深有感触，"入驻金科新区，也有利于我们进一步强化'金融科技'的战略定位，深化市场定位和行业标签。"

"金科十条1.0""金科十条2.0"……随着金科新区相关政策的出台及持续升级，神州数科在房租、税收、项目等方面获得扶持。"这为我们带来了实实在在的便利！"马洪杰笃定地说。

2022年，神州数科又将企业最核心的研发机构之一——新动力数字金融研究院设立在这里，陆续研发出"未来银行架构ModelB@nk5.0""九天揽月云原生金融平台"等多个金融科技产品和解决方案。

2024年5月的一天，新动力金融科技中心10层。可容纳约200人的星汉报告厅座无虚席，高高的天花板上射灯闪烁，如星汉璀璨。由神州信息与北京立言金融与发展研究院联合主办的"2024数云原力大会·新动力数字金融论坛"正在举行。会议当天，共邀请到20多位重磅嘉宾、100多家银行线下参会，吸引了500多万人次在线观看。

"'朋友圈'扩大的背后，离不开金科新区的'暖心支持'！"马洪杰笑言。

"这里是员工食堂""这是健身房""理发室""洗衣房""医疗室"……走进奇安信科技集团股份有限公司总部大楼，副总裁杨洪鹏兴致勃勃地讲起企业落户金科新区背后的故事，"原先，这些地方都是一个个挤挤挨挨的服装档口。我们重新设计后，空间一下子豁亮了。"

谁能想象，这里原先是"动批"万容天地市场。唯有几部上上下下的大滚梯，还依稀可见当年服装批发市场的模样。

万容天地市场疏解后，经过反复协商，北京金融街资本运营中心以楼的产权作价入股奇安信集团。

"投资企业就是投资未来！我们要为有梦想的企业搭舞台！"西城区领导的态度很明确。

"地处核心区，员工们上下班更方便了；作为一家互联网安全服务供应商，我们离金融机构等目标客户更近了，沟通、响应更加及时；自家有这样一栋楼，贷款也有了优势……"杨洪鹏一项项数着"安家"金科新区给企业带来的红利。

对于西城区来说，更需要有这些科技企业来此扎根、开枝散叶，培养产业氛围，促进经济增长。

立足金科新区，奇安信进一步担当起我国新一代网络安全领军者的角色——2022年北京冬奥会期间，奇安信网络安全保障团队创造了奥运会网络安全"零事故"的世界纪录。如今，奇安信已是互联网行业颇有名气的企业。

初次来到金科新区的人们，有两处必打卡之地。

一处，是新动力金融科技中心二层的平台。站在平台上，脚下，是繁忙的北京动物园公交枢纽。对面，2024年初刚完成改造的"北京金融科技中心"大楼矗立在蓝天下，"国家级金融科技示范区"几个大字在阳光下熠熠生辉——这栋从外到内焕然一新的甲级写字楼，原是"动批"世纪天乐市场。大楼旁边，是金科广场；再往西，是北矿金融科技大厦……高品质楼宇和街区环境尽收眼中。

还有那些"看不见"的：这些楼宇中，有专注于应用系统的开发与服务、网络支付清算、生活缴费、数据分析、大模型应用等领域的金融科技领军企业，有在金融科技创新监管、标准创制、安全合规、资金支付等方面提供支撑的专业服务机构，有提供专业化行业解决方案的"独角兽"或潜在"独角兽"企业……

身后，楼内10层星汉报告厅里，一场场高规格的盛会轮番举行。2023年11月，与2023金融街论坛年会同期举办的第三届全球金融科技大会正是在这里举行的：论坛、闭门会、大赛、展览等20场活动精彩纷呈，来自全球16个国家和地区的260位重量级嘉宾出席并发表演讲或参与讨论，现场37项重磅成果发布……就在刚刚过去的这个7月里，活动也是一个接一个。

另一处必打卡之地，是位于楼内2层的那条150米长的"星河长廊"。长廊尽头，一处名为"白泽迎溯"的创意雕塑，吸引着人们的目光：1000个密密麻麻叠放的衣架和2000个焊点，是向在这栋楼中打拼过、奋斗过的3000余家"动批"商户致敬；整体勾勒出的中国古代神话瑞兽"白泽"造型，寓意着未来，这里将吸引更多金融科技"独角兽"企业的加盟。

站在雕塑旁回望长廊，但见一长排窗口如一卷展开的长长的胶片，留存一帧帧时光的画面——

在过去的10年间，经过区域性批发市场腾退、城市更新、产业升级三者统筹推进，"动批"书写了壮士断腕、涅槃重生的华章；如今，国内第一个以金融科技为主产业的示范区，第一个探索金融科技创新试点机制的园区，唯一一个被国务院确定的国家级金融科技示范区，正吸引着世界的目光，演绎着精彩的"大戏"。

常有国内企业和外国商团到这里考察参观。每次，这里都有新变化。前不久，又有考察团慕名而来。面对客人，工作人员自豪地说出一连串数字："根据最新统计，金科新区新引入金融科技企业和专业服务机构182家，注册资本金超过1100亿元，2023年形成三级税收近20亿元，是'动批'疏解前的20多倍……"

一缕阳光吸引人们将目光投向远方。楼外开阔地带，一根高高的立柱上，6个大字格外醒目——"时代向新而生"。

不知是谁脱口而出："阳光为新而歌。"

《人民日报》2024年8月28日第18版

# 蟳埔簪花春常在

陈冬梅

　　闽南大地的蔚蓝海岸，轻拥着一个古老的渔村——泉州蟳埔。风，从海的那头吹来，带着潮水的咸涩，也带来了花的香气。蟳埔簪花，如同一首深远绵长的曲调，在岁月的长河中低吟浅唱，流传了千年，至今依然动人心弦。

　　作为泉州人，我时常满怀喜悦地带着外地朋友踏足这片土地，一同探寻蟳埔簪花那令人沉醉的魅力。

　　簪花，承载着中华民族数千年的审美情趣。从先秦的质朴花束，到汉代的彩线穿花，再到唐代的《簪花仕女图》，簪花文化不断演变，越发丰富。文人墨客更以诗寄情，留下大量赞美簪花的佳句。历史上的风华，在蟳埔这片土地上得到了延续和发扬。

　　翻开蟳埔的史志，可以发现，它坐落于东方大港古刺桐港的重要位置，曾是无数远洋商船通往世界的始发地。闽越文化遗存及海洋商贸共同织就了蟳埔的多元文化交融。在这里，人们以海为生，以花为簪。女孩十一二岁开始将秀发盘成海螺圆髻，以各色花朵点缀，用发簪穿插固定，整个头上仿佛绽放着一座春意盎然的小花园，这便是闻名遐迩的簪花围。

　　簪花围不仅装点蟳埔女子的容颜，更承载她们对生活的热爱与对美好的向往。簪花围始终贯穿着蟳埔人的婚丧嫁娶、节日庆典等重要时刻。在蟳埔，每年的农历三月廿三妈祖生日和九月初九妈祖祭日，都会举行隆重的活动。全村男女老少组成"巡香"队伍。蟳埔女子头戴精心准备的簪花围，身着五彩缤纷的大裾衫，组成花鼓队、花篮队、花灯队参与其中。花，不仅是她们的外在装饰，更是她们内在心灵的显现。早在2008年，以簪花围为代表的蟳埔女习俗就被列入国家级非物质文化遗产代表性项目名录。

漫步在蟳埔的街巷中，海风带着咸湿的气息轻轻拂过脸庞，耳畔传来关于这片海的传说和故事。驻足码头，望着那广阔无垠的海域，波光粼粼的大海仿佛是天空的一面镜子，映照着蟳埔人的生活和梦想。"快看！"顺着朋友的赞叹声望向不远处的滩涂，一个蟳埔女子正在簪花。她先是屈身用海水洗净双手，然后起身在衣摆处擦干，再侧弯着腰在渔网边掏出一朵美丽的花，双手合十，最后才小心翼翼地将花儿插到发簪上。海水在阳光下闪烁着光芒，与簪花围上的花朵相互辉映。那一刻，我不禁想，簪花，是否也是蟳埔女子与大海对话的一种方式？她们簪在头顶的，是花，而簪在血脉里的，是对自然的敬畏。

今天的蟳埔，簪花人早已不只有蟳埔女子，越来越多的游人来到这个小渔村观光，人们都想在这里簪一次花，感受簪花文化和海洋文化的魅力。这两年我带着朋友去蟳埔，几乎没有人会错过簪花。而在"满街皆是簪花人"中，人们又欣喜地看到新老簪花技艺的碰撞、融合。阿嬷们用满是裂痕与厚茧的双手传承着正统的簪花技艺；年轻的姑娘们则以独特的构思与新潮的造型，为簪花艺术注入新的活力。

妆造完毕后，游走于牡蛎壳垒成的蚝壳厝之间，会有一种穿越时空之感，仿佛回到了海上丝绸之路的辉煌岁月。历史上，海上贸易的商船返程时留下的压舱物——蚝壳，被村民们用来建成蚝壳厝。这种建筑物墙体坚固耐用，成为村民们的居住场所。今天的蟳埔仍可见蚝壳厝。

在蟳埔街边，还常见头戴簪花围的蟳埔阿姨挖海蛎的场景。她们用手中的小铲轻轻撬开海蛎壳，取出肉质饱满的海蛎，动作中透着熟练与从容。每次到蟳埔，我都会买上一点现挖的海蛎，拿到熟悉的店里请厨师现炒一盘海蛎煎。锅中，海蛎、生粉、蒜苗翻滚，发出"嗞嗞嗞"的爆响声。10分钟左右，一盘香喷喷的海蛎煎就做好了。配上红艳艳的闽南辣酱，入口，舌尖绽放着丰富的滋味。

海风阵阵，古厝静立，斑驳的墙面上似乎还遗留着岁月的痕迹。然而头顶上那一座座"流动的花园"，让这个古老的渔村焕发着别样的蓬勃生机。

在蟳埔，每个女孩的头上，好像都盛开着一个春天。

《人民日报》2024年11月11日第20版

# 风　物

烟雨龙虎山

江汀观景

泰山上的石刻

故乡的桥

右玉看堡

在中源，沿着
潦河水走

深澳看水

岱顶的星光

春天的节奏

梅蓉的花海

与江水相遇

......

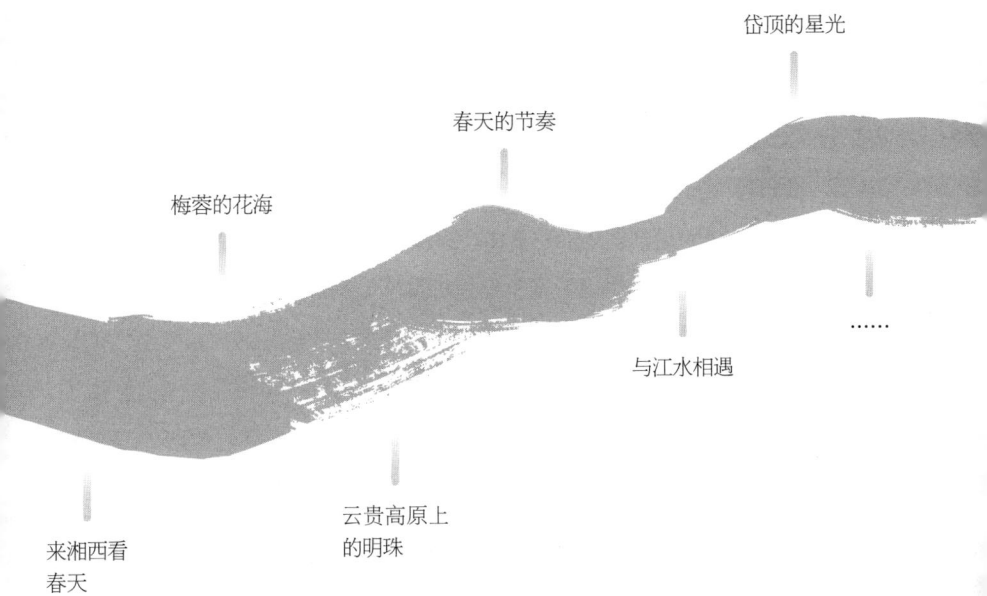

来湘西看
春天

云贵高原上
的明珠

# 泰山上的石刻

陈丽伟

　　三上泰山，都在金秋。登高远眺，层林尽染。那满山遍野滚荡起伏、饱经岁月风霜洗礼的泰山石，或硕大雄壮，或精巧圆润，组成了附着在泰山钢铁骨骼上的肌肉群。拾级而上，逶巡穿梭，在阴阴古木下，与泰山盘桓相伴，我蓦然发现——泰山，浑身刻满了字。

　　从山脚到山顶，泰山的刻字随处可见、比比皆是。从李斯的泰山刻石到唐玄宗的《纪泰山铭》，从"登高必自"到"五岳独尊"，从历代官员的偕友登临到个别游客的"到此一游"，从店小二李和谦的"鼠"到吴大澂的"虎"……泰山，用满山的石头，做了书写文字的纸张。

　　这些刻在泰山上的文字，有的气宇轩昂，有的敛衽收襟，有的灵机妙论，有的坦荡无遮，不一而足。岁月如流，千百年来，人们挥毫书丹不止，斧凿刀刻不息，以泰山木石为纸，让泰山躯体成书，把无言无语的巍巍泰山，"写"成了一部史书。

　　李斯的泰山刻石，不仅是在泰山身上刻下的较早的文字，也是极其珍贵的秦代历史资料。前半部分叙述秦始皇在全国范围内申明法令，充分利用法律来保护国家的各项制度；后半部分则记录了李斯随同秦二世出巡时，上书请求在秦始皇所立刻石旁刻诏书的情况。除了文字内容，这块刻石的小篆书体，还成为秦始皇统一六国后，"书同文，车同轨，量同衡，行同伦"的有力佐证。

　　我本是一个不太爱看自然风景的人，总觉得风景处处，大多雷同，无非是奇松怪石、岩泉飞瀑、花燃柳曳等。然而，在泰山，一块天然的石头，被刻上了字，便不再是一块普通的石头，它从此有了文化的力量。

红门是泰山登山起点，这里有一巨大石碑，上刻"登高必自"四个大字。研究者说是青州郡王朱载玺所书。登高必自，一般认为有两层含义，一是指从泰山脚下往上"登高"，必须要"自"此经过；二是"登高必自卑"的简写，是指登高需从低处起步。然而我初见此碑，油然而生的第一想法，却是"登高之事必须要自己亲自为之"，还专门指着"自"字，让朋友帮忙拍照留念。

登山起点处又有一石坊，横额书丹"孔子登临处"。孔子是否于此登临，已不可考，但古藤掩映、绿树婆娑中，典雅端庄的石刻牌坊洋溢着人文气息，让人恍见孔子"登东山而小鲁，登泰山而小天下"的豪迈。

泰山，作为一座圣山，留下了浓墨重彩的历史。其实论数量，描绘赞颂泰山风景的刻石应该最多。

历下苏容德、刘芳桂镌立的"肤寸升云"，天津宁世元书写的"既雨晴亦佳"，锡山嵇璜书写的"人间天上"，禹州马起予书写的"曲径通霄"，还有很多没有落款的石刻，如"通幽""天衢"等，不胜枚举。这些来自不同地域的人同登泰山，同立刻石，从不同角度描写了自身的独到体会，赞颂了泰山的独有胜境，成为对名胜泰山的缤纷阐释。

行走在泰山之中，游人络绎，欢声在耳。然而，一种惆怅却不时袭上我的心头。和路旁巨大的山石相比，人的生命是多么渺小，多么短暂。可能正因如此，从古到今，人们便刻字入石，以期让短暂的生命附着在相对的永恒中，让人类的精神绵延传递。

泰山还有一些石刻，本不在此山，却被搬运过来，陈列于此山。是借泰山增色，还是为泰山增色，抑或二者兼而有之？这些石刻，存放于岱庙的《衡方碑》《张迁碑》可做代表。《衡方碑》是学生朱登等颂扬自己老师兢兢业业、夙夕为民、德义为先的人品与功德。《张迁碑》是谷城故吏韦萌等为追念张迁之功德而立，铭文着重宣扬张迁及其祖先张仲、张良、张释之和张骞的功绩。这些碑刻于今观之，不仅有很高的史料价值，亦有很高的书法价值。古代为人树碑立传，自是旌表碑主人功德，这一扬善启后的传统，一直流传至今，也为传承中华优秀传统文化起到不可磨灭的功用。

我放弃缆车，选择步行上山。从那几千层盘旋曲折的台阶一步步走来，我双腿直哆嗦，两膝不由自主地几欲跪下。这并非单纯的筋骨劳累，更有一种莫名的敬畏——泰山海拔并不算高，它的地位却有万仞之高。

没去过泰山的人最想看的、去过泰山的人最不能忘的，一定是"五岳独尊"这四个大字。"五岳独尊"可谓泰山众多石刻中最具代表性的杰作，已成为泰山的标识，并被设计进人民币背景图案。这四个正楷字，系清光绪丁未年（1907年）由泰安府宗室玉构书写。"五岳独尊"这四个字作为泰山的称号，高度概括了泰山的历史地位、文化地位。它和旁边的"昂头天外"以及山上的"第一山""雄峙天东"等其他刻石，共同彰显出雄伟的气魄。

泰山的石刻约有两千处。有人说，泰山，是一座中国书法艺术的博物馆，我觉得不错，但不够全面。我觉得泰山是一部书，一部大书，不仅书写着中国书法史、文学史，更书写着中华民族的风俗史、文化史……

# 深澳看水

黄军峰

　　早上刚刚落过一场细雨，天空涂着浅灰，不远处的山上飘着一层薄雾。时节已至冬日，这里却更像晚秋，街道两侧香橼树上缀满黄澄澄的果实，山上拥挤着高高矮矮的树木，深红、浅红、鹅黄、墨绿的叶子交叠，一团团，一片片，俨然一幅壮美的水墨画。

　　与水墨画相依相偎的，是一个叫深澳的村庄。

　　深澳村，隶属浙江省桐庐县，位于富春江南应家溪畔，为"中国历史文化名村"。史料记载，深澳村由南宋申屠氏开村，后来，应、周、朱、盛等姓氏也来此落户。时至今日，村民三分之二以上复姓申屠。这是一个家族血脉的延续，也是人类繁衍生息的缩影。

　　我们穿梭在深澳村的街巷里。

　　哗哗哗、哗哗哗……水流声不时钻进耳朵。只闻水声不见水，让古朴的村落更多了几分神秘。同行的当地朋友说："深澳村最不缺的就是水，一会儿你就知道了。"

　　转过一条街巷，眼前出现一个石栏围着的类似坑塘的地方。原来，刚才听到的轻柔的水流声就是从这里传出。朋友指了指，说："这就是深澳村的井。"

　　印象中的井，是不大的圆口，而后是深不见底的黑。这里的井却很特别，井口敞开着，像个小池塘，一侧的灰石台阶伸到底部。井深不过两三米，井水清澈见底，大大小小的锦鲤在井底游来游去。

正看得入神，一位散步的老人凑了过来。他头戴黑色礼帽，身着灰色西装，脚穿橘黄色皮鞋，脖子上围着一条红色围巾。"你们是来旅游的吧？"老人声如洪钟，满脸笑容，精气神十足。

"我们来看这里的水。"我答。

老人一听，激动地竖起大拇指，说："我们村的水'结棍'得很！"

结棍？看着我疑惑的表情，朋友解释："'结棍'是当地方言，就是厉害的意思！"

"怎么个厉害法呢？"我追问。

"你想听？"

"想听。"

"那就给你们讲讲。"

老人名叫盛坤友，74岁，是地地道道的深澳村人。他清了清嗓子，说："要说深澳村的水，得从老早说起……"

原来，建村之初，深澳村的先人们便考虑了水系规划。水系由溪流、暗渠、明沟、坎儿井和水塘五个部分构成，是一套独立而完善的供排水系统。

首先是沿溪建村。利用周边应家溪、洋婆溪等水资源优势，一方面，引应家溪水源入村，满足平日灌溉；另一方面，让村中水渠连通洋婆溪，汛期以备防洪。

其次为人工修澳。于应家溪上游西侧修建八百米暗渠，与村内建于房舍下的暗渠连通。村内暗渠上方开设澳口，供村民用水。

再为修建明沟。明沟自南而北穿过村庄，流经房前屋后，与院内天井出水沟连通。这样，既方便村民日常生活残水排放，又方便了雨雪天地面流水排放。

再为修建水塘。水塘建有进水暗渠和出水渠，保证活水长流。因是活水，故水质清甜，冬暖夏凉，饮用无碍。

再为挖井取水。取用深井水进一步丰富水资源。史料记载，清康熙四十三年（1704年），村中打深井一眼，深二十余米，取名"六房井"，居民于酷热天气吊取井水，消暑解渴……

明渠暗澳，相辅相成，相连相通，深澳村的水因此经久流淌。为方便取水，每隔一定距离开一个水埠，水埠较深，当地人称之为澳。

"深澳村地下全是水，整个村建在水上。"老人总结道。

"那整个村子不就像一艘漂在水上的船吗？"我说。

老人想了想，说："这个比喻很形象，是这个意思。"

老人又给我画了一张深澳村水系草图。担心我理解不透，他执意要带我去看一个叫"七井房"的院落。

"七井房"正名恭思堂，建于清光绪十九年（1893年），占地千余平方米，是深澳村现存最大的单体民居。整座院落由五进主建筑和北侧三座抱屋组成，因院中有七个天井，便又有了"七井房"之名。

入恭思堂，往里走数米便是一个天井。天井用青石板铺成，雨水沁润，年复一年，青石板两侧爬满青苔。我在天井旁停下来，抬头仰望，长方形露天穹顶与院中天井对应。江南多雨，四季不断，雨水从露天穹顶落下来，淌入院中天井，而后通过天井一角的"金钱眼"流入地下。一个又一个天井的水在地下汇聚，而后进入暗渠、明沟、水塘，成为村里人生活生产所用之水……

"天上的水落到地上，汇聚起来为人们所用。天、地、人就这样完美地结合起来，这是老祖宗的智慧！"说话间，老人满脸自豪。

"洗菜、洗衣服都用这水，你家用，他家也用，这水不弄脏了？"突然间，我产生了一个疑问。

老人笑了："怎么会弄脏呢，我们有规矩。"深澳村人保护水资源的规矩与水系建造同样久远。比如洗衣洗菜，人们要用盆把水盛到地面上，用完的脏水要倒入固定地方。

有人坏了规矩怎么办？深澳村的主事人会让他在全村人面前道歉，且道歉必须得到全村人谅解，但凡有一个人觉得道歉不诚恳、不到位，都不行。

"要是不道歉怎么办？"我问。

老人的表情立刻严肃起来："深澳村人讲的是个'理'字，不占理、不道歉，全村人不答应！"

"要是坏了规矩的人就是不道歉呢？"我继续追问。

"那我们也会有办法解决！"老人的回答掷地有声。

因水而生的深澳村，依水而居、惜水爱水的深澳人，好一幅人与水相亲相伴的画卷。

有了盛坤友老人的讲解，再看深澳村的水，便感到亲切了许多。穿行在街巷里，隔三岔五就能看到澳口，几乎在每个澳口都能看到花色迥异的锦鲤。想来，生活在这里的锦鲤该是多么惬意，它们可以任意穿梭、捉迷藏、嬉戏，或找一方清静之地，尽情享受着属于它们的时光。

与深澳村的水同样深奥的，还有遍布于村中的建筑。

深澳村现有古建筑百余座，多为明清时期所建，也有民国时期所建，祠堂、庙庵、戏台、桥梁、民居等，徽派格调与江南民居风格实现了巧妙结合。

且行且看，四合式的天井院落，黑瓦白墙，古朴沧桑。双重大门的门堂，线雕、浮雕、深雕、镂雕、双面雕组合而成各种装饰，寓意吉祥美好的图案随处可见。

在深澳村，几乎每一幢建筑都有一个文雅的名字。如"怀素堂"，语出《中庸》"君子素其位而行"，"九思堂"取《论语》"君子有九思"。

　　门堂柱子上方的"牛腿"吸引了我的目光。"牛腿"指从吊柱中伸出的一段短木，上多雕刻狮子和凤，其中又以狮子居多，常是雄雌各一，威武霸气，雌狮带两只小狮，小狮子精雕细琢，俏皮可爱。有"牛腿"等装饰陪衬，整个门堂更显典雅。

　　看过深澳村规划图，两纵四横的街巷布局并不复杂，然置身其中，对于初来乍到的我们来说，却有如入了迷宫。

　　许是远处的苍穹云雾、层林尽染，近处的精巧建筑，还有那观水、听水的奇妙，让我们眼花缭乱、沉醉其中，一时间迷了方向。陡然才觉察出，我们已经在两条街巷里转悠了好几遍。

　　这时候，恰巧有名中年男子从家里出来，我们赶忙上前求助。他为我们指了方向，片刻之后，又担心我们听不明白，便主动给我们带路。

　　左转右拐几道弯之后，中年男子停下脚步，指着前面说："沿着这条路一直往前走，不要拐弯，就能出去。"

　　感谢过后，我们朝着路的前方走去。走远，回头看，那名中年男子仍站在路口向这里远远望着。瞬时，我们的心头升起一种莫名的感动。

　　上善若水。水善利万物而不争。依水而居的深澳村人，在水的滋养中世代生息，潜移默化拥有了水的品质。

　　啊，深澳的水。

　　呵，水的深澳！

《人民日报》2024年1月20日第8版

# 故乡的桥

谭谈

　　老汉今年80岁。年岁一大，记忆力就越来越差了。眼面前发生的事，一转过身就忘了。而小时候的事，却愈来愈清晰。近日，故乡一座古桥复修竣工，友人发来请柬，要我回去看看。猛然间，这触动了我儿时有关桥的记忆……

　　这座桥，是我来到这个世界上最早看到的桥。它是我去外婆家的必经之地。几岁的时候，常常跟着妈妈走在这条"外婆路"上。从有记忆时起，我第一次看到它，觉得它是一栋房屋。只见这座盖着黑黑瓦片的屋子，立在一条小河上。真奇怪，于是扭转头去问妈妈："这栋屋子怎么起在河面上呀？""蠢宝，这是一座桥，一座屋桥。落雨天，可给过路的人避雨。热天里，可给赶路的人歇脚，桥立在河面上，风大，凉快。就像建在河面上的亭子。"从此，我朦朦胧胧地知道了，世间还有这样的桥，兼供路人过河与歇脚，有桥与亭的功能。大了，走南闯北，见识广了，知道这是风雨桥，也叫屋桥、花桥。叫它屋桥，顾名思义，它上面盖了瓦，像房屋。叫它花桥，是因为这种桥的廊柱、屋檐上一般都画有花（画）——我们那一带把画画叫作画花。这种桥，体现了我们祖先的生活智慧，也是一种文化标志。

　　我故乡建这座桥的地方，就叫作花桥。是不是因为建了这座花桥，因桥名地，把桥名变为地名了呢？不得而知。但这里大一点的地名，叫作洞冲。两座山脉之间，形成一个长长的峡谷。洞冲就在这个峡谷里，所以有十里洞冲之说。又因为居住在这里的人，大多数都姓谭，所以又叫洞冲谭家。尽管我老家的村子，早已属涟源市的另一个镇了，但到外面，我还是按老的讲法，对外人说，我是湖南涟源洞冲谭家的。

10来岁的时候，我到过离家20里地的桥头河。在我儿时的见识里，那是一个大地方，好多好多的房子挤在一条河边。后来，我才晓得那里叫镇。那次在桥头河镇上，见到了一座石孔桥。桥垱头，有一个老头煮了一大锅南粉（红薯粉）在卖，两分钱一小碗。妈妈给我买了一碗，味道鲜美极了。这大概是肉汤或骨头汤煮的。这份记忆，几十年了，还暖暖地留在我的心头。想到这里，一首小时候常唱的儿歌，又涌了出来："白米饭，肉汤淘，呷十二碗还肚漕（不饱）……"多么温馨的儿时记忆啊！

到了13岁，我去县城蓝田读初中。蓝田的涟水河上，也有一座石孔桥，叫蓝溪桥。桥垱头有一家面馆，特有名。做出的面，特别好吃。可是当时家里穷，兜里没有钱。记得当时的肉丝罩子面，每碗1毛8分钱。最便宜的光头面，也要1毛钱一碗。自己真想去尝尝，于是邀了一个同学，每人出5分钱，合买了一碗光头面，一人分一半。那味道，至今还留在心里……

桥头河的桥、粉，蓝田的桥、面，那份美好的记忆，伴随我终生！

这是故乡的味道啊！

这一天，是2024年元旦，一个好日子。天气真好啊！暖阳高照，惠风和畅。已是隆冬，却暖意融融。前两天看天气预报，还说有小雨，降温近10摄氏度。心里真为乡亲们捏了一把汗。也许是天公作美，开恩送给修复当地风物、保护地方文化的这一方山民一个大太阳，送来一个好天气。

修复的花桥，屹立在河面上，威武挺拔！披红挂绿，一桥喜气。河岸两边，一个个彩球，拖着一幅幅巨型喜庆标语，从空中落下。彩幅标语悬挂的两边山坡，立着一栋一栋的崭新的农舍。每一栋都亮丽、别致，造型也都有特色。如果在城里，那就是别墅了。这是乡村振兴战略带来的乡村新气象啊！而此时此刻，那些住在新屋里的人，都往桥边、河边走来了。放眼看去，河乐了，山乐了，田园乐了，人乐了。整个山村，十里洞冲，沉浸在一片欢乐的海洋中……

竣工庆典的会场，就设在刚刚复修竣工的新桥一侧的河岸。此时，桥边，河边，村街边，人潮涌动。十里洞冲沸腾起来了……

这是十里洞冲的节日。

相会在这里的人群，无论是男人还是女人，也不管是老人还是孩童，闪动在阳光下的，都是笑脸！不少人都拿着手机在拍照，在摄像。时代发展到今天，中国14亿多人口，大概除了幼小的孩子外，几乎都是摄影家。而每一个家庭，都是电视台。他们摄下的新闻，随时可以发布给公众。我看到，一个七旬老妪，也举起手机，在熟练地摄像，拍短视频。虽然脸上布满了皱纹，但她的每一条皱纹里，几乎都溢满了从内心沁出的甜蜜的笑容……

主持人邀我上台讲几句。我面对着这座480多年前修建、如今复修并威武地立在自己面前的花桥，面对一片欢乐的乡亲父老，动情地说：

> 这座桥，是480多年前我们的祖宗建起的，是我们十里洞冲的文化标志、历史记忆，是老祖宗留给我们的财富。如果在我们这一代人手里损坏消失了，那是一件上对不起祖宗、下不好向子孙交代的事情。如今，通过广大乡亲父老的努力，它又屹立在这里了。你们做了一件上对得起祖宗、下对得起子孙的好事。我特意从省城赶

回来，为你们喝彩，为你们叫好，为你们鼓掌，为你们点赞！

故乡的桥，一头连着祖先，一头连着子孙。

故乡的桥，骄傲的桥，幸福的桥！

《人民日报》2024年1月22日第20版

# 在中源，沿着潦河水走

王晓莉

　　九岭尖顶上，一团胖胖的白云静静地横了很久，这云仿佛有质感有重量。这里是江西省宜春市靖安县中源乡。九岭山贯通江西、湖南两省，雄奇伟岸，物产丰饶。九岭山的最高峰九岭尖，海拔近1800米，位于靖安、修水、武宁三县交界处，主体在靖安县中源乡。那一年夏天，我在中源乡，在九岭尖下，待了不短的时间，乐而忘返。

　　"山中何所有，岭上多白云。"中源的云和山，是一幅无须画师捉笔蘸颜料的天然画。云棉白，山深翠；云柔软，山刚强；云悠游，山沉稳。在这里，我也看尽了一天之中不同时段的九岭白云。清晨，云从山后升起，冲破黎明前的暗淡，生机勃勃；正午时分的云，饱满蓬松，洁白胜雪；傍晚，暮云四合，悠缓、凝重，寻找着无风的山谷，躺靠在那里过夜。

　　中源乡的云和山是大自然的绝配，云和水也是。而且，潺湲、清澈的水，在哪个地方都吸引着人的目光。说到水，靖安境内这条名叫潦河的水，是修河的一条分支，最终随修河汇入鄱阳湖。流经中源的潦河，是很有味道的，味道在于它的蜿蜒，它的迂回。人要挺，树要直，水流却是弯曲一点更有韵味。在中源，沿着潦河走，有时突然会觉得河流消失了，再往前走一段，河流又顽皮地出现在面前。其实，刚刚它是隐于一大排人家的屋后或深茂的树林深处了。

　　在一个叫合港的村庄，我看了很久的潦河水。这里是潦河两条支流交汇处，故名"合港"。桥下的水势有点急，水清澈见底。常有鹭鸟来回，又偶尔停歇于河石之上，姿态甚是优美。村庄的地里有许多棚架，长着葡萄和猕猴桃。村头有座始建于清代的万福殿，一对老夫妇在守庙。庙对面，一座同样有年头的古戏台依河而建。每逢年节，方圆数里的人会来此观戏。庙殿与戏台，皆古朴、小巧，与村庄融为一体。

这样的潦河边，的确是宜耕种的。稻子、玉米不用说，又有辣椒、秋葵、南瓜、茭白、豆角、芋头……数不过来的果蔬，在河岸边种植、铺陈。这样的河边，也宜读书。我带了一册契诃夫作品、一册宋词集、一册沈从文作品，都在潦河边读完，且有所思有所悟。在潦河边，我体味到，水滋润万物，水流过处，万物都会明亮起来。潦河滋养的中源，就是明亮的地方。

潦河有时将我带往中源的山中。山中空旷，有时走很长的路也遇不到几个人，却时有小股清泉在山路边发出"哗、哗"或"滴答、滴答"的声音。泉水敲空山，空山因此不空，反而是丰盈的了。蹲下洗手，或双掌接把泉水洗脸，泉水沁人心脾的凉。

这样的山中总是藏有许多宝贝。有一次，友人开车开了很远的路，带我去游览此地名胜"花桥"。花桥在中源乡茶坪村。村里有白云峰，因海拔高、常年白云缭绕而得此名。花桥就位于地势陡峻的白云峰峡谷之上，是江西境内罕见的单拱石桥，早已是省级重点文物保护单位。花桥藏于深山，桥亭一体，两旁设石制低栏杆，栏杆上均为浮雕石刻，所刻为狮，为鹿，为麒麟，为荷花，皆生动。石桥始建年代不详，只有附着桥面与桥柱的苔藓绿，说明着桥的年深日久。桥前碑刻则注明，此桥于1792年由居于此地的刘氏家族率众捐资重修。江西境内的婺源、吉安等地，常见这种由众人捐资修建的桥、路、茶水亭等。眼前的花桥也是一例。

我在20来米长的花桥上走了几个来回，不时驻足，听桥下溪流淙淙。而下了花桥，也值得再三流连。只见花桥周边全是古老的红豆杉林，以及另一些我来不及去细细辨认的古木，一棵棵都高拔、静穆。那种静，是常年隐于大山深处、没有被外界过多打扰的静，是涵纳了时间的静，是胸中有内涵的静。古树和古桥相伴相生，有许多可圈可点的美，却那么安静地居于山中，堪称此地"双璧"。这种静气，想来也是人们应该学习的：静生慧，静，便无俗气。

从花桥出深山，盘桓许久，人已有些饿。在街边，一眼就见卖黄年米果的人家。米果切成长条状，金灿灿的，整齐摆放于长条案桌上。这家厅堂其实还有点深，米果的金黄色泽却叫门外人能一眼看得见，抢夺先声。中源这一带，黄年米果这种美食盛行。米必须是本地山区大禾米，碱则取中源乡山中一种名为"黄年柴"的小灌木熬制而成。金黄的色泽，是从本地一种名为"黄栀子"的干果中提炼的。一切都是真正地就地取材。米果制作过程中，最有趣的部分应该是打米果：把蒸好的糯米倒在石臼里，几个人抡起木槌轮流捶打，要下力气打很久，米果吃起来才有嚼劲有韧劲。这是一项团结协作的体力活儿，也是乡里人家最有氛围的聚集时间。

中源乡人家爱吃米果，农家乐或者小旅舍招待来住宿的客人，也必定端上一盆。后来，我离开中源乡的时候，买了许多黄年米果，带回家送给亲戚朋友。慈眉善目的这家主人又告诉我保存方法：把米果浸泡在清水中，每日换水，米果不仅不会坏，还可保留本味。我回家后如法试验，果然如此。

卖给我黄年米果的这家主人，还是位养花高手。在他的店堂后院，种了一大垄绣球。养了不止一年两年，绣球深紫色，紫得近乎黑，却又与黑不同，当中泛一点暗红。绣球在院落一角静静开放，我拎着米果走过，但觉此景像林风眠或者吴冠中的某幅画，清秀、宁谧。中源人几乎家家养花，卖米果的这家正是此民风的代表。我住的那家农家乐养的是大丽花和指甲花，大丽花俗艳张扬，像从前老被面上印的那种花朵。

在中源的田间地头，凡是空隙处都有花。那些花大都易养，也开得艳。比如沿水稻田埂边一路，长着晚饭花，紫红色，一丛一丛。做晚饭、吃晚饭的点，这种花开得最好，故而得名。我很喜欢这种花，总是三口两口地吃过晚饭，赶在天黑之前去看一下。在中源，真说不清是人在养花还是花在养人。或许，二者是在互相滋养互相愉悦吧。

那一年，我在中源，听水，观云，登山，踏桥，寻花。看鸡犬相逐，与邻人闲聊。又在夜晚，在乡间公路上闲走，抬头看见满天繁星。偶有长途卡车驰过，车灯一闪一闪，寂寞，又明亮。如此过了一个夏天。现在，我有一两年没有去靖安去中源了。当生活繁杂无头绪时，当双脚在水泥地上踏久了想去踩一踩野草和泥土时，当耳朵想去听听山中流水与乡间公路夜晚的寂静时，我就会想念山高水美、风物宜人的靖安中源。

《人民日报》2024年2月16日第8版

# 江汀观景

谢宗玉

　　人们观景，多会选在能见度很高的晴日，这样眼睛能够看得更远，并且不错过任何一个细节。可仔细推敲，你会发现，著名的"潇湘八景"多数聚焦在光影暗淡时分。比如潇湘夜雨、洞庭秋月、烟寺晚钟、江天暮雪，光线晦暗，模模糊糊，根本看不清楚。而山市晴岚、远浦归帆、渔村夕照、平沙落雁等，其欣赏主体，要么十分遥远，要么雾遮岚绕、朦朦胧胧，也是看不真切。

　　所以我觉得，古时候的"潇湘八景"，主要是用来慰藉心灵，而不是为了吸引眼球。这种特定季节的晨昏景物，眼耳鼻肤，看听闻觉，都还停留在表层。让心灵完全沉浸在某种情绪或氛围中，是一种特别高级的精神休养法。比如洞庭秋月，身边若无友、无酒、无茶，氛围缺失了，这无边景色，怕也会逊色三分。正因为这样，"潇湘八景"不以奇、险、怪、绚来刷亮眼睛，而是以冲淡平和来俘获人心。

　　江天暮雪，就是一种心境配搭，借景物来抒发一腔幽远之情。薄暮冥冥，江天一色，整个世界茫茫一片，只有大朵大朵的雪花，如飞絮漫舞。这时披蓑戴笠，独处寒江，眼前能看到什么呢？什么也看不清。

　　反倒是心灵借助这薄暮飘雪，像开了天眼一般，纷纷往事与心绪，全部经过了淘洗。

　　"潇湘八景"之说，最先见于北宋画家宋迪的绘画。这些绘画并不是临摹写生而成，而是画家根据内心各种情绪，在纸上衍水叠山，虚染云烟。三湘的遥山远水，则是画家烘托心情的素材而已。山有多高，水有多阔，笔下乾坤如何，全凭意境营造的需要，而并非具体的山河。只是后人根据画中形意，才圈圈将它们的位置确定下来。"江天暮雪"的最佳欣赏地，被安放在了橘子洲。

画中意象，一旦有了具体位置，其审美就会因人因事、因时因情变得丰富起来。暮，既可指黄昏，也可能是夜晚。季节也不一定是冬季，可能是乍暖还寒的春天。赏雪人可单独一个，可三五成群。

元代马致远的《寿阳曲·江天暮雪》，应该是一种最具代表性的赏雪情趣。几百年来，它种下了无数文人墨客的诗心。诸多赏雪意象，皆出于此：

> 天将暮，雪乱舞，半梅花半飘柳絮。江上晚来堪画处，钓鱼人一蓑归去。

这首纯粹的写景小曲，并不蕴含忧郁愁怨，反倒透着几分豁达洒脱。雪虽乱舞，但着地即融，气温尚可。只有这样，枯枝稍沾的白雪，才有梅花初绽的即视感。若是铺天盖地，白茫茫一片，哪怕真有梅花，也会梅雪不分。

"孤舟蓑笠翁，独钓寒江雪。"动人魂魄处，是渔翁内心看似闲散的坚忍，以及由此形成的遗世独立、超然物外的意境。马致远翻新了这个孤寂形象，他认为漫天飞雪的江上，最画龙点睛的一笔，是那个潇洒归去的背影。寒意满满的画面，就此有了一抹暖色。

南宋王之道则描绘出了一幅最平常也最真实的江天暮雪图：

> 冻云垂地风栗冽，万里江天暮飞雪……夜寒独酌不成醉，卧听

宿雁鸣相呼。

夜寒独酌，怎么也喝不醉。王之道壮心不已。末句"卧听宿雁鸣相呼"，很有陆游那种"铁马冰河入梦来"的慷慨与悲烈。大雁南飞，声声鸣咽，让诗人夜不成眠。

元代上蔡书院山长陈孚面对江天暮雪，心态则要平和自洽得多。"坐睡船自流，云深一蓑小。"大雪纷飞，汀洲皑皑，这位蓑笠翁，居然坐在船头，晕晕睡着了。任凭一叶小舟，从流飘荡。意境美则美矣，但读完诗后，总担心那瞌睡翁会不会感染风寒？

"浩歌者谁？一篷载月。独钓寒潭，以寄清绝。"北宋米芾描写的江天暮雪，还真是晚上的景致呢。天上玉盘清亮，渔人一边垂钓，一边高歌。这番情境也颇为奇异。潭下寒鱼不知会被歌声吓跑，还是会被唤醒？总之，月华雪夜，水上人有番兴致，水下鱼有点迷糊。橘子洲边，一个奇幻童话由此诞生。

"茫茫七泽与三湘，分明皓彩遥相射"，这是明人笔下的江天暮雪图。大气宏阔，异彩纷呈。这首诗描绘的显然是夕照雪景，地点不再拘于橘子洲，而是整个湘楚大地。阳光照耀冰面，如霓虹映照天空，这时水泽遍地的潇湘，就像一个灯光璀璨的舞台。

这种异景，非航拍不可得。古人却凭借无匹的想象力，抟拢空间，虚构了这幅图景。不但如此，诗还跨越时空，打通了季节："得鱼醉唱湖南曲，欸乃一声天地春。"钓了鱼，一声长啸，天地顿时春涌。玉树琼枝的世界，一下子春光烂漫醉渔翁。这种浪漫与豪迈，令人称奇。

一个"江天暮雪"，千百年来，不知演绎出了多少诗词。它们各寻视角，各有风味，各具肝肠，各展情趣，各怀忧乐。读之思之，如乱花迷心。这时再去橘子洲看雪，就算是榆木脑袋，也会有满目的柔情。

　　江天暮雪的最佳观赏地，自是橘子洲。别的地方，要么远了，要么偏了，要么低了，要么高了。能观远景处，看不好近景。能观全景处，看不好细节。只有在这里，可看清空中飞雪与孤鹜，可看清江上细浪与浮凫，余光所瞥处，披雪的船只、滩涂、梯田、城廓和山峦也一览无余。唯一的遗憾，是站在这长岛本身，窥不了全貌。这时洲上建筑，尤显重要。

　　据史载，从六朝开始，此地就有寺庙。先有水陆寺，后有拱极楼、财神殿、洞庭庙等。尤其是唐代，洲上殿宇相连，煞是壮观。大雪时分，若居楼阁顶上，一幅由小及大、由近及远、由局部到整体的江天暮雪全景图，就尽收眼底。画面层次分明，纵深幽远。若是落日余晖，便是色彩斑斓的油画；若是纤月一轮，便是如梦似幻的水墨画。

　　过去，橘子洲还是一个荒岛，下游也没拦坝围湖。落雪时分，偶尔兴起，也会赶去欣赏，看暮色降临，天、山、江、雪、汀、洲、城所营造的氛围如何迷人心魂。每年抱这种想法的，绝非孤例，所以即便独身前往，也有陌生人相陪，顿生共情之暖。

　　现在，这里已经游人如织，一年似乎只有夏季。提起它，脑海里浮现的是茂盛的植物、接踵的人流、时尚的楼宇和璀璨的烟花，它已与火热、蓬勃和激情永久地融合在一起了。

　　原本，江天暮雪的审美要义，源自宋迪的清冷与孤寂。可谁能想到，如今的江景已然不同，数桥飞架东西，湘流变作平湖。更想不到科技飞速进步，带来了这般盛世物华。一日万里，全球遨游，已成日常。与时俱进的人们，自会生出新的盎然的审美情趣！

《人民日报》2024年3月27日第20版

# 右玉看堡

郭<br>虎

融雪的春天，在山西右玉已近4月。

每到这时，来自京津冀鲁的画家便会迫不及待走进右玉县右卫镇。他们放下行囊，背起画板，走向城墙外面的原野。他们匆匆离去的背影，让我想到一个农民在春暖花开时突然记起去年冬天遗留在土豆地里的那把铁锹，那份急于找回工具的心情，一如画家去看望那一座座沉浸在春风里的古堡。

右玉多堡，且多是古堡。掐指算来，差不多每座堡都有三四百年以上的年龄了。它们在右玉的土地上星罗棋布，这里有一座，那里也有一座，梅花间竹般错落有致。仔细看，每座堡都像是从泥土里硬生生扯拽出来，自带一种浑然天成的优越。有些随性了，也有些意趣了，还有些超然独处的孤傲，却由里而外透着金戈铁马的铿锵气势。

离开右玉，往东行，左云、天镇那一带也有堡，也有苍凉若梦的古堡，但大多零散而不成规模，仿佛莽莽苍苍的黄土高原上的一叶浮萍。右玉的堡则不同。这里的堡或方或圆，或空或满，有平地而起的突兀，也有跌落尘埃的怆惋，有厚实的可载史册的记忆，也有喧嚣后留下的溟蒙与空灵，看上去倒像一些"不著人间一点尘"的神仙，风姿绰约，飘飘然有出尘之表。

我的故乡也是一座堡，名字叫威远堡。这个充满霸气的村子，同样是右玉百八十座古堡之一。几百年了，故乡一直被高高的堡墙围拢着，斋醮嫁娶，开市修造，乃至繁衍生息，人世间的大事小情，莫不在堡墙内宛转轮回。尤为村人乐道的是那种与生俱来的安逸、那种超然避世的大智慧。我记得，每年冬天刮大风的时候，堡里的风势明显小于堡外；在堡内听风，如鼓琴瑟。当然，现在右玉冬天的风是小多了，铺天盖地的白毛风被层层绿植阻挡在十三边长城的外面了，而我的故乡也被密密匝匝的森林所遮掩，同时被遮掩的还有蓝瓦白墙、鸡鸣犬吠。

我的画家朋友以饱满的色彩和凌厉的笔触描摹过无数座右玉的古堡，而他营造在画布上的堡，总是穿透我们被世俗包裹起来的迟钝的灵魂，显得悲壮而旷远。他惯常使用的黄、白、绿色调中的那一抹浓烈的"黄"，似乎永远为右玉的大地和古堡保留着。有一年，他的一个学生也慕名从山东滨州赶来右玉，并且是奔着古堡来的。以后的每一年春天或是秋天，这位学生就像守时的候鸟，总会出现在那一座座历尽沧桑的古堡前，并洋洋洒洒皴染出许多幅关于古堡的油画，一幅比一幅画得出彩——那是时间与顿悟的层层累叠。后来，他的兴趣虽慢慢转移了，画笔转向了右玉的羊群，右玉的丘陵，还有右玉的小老杨，但时不时地总会从他浓淡相宜的色块里找到古堡的影子。

右玉的古堡深深浸润了画家们的思想与神韵。比方那座矗立在荒野上的铁山堡，朋友说铁山堡的神韵不在于内核，而在于表象。于是，他很少一个人走进空荡荡的铁山堡里写生，只是远远地观望和想象。

十多年前，最后一户人家搬离铁山堡，属于凡间的声息就此落下帷幕。铁山堡仿佛一个被时代遗弃了的披坚执锐的戍士，在晴空之下，屹立了几百年。几百年的长度我们一眼望不到底，没有谁记得从那扇堡门里呼啸而出的一哨人马后来去了哪里。多少兴盛过的家族，衰落后又东山再起；多少豆蔻年华的青春，垂暮后又枯木逢春。每一座堡，其实都成了一个令人费解的谜。

也不单是铁山堡，还有牛心山下的牛心堡，还有杀虎口边的杀虎堡，还有箕踞在山谷间的马堡……它们在我们平凡的目光下，变得苍老而了无生趣，残垣断壁，色泽枯黄，仿佛天然一副老相。虽然曾经的楼阁拆了又起，曾经的草木枯了又绿，那只把巢筑在墩台上的燕子也是去了又回，但水流花谢总是必然的。

这与时间的经纬密不可分。

右玉的古堡大多来自遥远的明朝。洪武年间修筑的右卫城是定边卫的卫城，一座武装到牙齿的壁垒。右卫城面积并不大，一面城墙平均不足两里半，徒步走也就一炷香的时间。右卫城其实就是一座被堡墙圈起来的城堡，只不过多了四座城门而已。在右玉，仅在明朝嘉靖年间修筑的城堡，据说就不下一百座。堡门外往往嵌有一块青石门匾，匾上阴刻着诸如红土堡、破虎堡、云石堡、云阳堡之类的堡名，也有镌刻"铁塞金汤"之类门额的。

明清以降，随着疆域的拓展，刀枪渐渐入了库，萧萧的战马也被放养到了南山，右玉的军堡自然而然都转化成了民堡。多少兵戎成往事，只剩下柳门竹巷，炊烟袅袅。

不知为什么，我时常在某一座苍老的古堡前恍惚，恍然觉得时光如水，不停地倒流，自己也做了一回顶盔掼甲、横刀立马的将军。城里依旧是熙熙攘攘的街市，城外却是斩将搴旗的沙场……

岁月如同一把锋利的雕刀，把每一座古堡的墙垣都剥蚀出形态各异的浮雕。断壁残垣处，留有明显的夯筑层，宛如树木的年轮。墙身与墙根的土壤泯然一色，枯黄里夹一点点焦墨，像是画师随意勾勒出的枯笔。一棵落光叶子的榆树，从墙脚下面伸出，突兀地拐一个弯儿，呈九十度角向外生长。坚硬的春风缠绕在摇曳的树枝上，嗡嗡作响。一些零星的如同蛇窟一样的小洞点缀在残墙上——这是漫长的光阴烙印在右玉古堡上最明显的痕迹。

右玉的土壤多为中厚层黄土质地的栗钙土和风沙土。乡人们记不住那么长的一串学名，他们会把脚下的泥土泛称为黄沙土。黄沙土多简单啊！颜色、形状和质地，几乎都一目了然，既简约，又全面。就像我们的祖先用这种土，在右玉古老的大地上，夯筑起一座座土堡一样明智，留下的是简洁明了的敦实与厚朴，以及世代不朽的坚不可摧。而这种因地制宜、就地取材的方式，总是让那些不修边幅的画家、那些啧啧称奇的游客，对历史的右玉滋生恒久的痴迷。

在右玉看堡，显然是一件极稀松平常的事。无论拙朴如一件老式农具的土堡，还是精致如一件青铜器的砖堡，抑或是那些敦实如山岗的石堡，都敞开了心扉等待远方的客人莅临。只要你走进右玉，走近那些浑厚的古堡，你就会发现，被炊烟或岑寂覆盖着的古堡并未缺失最初的原色，那些沉睡在铁马冰河里的古堡也并未被时光所幽闭。这一切就像我信步走过古堡的长街短巷，邂逅几个田里锄草的老者一样，他们笑眯眯地看着我走来，又笑眯眯地看着我远去……

《人民日报》2024年4月1日第20版

# 烟雨龙虎山

朱千金

早春的细雨悄无声息地洒落在泸溪河上，河面和沿岸的山间升起淡淡的云烟。刚有些许返绿的座座山体倒映在清澈的河水里，竹筏缓缓掠过，像是驶入了一幅绝美的水墨江南画卷。

这观感和我三十年前的夏天第一次到访龙虎山完全不一样。那年，我刚收到大学录取通知书，踌躇满志，特意买了一双登山鞋，准备到龙虎山酣畅淋漓地登一回高峰。可是到达后，满眼都是大石头般的山包，圆滚滚地散落在泸溪河沿岸，全无壁立千仞的气势。

那时，我还没见识过什么山，以为山都应该像语文课本里写的那样高耸入云，让人心生畏惧又有征服的欲望。这龙虎山的外形离我的期望实在有点远。正值酷暑季节，泸溪河上骄阳似火，坐在竹筏上都不停地滴汗。汗滴在水中而不是险峻的山道上，这让我难免意外而失望。

第二次到龙虎山是十年前的晚秋，气候宜人，感受也更深刻。我陪客人走在象鼻山的栈道上，见长长的"象鼻子"深深扎入泥土，惊叹龙虎山中也有大自然的鬼斧神工。微凉的风吹动金黄的树叶沙沙响，我不停地向外省朋友介绍龙虎山的奇山秀水与地质学价值。在程序化的讲解和巡礼似的参观后，宾主两欢，各自散去。遗憾的是，这次我的大部分心思都在招呼客人，虽然现学现卖一些有关龙虎山的知识后，对龙虎山有了更多理性的认同，却没时间静下心来慢慢体会。

今年，我第三次来到龙虎山，赶上了淅淅沥沥的春雨。雨雾浸润过山，浸润过河，也将一种舒缓、静谧、悠远和神秘的气息刻入记忆。

位于江西鹰潭的龙虎山，有着典型的丹霞地貌。一条明净的泸溪河，玉带般串起沿岸的山峰。天气乍暖还寒，又不是周末，泸溪河上只有两只竹筏轻轻漂浮，艄公的竹篙不紧不慢地探向水中，在鹅卵石上碰撞出清脆的回响。

河水缓慢流淌，风一吹便泛起粼粼波光，远远望去像是静默不动，似乎它们也被丹山碧水的意境迷住，忘了自己接下来要奔流到何方。远处山湾漂出一只竹筏，独人独篙，撑篙的人头戴黄斗笠，身穿蓝雨衣，轻盈灵动。我以为是附近的村民出来捞鱼，听说长在石隙间的泸溪鱼味道特别鲜美。当地的朋友告诉我，为了保护生态，泸溪河早就不让打鱼了。竹筏上的是环卫工人，他们每天都会在河面上打捞游客遗落的矿泉水瓶、食品包装袋等。

河畔，苍黄色野草不紧不慢地吸吮着雨水，颜色越来越鲜嫩。从仙人城乘坐天梯到达山顶后，远眺泸溪河及岸边峰林波浪般向前翻涌，山体被雨水浸湿后，颜色由红褐色转为深沉的黑褐色，像油画色彩一样丰富厚重。

这次来龙虎山，我已做过功课，知道丹霞地貌也是在不断发育演变的。著名的"中国丹霞"世界遗产就是由湖南崀山、广东丹霞山、福建泰宁、贵州赤水、江西龙虎山和浙江江郎山六个丹霞地貌捆绑申报成功，它们覆盖了丹霞地貌从青年期到老年期的演化进程。龙虎山属于丹霞地貌的老年早期，它不似青年期的赤水丹霞颜色鲜亮，也不似壮年期的崀山丹霞起伏剧烈。经过上亿年的时光打磨，龙虎山的丹霞峰林已经较为疏散，逐渐独立的山峰点缀在河流两岸，勾勒出老年早期丹霞地貌的轮廓。

这些我年少时看不上的、大石头般的山包，从那么遥远的时间深处走来，也曾陡峭，也曾鲜衣怒马。如今，它们像看尽世事沧桑的老者，将多少故事深藏在沉默里。《水浒传》开篇就写到龙虎山：千峰竞秀，万壑争流。瀑布斜飞，藤萝倒挂。虎啸时风生谷口，猿啼时月坠山腰。恰似青黛染成千块玉，碧纱笼罩万堆烟……想来作者施耐庵是懂得龙虎山的，他既懂龙虎山的山水之美，也懂龙虎山的内涵精髓。而我花了三十年的时间，才有些读懂了"龙虎天下绝"这句话。

泸溪河畔有一个神奇的小村名叫"无蚊村"，三面环山，一面临水，据说数千年来村子里都没有出现过蚊子。坊间流传，当年张天师偕母路过此地，见母亲被蚊子叮咬，便用法扇一扇，让蚊子不见踪影。这当然是一个美好的传说，村里没有蚊子的原因其实另有说法。一说是因为村后山上有很多蝙蝠洞，一说是村里和周边山上种了很多樟树和桉树，树木散发的气味把蚊子赶跑了。还有一种解释是村里的房屋依山而建，错落有致，排水系统特别好，村里没有积水，蚊子没有滋生的条件。但标准答案是什么，谁也说不准。

我在泸溪河的竹筏上透过雨丝远远张望，无蚊村在一片氤氲中若隐若现，不知是雨雾还是炊烟。河岸边，一排板栗树还在深褐色里等待返青，我却仿佛闻到了天师板栗烧鸡的香味。

无论是在无蚊村还是在上清古镇，几乎所有餐馆的菜单显著位置推荐的都是这道美食。龙虎山有着十分适合板栗生长的自然条件，所产天师板栗粒大、肉嫩、粉糯。用板栗烧当地的土鸡，浸过鸡汤的板栗更加香甜，融入了板栗味的鸡肉更加细腻。

上清豆腐也是龙虎山的特色美食。这里水质好，加上传统手艺十分地道，豆腐白、嫩、香、滑，无论是煎、炸、煮、炖、凉拌都清香鲜美、风味十足。有两种做法我特别喜欢。一种是清蒸豆腐，大块的豆腐整齐地摆放在一个大圆盘里，吃的时候最好用勺子舀起，才不会破坏它的形状，柔滑润喉的口感令人垂涎。还有一种做法就是街边小吃店的油煎豆腐。把豆腐在平底锅里用热油煎至两面金黄，撒上胡椒辣椒，起锅后根据客人的口味添加葱花或香菜，装进打包盒，用细细的竹签串着吃。一口咬下去，外脆里嫩，鲜辣香滑，回味悠长。

从泸溪河乘竹筏到桃花洲登岸，对面仙水岩的悬崖峭壁上，便可看到著名而神秘的崖墓，至今仍留给世人几多难解的谜团。悬崖之下，几只竹筏鱼贯而出，每只筏上都有一位渔民和两三只鸬鹚。渔民用竹篙击水或通过身体的晃动，督促鸬鹚下河捕鱼，原本平静的河面一下就水花四溅，热闹起来。可是鸬鹚并未捕得鱼，它们在水中嬉戏，或是听从主人的示意，站在竹篙的一端由主人高高挑起，再扑扇着翅膀飞下。一位渔民从鱼篓里拿出一条小鱼往河中抛去，鸬鹚快速衔起，飞到渔夫身旁。渔夫抓起鸬鹚，把其喉咙里的鱼挤出来，这便算是完成了整套的表演。

生活在龙虎山的先民临水而居，捕鱼是他们谋生的主要方式。随着现代生态旅游的发展，龙虎山下的一些渔民从捕鱼者变成了演员，鸬鹚也由"体力劳动者"变成了"演艺明星"，不管它们是否能捕到鱼，都有无数相机手机对着它们拍照。

离开龙虎山时，泸溪河上的烟雨还未散去，烟雨中的一些谜也没有解开。祖先的智慧让一代又一代人一次次仰望，也让一批又一批的游客带着满脑子好奇从天南海北赶来。

《人民日报》2024 年 4 月 3 日第 20 版

# 来湘西看春天

彭学明

看见湘西，你就看见了春天。

春天的一切，在湘西都是最好看的笑脸。

笑得最灿烂的，是黄灿灿的油菜花。一坝子一坝子的油菜花，铺满一条条沟谷、一垄垄田畴、一面面山坡，还有一条条河流的两岸，把湘西泼洒出一片片最为耀眼的黄。一条条清澈的河流，如沾满碧蓝青绿的狼毫，蜿蜒迤逦，肆意挥洒。岸边，一岸是鲜黄浩瀚连春山，一岸是金黄浩荡向悠远。

连绵起伏的春山上，到处是盛开的山花、怒放的野花。山是这里的主人，不知道在这里安家多少年了，年年更新。花是这里的客人，年年不请自到。最为夺目的，当然是山涧边的桃花，山岭上的梨花、茶花、油桐花和橘花。桃花明艳，茶花温情，油桐花恣肆，梨花、橘花是低眉顺眼的羞涩。整个湘西成了花的世界。

没有谁能够抵抗得住花的诱惑。人们欣喜地奔向花海，摆出各种造型拍照，爱不释手地闻香。平素的腼腆和矜持、严肃和刻板，都在此刻放下，陶醉于其中。

春天馈赠给湘西的，还有绿的丰盈。一山山的绿色，在春天里似乎一夜间翻新，由苍绿变成新绿，由翠绿变成嫩绿。一树一树的枝头和一丛一丛的草尖，有绿油油、亮闪闪的叶芽密密冒出，抽丝，抽条，成茎，成叶。椿芽、蕨菜、胡葱、水芹、白蒿、鸭脚板、竹笋、刺薹，都是纯天然来自天地间的山野味道。特别是那一山一山的竹笋、蕨菜和胡葱，万千双手都采摘不完。游人们争先恐后，把这一山的春色和野味装满行囊带回家。

爱喝春茶的人，难忘保靖黄金茶和古丈毛尖茶。这两款湘西最好的绿茶，是大自然对勤劳的湘西人的回报。春天里，满山满垄的茶园，一行行蜿蜒，一行行铺排，像春天的排箫，像春天的竖琴，更像春天的诗行。那涂满阳光的一叶叶芽尖，伸出一枚枚细小青嫩的雀舌，呼唤清明、谷雨，歌唱春光、春色。茶叶生长的季节，是茶农最忙的时节。成千上万采茶的指尖，仿佛在按下成千上万个琴键，春天的音符在茶园里飘飞。因了湘西独特的气候、土壤等条件，这湘西的茶叶饱蘸着大地的精华，吐露着独特的清香，三湘大地的人们来来往往，少不了它们。不到湘西走走，你或许想不到，一到采茶的春季，湘西的每一座茶山，都停满了各地来收购茶叶的车辆；你也或许不会看到，这大山里，全是一家家快递公司在繁忙地打包快递。每一片茶叶，都成了茶农得天独厚的致富密码。要是运气好，你还会在保靖县国茶村赶上一场"村茶"大赛。湘西的各个茶叶村都会派出制茶高手，到国茶村进行制茶大比武。他们亮出十八般武艺，比拼十八般绝活。更为奇特的是，湘西的茶农们，不但把茶叶制作成色香味俱全的茶饮，还做成一道道色香味俱全的茶餐——茶叶辣椒小炒肉、茶叶腊肉焖香菇……一道道美味，一定会留住你的味蕾，牵住你的念想。

在山的怀抱里，奔跑着一条条千回百转的河，吟唱的是一线线千娇百媚的溪。这些早已经醒来的河流与小溪，此时都已丰盈，款款韵致，牵动岸边风情。水边的筒车，悠闲地转动着岁月。岸上的竹林、村舍和田园，漫步着鸡犬和牛羊。停在牛背上的鸟雀，从不担心天上的云朵掉落，因为云朵全都掉在了水里。游在水里的鱼虾，从没担心过会被弄脏，透亮的水里沉落着蔚蓝的晴空。

　　当茂密的山林里，一阵阵阳雀声此起彼伏时，湘西的春天已是一片忙碌。那些赏春踏春的人，都变成了种春忙春的人。播下一粒种子，长出一片春光。栽下一棵禾苗，生发出一派春色。当所有的种子都长出一片春光、所有的禾苗都生发出一派春色时，湘西，又是另一种春景、另一种美丽了。

　　　　　　　　　　　　　　　　《人民日报》2024年4月8日第20版

# 梅蓉的花海

陆春祥

洲有九里，古称梅洲，今名梅蓉，为浙江省桐庐县梅蓉村。

富春江自桐庐至富阳这一百多里，古人盛赞"奇山异水，天下独绝"。随着江流渐缓，携带的泥沙沿浅湾不断沉积，形成沙洲，从高空俯视，仿佛一片片叶子漂浮江上。梅洲即富春江上的大沙洲之一。

历史上，南朝《艺文志》描绘这里"有梅一万枝"。梅，可能是这片沙洲最初的风景标志。自有了万般姿态的梅，梅洲便开始在诗文里流淌。一天，唐朝诗人方干回忆家乡时，脑海里跳出两句诗："林中夜半双台月，洲上春深九里花。"他想到了那个春天，与朋友在梅洲尽情赏梅，畅享诗酒。

多年前的春天，我到过梅蓉。今日再到梅蓉，也正逢春深好时光。进村大道两旁，水杉比之前更显粗壮茂密。道路外，广阔的田野正散发着浓郁的金黄，蓝天与油菜花交织出一幅瑰丽的画卷。偶尔有三两白鹭从树林中穿出，在田野上快速掠过。

走入村中，村中心的广场上，两辆旅游大巴正陆续下客。看车牌，听口音，长三角地区的来客居多。人们一下车，就朝花田中心奔去。

我也往花田的深处走去。

这晴阳下的万千金黄，与方干赞美的那一朵朵梅有着同样的美。这些油菜花，枝干粗壮挺拔，叶片肥厚阔大，枝杈结实，枝上的花朵层层叠叠。一朵朵花儿，就是一首首无声的诗，邀请人们来观赏体味。飞翔的白鹭，也会不时从富春江上飞过来凑热闹。鸟儿们似乎比人类更敏感，它们知道，再不来，这春与油菜花一样，便统统都老了。

忽然，前方花间的小道上有些喧闹，仔细看，是一群五六岁的孩子。他们穿着花花绿绿的衣裳，骑着红色的小自行车，叽叽喳喳个不停。几十辆小自行车在花间小道上穿梭。孩子们的天真与可爱，成为花间另一道生动的风景。原来，这是梅蓉幼儿园孩子们的课间活动，今日天气好，在家门口就可以春游。

贴近细察，漫天的金黄中，有纸片般的蝴蝶，上下翻飞着，速度极快。花间，更多的是忙碌的蜜蜂。滚圆的小蜜蜂，一只追着一只，停在花蕊间，嗅一嗅，立刻飞往另一簇花。在蜜蜂们眼中，这花的海洋，有它们吮之不尽的养料。蝴蝶与蜜蜂，为盛开的花朵带来了盎然的律动。

又发现，田埂边，有一名蜂农猫腰在整理蜂桶。蜂农告诉我们，他不是专业养蜂人，只是觉得这花太浓密了，没有蜜蜂采，实在有些可惜。他有十来只蜂桶。梅蓉除了油菜花，还有樱桃花、李子花、杨梅花，花源绰绰有余。

靠近江边，花间，有一座人字形两层建筑，抬头望，原来是乡村会客厅。当地朋友说，这地方原是梅蓉村的榨油坊，前几年引进一家咖啡书吧。风和日丽，春水荡漾，小鸟叩窗，在田野间读书，再喝一杯自制的咖啡，仿佛就是现代人缓解疲劳的最佳良方。负一楼，"做好土壤"的主题展览让我惊喜。看着这四个字，似乎听到大地在言语："我们的职责，就是做'好土壤'！"有了好土壤，才会长好庄稼。突然又想到，这四个字也是梅蓉人发出的："做好——土壤！"土壤需要人们的培养与呵护，唯合理利用，大地才会繁花似锦。

在村里的一座纪念馆里，梅蓉人的"做好"得到了充分证明。老纪录片显示，20世纪五六十年代的梅蓉，滩高水低，田地分散，旱季无法取水，而一旦汛期来临，洪水会随时淹没土地。要将数千亩荒滩改造成良田，首要的就是筑起防洪大堤，还要让那肆意的江水乖乖流进水渠。多少言语，都无法准确描绘梅蓉人为这片田地付出的艰辛。或许，大堤厚实，树林茂盛，桃红柳绿，田间江水顺流，还有这眼前的大片金黄，就是梅蓉人精气神的最好诠释。

我知道，梅蓉春深所展现的美，只是它蓬勃生机的画卷之一。时间进入9月，秋季的这片大地，将又会换成新妆。彼时，梅蓉人在大地上种出的新画景——"富春山居图""洋滩放牧"等稻田画，将迎来最佳观赏期。万千稻穗以艺术的身姿摇曳起的波浪，与富春江的碧波隔空呼应、交相辉映。

春风拂面，伫立富春江畔的梅蓉田野间，忽然想起八百多年前陆游从严州知州任上卸任回山阴老家，船经桐庐时写下的"桐庐处处是新诗"。眼前这遍布洲上的郁茂春色，要是陆游看了，不知会生发出怎样的欣悦？

《人民日报》2024年4月8日第20版

# 云贵高原上的明珠

肖
勤

　　它叫草海。

　　春日的阳光薄如蝉翼，轻披在云贵高原饱满磅礴的乌蒙山上。我站在威宁城的北坡，微风吹来，春天盛开的花香和微湿的水草香扑面而至。梦中的草海，以一种广博、静谧、安然的姿态陡然展现在我面前。我有点猝不及防。从贵阳驱车300多公里来到威宁县城后，我以为草海离我还很远。人们总以为，它应该藏在高山密林人迹罕至之处，需得历经曲折才可窥见一二，没想到草海竟然紧挨着县城。

　　阳光下，广袤的水面呈现出雾笼般的浅蓝。3月的水草并不茂盛，挺水植物还未长出水面，海菜花和眼子菜也还在蓄势待发。平静的水面如一面镜子，晶莹剔透。浅处水域有茂密的越冬芦苇，笔直如细剑，又仿佛一群身披金色铠甲的卫士，把珍贵的草海簇拥在怀里。我穿过芦苇丛走向水天深处，不知不觉间眼前豁然开朗——天空没有云朵，草海亦看不到边际，让人瞬间有一种错觉，不知道这一脚踏出去，是走到了天上还是踩进了水中。我见过青海湖，也去过滇池，但它们与陆地有着强烈的边界感，不像草海，走着走着草地就消失了，眼前是一片烟波浩渺，让人神思恍惚。

　　草海是云贵高原上一颗璀璨的明珠。比起纯净的青海湖和浪漫的滇池，它更像一块天然的璞玉，朴素无华地存在于海拔2000多米的高原上。饱满茂盛的生态湿地系统，让身处其中的人感到一种异常的宁静和安然。草海又是以黑颈鹤为代表的珍稀鸟类的天堂。每年冬天，都有超过20万只近300种鸟类选择在草海过冬。最有代表性的便是优雅高贵的黑颈鹤。它黑色的翅羽、颈羽与通体洁白的体羽搭配在一起，像一个身着礼服、戴着黑色领结、气度不凡的绅士。草海是它们重要的越冬地之一，全世界黑颈鹤总数只有1万余只，近年在草海越冬的每年达2000多只。

随着气温回升春暖花开，黑颈鹤们就要离开草海了。作为生长、繁衍在高原的鹤类，它们每年11月都会从四川若尔盖南迁到贵州草海越冬，来年3月又飞回若尔盖高原。

在草海东南面观察点的一处小山包上，桃花零星盛开。巡护员王明跃站在观察望远镜旁，指着正前方空旷处的数十个小黑点——那是正在觅食的黑颈鹤群，告诉我们，今天中午飞走了20多只，这是最后一批。言语中满是不舍。

刘广惠是土生土长的草海人，当巡护员已经30多年。每天围着草海巡护的他，脸膛被高原灼人的阳光晒得黝黑，但他不在乎。他说，曾经的草海，很多候鸟绝迹，黑颈鹤也越来越少。"黑颈鹤爱干净，草海的水脏了浅了，鹤就不来了。"后来随着草海生态治理，一个水草丰美、水质清澈、鱼游虾戏的草海又回来了。"威宁人对黑颈鹤有感情，每年入冬，我都会接到很多电话，问鹤来了没……我说，来了来了，越来越多了。去年冬天足足有2500多只。"刘广惠伸出手自豪地比画。

每年入冬前，刘广惠和王明跃他们都会拿着割草工具涉水进入草海，提前为黑颈鹤割掉夜栖区域内的杂草，还要定期清理鸟粪和杂物。冬天，威宁下雪，湖面冰封，鸟儿无法觅食，巡护员们需要穿上水裤到湖里凿冰，还要背着数十斤重的玉米和洋芋，涉过寒冷刺骨的湖水，为黑颈鹤和其他冬候鸟投食。一个栖息地每天得来回三次，投食150斤左右。虽然冻得瑟瑟发抖，但一想到鸟儿不会饿肚子，他们就觉得心里特别暖和。

我在一位摄影家的手机里看到这样一张照片：大雪绵密如絮，数十只身形饱满的黑颈鹤在洁白的飞雪中翩翩起舞，如同仙境。这样的镜头，只有草海巡护员和热爱草海、呵护黑颈鹤的人才能拍得到。对人类和外界高度警惕的鹤类有着聪慧的洞察力，只有爱它、不会伤害它的人，才能走近它。

午后的阳光洒在水面上。

黑颈鹤要走了。刘广惠了然于胸，露出慈祥的笑容。每年，都有成年黑颈鹤带着幼鹤飞来草海。幼鹤这次飞回，明年能独自再飞来草海，它们才算真正经历住了风雨。为了记录这群精灵，刘广惠攒了很久的钱买了一台相机。

"草海的宝贝，今年冬天再相见！"这，也许是一个内敛朴实的高原汉子最深情的表白。

随着一声声远去的鹤鸣，春天来到了。而在草海深处，一度消失的沉水植物海菜花正在悄悄地生长，到了夏天，它们会把草海装扮成花的海洋。

# 春天的节奏

康
健

　　北京的春天，总是从容不迫带着自己的节奏，农历二月、三月、四月，一步步走来，顾盼生辉。我时而在楼上凭窗张望，观察小区花园及行道树一天天的变化，时而在郊野公园健步，一次次穿行花草树木间，走过大大小小河边湖畔，感受春光既来，春色渐浓。

　　在城市生活的人们，足迹很少出水泥柏油路面，但依然可以走进春天深处。早春二月时，路过公园的土坡旁，发现有亮眼的小花在悄然绽放，一点、几点、一小片、一大片……就像是一张张调皮孩子的灿烂笑脸，天真无邪又肆无忌惮地惹逗你，似乎都能听见花丛中传出的咯咯的笑声。过往的行人不由得慢下脚步，注目这些花儿，带着欣喜打量它们。它们是迎春。多么朴实而动听的名字啊，而且名与实恰相符。稍晚些的是连翘。连翘和迎春样子差不多，傻傻分不清不要紧，重点是它们接力而来，竞相盛开，给人们带来春的消息。

　　看远处，朝阳的柳树梢上，已有一抹亮色的鹅黄点染，像是高悬的米黄酒旗，又像是万千流苏迎风摆动，提醒人们春意已闹上枝头。北方的柳树多高大伟岸，看似粗粝豪放一些，却也呈现出潇洒妩媚的面相。柳色鹅黄新绿，也是春来的播报。北宋王安石有《南浦》一诗："南浦东冈二月时，物华撩我有新诗。含风鸭绿粼粼起，弄日鹅黄袅袅垂。"在这幅绝美的早春美景中，时间地点俱有，美物色彩兼备，其中最亮眼的风物有两样：鹅黄和鸭绿，新柳和春水。鹅黄鸭绿，鹭白鸦青，如此多彩的早春颜色，惊艳了世界，也惊艳了人心。

时令进入三月，春意开始浩荡。草色一天比一天绿，也一天比一天深，但总体上是那种嫩嫩的新绿，充满勃勃的生机。园中的花木由爆蕾而发华，而生新叶，而成花海、成绿阵。所有这些，都不用等上多少天，变化好像就是瞬息之间的事，稍不留神便会错过。

春生万物，每天都是新的，一天是小变化，几天就有大变化。才几天不见，草地新绿已是无边蔓延，明亮晃人眼。每一根小草都挺直了腰肢，通体新鲜闪亮，是努力生长的样子。而抬眼远望，几片小树林开始集体着了春衫。最惹眼的是春阳照耀之下，一树树的新叶也一天天长大不少，发出油亮而柔和的光泽。而各种花儿这时候已次第盛开，红的桃花，白的梨花、杏花、海棠花，还有各种粉的不知名字的什么花，一树树，一丛丛，高高低低盛开，各自乐此不疲。园中湖泊和池塘都是水清见底，倒映着周围的绿树杂花，居然还有偶尔几声零星的虫鸣，呈现出一种幽远静谧之美。林间、花丛、河边、路上，有各色各样好看的小鸟落下、飞起、掠过，三五成群，啾啾喁喁，叽叽喳喳，七嘴八舌很热烈的样子。这些年来经过持续努力，环境普遍改观，越来越多品种和数量的鸟类在公园落脚。

我站在高楼之上的办公室窗边往下看，见春日良辰，风和日丽，马路两侧的人行道上，已有绿树掩映。阳光贯穿树顶，投下斑驳的日影，像是铺在地面上大张的剪纸作品，疏疏密密，明明暗暗。行人在其间来来往往，入得画又走出来。片片新绿如云浮在上，晃眼的日影错落在下，人在树下穿行，被光与影爱抚，尽显春日温柔。太阳还没有大热，稀疏的树荫只是点缀，美化的功能超过了实用的要求，但很快就会变得不可或缺。

四月春深，已至暮春。暮春是春深的别一种说法，到了这个时候，绿色已经无所不在。绿色的规模和程度都大大地推进，到了一个前所未有的境界，所有的空间乃至所有的空白都被绿色充满。满坑满谷的绿意足够盛大，在地上膨胀溢出，还想往天上去。于是，看到那些遍地铺陈、漫无际涯的绿意真的就飞上天了。一树一树成排连片，腿脚扎进绿色的海洋，挺拔的腰身向空中延伸，披挂茂盛的绿叶连天蔽日。暮春是春之盛。此时的春天，是青春勃发、是风华正茂，热情迸发，活力彰显。

春意最浓，花事也最盛，大地就是一座大花园。这个时候，有花开，也有花落，一茬接着一茬。乡村的花也多，但野生的居多，人为侍弄的少。城里的花开得集中，称得上是百花园，各种各样的花在一起，让人看得方便、赏得过瘾。最夸张的是，除了花的海洋，还有一棵棵缀满繁花的大树，像是平地上起了花的高楼，让人抬头仰望，低头生叹。这边厢，花开正欢；那边厢，落英缤纷。花有花期，不过，大可不必伤春，在当下尚是脉脉温情，在前方更有炙人的热情，新陈代谢更加频繁，生命也会加速成长。

也该说说春雨了。春雨贵如油，是对春雨的夸赞，也透露出人们对春雨的期盼之情。悠闲的人在春燥时盼春雨，是为了让春雨滋润心田，给生活添加诗意；四季忙碌的农人在春耕时也盼春雨，是为了让春雨滋润禾苗，给一年好收成打下基础。"好雨知时节，当春乃发生"，经过雨水洗染的大地，花木扶疏，草色新绿，水汽氤氲于天地之间，不外是浓浓的春天的气息。

人们在春天之初做出各种计划，播种希望的种子，设定大小目标，憧憬埋在心底的理想。因为他们相信希望会发芽，理想能实现，心心念念全是向着前方和未来。一年又一年，人们盼春、迎春、惜春，是因为春天总是激励着一整年的奋斗与创造。

# 与江水相遇

舟<br>舟

前两天偶然看到一则旧闻，内容大致是：重庆酉阳近日完成河道清淤及水闸维修工程，酉城河下闸蓄水后，河道生态环境显著改善，呈现出河畅水清、岸绿景美的山水园林城市风貌。

报道发布于去年4月初，距今已过去了一年多的时间。这则新闻之所以能在海量信息里让我暂留，自然事出有因——那是我18岁前生于斯、长于斯的故乡。

这条被记者称为"酉城河"或"酉阳河"的小小水流，来自城北某处山底孔洞。清泉涌冒，四季不竭，由北而南贯穿酉阳县城，其后消失于城南的何家坝。酉阳县域内水资源其实异常丰富：以毛坝盖山脉为界，东边是沅江水系，西边则属乌江水系，流域面积较为广阔的有乌江、阿蓬江、酉水河、龙潭河等。从人文历史角度看，酉阳位居古代五溪之一的酉溪地域，是土家先民的聚居地，具有丰富多元的历史文化资源。

在我的记忆里，有山有树有水的家乡并非苦寒之地，虽然当年物资匮乏，可儿时莫名的快乐和对未来的憧憬，每每冲淡了现实生活中的焦虑窘迫。20世纪80年代初的一个秋日，我肩负简单的行李离开酉阳县城，从古镇龚滩乘小客轮去往乌江与长江汇合处的涪陵，开启了人生的第一次远行。

涪陵，曾经的巴国都城，驰名中外的"榨菜之乡"。城北江水中，有世界闻名的、以雕刻石鱼为"水标"的古代水文站"白鹤梁"。对岸北山坪南坡有"点易洞",传北宋理学家程颐曾在此点注《周易》六载。这座依山临江的小城,窄街深巷,坡坡坎坎,触目皆是大片灰蒙蒙的青砖楼房或穿斗式木屋。我就读的学校自然也不例外,青砖加黑瓦的宿舍教学楼图书馆,墙面剥蚀,林木幽深,石阶层叠,很有些古久的时间感。来自乌蒙山东麓的乌江,经过上千公里的长途奔流,最终在涪陵城东注入长江。若逢盛夏雨季,乌江水青绿,长江水浑黄,江口水流相交处一清一浊,泾渭分明——这是大自然无意间生成的小小奇观,也是我求学期间留存最深的印象之一。

那是一个充满活力、希冀与向往的时期,人们正努力将目光投向广大的世界。大学校园里,各种内容的讲座、讨论活动接连不断,学生社团自办刊物如雨后春笋般生长。寒窗数载仿佛一闪即逝,随后是就业上班读书写作,结婚成家操心柴米油盐……几千个辗转艰辛的日子,忙碌匆促而又漫长!那些年乘小客轮循长江往复上下,由涪陵前往丰都的婆婆家。清溪、珍溪、南沱……这些烙刻在记忆深处的地名,皆是行程中必经的滨江小镇。冬去春来,大江的形貌于我渐渐清晰熟稔:从水色浪纹到江天云彩,从燠热夏日到凛冽寒冬……

三峡工程的建设,给库区的自然人文生态带来了巨变。丰都亦在需要搬迁的县城之列。回想当年三峡大坝开始蓄水,那些目视老街旧屋慢慢消逝在水下的乡亲,思绪中既有迁入宽敞明亮新居的喜悦,也难免有告别故土的怅惘。另一件印象深刻的事情是:涪陵、丰都均属驰名中外的榨菜产地,逢冬末枯水季节,榨菜厂家就会在岸边礁石滩上搭起一排排木架,木架间紧绷着若干根篾丝编织的绳子。万千串用竹丝串起来的青菜头斜挂在篾绳上,在河风吹拂冬阳浅照下自然去除水分——这种传统"风脱水"工艺保留了青菜头的脆嫩清香。我曾从小客轮上多次远望岸边成排的青菜头,常常是绵延数里蔚为壮观。或许是因为工艺成本问题，这景观一度从人们视野里消失。所幸榨菜厂家近年又部分恢复了传统工艺，乘船下三峡的人们又有机会一睹旧日风情。

岁月如白驹过隙。直到迈入新世纪，我人近中年举家搬迁之际，才恍然惊觉，涪陵这座两江交汇处的小城，我的第二故乡，竟然截留了生命里最美好的二十年时光。

嘉陵江自秦岭流经陕西、甘肃、四川后，在重庆朝天门与长江相遇，合力切割出江北、南岸和渝中半岛。安居涪陵二十年的我，并未想到会迁往另一座两江相交处的城市，仿佛是在履行冥冥中的某个约定。

又一个二十年后。2021年12月，我的第六本诗集出版，我将其中一首长诗献给了那滔滔不尽的江水。这条在我笔下涌流的大江，是穿过我居住城市的江与我个人心象叠加的显现，所以跟现实世界又不完全等同——

江之源是它原初的美。作为生命之源，它滋养承纳了万物孕生、季候轮转、世代更替。上游部分有更多声音出现，听得见听不见的：玛尼石的欢呼祝福，柳莺的呢喃，岩底窍孔的私语，小镇垂钓者的独白，等等。澄澈冬日，苍穹倒映在寂静的江面，天高水阔，百舸争流。从一粒果核到千亩果园，从一滴水到浩渺大江再到广袤无际的大海……完成了这场漫长的旅途，"我"来到生命的成熟丰收之地，但从大海返回江之源的小水滴，又将进入生生不息的流转。

这首长诗是写给壮美大自然与生命万物的颂歌，也是对人类精神性求索与光明人格的礼赞。自邈远的太空观看地球，那迷人的蔚蓝色，让你不能不坚信这是一个鲜活完备的生命体：大江大河是她强健的主动脉，小溪小河是她遍布全身的毛细血管。无穷水滴汇集为涓涓细流、小溪小涧、大江大河，奔流入海后蒸发到大气层，再度进入周而复始的水循环。

　　这个既微观又宏大、既缠绵又粗粝、既徐缓又迅疾的聚散回归过程，像极了那些离开家乡去往远远近近不同所在的人——他们有的短暂逗留即返回出生地，有的打拼十年八年或更长时间后"少小离家老大回"，也有人叶落不再归根，而是"此心安处是吾乡"，寻觅、认同乃至融入了新的家乡。

《人民日报》2024年6月3日第20版

# 岱顶的星光

张金凤

这是泰山之巅的夜晚。泰山之行，看日出之外，我更期待观赏星斗满布的岱顶夜色。

岱顶的夜晚热闹得如天上的街市。预告说夜里气温会骤降，但人们似乎并不在意，露天张罗铺盖，要"天当被、地当床"地在泰山之巅等待日出。

我沿着石阶，来到"唐摩崖"前。石刻是泰山的雄浑历史，凡有石头处定有石刻显现，有洋洋千言的巨制，也有盈盈方寸的小品。大观峰上削崖为碑，刻满历代书法。"壁立万仞""与国同安""置身霄汉"，字体硕大而鲜亮，夜色里依旧轩昂。

我是来寻找"星辰可摘"的。我研究天文的朋友数年前在岱顶用了三天时间拍到一张星图。那是以"星辰可摘"石刻为近景构图拍摄的，"星"星辉映，饶有趣味。我想找到这个石刻，以它为参照看星空，但盘桓好久也没见到，只好请教一旁租衣服的中年男子。那人得意地拿起照灯，把一束强光打在碑刻密集的山体角落，一块调皮的石头向外歪了一点，中下部分就是"星辰可摘"四个字。它字体不大、笔画纤细，在那些雄壮的石刻丛林里显得单薄。这样一幅不起眼的石刻，竟出现在泰山纪念币上，似乎在告诉我们岱顶的星空是多么宝贵的财富。

此处人喧灯闪，星辰没有我期待的明亮。我便向更暗处走去，以那些明亮的星为坐标，参照着辨认岱顶的星空。再往前的路通往瞻鲁台，路上行人络绎不绝，一棵棵树下，一块块大石头边，到处是坐着、躺着等日出的人。此处风大，人却特别多，他们一定知道，这里是看日出的上佳地点。

几个年轻人引起了我的注意，他们挤在一起快乐地哼着歌曲。有个男孩正在狭窄的石缝里铺防潮垫。他说他们从安徽趁周末坐火车赶过来，下午爬山到山顶，明天看完日出再赶回去。一起来的是四个男孩两个女孩。女孩被安排在最安全舒适的石头缝中。我听铺防潮垫的男孩说话有点鼻塞，嘱咐他晚上注意保暖，别感冒。他笑着说："来之前已经感冒了，为看日出，这点感冒能克服。"我问他为什么不去住宾馆。男孩说："宾馆订不上。再说，父母挣钱不容易，我们不想那么奢侈。年轻人嘛，吃点苦正好挑战一下自己。"几个年轻人也无限骄傲地齐声应和着。那一刻我非常感动，这群充满朝气的孩子，是泰山顶上最美的星辰。

继续前行中，风愈发大了。在一块陡峭的石头边，一盏自带的明灯下，一个看起来三十来岁的男士正在做晚餐。他正在摆弄一盒自热米饭，另一个饭盒里有从家里带来的咸菜。旁边一个男士悠闲地用手机语音对话，听得出他在幸福地炫耀自己在泰山之巅过夜。做饭的男子热情地招呼我一起吃饭。"就是奔着日出来的，看了泰山的日出就没有遗憾了。泰山，五岳之尊嘛。"在他看来，泰山的日出不单纯是一场日出，更是一种别样的人生仪式。看过了泰山的日出，此后的每一个日子都不同了。是啊，泰山的日出每天都能吸引成千上万人一步步攀爬而来，确实已经超越了它单纯作为自然风光的意义。这是什么时候形成的呢？是从古老历史长河的源头就如此，还是在一代代人的顶礼膜拜中越来越深的？

我还碰到一群从天津来的大学生，他们宿舍六个人约定，让泰山见证青春。这是一次挑战，更是一次集体成人礼。靠我最近的男生给我看他们携带的国旗，那是一面还没有启封的崭新的国旗。他们说要在明天日出的时候，让第一缕阳光照在国旗鲜艳的红色上，这将是他们人生里最隆重的时刻。

那天的登山老早就停止了预约。从下午到夜里，一直有人攀爬在泰山的石阶上。到凌晨，数以万计的人汇聚泰山之巅，共同盼望日出东方。在这样的人数面前，山上宾馆的床位只是杯水车薪，更多的人选择在岱顶的冷风中露宿迎接日出。他们迎接的已经不是自然的日出，而是世界文化与自然双遗产的泰山上的日出，也是他们自己精神世界的日出。在这样的冷风中露宿所经受和感悟的，所迎接和开启的，定然意义非凡。

这些夜宿岱顶的人，年轻人居多。眼前这些夜行山路、夜宿山巅的人，让我看到了一股迎战困难、期待明天的精神。似乎没有哪一座山的日出能像泰山的日出这样，让人们面对新的一天鼓起无尽的乐观和希望。

夜已深，山顶的灯光熄了一些。我再次抬头看苍穹，那些闪耀的星辰比刚才更硕大明亮。就像山上的人们，他们洋溢着的向上的生机，在岱顶的夜风中熠熠生辉。

《人民日报》2024年6月3日第20版

# 西昌的月光

陈兆平

　　多年前一个夏天的夜晚，我跟随一个团队从成都乘火车前往西昌。在这之前，西昌对我来说完全是陌生的。同行的人给我描绘了川西高原上的安宁河谷。西昌就在安宁河谷之中，四周都是巍峨的群山。一路上，我在心里默念着西昌的轮廓：红莫梁子在东，牦牛山在西，这两座山在北边须发相触，紧紧挡住了来自北方的风寒；而高高的螺髻山则稳稳地站在西昌的南边，它的北支脉经过摆摆顶一转，转出众多山峰，其中一座就是泸山，紧挨着西昌城；泸山脚下，便是碧波万顷的邛海。有山，有水，偌大的西昌城已美了千年。在那趟奔向西昌的火车上，我看见了夜空中的月亮。火车走，月亮也走，正赶往夜色苍茫的西昌。

　　"清风雅雨建昌月"，说的是南方丝绸之路和茶马古道川康段上的三大气象景观。建昌就是今天的西昌，因海拔高、纬度低，加之山林和邛海对大气层的过滤，使西昌的月亮又大又亮，分外皎洁。夜幕之下，明月的清辉洒向山川大地，山中有月，水中有月。特别是中秋节的夜晚，山水之间，一轮硕大的月亮在夜空里缓缓升起，"月随碧山转，水合青天流"。

　　月照西昌已千年。这座拥有两千多年历史的古城，曾是南方丝绸之路上的"蜀滇咽喉"。这里，西汉置邛都，唐置建昌府，元置建昌路，明代又改建昌卫，清置西昌县——因城在唐代建昌旧城之西，于是改叫西昌。

那几天我们在西昌行游。穿过月城广场，我走进了奔月路、月海路等。我惊叹于那些以月为名的道路、公园，每念一次，心中就生出许多欢喜。坐下来和西昌人"摆龙门阵"，才知道他们多么喜欢头顶上的月亮。艺术家把月亮塑在街头，像一条弯弯的小船；彝人把月亮刻在岩石上，成为久经风雨的岩画；姑娘们把月亮绣在裙子上，一针一线绣着羞涩的愿景……大凉山的人把彝族阿妹称为"月亮的女儿"，西昌城中那座"月亮的女儿"雕塑就是生动的呈现。我仔细打量雕塑：一位美丽的彝家姑娘斜倚在一轮弯月上，拨弄着怀中的琴弦……这座用青铜铸造的雕塑，成为西昌的城市标志。

西昌人就这样在太阳和月亮的轮番照耀下，过着别样的生活：踩沙滩、吹湖风、架火盆、嗍米粉……在日常生活里感受着这里的日出月落。很多时候，在西昌，能看见一块又一块的云，从山梁上缓缓飘过。一片乌云经过时，突然就来了一阵雨。西昌的雨，来得很快，去得也快。雨过天晴，碧空如洗，一轮皓月又会准时出现在夜晚的天幕上。

那个夏天的夜晚，我坐在西昌城的一扇窗前，看着夜色一点一点袭来，直到夜深了，城里的灯光一盏接一盏熄灭。这一段时间里，我看见了月亮跃上天幕的全过程：仿佛有一支神笔，先描出一片小小的淡黄，如同泼在宣纸上的水墨，渐渐漫溢开去并越来越大；突然，月亮露了个头，随后穿云破雾；眨眼之间，月亮慢慢大了起来，圆了起来，最后成为一个柠檬色的玉盘，晶莹剔透。这便是撩人情思的西昌月了。都说山高月小，西昌的月亮却是一个例外。

自那以后，我几乎每年都要去一趟西昌，每一次去都想住在邛海边。文人墨客多称邛海为邛池。一句"月出邛池水，空明澈九霄"，引来无数人对西昌邛池和邛池上月光的向往。住在邛海边，当然是为了看月亮。一到月夜，身边山岚尽墨。我走在婆娑的树影下，抬头看月亮，耳边有虫鸣，偶尔还能听见对面泸山的松涛。月光下，仿佛回到小时候。大人说，月亮会追着人跑。我在邛海边真的跑了起来，一边跑，一边回望天上的月亮，果然月亮在追我。跑快一点，月亮追得也快一些；停下来，月亮也停了下来……邛海赏月，早已成为西昌本地人和外来游客的"必修课"。其实，在邛海中赏月才是最佳境界。我始终记得那个明月之夜，与几个朋友乘一艘小船去邛海看月。人在船上，仰头看天，天上无云，夜幕上只有一轮圆月高挂；低头看水，水面上跳跃着点点银光。远处是西昌城区的万家灯火，近处是婆娑的树木和房屋的倒影。桨声划破夜的寂静，看了天上月，再看水中月。那一刻，我们都没有说话，静静地感受着"美妙"这个词的丰富内涵。

邛海湖水流入安宁河的出水河叫海河。在西昌城中，海河岸边，还有一条海河天街。这一城市空间如今已是西昌首席城市会客厅。几年前，我被派往西昌工作，就住在海河天街。那时候，海河岸边已成为灵动的现代水乡，水在城中，景在水中。一入夜，岸边的霓虹把海河渲染得五光十色。最是那一轮月影，皎洁清辉。月随人移，心随月走，一路徜徉下去，只觉心旷神怡。

又是一个有月亮的夜晚，我和当地的朋友去了西昌城里的一家音乐空间。在本地歌手婉转深情的歌声中，我们被带入悠远的岁月时空。从音乐空间出来，一行人走在洒满月光的路上，和月光一样往时间的深处走去。

住在西昌的日子里，我自然少不了去航天北路看蓝花楹。每年5月，蓝花楹进入盛花期，满树都是紫蓝色的花朵。航天北路的尽头，就是西昌的航天城。在西昌，那轮皎皎的明月，也照亮了一代代中国航天人的梦想。1970年7月，一批航天人从茫茫戈壁来到西昌，建立了西昌卫星发射中心。从此，西昌月，不仅代表着一道美丽的风景，更见证着我国航天的发展。2023年1月，西昌航天主题公园正式开园。走进公园，过了绕月桥，便能看见腾飞塔，沿途还有鹊桥、问天瀑布、已成为蓝花楹网红街的航天北路等景点。在这里，你可以听到中华民族探月梦圆的很多精彩故事。

最近一次去西昌，建昌古城成了看月的最好去处。西昌的历史文化足够厚重，有着六百多年历史的建昌古城，重建了四牌楼，修缮了建平门、九街十八巷等历史遗迹，古城的旧时风貌得以重现。月光下，漫步在青石长街上，怀想千百年前的古城繁华，更在历史与今天的切换中，感受时代的变迁。

关于西昌月，还有一幕让我始终难忘，那是在从木里回西昌的路上。那一夜，我和几名同事遇上了难得一见的月全食。月全食经历了三个半小时，我们一路上观赏了初亏、食既、食甚、生光和复圆五个时期。当一轮红月亮出现在黑黝黝的天空上时，蔚为壮观。那一刻，白云不再飘，像一个熟睡的孩子，躺在了母亲温暖的怀抱。

回到西昌，月光越发皎洁。我无心睡眠，坐在床上读书，那个氛围里，心里满是西昌的月光。

《人民日报》2024年6月8日第8版

# 走进怀玉山

尚<br>勇

　　"江南高原"，君子怀玉。

　　不经意间，美好就发生了，和怀玉山撞了个满怀，在谷雨烟里，在布谷声里。人间四月天，赴一场玉山笔会。清晨从湖南龙山北站上火车时，我对怀玉山还一无所知；暮色时分，怀玉山却以其高原之姿、君子之风款待了我。

　　怀玉山位于江西省上饶市玉山县，与三清山相连，又名辉山、玉斗山、干越山。关于山名，有多种说法。据《江西水道考》载，此山即"古之干越山，怀玉之名，乃后起也"。当晚，入住怀玉山庄，一棵苍劲的黄山松映影窗前，将万千的清幽宁静化作一夜的好风好梦。

　　凌晨四五点钟，怀玉山的天光就亮了，黑色的天幕早早地被万千的鸟鸣拉开。石红许50岁出头，是江西省上饶市的作协主席，也是玉山笔会的邀约者。今天，他要带我们去怀玉山的重要景点——"十八龙潭"。

　　这里是高山盆地，溪水纵横，清浅无声，最终汇成龙溪。不出二里地，龙溪就流到了盆地边缘、峡谷入口。峡谷里最高的山峰叫云盖峰，峡谷也随山峰叫了云盖峡谷。"云盖"二字，极具诗意。谷中流水湍急，迭生18个较大的溪潭，应是"十八龙潭"的来历。

　　在一线天似的峡谷里，向上望，白云盖着青山。正逢春深夏浅，溪水从崖壁孔隙汩汩流出，丰沛而碧蓝。溪水时而轻拨琴弦，时而放声歌唱，整个峡谷的岩石草木都是聆听者和唱和者。最让人称道的是"灵岩飞瀑"景观。山上的一处岩壁上有个天然孔洞，瀑布从孔洞上绕过，水流奔泻，声如隐雷轰鸣，飞扬的水花在山谷的共鸣中战栗。

峡谷两山夹峙，呈漏斗形。谷中溪流岸边，生长着高山杜鹃，一蓬蓬在微蒙的雨雾里争奇斗艳。或许地质全然是花岗岩的缘故，两山的石壁虽然峭立，雨后的游道上却并无落石。山上原始的林木高大而蓬勃，青翠的树冠层层叠叠，几乎看不到一丝枯槁。细看之下，山上树木尽是乌栎、野樟、红楠、甜槠之类的硬木，树叶像打蜡一样光亮清新。这般的山水着实精神。

在一截僻静的山湾里，石红许告诉我，方志敏同志就是在这里被捕的。1934年11月初，方志敏率领红十军团北上抗日，行至皖南时遭国民党重兵围追堵截。艰苦奋战两月余，方志敏带领先头部队本已奋战脱险，但为了接应后续部队，又复入重围，终因寡不敌众，在怀玉山陇首村的山洞里被俘。被俘后，方志敏提笔疾书，写下坚贞不屈的《方志敏自述》。这篇自述后来被收作人民出版社出版的《方志敏文集》的首篇。1935年8月6日，方志敏在江西南昌下沙窝英勇就义。

松风飒飒，花瓣飘落如雨，一片片落在石板路上、栏杆上和溪涧里。石红许介绍，这条峡谷路就是当年方志敏开辟出来的红色盐道，为闽浙赣革命根据地输送了大量盐巴、布匹和药品，像一条隐秘的血管，滋养着红十军团。

从十八龙潭返程时，我们没有走原路，而是直上蟠龙冈。蟠龙冈上有一个开阔的瞭望台。从台上望去，森森古木填满了云盖峡谷的沟壑，绵绵不绝的绿色连着山巅云际。此时，明亮的阳光浮在层层叠叠的树冠上，满目都是喜悦和美好的景象。"其实中国是无地不美，到处皆景，自城市以至乡村，一山一水，一丘一壑，只要稍加修饰和培植，都可以成流连难舍的胜景"，我的脑海里突然浮现方志敏的这句话。

一步一台阶，我们来到矗立着方志敏铜像的"清贫园"。

阳光柔和，照亮近3米高的方志敏半身铜像。方志敏的头发向后翻起，目光坚定，视野开阔而高远；浓眉八字须，鼻梁高挺，面容沉静如水；朴素而紧扣的军衣领上，有着方方正正的领章。

铜像右侧，是一块2米多高的石碑，碑上铭刻着方志敏手书的狱中之作《清贫》。一笔行草，一气呵成，那些流畅的笔画，深深地刻进石碑，每个字都用绿漆勾勒而出，散发着摄人心魄的力量。见字如人，寂静的广场上，我一字一句，轻声读着方志敏烈士89年前写下的书稿。千字之文，朴素地展现出一个赤子初心不改、廉洁自律的动人形象。"清贫，洁白朴素的生活，正是我们革命者能够战胜许多困难的地方！"文章结尾之句，是革命者的人生写照。

走在这座山岗，还能看到朱熹手书"盘龙冈"的摩崖石刻，首字已剥蚀湮灭。想来朱老夫子曾站在此山岗上，心潮澎湃，思接千载，由此写下千古之书《玉山讲义》。怀玉山所在的玉山县，素有"博士县"之称，县域内出了800多个博士，8000多个研究生，着实令人赞叹。等到走进怀玉书院，瞻仰了书院千年风貌，我才终于明白，一个地方"物华天宝，人杰地灵"，实在与这里的读书之风源远流长是分不开的。

"传闻天玉此埋堙，千古谁分伪与真。每向小庭风月夜，却疑山水有精神。"宋嘉祐三年（1058年），著名文学家、思想家王安石提点江东刑狱，其间曾上怀玉山，写下了这首《题玉光亭》。遥想当年，怀玉高山之上，月光如练，山风送爽，王安石漫步于玉光亭中，眼前的山水如画卷般铺展开来，仿佛凝聚着一种高洁的精神，闪耀着人文的辉光，于是才有了上面的诗句。"却疑山水有精神"，是悟道，也是自励，如今看来，更是对怀玉山水的一种绝佳写照。

# 银杏树　银杏果

徐鲁

　　说到银杏树的古老，很少有别的树种可以与它相比。科学界认为，银杏树最早出现在3亿多年前的石炭纪。50万年前，地球的气候突然变冷，绝大多数银杏树在其他地方皆消失不见了，唯有在华夏大地上，依靠优越的自然条件，竟然奇迹般存活下来。所以，银杏树也被考古学家们称为"植物界的大熊猫"和"活化石"。

　　银杏树的果实俗称白果，所以银杏树又叫白果树。银杏树生长速度较慢，但寿命极长。在正常的自然条件下，一株小银杏树苗，从栽种到第一次结果，一般需要20来年。长到40年后，才开始大量挂果。所以，有的地方又把银杏树叫作"公孙树"。"公"指的是祖辈，"孙"即孙辈。意思是说，祖辈栽下的树，到孙辈才能得食白果。公孙树，也暗喻着银杏树是一种极其长寿的树。

　　有的古树，树龄超过一百年或几百年，就已经令人心生敬畏了。但是对银杏树来说，上百年、几百年的树龄，好像还不过是在"童年期"和"少年期"。有资格称得上"古银杏树"的，树龄一般都超过了千年或者数千年。

　　以我生活的湖北省为例。在鄂北的随州市境内，有一处保护完好的千年古银杏群落，人称"银杏谷"，绵延10多公里。在这个群落里，光是千年以上树龄的银杏树就有308株，百年以上树龄的则有17000多株。在我国其他省份，超过千年树龄的银杏树，更是不在少数。比如浙江天目山有一株古银杏，据说是南朝时所植，树龄已有1400多年。四川雅安有一株古银杏，树龄被确认超过了3000年。贵州省福泉市是黔南布依族苗族自治州的一个县级市，境内有一株古银杏，据说已有5000年以上的树龄。这株古银杏的根径达5.8米，树高50米，胸径近5米，要13个成年人展开双臂才能围抱。

初夏时节，我在家乡山东半岛漫游，特意登上日照市莒县浮来山，走进定林寺，瞻仰让我心仪已久的银杏树。

这株古银杏，树龄据说已有4000年了。古树的主干周长约16米，需七八个成年人伸展双臂方能环抱；树高约27米，整个树冠遮阴面积达到1200平方米。4000年的风雨雷电、沧海桑田，若非亲眼所见，谁能相信，这株老树仍然能够枝繁叶茂，挺拔苍翠。这需要多么坚忍不拔的忍耐力、自强不息的生命力、宽广无私的包容力，才能与4000年沧桑岁月的摧折、拉扯相抗衡，年年岁岁仍然将满树的苍翠、遍地的亮黄、累累的果实，献给大地和人间？

面对这郁郁葱葱的，如同一幢巨大的翠绿楼宇一般的大树，我的心里充满了崇敬。我想起郭沫若先生早年写下的那些咏赞银杏的名句，虽然诗人描述的对象并非眼前的这一株银杏树：

　　你的株干是多么的端直，你的枝条是多么的蓬勃，你那折扇形的叶片是多么的青翠、多么的莹洁、多么的精巧呀！在暑天你为多少的庙宇戴上了巍峨的云冠，你也为多少的劳苦人撑出了清凉的华盖……

眼下正是初夏，27米高的"翠绿楼宇"之上，虬枝繁茂，遮天蔽日。那些萌发在老枝身躯上的新鲜枝条间，隐约可见已经结出了累累的果实。这些小小果实像含羞的婴孩一样，暂时还躲藏在精巧的扇形翠叶之下。来定林寺前，我做了一些功课，知道银杏又分黄叶银杏、塔状银杏、裂银杏、垂枝银杏、斑叶银杏等20多种。定林寺的这株古银杏，属黄叶银杏。不难想象，再过几个月，当秋风吹过浮来山巅，吹进这安静的院落时，金色小扇一样的银杏叶会纷纷飘落，铺满这一方土地……那将是一番何其壮丽的景色啊！

当然，还有成千上万颗"吧嗒吧嗒"落满地面的银杏果。当地友人告诉我，每年秋末，从这株古银杏上落地的银杏果，可以收获好几麻袋，其中一部分被用作了药材，另一部分送给了山下和周边的乡亲们食用。这是老银杏树4000年来，一年年无怨无悔的奉献。

不知为何，伫立在这株有着骄人的生命履历的古银杏前，我一下子想起多年前，我在德国诗人歌德的故乡、小城魏玛见到的那株银杏树来了。

歌德是中国文化的推崇者。歌德故居纪念馆的一位女士告诉我，歌德在魏玛住了50多个春秋，其间，他读了不少中国及东方的典籍，还学习过汉字。歌德故居庭院里有一棵老银杏树，据说是诗人当年托人从中国移栽过去的。这是一株裂银杏，树叶形如小扇，但中间有个缺口，好像是两片叶脉的合体。后来，歌德还特意挑选了数枚金色银杏叶赠给友人，并且写下一首充满思辨色彩的名诗《二裂银杏叶》。

今天，我站在浮来山的古银杏树下，心中一直被一种神秘的感情所激荡着。我在想，银杏真是古老的嘉木啊，而且似乎对中国的土地情有独钟。我从那虬龙似的枝干、心形的叶片，以及清晰可辨的叶脉里，似乎看到了一种生生不息的精气神、坚忍不拔的生命力，还有如高山大河一般的风骨与神韵。

# 行走白浪街

梅
洁

白浪街，是一条古老的街。

我早听说过这条位于湖北、河南和陕西交界处，据传可以"一脚踏三省"的街。早在20世纪80年代初期，作家贾平凹就在他的寻根散文《商州初录》里写到了白浪街。应该说，从《商州初录》里，我已经隐隐约约看到了，在那条"鸡鸣三省"的街上，挤满了刚刚承包上土地的农民。他们用三省不同的方言，吆喝着从各自承包的土地里种出的瓜果、蔬菜、粮食，出售着自家侍弄的鸡鸭鱼肉蛋；三省树上的喇叭，用不同口音吆喊着或下地、或收麦的通知；三省人家共用的戏楼上，秦腔、楚剧、豫剧颇受欢迎；三省的儿女互相嫁娶，一家举办婚礼，三省人按习俗来送"汤"；一棵树下，三省人端着碗吃饭，豫人吃白馍，鄂人吃白米，秦人吃凉皮。

当时我就在想，这么有意思的白浪街，具体是什么样的呢？许多年里，我就这样模模糊糊地想象着那个地方。

机会终于来了。1993年5月，河北电视台拍摄我的两部作品《女人河》和《母亲的山梁》，摄制组要在湖北郧阳选择拍摄外景地。家乡的宣传部部长建议去白浪街。他说，你们需要的外景郧阳老城已因建丹江口水库被淹没了，白浪街附近的荆紫关恰似老郧阳府缩影，你们可去那里选外景。

白浪街？我心里一动。

毫不迟疑，摄制组一行风驰电掣，到了我向往多年的白浪街。那时去白浪街，走的是秦岭南麓山里的蜿蜒土路，绿色吉普车后尾尘土飞扬，不像现在一路高速。

荆紫关古街与我童年、少年时代生活的郧阳老城很像，除规模小、没有巍峨的城墙外，长得几乎一个模样。那一街的明清建筑，一间挨一间的白墙黑瓦房屋，马头墙接马头墙、铺板门接铺板门、石板路接石板路……我们选了一处铺板门齐整、黑漆大门油亮、门前石狮子威凛的古宅，开始拍摄20世纪二三十年代祖母在"郧阳府做女佣人"的情景……

与白浪街的这一次相遇，使我30多年里总是隐隐怀念着那个地方。任时光怎样磨砺，那条明清建筑小街的模样，那座大门黑漆油亮的老宅，总在我眼前若现若隐。那张记忆的底片仿佛总在被小心保护，希望偶有冲洗，便会呈现真迹。

2024年春季的一天，故乡十堰的朋友约我去五峰乡看油菜花，我几乎不假思索地回复："能否带我去一趟白浪街？"

几天后，愿望得偿，朋友真带着我去了白浪街。车一停稳，我们便看到了一座青砖砌就、跨街而立、雄浑厚重的拱关门。重重叠叠的砖砌斗拱，使拱关门平添一种古苍威严之气。门楣上的"荆紫关"三字，苍劲有力。啊，这便是当年拍摄电视片的古街了！我有些抑制不住的感动与惊喜。

过了关门，仿佛霎时回到了我童年的郧阳老城。古街两旁林立着清一色的明清建筑，天空下，一街的白墙黑瓦、飞檐翘角，分外俏丽。房屋顶部的马头墙错落有致，昂首而立。街两边的黑漆铺板门，排列紧凑，一间挨着一间，沧桑凝重。街面全为青石板铺就，锃亮油黑，沿街有许多保存完好的古代会馆、宫观、戏楼。我们说着、笑着，不知不觉进了平浪宫。

　　平浪宫是荆紫关古建筑群中保存最完整、最壮观的一座，是近400年前古代船工们为祈祷神明保佑平安而集资建造的一处宏伟壮观的建筑。守门的文化馆工作人员主动为我们担当导游，讲述古街的前世今生。

　　荆紫关古街已有四五百年的历史。从陕西秦岭黑龙口发源的丹江，滔滔长流数百公里后进入汉江。这条河从战国时期就开始通航。唐代鼎盛时期，荆紫关成为南北货物运输的集散地，南方八省的贡粮都要从这里转运至长安。这里"百艇接樯，千蹄接踵"，每日停靠数百艘船只，长达十几里。至清中期，白浪街丹江岸边已有大小商号上百家，空前繁荣。

　　然而，眼前的白浪古街十分悄静。街边老人说，这条老街已作为古建筑被保护起来了，大多数人家和店铺都迁往不远处的新街了。其实，在白浪街、在荆紫关古镇，我一直在悄然寻找当年拍电视片的老宅。但满街的老宅，让我无法确认。最终选择一座黑漆大门紧闭、临街木板斑驳、门楣悬挂着"永诚德"牌匾的老房子做背景拍照留影，权当对当年的留念了。

　　说着来到了那高高屹立在街中心的三省亭。石亭的三根圆柱上雕龙刻凤，青石反光，直矗半空。亭内正中地上立着一块锥形花岗岩石碑，很小。一面朝西，上面刻着"秦"；一面朝东南，上面刻着"鄂"；一面朝东北，上面刻着"豫"。这便是"三省石"了。湖北、河南、陕西三省人在这里世代繁衍生息，石头铭记着他们相处相融的岁月。

　　据说，在中国版图上三省交界之地共有几十处，但大多是荒山、野林，而这条白浪街，密密稠稠住着三省数万人。三省还都设有基层政府：湖北省十堰市郧阳区白浪镇、河南省南阳市淅川县荆紫关镇、陕西省商洛市商南县湘河镇。办公地相距都不过5公里。河南荆紫关镇称"豫之屏障"，湖北白浪镇称"鄂之门户"，陕西湘河镇连接秦晋，号称"陕之咽喉"。三省辖地在这里犬牙交错，街连街，地连地，房挨房，墙靠墙。我不知过往，只感觉现在三省人相邻而居，不分彼此。我看到了贾平凹写的《白浪街》全文，就刻在河南人开的"三省客栈"的墙壁上；2024年"五一"国际劳动节，三镇联合举办了乡村振兴文化旅游节活动……

后来，我与从北京来的6位亲人又从白浪街一路走过。他们都是第一次到来。当我们这个大家庭在白浪街围着"三省石"转过来转过去、拍照留影欢呼雀跃时，我突然觉得，虽没有找到30多年前拍摄电视片的那座老宅，但我已无憾了。

《人民日报》2024年6月29日第8版

# 车八岭的"生态名片"

王必胜

到车八岭不易，从韶关丹霞机场出发得2小时车程，山重水复，林深路隘，却草木苍翠，野花亮眼。所谓"山川相缪，郁乎苍苍"，车八岭被称为"一本待打开的绿色天书"。

说起车八岭，多数人不一定知晓。它位于广东韶关的始兴县，面积7000多公顷。这里20世纪70年代为林场，1988年成为国家级自然保护区，2007年加入"世界生物圈保护区网络"，是较早的国家级自然保护区。

粤北山路奇险。"非常之观，常在于险远"，经过一个平缓地，是车八岭入口。绿植簇拥，十数个展牌上的图片文字，诠释了"生物圈保护区"的含义。远处，一尊石峰高耸，像笋柱，似巨笔。一条溪流拦成的水塘，似一面镜子，映衬天光山色、石峰倒影。粗实的枫树、杜英等，一树繁花，火红如丹，风吹叶落，铺织巨大的斑斓地毯。这进入保护区的门户，浓缩了粤北南岭森林生态、丹霞地貌等景观。

车八岭春天的早晨，在鸟鸣中醒来。夜宿保护区内山庄，细雨淅沥，鸟声婉转，一夜几乎不停。"好鸟相鸣，嘤嘤成韵"，是森林一景。嘹亮的是大杜鹃，林区叫树鹃，拖音悠长。迷迷糊糊，不觉天之既白，索性外出，遇见早起的保护区管理局原局长老饶。他风趣地说，这里的夜鸟有一副好嗓子，有人专门为聆听林鸟鸣叫来这里住几天。

车八岭位于北纬24度，是北回归线附近少有的原始林带，特殊的生态孕育了丰富的物种。据介绍，这里有野生动物1600多种，野生植物1900多种。

绿色是主角。曙色微明，天籁可闻，流水潺潺应和小鸟唧啾，花草丛中，彩蝶翩飞。自然保护区因不同功能，分为核心区、缓冲区和实验区。在樟栋水实验区，小溪分出山涧坡谷。过溪水碇步，进林中鹅卵石路，因这里负氧离子丰富，故名负氧离子小道，是保护区的网红景点。小道蜿蜒三五公里，沿路树木密匝，乔木挺拔，藤蔓盘虬，水汽氤氲。大自然葳蕤生动，似乎负氧离子从无形变为有形，不禁下意识地做个深呼吸。一株高山柳，几棵榕树，绿叶蔽日，枝条倒垂，苔痕斑驳，又有老树横斜溪沟，多样性的自然生态，原始而生动。

车八岭是林木的世界，植被覆盖率达96%，有国家重点保护植物20多种。一个仿木门楼上，"珍稀植物园"五字高悬。利用山坡开阔带，培育珍稀树木，初衷是苗圃栽种，后扩大为植物园，成为保护区一景。亚热带林区山地，特有的水土生态，聚生了特别的森林气候，生长蕨类苔藓，也有伯乐树、伞花木、粗齿桫椤、金毛狗蕨等珍稀植物。良好的生态资源，养育了多样化的物种。

"草木有本心"。植物的可爱，有其自身秘密。保护好、维护好生态，认知万物，善待生命，是"人与生物圈"良好关系的出发点。车八岭的生态保护，做到了"致广大而尽精微"。进入植物园的山道上，几块叶形牌子格外醒目，写有"树洞的秘密，它是如何形成的""蝴蝶是如何蜕变的"文字，配上图画，注上答案选项，知识性、趣味性并举，寓教于乐，吸引不少参观者驻足。

保护区主要园区，"生态名片"随处可见。名贵花木上，醒目的"身份牌"、二维码，科普到位，也将"物种宝库"的家底公之于众。像观光木、樟叶槭、九节龙、皋月杜鹃、栓叶安息香等不太常见的林木，图文并茂，为人们"多识于鸟兽草木之名"提供方便——了解、知晓是为了更好地保护。

物种宝库的优势利用，也是保护区的重点工作。20多年前建成的自然博物馆现正在扩建，打算通过3万多件藏品和现代科技的运用，打造规模化研学基地，广州、深圳的学子"近水楼台先得月"，每年多批前来研学实习。今年6月，"感知声音"的生物声学培训班在车八岭举行，研究的项目涵盖鸟类、蛙类、蝙蝠等。

在保护区网络监测室，工作人员打开红外线相机即时图像，一帧帧画面"捕捉"着野生动物的身影。工作人员说，80多台红外线相机，300多个点位，形成网格化、全境监测的"红眼睛"，还原野生动物的"真相貌"。8年来，保护区全境实行"天、空、地"立体监测，已收集有效录像和照片近百万份。大屏幕上，深居的白鹇戴着黑红相间的冠子，一袭白羽，尾羽粗长，优雅地在草地踱步；另一地，国家一级保护动物黄腹角雉，凤冠华美，成双成对；又一处，一只小豹猫，体态灵巧，瞪圆双眼，小心翼翼，警惕四周……保护区动物世界的隐秘，因高科技的加持，得到了生动展现，这里的动物也得到了应有的保护。

在我国众多公园名胜中，车八岭名头不大，人迹罕至，唯养在深闺，野朴天然，芳华自足，保持了自然物种培育发展的优势。当年成立自然保护区，功能转变，成效显著。如今，镇守岭南生态的北大门，涵养自然山水，守护生态之美。

# 南岩的茶

林筱聆

从福建泉州出发，驱车一个多小时，便到达铁观音的发源地——安溪县西坪镇。西坪古称栖鹏，相传因曾有大鹏在此栖息而得名。过镇区，进入弯弯绕绕的盘山公路，汽车像是一条逆流而上的鱼，游进一片绿色的海洋。放眼望去，车窗外都是茶园，层层叠叠梯田式的茶园，或大或小或方或圆的茶园，翻过一山又是一山的茶园。进入南岩村，空气中浮动着清爽爽的茶香，深嗅一口，每根神经、每个细胞都放松了下来。

到达泰山楼的时候，一年一度的南岩铁观音茶王赛正进入最后的总决赛。村民们屏住气息，聚精会神往四合院的天井看。一张四五米长的大茶桌就摆在天井正中，茶桌上一溜横向排开的十个白瓷盖瓯，分别对应着标注为1—10号的十罐茶样。工作人员从十个茶罐里取样，按照标准称重装进盖瓯里。与每个盖瓯相对应朝着顶落的方向，纵列排开三个白瓷茶碗，每个茶碗里各有一把白瓷汤匙。水已经烧开，水壶冒着蒸汽"呜呜"叫。五个县里请来的茶师评委已经站定。滚烫的水往盖瓯里一冲，白气蒸腾，香气四溢。先是提盖闻香，接着品啜茶汤，连续三冲过后，十个盖瓯一一倒扣，紧紧团在一起的一座座小茶山便稳稳立在瓯盖上。评委们又是看，又是闻，很快，十泡茶的评分一一亮出，茶王诞生了！

茶王轿已经候在泰山楼门口。这时候，锣鼓敲起来了，唢呐吹起来了，村民们的欢呼声一阵接一阵地响起来了。茶王被众人簇拥着往外走，披上绶带，戴上茶王帽，举起茶王奖杯，坐上茶王轿。此刻，他赢得了每个村民的尊敬，他的身上披着无限荣光。四个轿手抬起他，一条长长的茶王踩街队伍开始在乡村路上蜿蜒。阳光拉长了他们的背影，更镀亮了一整座村庄。

人群渐行渐远，泰山楼恢复了平静。我收回目光，重新走进这座二层小楼，也走近时光深处南岩村的一段辉煌。五百年前，开闽王王审知后裔王毅庵率子由安溪芦田外洋迁入西坪南岩，很快便发现了这里的茶树，开始了种茶制茶的生活。到了18世纪30年代，王氏族人王仕让意外发现了铁观音母树，制作出了独具香韵的铁观音茶。从那以后，铁观音这棵天赐之树承载着南岩的血脉，不停流淌，从山上到山下，从栖鹏到栖鹏之外的其他乡村。那时的南岩该也会举办这样的茶王赛吧？该也会抬着茶王去踩街吧？时间太过久远，我们无法考究当时确切的样貌，但可以确定的是，这样的茶俗由来已久。

泰山楼本为土楼，却在土楼之外加砌了花岗岩外墙，并在墙上开出很多喇叭形孔洞，用以抵御外敌入侵。抬头看，泰山楼正门石墙上，一副"泰运亨嘉沐先人德泽　山川秀丽瞻后起书香"的对联将王家先祖的期许与寄望无限延展。往上再看，正门上方二楼石窗位置，"泰运云霞呈瑞色　山居风月畅幽情"。再往上往两旁墙面上看，"茗峰如笑永对高楼　槐荫敷荣无忘世泽"。不论写景，抑或教人，它们更多表明了一种开阔的胸襟与通透的生活态度。时光荏苒，红色的联纸一年一换，写在红纸和墙面上的文字却代代传承下来，并将继续传承下去。它们像一个个清醒的智者立在那里，看日出见月落，听风起拨云开，阅尽南岩的不灭烟火。

如果从建筑学的角度看，泰山楼的构造和规模在中国建筑史上不足为奇。但从中国近代茶史，尤其是近代乌龙茶史来看，这座土石结构的楼房却有非同寻常的意义。泰山楼建于1892年，楼主为王三言。19世纪70年代，茶农王三言挑上自制的铁观音条索下山，南下到达重要的通商口岸厦门。这些自带花香果香的茶叶充满了无穷魅力，迅速俘获了很多爱茶客的心。

随着生意越做越大，王三言发现茶叶的条索状成了运输的一大阻碍——不仅占空间，而且容易压碎。有没有一种办法可以解决这个问题？经过潜心研究，他首创了包揉技术。在反复包揉和烘焙中，松散的条索茶变得紧实了，同样体积的茶重量增加了，而且汤水更加醇厚了。这引发了很好的市场效应，他在厦门站稳了脚跟。1876年，他开设了梅记茶行，并且率先对一斤两斤的小茶包包装进行了改革，在封口处贴上"梅记"防伪标记。

历史以建筑的形式凝固在这里，一座楼浓缩了一段茶史。泰山楼所处的位置又称"祖厝窟"。从这里顺着山路往下，村子里散布着三十几座从一两百年到三四百年不等的老房子，它们构成了祖厝窟这一整体，也一个个对应着几百年前各自楼主创办的各家茶号。每一个楼名，每一个茶号，都有一个个充满传奇色彩的茶故事。雕花的石柱础、刻画的挡水墙，从屋顶往下开放的木质垂花，还有门上的门簪、窗上的花饰，以及燕尾脊上色彩绚丽的剪瓷雕，生动还原当年茶商人家的日常生活，也讲述着几百年来安溪人乃至闽南人的海外开拓史和自强不息的奋斗历程。

可以想见，一条茶路，从南岩出发，向下向南延伸，串联起尧阳、松岩、西原、西坪等一个个产茶的村庄，向着泉州、厦门、漳州，向着潮汕，向着更远的南洋出发……是的，南方是南岩枝叶伸展的方向，是另一个生长的空间。就这样，南岩的风往南吹，南岩的茶大量往南洋卖。

此刻，风微起。一个小男孩抱着碗跑向门口埕。他有些跌跌撞撞，拿手指向摇曳的芦苇，像是对身后的祖母喊，又像是对我们说，"看，有风！有风！"他的小脸红扑扑的，眼睛亮闪闪的。

南岩的风一路送我们下山。几个转弯过后，背后的村庄眼看就要被山林淹没。我忍不住再一次回头，仰望，望向这个海拔一千米的南岩村……

《人民日报》2024年8月7日第19版

# 蓝色邀约

熊
红
久

当面对被绿草环绕的450多平方公里的赛里木湖时，你不能不惊诧于这一汪幽蓝。水在海拔2000多米的高度，即使泛出了粼粼波光，依然显得静谧而深邃。

湖的浩渺和清澈，轻易就催生出了内心的感动，特别是天山的皑皑白雪和天空的朵朵白云，同时倒映在湖面上，似要相互媲美。可还未分出高下，就被几只惊鸿野鸭扑闪的翅膀，将完整的图画打破。但极快地，又黏合在一起。

不得不承认，有时候清澈的平心静气比汹涌澎湃更令人敬畏，让那些杂念在如此透明的审视里，无处藏身。湖，洞穿了人间的潮起潮落，却一言不发。

许多不知名的野花，或红或黄，或紫或蓝，恣情绽放，从山下攀缘到山顶。看得久了，觉得每一朵花仿佛都张开了嗓子，湖岸那一圈圈荡来的涟漪，似乎是被花喊出来的。

当地人更愿意把赛里木湖叫作三台海子，这个称呼听上去既是对海的仰慕又是对海的渴望。在新疆，在离大海遥远的西部，能拥有一片海，是何等的富有，又是何等的幸运。我坚定地认为，它的出现，一定肩负着某种使命。赛里木湖的出现，用自身的瑰丽，抚平了大漠深处辽阔无边的荒凉。

独坐在岸边，能看透近岸十几米深的湖底，面对如此的清澈，可以感到一种透明的威严在审视着自己，灵魂受到深刻的涤荡。湖的博大和纯洁，照出了人的渺小，也让人自省。

我去过不少草原，也曾看到纷至沓来的人们，只钟情于美丽的景致，对环境的呵护并不关注。花草遭到践踏，草皮受到碾压，给草原带来伤痛。

面对形形色色的过客，赛里木湖一言不发，只用透明的沉思，教育那些浮躁的眼神。让蓝色更蓝，让清澈更清，这位饱经沧桑的智者，在鸟雀的鸣叫和花草的芳香之间，寻找生命的支点。大自然自有它的法则。

美的东西往往稀缺又脆弱，如果透支，只能使它过度衰颓，过早凋落。由于过度放牧和无序开发，这里也曾满目疮痍。好在终于迎来了"绿水青山就是金山银山"的新时代，经过几年的环境治理和生态修复，眼前的湖水和草原，又重新回到了之前的样子。

最舒畅的生活，应该是走进牧人的毡房。尽管岁月将沟壑镌刻在牧人紫红的脸上，却掩饰不住他们与生俱来的豪放。有时一瓶普通的酒，便可让整个毡房热闹起来，快乐简单且触手可及。拨动那柄油亮的老琴，自在的生活与悠扬的歌声被美酒极协调地糅合在一起，不露凿痕。我无法猜透，这质朴的琴声能洞穿身后多少悠远的日子，但有一点可以肯定，不会凋落的是他们永不疲倦的生命信念，这信念不一定是熊熊火炬，却一定可以熠熠生辉。许多轰轰烈烈的岁月划过之后，真诚，成为草原人终生恪守的信条。

徜徉于湖光山色之间，仿佛自己成了一棵随意的树或一株沁心的草，连情感都沾染了淡淡的清香。挥之不散的眷恋恰如一只扶摇的山鹰，无限的神往被扯到山的那一边，缥缈且不忍触摸。面对这一湖幽深的蓝，连赞叹都显得苍白且力不从心。赛里木湖是无法描述的，只能任凭它用不断变换的蓝，将心中的纷繁浮躁，梳理得淡泊而宁静。

即使离开多日，情绪也始终被一只莫名的手轻轻地托着，不弃不离。细细想来，这便是一种怀恋。带给你的不是摧枯拉朽的激荡，而如涓涓细流，慢慢地渗透到灵魂深处。

赛里木湖，静静地举在高原之上。对造访者而言，这深藏的美丽，既是一个邀约，也像一句格言。

《人民日报》2024年8月14日第20版

# 雕刻时光

王剑冰

## 一

鸟儿铺满天。朝阳的金轮滚滚而出。

这个时候，你会听到一处处门窗开启，听到或清脆或沉郁的声声诵读。更多地，听到刻刀在木板上的雕琢声，坚实而有力，雕刻的汉字渐渐凸显。你还会听到墨刷匀称细致地走动，纸张掀开，一篇文字清晰地呈现。

有人在锯木。大木头截成板材，板材截成小板。剌啦的响声中，木香喷溅。

事实上，一个个院落里、屋檐下、廊径旁，很多匠人在同时操作。

高台上的铁匠铺，年轻的徒弟赤膊上阵，大锤抡得正圆。老师傅一丝不苟，小锤叮叮当当，铁砧上的物件火星四射。淬火的一瞬，才看清，那是一件精致的雕刀。

声响合在一起，合成竹桥村的铿锵乐音。时光似乎没有远去，声音留在了竹桥村的门廊墙缝间、天井花池中。

明清之际，江西抚州的金溪曾是赣版书籍印刷中心，有"临川才子金溪书"的美誉。临川才子晏殊、曾巩、王安石、汤显祖可谓名闻宇内。金溪与临川山水相连，明代成为赣东商业重镇，并向书业、纸业发展。到清嘉庆年间，竹桥人余钟祥在浒湾镇创办了"余大文堂"刻书房，成为金溪最大的刻书房。纸张掀动，书板盈架，刻印之声盈耳，车马船只不断。由此带动了浒湾和竹桥，使其成为"金溪书"的发祥地和主要承印地。

现在竹桥村留存的"养正山房"，当年也是一个刻印古籍的地方。它位于仲和公祠的右侧，里面庭院广大，上堂及后堂都是印书之所，各类人等操忙其中。

竹桥是精致典雅的。它就像一帧古典的扇面，展开在青山绿水间。你看，扇面上是一个个门楼、一座座祠堂、一处处庭院，其间，有蓊郁的古树和盛开的花草。古老的宅院大门开启的一刻，连空气都透着幽香。

幽香中，袒露着木版、刻刀、磨刷，袒露着长桌、纸张、书籍。

村边蜿蜒而过的古驿道，多少车轮滚动，多少马蹄声声。古驿道仿佛竹桥的金腰带。有了它，竹桥多少年都意气风发、神采飞扬。

青山不老，碧水长流。现在，竹桥村还有《三字经》《百家姓》《四书集注》的雕版，不少线装古籍仍可在这里印刷装订。

竹桥，为我们提供了一个内涵丰富的中国传统村落标本。

## 二

知道竹桥人大都姓余，却不知道他们大多数人的名字。他们留给我的，是一个群体性的概念：讲究风俗，讲究传承，讲究文化，求的是"五谷丰登""天地祥和""勤俭持家""以人为本"。

村中，每一处建筑、每一块雕刻，竹桥人都有说法。譬如，村头的井凿成方形，三口井形成"品"字，寓意村人无论贫富贵贱、求学经商，都要恪守品德。

进出的门楼，前后通道用石条铺设成"人"字形、"本"字状，寓意无论居家还是在外，都应以人为重，不能忘本，提示着老祖宗永远的教诲和期望。

　　连池塘也有规矩。八个池塘，中间一塘呈月形，形成"七星伴月"之象。池塘将村子连缀起来，从不干涸，从不漫溢，滋润着春夏秋冬的岁月。

　　竹子生长在村子的周围、老宅的前后。"水能性淡为吾友，竹解心虚即我师。"竹桥人的淡雅通透可见一斑。村民之间诚挚相待，一家有事，他家相助。

　　文明的种子代代传续。厅堂、廊道、立石，到处可见名言警句："天下难事，必作于易；天下大事，必作于细。""诚者，天之道也；诚之者，人之道也。""德不优者，不能怀远；才不大者，不能博见。""少而好学，如日出之阳；壮而好学，如日中之光；老而好学，如炳烛之明。"这是对生命的提醒，也是精神的激励。

　　祠堂里，放着绣球、长龙，放着乐鼓、雄狮。到了节日时，村中的一条条巷子都热闹欢动。地域文化特有的氛围，连外边的人来，都不由得融入其中。

　　在这雕版印制之地，过去，女子也要会刻字、印刷，所以从小就在学堂认字读书。从这里出去的女子，个个灵巧。不惟女红出彩，更是知书识礼、聪明睿智。

　　由于有着良好的读书氛围和文化环境，抗战时期，金溪中学的课桌就放在这里。琅琅读书声在青山绿水间、祠堂庭院里回荡，弦歌不辍，文教之风赓续。

## 三

　　一位老人靠着老宅打盹，旁边，一笸箩红辣椒，红红地缠绕着他的梦。

　　听到脚步声，老人从梦里醒来。问他，可是这座老宅的主人？老人笑着称"是"，并邀请我入内。先是一个天井院，而后一个大厅，厅里挂着楹联：瑞日芝兰光甲第，春风棠棣振家声。奇妙的是，天窗还有滑道，可以拉上滑开。底下的水池，也有明槽，加盖石板，可举行大场面活动。

老人说，他小的时候，喜欢跟小伙伴一起捉迷藏，村里的巷子多，祠堂也多，藏在哪里还真不好找。

顺着溪水转去，窄窄的巷子里，一对年轻人拉着手跑过，笑声自他们身后传来。后来在一处名为"苍岚山房"的老宅，又遇见了他们。苍岚山房曾经也是学子读书的学堂。原来，男孩是带着女友来村里祖宅玩。女孩十分喜欢竹桥村，在村中跑来跑去，转了半天，还没有转完。

年轻人喜欢这里，多半是因为那文脉相传的意蕴。你看，一处雕着"谏草传芳"的老宅，门上贴着"天赐良缘"的新对联，似刚刚举行过一场婚礼。

一位彭姓女子，在老宅门前卖萱草膏。她是双塘镇人，老宅是夫家的。孩子上了大学，自己闲着没事，就着老宅做些小生意。

导游小饶也是外村人，嫁到竹桥的余家。竹桥的文化感染了她，慢慢地她做起了导游。讲说时，她恨不得把知道的都告诉游客，且常常露出自豪的神情。

远处的钟声，一层层的，把黄昏覆上了黄铜的颜色。群鸭正顺着溪水回家。

马上要到抢收抢种的时节了。村子周围，早稻扬着金色的穗子。水田里，还有人在忙着培植晚稻。

入夜，凉风忽作，将燥热吹去。遂有雨落，淅淅沥沥敲打着竹桥的层层瓦片，敲打着苎麻、苦槠和香樟……

《人民日报》2024年8月19日第20版

# 走，亲海去

老
藤

　　大连是一座四季分明的海滨城市，在外地朋友眼里，这里是理想的避暑胜地。但很少有人知道，入伏后有些时日，大连的气温也在30摄氏度以上，溽热难耐，人们自然会想到消夏。

　　俗话说得好，靠山吃山，靠水吃水，大连人消夏的方式不能与海无关，最普遍的选择便是"洗海澡"。"洗海澡"是大连人夏季到海边消遣的泛称。自大连开埠建市始，洗海澡就与市民生活如影随形，日渐成为风俗。

　　入伏是洗海澡的号角。季节一到，人们便开始准备遮阳篷、泳衣泳具、炭火烤炉等，选个周末驱车来到海滩，支起遮阳篷，铺好野营垫，摆上各种时令水果，将啤酒放到海水中浸泡降温。此时最受青睐的是擅长烧烤者。他们架起炭火，手法娴熟地烤肉串、鱿鱼、扇贝和花蛤。大部分人则换上泳装，或在浅海处戏水，或在礁石中赶海。

　　三伏天，很多家庭、单位都会安排洗海澡。洗海澡去深海畅游者并不多，很多人都只在浅水处亲水，在沙滩上游戏。实际上，它已经变成以消夏为名的集体文化活动。人们在遮阳篷下享受阵阵海风，倾听千年不变的涛声，信马由缰地谈天说地，烦恼自然会随风飘散。洗海澡是紧张工作中的一个间奏，它能增添团队活力，增进友谊，是季节给人们的一次普惠福利。

　　很多人喜欢大海，但远观大海与亲海的感觉不会一样。前者感受的是波涛浩渺，是天海相拥，是诗与远方；而后者感受的是海水的亲吻，是沙滩的抚慰，是身心卸去重负焕发出的轻松。亲海，是心向大海的一次敞开。

　　记忆中第一次洗海澡是在20世纪90年代中期。当时我在大连旅顺口工作，那是一个三面环海的古老城区。进入三伏天，当时办公室没有空调，电风扇吹出的风都是热的，同事们便相约周末一起洗海澡。我是办公室主任，对活动做了细致分工。亲海的头等大事是安全，安全员由一位水性不错的同事老刘担任。我们选了一个叫大潮口的海滩，这里沙滩细软、海水清澈，但离岸50余米远的海中有"溜子"。"溜子"即海水中的暗流，人一旦进入"溜子"，会被抽力极大的"溜子"吸到深海里去。老刘对"溜子"严防死守，不许任何人涉足危险海域。

　　当天午餐后，一位朋友要下海游泳，老刘不知他的水性，让他先在养海参的池子里试试水，若是合格方能下海。这位朋友说自己各种泳姿都会，别说小小一个"溜子"，就是浪高五尺他也敢下海。老刘说，你先在海参池试试水好了。这朋友浑身是胆，换上泳衣走到海参池，没等老刘讲解，一个优美的跳水动作就扎进水里。结果坏事了，海参池太浅，他一头扎到了池底，连呛了好几口水。此事成了这次洗海澡的一个插曲。多年以后，我见到这位朋友提起这件事，他苦笑着说，凡事再急也不能莽撞。

　　还有一次洗海澡令我印象很深。有一年夏天，我们几个同事一起去了龙王塘的塔河湾浴场。塔河湾浴场视野开阔，有着宝石蓝一样的水质，是缩小版的北方亚龙湾。塔河湾是个富湾，鱼类、贝类极为丰富，历史上曾多次出现"龙兵过"现象。在海边，大家买了渔民新捕捞的海货，有张牙舞爪的赤甲红、光滑如玉的文蛤和条条带籽的皮皮虾。海鲜贵在一个"鲜"字上，刚出水的海鲜清水一煮便可上桌，原汁原味，鲜美至极。尤其是新鲜海虹，煮好后用大个托盘盛上来，现剥现吃，每个人的吃相都堪称经典。饱食过后，吹吹海风，简单而纯粹的时光，让人久久难忘。

大连的夏天，因大海而生动，因亲海而惬意。

《人民日报》2024年8月21日第20版

# 洞庭可采莲

方欣来

"江南可采莲，莲叶何田田"。初秋的黄昏，不知谁那么一挥手，把多彩的云撒满了天空。风清如银，夕阳染红了漫无边际的芦苇，空气中混合着草木、莲蓬与泥土的气息。我走在湖中的一条小路上，在湖水斑斓的宁静里，想起这首古老的《江南》。

我第一次读这首汉乐府，就想到洞庭湖的某个地方。有莲，有鱼，有水，有芦苇，有村落，有木船，有采莲的人。

莲的原产地在哪里，一直有争议。但至少在7000年前，东方这片土地上，就有了莲藕，开出了第一朵莲花。而出现在文字中，较早的有《诗经》中的"山有扶苏，隰有荷华"，《楚辞》中也有"制芰荷以为衣兮，集芙蓉以为裳"。莲不仅仅是植物，更是一个符号、一个意象、一种美。

这些年，我把大部分时间都交给了洞庭湖。我走过湿地、岛礁、码头、滩涂，走过湖边的村庄、小巷、河流、芦苇荡。在洞庭之野，荷花到处都是。当秋风漫过洞庭湖平原的时候，甩开芳草掩映的小径，拐过一个屋角，或者挑一个好天气，驾一条小船，驶向湖汊、荒岛，总能遇见几处野生荷花。开花的，尚未开花的，直立于水边，摇曳于风中，似乎彼此之间有一个约定，它们正在等待你的到来。若赶上莲蓬熟了，可以随手摘下。

我无法知道，第一粒荷的种子是如何来到洞庭湖的。大概它也像鱼一样，从长江的那一头随着水流不舍昼夜地赶来，然后在这里安家落户、破土而出。一株，一圈，一片，然后像草原上的牛羊一样，浩浩荡荡，向着横无际涯的湖水挺进。

我打小生活在洞庭湖边，知道有一大片野生荷花在君山团湖。我每年都要去那里，像是去看望一个隐居的故人。那片野生荷花，面积达到5000多亩，是亚洲面积最大的野生荷花景区之一。它一望无际，超越了我的目光和想象，如此盛大、辽阔和壮观，恍若八百里洞庭的一个花圃。它是安放在洞庭之野的一面镜子，在长江与大湖之间，圆如满月，亮如冰雪，照天空，照山水，照古老的岳州，也照岳阳楼的忧乐。

最近又去了一次。阳光下，进入广场，穿过荫翳蔽日的竹丛、蝉声鸣唱的柳林、开白花和红花的紫薇，再过一座石拱桥，就到了湖边。

游人陆续赶来，船摆在湖边，一大溜，有木船，也有汽艇。我照例选了一只木船。我喜欢木头，那种刷过桐油的木头，风里来雨里去，有阳光的味道，又有风雨的味道，还有湖水和荷的味道。撑船的师傅40岁出头，手里的长竹篙轻轻一点，木船慢慢动起来。无边无际的荷花扑面而来，慢慢向我身后遁去。

荷密密匝匝，挺直腰杆，像看不到边的森林。若是赏花，便略迟了些，只剩东一朵西一朵，高举在绿叶之上，像点亮的灯盏，照耀着湖水和天空。莲蓬多不胜数，歪着的、斜着的、立着的、垂着的，用千姿百态打量着周围的事物，看一眼感到特别亲切。

这里的莲蓬可以随意采摘，却很少看到有人伸手，任由它们在阳光和风雨中慢慢老去。一粒粒莲子脱离母腹，掉落到淤泥中，复制一株莲的成长经历。

天蓝得不能再蓝，映在水里，成为另一面天空。荷影、木船，还有我，就在天上移动。感觉像是坐着一趟慢车，走在水的公路上，两旁依次退去的不再是山峦、村庄、田野和河流，而是一株一株的荷，一片一片清凉的荷叶。偶尔钻出一两只野鸭，它们蹦跳，拍打翅膀，把头潜入水里，快速抽出来，甩着水花。见到船来，不惊不惧，直到船头快要挨到它们了，才挥动双脚，踩着水面向前蹿去，瞬间不见了踪影。

想起有一年夜晚，单位在这里举行活动，活动结束后，我们沿着湖漫步。月色清朗，笼盖了望不到边的荷花。月光下的荷，披着纱衣，像浸染在薄雾中的远山。跟朱自清先生笔下的荷塘如出一辙。

在一处浅水边，我弯腰握住一朵荷花，轻轻拉到眼前。我感觉到手的清凉和潮湿，像握着一把月光。我听到了荷的呼吸，轻轻的，细细的。很快，这样的呼吸越来越多，来自近处、远处、不近不远处，逐渐把我包围。除了这呼吸声，我还听到了很多声音。夜晚的湖，被声音统辖。水流的声音，鱼游动的声音，虫子的叫声，水鸟的鸣唱，萤火虫划破月色的清响……这是自然的交响，它不属于谁，只属于这方水上舞台，属于洞庭。

我没听过荷拔节的声音，想来，它们拔节的声音应该更加耐听。先是其中的一株，啪的一声，长高了一节，随后是另一株，然后是数不清的啪啪的响声。每一声都像一声呐喊，昂扬，奋进，生机勃发，带着生命成长的渴望。

# 虹关的墨香

洪忠佩

　　古樟旁的一栋平房，是詹汪平返村创业梦开始的地方。10多年前，他把饮食店变为墨坊，点燃烟炱的那天开始，就成了虹关詹氏古法制墨的传人。

　　黑是墨坊的主色调，烟房、墨房、墨台、墨模、刮墨刀，都是黑乎乎的。只有烟炱燃着的时候，才会发出微弱的光。狭小的空间，并没有影响詹汪平对徽墨制作技艺的痴迷。一杵又一杵，捶打坯料的声响粘连、胶着。墨泥在手掌中反复地搓揉，蜕变得愈发柔软、油亮。

　　80后詹汪平，似乎很享受点烟、制胶、和料、捶打、搓揉、压模的制墨过程，还有凉墨、修墨、打磨、描金的日常。他乐此不疲。他还知道，要做一锭好墨，不仅在于制墨的原料、墨坯的品质，也是绘画、书法、雕刻等艺术的综合呈现。

　　比捣搓坯料还要轻柔的，是村中的古樟树叶在风中的簌簌声。阳光透过叶子缝隙洒下的光线，一如墨面雕饰的描金。

　　处于赣、皖交界的江西婺源虹关村，宋代肇基，聚族而居，耕读传家，以千年古村的底蕴和风貌，成为中国历史文化名村和中国传统村落的样本。历史上，它以墨业走向繁盛，所产徽墨深受书画界人士青睐，享有"落纸如漆，万载存真"的美誉。

　　早在明清时期，虹关已是徽墨的主要产地。据《清代名墨谈丛》记载，婺源墨铺在百家以上，仅虹关詹氏一姓就有80多家，在数量上远远超出歙县、休宁造墨家，在徽墨中是一大派别。虹关走出了一批詹姓墨业名家，他们开设的墨铺墨号，遍布大江南北。随之而来的，是给家乡带来的变化——筑宅建祠、修桥铺路、崇儒励学、重教兴学。

循着墨香，我走进了虹关村的深处。

虹关村四周，有后龙山、天井山等山环绕。一条徽饶古道穿村而过，当地人称其为大路。大路两边，成街成巷。永安、风华、如意、书院、添丁、守俭、大有等20多条街巷，宛如村庄的经脉，纵横交错，四通八达。街巷里，曾经一家挨着一家的，是墨铺、客栈、茶楼、酒肆、米行、布店、豆腐坊……不难想象，历史上的虹关村是多么热闹，人来人往，车马不断。我回味着历史，再去看古道上的车辙遗痕，感觉那青石板中的凹槽瞬间变得生动起来。

而在大路街口，曲径通幽处，墨商的大宅鳞次栉比。那些石库门坊、砖雕门罩、飞檐翘角，十分规整、精美。抬头望去，高耸的马头墙像嵌入蓝天白云之中。仅清代制墨名家詹成圭一家，就建有留耕堂、玉映堂、愿汝堂、虑得堂。那粉墙黛瓦之中的天井、堂前等，像是被时光熏染过一般，浓淡不一，如水墨洇漫的色调。那月梁、雀替、窗棂、隔扇上的"八仙人物""桃园结义""松鹤同春""一诺千金"等雕饰，精雕细刻，既含蓄内敛，又不拘一格，美不胜收。

"心作良田一生耕之不尽，书为恒产百世留之有余。"在留耕堂里，我看到这样一副联文，分明倡导的是世代耕读传家之风。地方志和谱牒上的文字告诉我，詹成圭的子孙既是制墨名家，也是行善尚义之人：詹成圭之子詹若鲁"尤崇儒重道，值贫而力学者必助"，其孙詹国淳对"族中子弟不能读者，公造就以至于成名"……这是墨业世家一代代接力资助教育的善举。像他们一样，热心公益的墨商在虹关不在少数。

而那些长期在外地从事墨业的虹关人，也一直没有忘记家乡。早在20世纪30年代，羁旅在外的詹佩弦，用一张村口古樟的照片征稿，并刊印成书《古樟吟集》。书中收录的诗文，每一篇都流淌着乡愁。看到村口古樟的照片，就像是看到了故乡。读一读写家乡古樟的诗文，也就是在读家园厚土。

与留耕堂的楹联相对应的，是虹关的读书风气之盛。曾经的省吾书院、登瀛书屋、吟香书舍以及犁耙馆，都给出了印证。村中科考从仕者和归隐的文士，则给后人留下了《赐绮堂集》等30多部著作。

在虹关村行走，我一次次踏进那些宅院，读到了它们的历史，也见证着它们的新生。修缮过后的古宅庭院，在徽派建筑中融入现代元素，实现了活态保护利用。有的修缮后成了乡贤居住的房屋，有的被改建成民宿，还有的成了徽墨制作技艺的体验作坊。

沿着村中的鸿溪走，我在虹关水口依然能感受到"龙门关水口，马石岭源头"的意境。是青山绿水，以及经年的墨香，共同滋养着虹关古老而清新的风貌。水口溪畔，那根深叶茂的千年古樟，只是虹关古树中年龄最大的。百年或数百年的树木还有银杏、枫香、楠木、桂树、槠树、红豆杉等。所有上了年纪的树木，都有一张属于自己的"身份证"——名木古树标识保护牌，上面，编号、科属、树龄以及保护等级一应俱全。每一块保护牌的背后，是无数关注名木古树的目光。

我伫立在树荫下眺望村庄。慕名而来写生的师生和他们笔下的虹关村，许多制墨名家的过往和热爱家乡的情怀，交织一起向我涌来。那久远年代中倡建的路桥、茶亭、水塌、长生圳……仍在村民的生产生活之中延伸。

耳边，传来此起彼伏的鸟鸣声和蛙叫声，那是村庄自然的音乐。乐章中，枕山面水的虹关村，氤氲着一片水墨意境。鸿溪从村中穿过，溪水中流淌不息的，是缕缕墨香。

《人民日报》2024年9月23日第20版

# 寻访漓江源

任林举

傍晚的"三江口"风静波平，空旷安恬。大溶江、灵渠、漓江三水相聚，如三个风尘仆仆的旅人，累了，倦了，打个场子，席地而坐，共叙来路苍茫。平展的水面光洁如镜，清晰映照出三江六岸的树木和胭脂色的晚霞，让人一时分不清哪里是天，哪里是地。树木静默，如岸边沉寂的石头，枝叶不摇，倒影不动。有竹筏，系于树干之上，仿佛历尽艰辛，疲倦得再也不想动身；也仿佛蓄势待发，随时准备载着客人漂向远方。

我站在漓江的起始处远眺，恰逢大溶江从树丛背后转出，倏然一闪，转身变成了漓江。我恍然大悟，原来我并不懂水与水的关系。所谓的三江，并不是如人一样，独立并行。它们本就难分彼此，是"你中有我，我中有你"的关系。或者说，大溶江是漓江的童年时光，漓江则是大溶江的成年模样。

于是，一念突起，我决定逆流而上，去寻访漓江之源。由于山高路远，水脉崎岖，我只能采取水陆交替并进的方式，一站站、一段段向前推进。过大溶，入六峒，而后再上龙潭……越往上游行进，水流越急，水流发出的声音越大，这让我联想起了人的一生，总是在渐入老境时沉稳安静，而年少时则激情四射，甚至浮躁喧哗。

行至上游龙潭江主流，流水的声势变得更浩大了，水流的声音甚至可用轰鸣来形容。沿岸不断有细小的山泉从树丛之间浸漫过来，涣散为水的珠帘，也如一个个光的音符，亮晶晶，飞下石崖，溅到卵石或江水之中，同变奏的龙潭江共同奏响清凉的乐曲。

龙潭江河段崎岖，从头到尾有大小瀑布上百个。上百个幅面迥异的瀑布，上百个大小不同的潭渊，上百个长短不一的段落，如诉，如歌，依着抑扬顿挫的节奏，一节节、一阕阕，跌宕起伏地铺陈下来，是一道道难解的谜题，也是一段段华美的乐章。

继续向前，遇"果冻水"，逢"锦翠屏"，转过"潜龙过潭"，下行至"天梯瀑布"后，抬眼便可见闻名遐迩的大龙潭。大龙潭上为瀑布，下为深潭。瀑布雄伟，潭深水盛，飞沫不掩澄澈，喧响不夺深沉，动而不失其静，静而愈显其动，以一种无可复制的气质，博得了"龙潭江之心"的美称。

站在石崖下仰望大龙潭瀑布，仿佛是一段无根无源的天上之水倾泻而下，也仿佛是谁在往昔的岁月间劈开了一道缝隙，让那些透明的心愿破口而出。近处的喧嚣阻挡了远处的声音，瀑布顶端的石崖和树木遮住了远眺的视线，让我们无法继续探寻龙潭江的来路和大山隐秘的发心与起念。但有一点是确定无疑的，那就是翻越瀑布流下的垭口，一切都将离天空和白云更近。

越过龙潭江主河段，便进入"五岭绝首"猫儿山腹地。所谓"五岭"，一般指分布于湘赣桂粤交界处的越城岭、都庞岭、萌渚岭、骑田岭和大庾岭。当猫儿山的海拔高度上升至1800米时，山体的坡度骤然平缓下来，平均坡度在20度左右。这时候，便有山间湿地和盆地出现。仿佛一切变奏都来自山体的变奏。至此，众水沉默，草木无声，只有风儿扯着雾在森林里溜达，只有密密匝匝的鸟鸣如闪着银光的针，在雾里穿来穿去，连缀着大山的秘密。

这就是孕育了大美漓江的八角田湿地。8座差不多等高的山中小山，护卫着一个面积为240公顷的低洼盆地。盆地里林深草密，溪水纵横，水塘密布，土质松软，很大一部分湿地虽然没有地表明水，但只要脚踏上去，立即会有丰盈的水从松软的腐叶和泥土间涌出。原来，这片郁郁葱葱的森林下边，竟然藏着一个隐形的湖泊。在一片原始铁杉林下，有一块生了青苔的大石，石上有字：漓江源。啊！这里就是深藏于猫儿山中的江河的源头，而不仅仅是漓江之源。

太阳升起来，明亮的阳光照耀着猫儿山的每一片树叶、每一块石头、每一座山岭。万物仿佛都变得透明，纷纷呈现出清晰的面目。站在山巅远望，人间烟火、世间万象尽收眼底。众水缤纷，从湿地里，从腐叶下，从石头的缝隙间，从或狭窄或宽阔的河床出发，如血液流过网状的血管，各从其流，逐渐汇聚。这些水，一部分被归纳命名为资江，一部分被归纳命名为浔江，另一部分则被汇总命名为漓江。

只因这一脉滋养生命的灵秀之水，便有树生发，有草滋长，有庄稼、果木和竹子，青青翠翠拔地而起，有山，长成了竹笋般峭拔挺立的峰林、峰丛。于是乎，也有了山水之间热火朝天的民生。

《人民日报》2024年10月7日第8版

# 秋至祁连山

朝
颜

　　9月上旬，我从西宁城起身，一头扎进了祁连山腹地。此时，盛大的秋天已经来临，我亲见了一场属于高原的天地大美。

　　车子顺着祁连山南麓的公路匀速前行，窗外的祁连山始终逶迤左右，耐心地画着似乎永远也画不完的蜿蜒线条。我掏出手机，定格下一幅色彩斑斓、意境悠远的画面：山的高处，蓝天清澈旷远，天边的白云仿佛随时要飘落下来，轻轻覆住青绿的山脊；山坡上，几顶白色的帐篷散落其间，黑的牦牛、白的藏羊正在啃食青草；山坳里，几块高矮不一的牧草地不规则地卧伏着，密密丛丛的牧草正在由青转黄；山脚下，一条泛着粼粼银光的河流从白桦林间穿过，大片的青稞已经熟透，铺排开平整的金色地毯……

　　行至青海省海北藏族自治州门源回族自治县，丰收的田野图景远非我想象中高原的样子。门源是一个农业大县，也是一个旅游大县，素有"金色门源"之美称。在祁连山的重重包裹之下，县境内有一块块宽阔平坦的盆地，放眼望去，一马平川。每到秋天，4万多公顷的耕地麦浪翻滚、青稞饱满、油菜丰收，收割机在庄稼地里穿梭忙碌，目之所及无不是铺天盖地的金黄。

　　我从未见识过真正的青稞，若是远观，秋天的麦子、稻谷和青稞都是金灿灿的，并无太大差别。这次，我下决心要亲睹青稞的真面目。趁着汽车停下的空当，我飞快地跑向一块青稞地，拍下了它的特写。只见青稞穗短而结实，每一粒籽实上都伸出一根长长的芒刺。我小心地剥出一粒青稞米，放进嘴里尝了尝，感觉到一股淡淡的粮食清香。相比稻米，它的质地要柔软得多。当地人用青稞做成糌粑、面饼、粥或炒饭，也用来酿青稞酒。青海的文友买了几张大大的青稞饼，在车上分给大家吃。我掰了一点儿，细细地咀嚼着，那种陌生而青涩的味道，在我口腔里充盈了许久。

这时节，祁连山南麓的秋果子也成熟了。沙果、梨、沙棘果、人参果……各具风味。在这里，我第一次品尝到了青海的香蕉梨。它形状似梨，色泽金黄、个头匀称，口感却似香蕉，软糯香甜、入口即化。我惊讶这么好吃的水果为何没有卖到外地去，原来香蕉梨一旦成熟，保鲜时间极短，无法长途运输。我算了一下，高原上的油菜、粮食和水果从生长到成熟的周期，都比低海拔地区短得多，因为一年中温度适宜的时间只有区区几个月，它们要抢着开花、抢着结果、抢着成熟。

从门源县进入祁连县当晚，下了一场暴雨，气温骤降，大家纷纷穿上预备好的秋衣秋裤。每一场寒流，都像是大自然打翻了一次调色盘，金的、黄的、红的、绿的、白的，各种植物的色泽将更加明艳，雪山、草甸、树木、田野、河流，各个板块的层次将更加分明。听当地人说，再过一个月，祁连山南麓将呈现层林尽染、气势恢宏、风光旖旎的深秋景象，着实美不胜收。想到随便举起相机都能拍出一张大片，我深深地羡慕了。

清晨从酒店出发的时候，秋风裹挟着阵阵凉意，透过未扣紧的衣领钻进身体里。隔着车窗玻璃往外看，天地间水汽氤氲，一团团厚厚的云雾缠绕在祁连山脉的峰顶和山腰上，真个是云山雾罩、恍如仙境。一路上，我们经过牛羊和马匹成群的草场，也经过河汊纵横的湿地。那些小而曲折的水系，都是八宝河的支流。它们在草原上时而出现、时而消失，并没有一条十分清晰的水路，似乎它们只是自由随意地为着滋养草地、喂哺生灵。

的确，在祁连山南麓的湿地上，生活着大天鹅、黑颈鹤、绿头鸭、赤麻鸭、斑头雁等大量野生动物。其中，黑颈鹤是唯一生存和繁衍于高原的鹤类。在祁连山国家公园生态科普馆观看纪录片时，我看到一个令人动容的故事：一对黑颈鹤夫妇生下一儿一女两只小黑颈鹤，哥哥在刚刚学会飞翔时不幸遇难。当黑颈鹤夫妇带着妹妹飞离青海越冬时，它们一齐来到哥哥遇难的地方，反复低飞、盘旋、悲鸣，然后才不舍地振翅高飞。它们是如此长情，就像对这片高原湿地一样，不离不弃。

正当我想着黑颈鹤出神之际，突然有人惊呼："快看，斑头雁！"我赶紧转过头去，只见一群大鸟正从湿地上起飞，在空中排成队列，朝高处和远方飞去。天气凉了，它们迁徙的时候已经到了。此后，它们将承受极低的氧气浓度，飞越高山，跨越千万里之遥，飞向温暖的南方度过冬天。有人举起了长焦镜头，等我反应过来掏出手机时，斑头雁已经只剩下几个小黑点。

来到祁连山国家公园野生动物救护繁育中心时，雨已经停了下来。云开雾散之后的山地和草原显得更加清新明媚，一丛丛树形优美的青海云杉为大地增添了勃勃生机。一只毫不惧人的岩羊踩着小碎步走向人群，左嗅嗅、右蹭蹭，仿佛在进行独特的迎客仪式。我走过去，摸摸它坚硬的羊角，摸摸它光滑的皮毛，它也不急不恼。听工作人员说，这是去年救护的野生岩羊，刚带回来时还不会走路。现在，它活得健康、安然，俨然已经把救护中心当成家。

跟随工作人员的脚步，朝着一个个繁育基地走去，我见到了此前从未见过的藏原羚、狍子、蓝马鸡、秃鹫等野生动物，也见到一只会伸出舌头舔人手指的梅花鹿。每一只野生动物被救护回来后，工作人员都要对它们进行驱虫、救治，而后是繁育或者放归自然。但总有一些无法适应野外生存的野生动物，要在这里终老。比如一只受伤的黑颈鹤，从德令哈救助回来后，由于翅膀和脚趾都受过伤，且不能完全恢复健康，只能孤单地待在一个小房间里，遥想曾经任它翱翔的广阔天地。庆幸的是，天气一日日变凉，再也不能完成迁徙的它，至少拥有一个温暖的庇护所。

返程的时候，我仍然一次次被祁连山饱满柔和的线条感动，被山沟里流淌的溪流感动。天地有大美而不言，当人类用心庇护着自然，自然也会全力佑护着人类。

《人民日报》2024年10月16日第20版

# 釜溪河畔

李美桦

　　小时候，我对自贡充满了向往。我的小学班主任是自贡人，在老师一次次的描绘中，这个产盐之地曾经是那样繁华。釜溪河畔，高耸的天车，沸腾的井灶，忙碌的盐船，热闹的街市，以及绚丽夺目的彩灯，香喷喷的盐帮菜，都像磁石一样吸引着年少的我。

　　第一次走进自贡，是在初秋时节。

　　釜溪河碧水如镜，两岸绿树葱茏，绿色长廊自西往东蜿蜒而过。戏水的鸭子，掠过河面的小鸟，倒映在水中的房舍，在闪烁着蓝色波光的水面上若隐若现。声声虫唱，啁啾鸟鸣，以及弥散在时光里的鸡鸣犬吠，写着这方水土的安宁。

　　自贡，位于四川东南部，因盐而生，因盐而兴。兴盛时期，被称为"天车"的盐井井架林立，井灶密布，铸就了自贡的繁盛。时光荏苒，这些场景消逝在历史的尘埃里，成为这座城市记忆深处的风景。我没有看到林立的天车、兴盛的矿井，但街巷里熙攘往来的人，活色鲜香的市井气息，同样让我感受到了千年盐都的勃勃生机。

　　釜溪河边，有一座自贡抗战盐运文化陈列馆。院落古朴幽深，石阶斑驳厚重。声情并茂的讲解员，把我拉回到那段战火纷飞的岁月。全面抗战爆发，海盐基地惨遭破坏，为保军需民食，自贡扩大盐业生产规模。那时，釜溪河畔矿井轰鸣，井灶熊熊，蒸锅沸腾。盐工挥汗如雨，盐船往来穿梭，桨声灯影里翻卷的，不仅是一派繁忙的景象，还有镌刻在时光深处的殷殷爱国情。

这里自古是自贡井盐出川的必经之地，商贾云集，盐业兴旺，集市昌盛，也成就了今天的仙市镇。仙市镇是个有着1400多年历史的古镇，至今还完好地保留着四街、五庙、一祠、三码头。经过时光浸润的古风遗韵，在流逝的光阴中见证着这方热土的兴盛和变迁。

古街、牌坊、祠堂、庙宇、码头，犹如一个个活着的文化地标，向世人讲述着岁月的朝朝暮暮、日起日落。在我的眼里，老街小巷的一砖一瓦、一门一窗，都是一道道别致的风景，每道景观都有它独特的韵味和故事。街巷里闲逛的游客，坐在竹椅上摇扇的太公，桌旁低头闲谈的婆婆，街边择菜的大姐，门墩上打盹的猫咪，在静好的岁月里是那样惬意安详。

站在仙市古镇的码头边，脚下流过舒缓的河水。微风阵阵，碧水苍苍。古榕根须冉冉，绿意盎然，婆娑的树影下那几分难得的清凉，让人无比舒爽。浓浓树荫下，我在茶桌旁要了杯清茶，袅袅茶香让我心静如水。放眼望去，水天相接，岸边葱翠的竹林，倒映在水中的树影，旖旎出古盐道上特有的水乡风光。

若是早上来釜溪河，风光更是特别。淡淡的雾霭下面，清清河水犹如碧绿的玉带，静卧在城市的怀抱中。从河边转到街巷，眼前是一条沿街为市的街道，背竹篼的，提篮子的，连声吆喝的，讨价还价的，满街方言俚语氤氲出一片烟火气。

街头茶铺门里门外坐着人。坐在里面的舒坦，坐在门前的随意。有人泡了茶，有人托着茶杯，还有的端来自家的面条，慢条斯理吃着早点。都是老熟客，吃什么、喝什么不重要，重要的是大家围坐在一起。家长里短，四季农时，江湖传闻，一天就从闲适的"龙门阵"中开启，鲜亮而美好。

"凉糕，卖凉糕！"

"豆花，包子，抄手皮——"

眼前都是忙碌的身影，耳边全是亲切的叫卖声。街两边的店铺经营着日用百货、水产干杂、当地小吃，沿街围墙上挂着衣帽鞋袜等用品。临街的地摊上，则是刚采摘的瓜果蔬菜，红彤彤，绿油油，嫩汪汪，看上去无比新鲜。

"大爷，这么早你就来摆摊了？"

"嘿，早起的鸟儿有虫吃，再晚就没人买喽！"

大爷乐呵呵地说着。看着地摊边的菜农，我想起了母亲。老家土地肥沃，水源丰沛，瓜瓜菜菜惹人喜爱。每到这个时节，母亲一早就背起挂有露珠的小瓜茄子白菜，往集市上赶，为的就是能卖上一个好价钱。

一块白色的塑料布上，嫩嫩的南瓜茄子，碧绿的豇豆青葱，红红的番茄辣椒，都是那样的水灵。卖菜的婆婆坐在街边的小背篓旁，眼睛留意着过往的行人。老人告诉我，豇豆是卖剩的，每斤就算1元5角；小瓜茄子一个价，2元5角一斤，卖完了好回家。看着渐渐升起的太阳，老人说她今天晚来了一步，不然早就卖完了。老人爽朗的笑声和讨价还价声交织在了一起。

沿釜溪河畔继续走，还可闻到空气中酸爽绵绵的醋香。那便是太源井晒醋生产厂区。

釜溪河畔，因气候温暖、雨量充沛，微生物丰富，为晒醋酿造提供了优越的条件。在这个始建于清道光二十八年（1848年）的老字号，听不到大型机械的喧嚣，而是工人翻醋、装坛、淋醋、灌装，井井有条。院子里，沿坎边，屋顶上，摆放得整整齐齐的晒醋坛，在阳光下反射出耀眼的光芒。和其他食醋相比，晒醋以麸皮、大米为主料，和上百味中草药制成的药曲拌醅入坛，放在室外经两年以上自然发酵，经过传统工艺精酿而成。

厂里的师傅对我说，入口的东西做不得假，晒醋晾晒时间长，所有流程都得实打实干。我吸了一口晒醋，唇齿间瞬时溢满酸里带甜、回味绵长的醇香。我总觉得，历经百年的晒醋工艺，和自贡过去采卤制盐的流程一样，秉承的是浸润在盐文化里的道义良心。

蓝天、碧水、绿树，一切都是这样的静谧安详。清清的釜溪河，悄然润泽着沿岸的码头、村庄、街巷，以及植根于这片热土上的盐文化。这些充盈在大街小巷的人间烟火，犹如亘古传唱的歌谣，更如窖藏的陈年佳酿，让有滋有味的日子变得余韵悠长。

《人民日报》2024年11月6日第20版

# 与白鹇相约

范晓波

　　第一次到金刚岭时，我已陪父亲在江西婺源虹关和飞凤峡转悠了两天。他过了年就80岁了，在外一般只愿住一晚，路过金刚岭时，身心已有些疲乏。只因听说有可能拍到白鹇，才同意进山看看。

　　金刚岭村离飞凤峡只有两公里多，也可以说，在一座山的不同侧面。飞凤峡是山那边的峡谷，金刚岭则是山这边高岭上的小村，全村才30多户人家。但村外的红豆杉、枫树、樟树、苦槠等古树浓荫蔽日，其中一株千岁红豆杉，树干需3人才能合抱。它们高大的身影庇护着村民，也彰显着村庄的历史。

　　我们到达时是午后，白花花的秋阳在屋瓦、树冠和剪影般的山脊上一闪一闪。问骑着电动车从村口路过的村民，这里是否有白鹇出没。他说，有。随后掏出手机打电话把老汪喊来。老汪看上去60多岁，听说我们为白鹇而来，他说要等到傍晚5点左右，白鹇才会下山来觅食。

　　父亲问："一定会来吗？"

　　老汪憨笑着答："一般都会来的，我每天会撒点玉米给它们吃。"

　　父亲看看手机上的时间，担心赶夜路回去不安全，犹豫了很久，说："还是下次再来吧。"

　　我记下了老汪的手机号，并约好，下次再来，就住在他开的民宿里。

　　此后半个月，我多次向老汪询问白鹇的消息。老汪答："差不多每天都下山来，有时是早晨，有时是傍晚。"

20多天后，我从南昌开车到鄱阳接上父亲往婺源赶。到达金刚岭时，夜色把整个村落藏在怀抱里，只有寥落的几点灯光把村庄和山野区分开来。

打了几次电话，才找到老汪的民宿。他的民宿就是他的家，有十几间房，两个房间留给自己和儿子，其他都能住客。

晚餐吃的是面条。父亲问："明天一早能拍到白鹇吗？"

老汪像没把握答出标准答案的小学生，望望老伴，又看看桌面，说："这两天风大，每天早上都有人进山捡板栗，白鹇看见人可能不敢下来。"

老汪的老伴接过话来："是哦，刚才我看见有人戴着头灯进山了。风把板栗都刮到地上了，厚厚一层，一晚上能捡几筐。"

老汪见父亲送到嘴边的面条停住了，赶忙说："明天傍晚肯定能拍到的。我去山边守着，不让他们干扰白鹇。早晨实在拦不住，好多人舍不得睡，半夜就进山了。"

我也怕父亲失望，问老汪："除了白鹇，金刚岭还有哪些鸟和动物？"

老汪才说到每天早上红嘴蓝鹊好吵，他老伴就把话头抢了过去："老鹰也多。我们的鸡放养在菜园里，老鹰常冲下来偷小鸡崽。有一次，我家的母鸡被它吃了半天，我冲到边上，它才不甘心地飞走。"

见我面露好奇，她干脆坐到桌边，摆起架势开讲："蛇也偷鸡的。有次我去捡鸡蛋，看见一条手腕粗的乌梢蛇卡在鸡栏的网上，网眼太小，它钻不过去，也不晓得退回去。猴子也很多的，有时会来菜地里偷萝卜。猴子胆子大呢，我们隔着溪水大声驱赶，它们理都不理……"

听到这些故事，我和父亲这一晚都睡得很香。

　　第二天公鸡还没叫，父亲就去山口的观鸟棚碰运气。果然如老汪夫妇所言，陆续有村民背着箩筐从山里回来，发梢上闪着露水的光，箩筐里全是毛茸茸乒乓球大小的板栗。

　　还好，红嘴蓝鹊醒得和公鸡一样早。七八只一群，先是在村东的古树群吵闹，然后首尾相衔，一只接着一只，身姿曼妙地飞到村南的几株柿子树上，叽叽喳喳商量过什么之后，再集体转场到村西头白鹇隐居的杉树林边。

　　吃过早餐，父亲坐在屋前的院子里晒太阳。老汪的房子地势全村最高，门前就是层层叠叠的徽派防火墙和屋脊，波浪状往前展开，再远处是狭窄的田野和高耸的山峰。此刻，还有起得晚的人家在生火做早饭，乳白的炊烟被朝阳镀出华美的金边。

　　等门前的茑萝花都能照到太阳时，巴掌大的黑蝴蝶翩跹而来。金刚岭的蝴蝶个子大胆子也大，有时就落在脚边，你抬脚，它挪动一下身子，但不飞走。落在花上的那些，一个姿势可以定格很久，任你端着相机多角度拍摄。

　　父亲搬凳子坐在茑萝花前，中景、近景、微距，一口气拍了近两个小时。

　　这么好拍的蝴蝶，还是第一次遇上。父亲笑着说，满足得有点不好意思。

　　上午在村里拍了点林鸟。我们去飞凤峡的溪流边转了一圈，午餐吃了山泉水里养大的草鱼和苦槠豆腐。回到老汪家二楼阳光通透的房间，身子往被褥上一靠，倦意舒适地袭来。

　　鸡鸣、狗吠、蜜蜂忽远忽近的哼唱、风掀动竹风铃的脆响、锄头砸进泥地的闷响、山林里敲打木头的声音……声响连成一条路，牵引着思绪回到遥远的童年。

我枕着这些声响迷迷糊糊地沉入睡梦中。醒来时，墙壁上斜框状的阳光已经移到了墙角。

父亲不在房间。我从窗户探头出去张望，见他正扛着相机往观鸟棚走。

我带上长焦镜头追出去，发现老汪正在路口站着，劝说几个追打嬉闹的孩子远离观鸟棚。

老汪说，刚才有一只白鹇下到了山脚平地，有个游客刚好也走到那里，把它吓了回去。他要守在路口，确保白鹇能放心下来。

我在观鸟棚和父亲会合不到两分钟，10米外的树丛中又有白影闪动。

我曾在赣南近距离拍到过成群的白鹇，了解它们的特点。父亲从未见过白鹇，听我说白鹇要出来了，显得有点紧张。

两只雄性白鹇，一前一后，歪着头，试探着往山下老汪撒过玉米的草地上慢慢移动，一边走，一边在草丛里啄食。当它们雪白的长尾完整地显露出来时，父亲的相机咔咔咔响个不停。

羽毛这么白，长得真好啊！父亲一边拍一边感叹。

白鹇的长尾和羽色的洁白确实令人称奇。在山野环境里，白鹇是如何做到如此整洁的呢？我心里对此深感疑惑。

这个傍晚，先后有6只白鹇出山觅食，其中两只是麻褐色的雌鸟。父亲不仅拍到白鹇的各种姿态，还幸运地拍到雌雄同框的画面。

等夜幕降临白鹇回山时，父亲因匍匐太久都有点直不起身子了。原本计划拍到白鹇就返程，他忽然改口说："如果你愿意多住一晚，我也没有意见，这地方太好了。"

是夜，父亲心情很好，主动跟老汪夫妇聊起家事。老汪说，他们两口子原本在上饶做生意，10年前回金刚岭修建这栋房子时，发现祖坟附近的山地有成群白鹇出没，觉得老家环境这么好，回来做民宿搞旅游也不错。后来，又把在城里上班的小儿子也喊回来了。

见老汪的小儿子带着几位客人穿过客厅出门去，才知道，他家除了这栋徽派楼房，隔壁还有装修更现代的房子，节假日每间房要500元一晚。有时客人多住不下，就介绍到邻居家去住。

第二天早上我睡到自然醒时，父亲已扛着相机在村边守候红嘴蓝鹊了。可能是因为昨天已了却夙愿，他的步态不像先前那么着急了，一边走，一边悠闲地和早起的村民聊天，似乎他已在金刚岭居住生活了很久。

《人民日报》2024年11月11日第20版

# 梨树怀抱的村庄

辛茜

天空泼洒着热浪，离村口不远的地方，一棵古老的梨树正懒洋洋地靠在院墙上，身上密密麻麻的果子圆溜溜的，是青海人喜食的软梨。我的祖母曾不止一次，在冬天把冻得黑黢黢的软梨放在床头，催促我连同冰碴子一起吞下，治疗我常犯的咳嗽。

暑热季节，村子里静悄悄的，空气里弥漫着花香、树香、果香，听得见玉米拔节时的喘气声。走进另一条巷子，土黄色的院墙一座挨着一座，墙头上伸出的枝叶沉甸甸地垂在墙上、落在地上。走近一瞧，还是软梨。

这个村子，干吗不直接叫梨村，非得叫下刘屯村？

在县上工作的玉兰笑了：若是按这个起村名，贵德县的村子，怕是哪个都得叫梨村了，分也分不清。

下刘屯村，地处青海海南藏族自治州贵德县河西镇，传统作物是冬小麦。除了种地，村民们还兼顾养殖业，近年也曾试种樱桃、小西红柿等。梨树遍布每家每户，产量不大。以往，软梨很受欢迎，早上拉一架子车去附近工地，一天就卖完了。现在水果品种丰富，软梨销路不如以往。然而，下刘屯村人是勤劳的，一代又一代人的劳作给了他们安稳的生活。现在的青壮年里，不少男人是优秀的钢筋工、瓦工，女人则擅长粉刷，收入来源多样。

走至大院前，一棵梨树在大门旁悄然而立，一侧的树冠结着一串串青中见黄的长把梨。这也是贵德特产，口感香甜，汁多肉细。院内，阳光灿烂，坐北朝南的三间木屋为明代建筑，榫卯结构，端庄简朴。檐上木雕玲珑，窗为菱形木格，窗下青石雕刻，自然古色。堂屋宽敞明亮，阶下花草繁多，梨树、杏树、艾蒿、菊花相互纠缠，中间还挤着一株诱人的西红柿。雅与古，源自历史悠久的建筑风格，也是一种从容、悠然心态下的生活方式。

几百年来，许多外来手艺人带来了皮影、刺绣、绘画、戏曲。石匠、毡匠、靴匠、制作面具的民间艺术家活跃在村子里，使下刘屯充溢着艺术趣味。

我们见到了老画家崔吉寿。他从11岁起师从自己的叔叔，因聪颖好学、刻苦努力，在这一带颇有名气。他为古建筑和百姓家的门户画装饰，所绘山水人物、吉祥图案、小鸟花卉，色彩清淡、配色柔和、线条优美，深受当地人喜爱。

交谈中，老人家拿出收藏的画作供我们一一欣赏，画中天官寿星、麒麟送子、秀气的仙女、灵敏的顽童、温顺的梅花鹿，无不透出老画家的功夫。另有两个做工细腻的托盘，正反两面均有图案，一为牡丹、麒麟，一为双龙、麒麟，是老画家76岁的作品，专门留给两个孙子的。只可惜目前村中年轻后辈学画者少，只有两位人到中年的侄子尚在潜心作画学习。

老画家的儿子也没有学画。他说，他小时候父亲照他的模样亲手制作了一个面具。待他为我们从一堆杂物里搜寻出来，掸过灰尘，一件眉眼俊秀、笑口常开、两颊红彤彤的艺术品露出天真活泼之态，令人爱不释手。问他为什么不学画画，他说，太麻烦。就拿父亲做的这个面具来说，做模具、铺宣纸、勾图、上色、刷浆，一层又一层，直到一分钱硬币的厚度，工序复杂，消耗时间。为保持色泽鲜艳、历久如初，还得用珍贵的天然矿石等做颜料。但是，谈起父亲的画作，他很自豪，并想为父亲编辑出版一本画册。村上每年要举行正月社火，他也是回回参与。下刘屯的社火在这一带是很有名气的，不过社火表演需要凑够108个人，村里人手不够时，还要动员放寒假的大学生参加。

在我们的鼓动下，老画家的儿子唱了一段社火曲调。随着歌声飘扬，在座的人们无不受到感染，喜悦之情溢于言表。我再次环顾老画家的小院，发现房后的院墙上还分别绘有一幅菊花、一幅荷花。菊花鲜亮，无浮华之气；荷花温柔，飘逸曼妙。画旁一棵鲜润有神的石榴树开着橘红色的小花，画下一串连着根蔓的小南瓜无忧无虑地躺在地上。

还有更奇的：花园里还立着一截高高的土墙。这土墙建于明代，是古人修筑的防御工程的一部分。令人惊讶的是，土墙的修筑年代，甚至可能早于贵德县始建于明万历二十年（1592年）的玉皇阁。

为了保护这截土墙，老画家用了不少心思。过去，这段仅存的土墙风化严重，可还是有人不停地来这里挖土，说是能入药，或者当肥料。老画家坚决不让挖，还命儿子干脆砌了道砖墙将土墙围了起来，不让任何人靠近，也不允许儿子在土墙周围建牲口棚子，宁肯让花园长满荒草。后来，村里人对古迹的保护意识增强了，大家都关心起土墙来。其实，对土墙的怀念，也是人们对祖先生活的追忆和依恋，寄托着绵延的情思。驻守在这里的先辈，或许健壮豪迈，多才多艺；也可能过得无比悠闲，简朴的生活、动听的乐曲、喧哗的笑声、庆祝丰收的鼓点，足以使他们心满意足。

老画家听爷爷说，过去村里懂音乐的人很多，画画的也多。每逢六月庙会、欢庆的节日、正月耍社火的日子，人们总会头戴面具，载歌载舞。这让我想起十几年前见到过的出自贵德的一种面具。我惊诧于它同意大利威尼斯面具极为相似的精巧细致、色彩艳丽，四处打听它的来历。但是遍访了许多地方，也没找到制作这种面具的村子，无法确定这一乡村文化同欧洲文明有无时空上的联系。

　　无论何处的人类进行怎样的创造，都离不开先辈的启示，也离不开脚下土地的滋养。古老而丰饶的乡土，就像村口那棵多子多福的梨树，随着年轮的增长，开花、结果，发出新芽。而我们又是多么的幸运，还能在历经风霜的这棵梨树下，赏花、乘凉，吃到树上的果子。古人的生活智慧和艺术成就，浸透了他们的热情和心血。我们带着无限敬意反复回味，感受它历久弥新的意蕴和美丽。

《人民日报》2024年11月20日第20版

# 边城翠翠

谭仲池

从边城归来，在很长的一段日子里，我的眼前仍晃动着那根光泽锃亮的钢缆。它穿过船体上的铁环，横跨江面固定在岸边坚实的墩座上。我们上船后，一个苗族青年手持带有凹槽的短木棒，在钢缆上一卡一拉，船就顺着钢缆驶向对岸。

由四川过湖南去，靠东有一条官路。这官路将近湘西边境到了一个地方名为"茶峒"的小山城时，有一小溪，溪边有座白色小塔，塔下住了一户单独的人家。这人家只有一个老人，一个女孩子，一只黄狗。小溪流下去，绕山岨流，约三里便汇入茶峒大河。

由沈从文《边城》开篇时提到这7个"一"，巧妙地铺开，便牵出了一个动人的凄美爱情故事。从此，翠翠就活在许多读者心中，沈从文的名字也和边城紧紧地连在一起。2021年秋天，我第一次来边城，是特意来寻访边城故事的诞生地。当时，我发现白塔下河边上耸立着两架水车。这是《边城》中没有提到的。可这两架水车，却勾起了我一番感慨。

水车极自然地成了见证边城巨变的"时光老人"。我白天在边城看到水，看到牌楼、石桥、村落、街道、小巷、码头和木船、竹筏、客栈、饭店门前悬挂的酒旗、灯笼，还有已被岁月风雨冲洗和人车踩压出的深浅不一的印痕。这一切都在被旋转歌唱的水车日夜不停地召唤着。

我在茶峒师范原址，看到依山而建、青瓦重叠有序覆盖的音乐教室，似已有近百年历史。每一片瓦都是一个欢乐的音符，似甘霖夜露、月色花香，在滋润边城一代又一代的心灵。想起沈老先生在书中所言："一切河流皆得归海，话起始说得极纵远，到头来总仍然是归到使翠翠红脸那件事情上去。"可令人感叹惋惜的是在这个一脚踏三省的茶峒，翠翠与傩送等待的"明天"始终没有到来。反而在一个风声、雨声、雷声交加的夜晚，木船被波浪卷走，白塔被洪水冲塌，老船夫在风雨嘶鸣中死去，只留下翠翠和一只黄狗……

我第一次来到边城，就把这些所看到、品味着的印象，形成了不同的画面，留在心上。尤其是那水。水是多处流的，唯有这水对于边城的人、边城的生息、边城的风致和爱情，就显得尤为珍贵，甚至与命运相连。小说《边城》也像茶峒大河的一束浪花，永远流光溢彩地映照和滋润边城的岁月。亦如沈老先生所言："我除了夸奖这条河水以外真似乎无话可说了。"我第二次来边城，打算多住几天，看看能不能在这里遇见当今的翠翠。

我很幸运。曾经相识的湘西女作家龙宁英，她对当地文化很有研究。这次有她同行，自然就成了我的向导和老师。在采访空隙，她不止一次用苗语给我们唱歌：

> 你歌没有我歌多，我歌共有三双牛耳朵。唱了三年六个月，刚刚唱完一只牛耳朵。

是的，现在的边城与3年前的边城又不一样了。在当下全域旅游掀起的热潮中，边城又焕发了青春的蓬勃，变得更加整洁、繁华、美丽。

在边城，不知不觉就过去了两天。

第三天，我决定去离边城镇几公里外的和平村，看看乡村振兴中的这座边城新农村。清早，团团白雾还飘浮在苍翠的山峦，田园村落都隐藏在茫茫白雾里，眼前的一切如梦如幻。待太阳升高，白雾散尽，山野的一切都显露出各自的姿态，放射着青绿黄紫的鲜活色彩。上午10点，穿过黑瓦白墙夹道的栋栋村民住宅，沿着弯曲村路，我们步行去看村上规模达4000亩的脐橙基地。望着山峦坡边挂满脐橙的果园，我转身细细端详眼前的80后女村支书曾华，觉得她正是我心中想象的当今翠翠。

此时，我想起了头天下午与她在镇上交谈的情景。她穿一件白色短袖上衣，乌黑的短发，白净的瓜子脸，一双大眼睛。说话时，声音悦耳，脸上不时浮起浅浅的笑窝。

我问曾华读过《边城》没有？她说："当然读过，我记得最清楚的是书中的一段对话，其中有一句说'别说一个光人，一个有用的人，两只手抵得五座碾坊！洛阳桥也是鲁般（编者注：中国古代建筑工匠，相传姓公输，名般，亦作班、盘）两只手造的'。"我记起来了，这是书中老船夫与一个茶峒人的对话。后来，老船夫在心里说："翠翠有两只手，将来也去造洛阳桥吧，新鲜事！"

了解曾华的故事后，我才明白她为何喜欢这句话。她体悟到了其中的深意，我从内心佩服她。

曾华不是鲁班，她不能造"洛阳桥"，可她用两只手和村民们造了一座"花果山"。在交谈中，我还知道曾华的丈夫因一次车祸落下了终身残疾，可他以惊人的毅力，克服身残的困苦，仍去广东打工，全力支持曾华的工作。而曾华珍惜丈夫的相助情谊，勇敢地挑起了养育两个子女、操持家业、带领全村脱贫致富、建设美丽乡村的担子。

望着眼前这个灵秀聪颖的女子，我真的无法想象她内心的明澈、她意志的坚强，她是怎样坚持奋斗过来的。听着她的含泪诉说，我被感动得泪花盈眶。我走进果园，用颤抖的手从树上摘下一个带着几片绿叶的金色脐橙。我要带回长沙去，与家人分享曾华和乡亲们一起创造的甜美生活。

我在边城镇采访时，总会在不经意中，听到镇干部讲起火焰土村的故事。我决定去实地察看。

火焰土村有202户人家，长期以来散居在山峦坡边。房屋底下都是已打通的矿洞。随着时间的推移，如遇暴雨雷击、山洪暴发，随时都可能引来房屋的倒塌。站在我眼前的女村支书龙伍华，年龄并不大，可她饱经风霜的脸庞，极度劳累留下的走路姿态，使我对她的经历产生了好奇。她对我说："前些年，由于矿山的业主违规无序开采，整个山体百孔千疮。好在近几年从严督办、整改，采取关矿、堵洞、垦复、栽树还绿的举措，才还了昔日的青山绿岭。"

我爬上山梁，穿越荆棘丛生、已经封堵垦复的矿井旧址，就能看见脚下和远处山峦已完全恢复良好生态。我心情慢慢舒展开来，不禁深深感叹于沈从文那句"一切生命无不出自绿色，无不取给于绿色，最终亦无不被绿色所困惑"。这时，一个背着双肩包的青年小伙子，赶着一群毛色油亮的黄牛，向山头缓缓移动，一会儿就消失在一片绿色的丛林中。

返程途中，我想起沈老先生在《边城》中的一段话："诗人们会在一件小事上写出整本整部的诗，雕刻家在一块石头上雕得出的骨血如生的人像，画家一撒儿绿，一撒儿红，一撒儿灰，画得出一幅一幅带有魔力的彩画，谁不是为了恬着一个微笑的影子，或是一个皱眉的记号，方弄出那么些古怪成绩？"说得真好，真妙！我想沈老先生若地下有知，他看到今天的边城铺开的瑰丽画卷，激荡的历史回响，呈现的美好生活风情，他或许会写一个《边城》的续集，描绘当代翠翠的传奇。

# 漩门湾，万物比邻而居

苏沧桑

一

只要我站在这片稻田边，耳蜗里便会涌起漩门湾远古的海潮声。海豚拜潮、沙鸥翔集的欢鸣，巨型漩涡的咆哮，讨海人汗水滴答，晒盐人木屐笃笃……声声在耳。

"沧海桑田几清浅"，半个世纪前，故乡浙东玉环岛人为图生计，在漩门湾拦海筑坝，化天堑为通途，化汹涌波涛为万顷桑田。每当我站在漩门湾纵横交错的田埂间，如同站在自己名字的笔画之间。

往事如潮水退去，万物如潮水涌来。此刻，初冬的漩门湾被一种只属于丰收时节的芳香深深浸染。

晨光里的稻田，色彩饱和度很高。成群的麻雀在闪闪发亮的稻浪间冲浪，用涨潮般一浪高过一浪的古老语言呼朋唤友。

夕阳下的稻田，蒸腾着一天里最浓郁的稻香，稻香仿佛具备和万家灯火同一质地的橙黄。

月光下的稻田，像一面黑白色的、香味冷冽的、静谧的湖，最黑的部分，是墨滴般的稻穗。

暖色或冷色，激越或低沉，仿佛拥有跨越语言的同一个密码，让漩门湾的天地万物如此和谐。

在雨中的稻田里，我尝了稻谷。捻开手感有点涩的稻壳，晶莹的一粒新米有点硬，很香。

我蹲下身，用食指挖起一小坨黑色的稻田泥，放在唇间抿了抿。我想尝一尝，沧海变成的桑田，是不是还留着海水的味道。泥土不咸也不苦，连腥味都没有，可我尝出了这片土地饱含着的几代新老玉环人的热血和热泪。

# 二

立冬时节，曾经候鸟般奔波于故乡玉环和异乡之间的我，做了漩门湾的一只"留鸟"——一座简朴的书屋在漩门湾观光农业园一隅落地，面朝东海的方向，成了年已半百的游子新的根。

漩门湾田园诗般的时空里，住着我的左邻右舍：黑鹳、勺嘴鹬等5万多只候鸟，数不胜数的鱼虾贝蟹，布谷、麻雀、蜻蜓等鸟类和昆虫，水稻、木麻黄、串钱柳、桂树等植物，还有无边的花海，以及日月星辰、河水云朵，还有即将到来的霜、雪……

河岸边，一对年近花甲的夫妻正在修水泵，他们是我书屋后柑橘园的男女主人。来自凡塘村的夫妻俩承包了30亩地，每天凌晨两三点就来侍弄满园的红美人和文旦树，最累的是施猪栏肥。夫妻俩说，大女儿有一对双胞胎，小儿子还在读大学，自己累一点，儿女就轻松点。

雨天的午后，我循着电瓶车车轮的泥水印，走进书屋左手边的草莓园。来自温岭的两个老姐妹，一位71岁，一位66岁，正在绑草莓网洁布。每天早晨5点多，她俩会带着饭菜、骑着电瓶车来此。老姐姐说，儿女都在新疆，孙女外孙女都读大学了。生活做习惯了，不做可惜了。

草莓园的主人，是来自临海的明月夫妻俩。此刻，他们正在自己搭的棚屋外洗草莓网洁布。4年前，他们慕玉环之名而来，包了20多亩地，以观光采摘为主业。无土栽培，模式先进，雪白的网洁布铺在草莓丛下，草莓果长在上面，特别干净。

教过书代过课的明月，说起晚上无聊只能刷刷短视频时，笑容羞涩；说起这几年头发白了好多，眼中隐约有泪光闪烁。

从棚屋出来，突然闻到雨水里淡淡的桂花香。她说，对，是桂花，可香了。

我听出她语气里的一丝丝喜悦。

我想尝尝她家煮的草莓酒，想等草莓成熟时，带亲戚朋友来买点草莓和他俩种的蔬菜，想去柑橘园采红美人和文旦，买鸡鸭鹅和它们的蛋。我还想问问正致力于园区提升的乡友们，如何能帮到他们。

今晚，明月的棚屋里，会传出她喜欢听的越剧吗？

那些无意将劳累艰辛写在眉宇间、眼神里，并面带笑意的人，心里必定有一团光。

## 三

年轻人从载着收割机的大卡车上一跃而下，他望向我书屋后金灿灿的稻田，棕黑色的脸庞绽开比稻田更灿烂的笑容。

两台大型收割机在小雪节气来临前，抢收着今年漩门湾湿地最后一批晚稻。之前，它们和伙伴们一起，驰骋于漩门湾三期盐碱地改造的1800亩海水稻田里，穿梭、切割、脱粒、粉碎秸秆一气呵成，稻粒"哗啦啦"泻入大货车里时，泉水般动听。

"永芬"这个名字，仿佛天生与稻有缘。花甲之年的沙鳝村人永芬指挥着那些"铁骏马"，在玉环岛无边的稻田上驰骋，一路留下稻秆和稻谷杂糅的芬芳。他是玉环种粮大户的合伙人。问他辛苦吗？说，不苦也苦，苦也不苦。

转眼间，这个一年大约可以碰面两次的邻居，率领着他的"铁骏马"和战利品轰隆隆而去。

站在云层中投下的光柱里，我想象着永芬他们在这片田地里播种油菜的情景，会是他说的无人机播种吗？

千百年来，玉环岛融农耕文化、海洋文化和移民文化于一体，像永芬这样的故乡人敢想敢干的性格从未改变。7年前，新老玉环人立足漩门湾，再改地图，撤坝建桥，重构生态。

只要将手指放在玉环岛蓝绿黄相间的地图上，我的眼前便会浮现起古志里的漩门湾胜景奇观。再将手指往东南方移动一点点，我的眼前便会浮现起一片未来的图景：面朝大海的玉环市未来新城，正以神奇的速度在漩门湾三期拔节生长，它是现代美学与古老气质的融合，更是人与自然在嘶吼对抗后的握手言欢、和谐共生。

雨后。一位园区保洁阿姨蹲在我书屋前的河埠头，从水里摸上一大把螺蛳，又放回水里，说，不拿回家吃了，螺蛳吃垃圾，保护生态的。

我无意为漩门湾的每一粒稻谷每一只麻雀每一朵云取名，也无法一一了解或记住漩门湾所有邻居的名字。重要的是，万物比邻而居，本应……用故乡的土话说：好来好去。

《人民日报》2024年12月4日第20版

# 巴陵胜概

毛定之

"巴陵无限酒，醉杀洞庭秋"是李白游洞庭湖后所吟咏，可谓神与境会，忽然而来，浑然而就。与其说他"醉"于"无限"之美酒，不如说他"醉"于"无限"之美景。"巴陵"是湖南岳阳的古称，又名"岳州"。岳阳建城始于公元前505年，一说因原郡治位于天岳幕阜山之南而得名，是一座有着2500多年历史的国家历史文化名城。说不清自己去过多少次岳阳，说得清的是总想故地重游。

巴陵的山，闻名遐迩的首推"爱情岛"——君山。它小巧玲珑，是一座"爱心"形状的小岛，屹立于万顷碧波之中。"遥望洞庭山水翠，白银盘里一青螺"描摹了它的清丽柔美；"日月每从波底出，峰峦常在气中浮。人生志节当如此，屹立狂澜几万秋"又赞叹了它的强悍和坚韧。旱季时，我坐车上君山，十分便捷；水丰时，乘游轮登岛，又别有情趣。君山面积不大，却起伏着几十座小山峰，山上绿树成荫。君山独特的斑竹郁郁葱葱，竹筒上紫褐色的斑点随着竹竿摇曳起舞，观之使人情动心迷。还有君山银针茶，叶形俏秀，色泽青翠，茶汤醇香，早为贡品，久享盛名。我和家人在岛边临风品茗，观湖览胜，惬意满怀。

我祖居村边的小河水流清澈，总是波澜不惊，它是汨罗江的支流鹅江。在江边，我第一次听父亲讲述屈原的故事。太史公说屈原"乃作《怀沙》之赋……遂自投汨罗以死"，明确指出屈原殉国之处。当地百姓便以各种形式祭祀屈原。至今，家乡端午节都要吃粽子和盐蛋，挂艾叶和菖蒲，喝雄黄酒，赛龙舟。家里的粽子都紧紧包成四角状，里面除糯米外没掺杂别的馅料。糯米是经碱水泡过的，灶上一蒸，满屋浓香；剥开粽叶，每一枚粽子都是那么的光润金黄，这黏糯这光泽，莫非是世代百姓对屈原的崇敬之心怀念之情？这里的赛龙舟也非同寻常，极为隆重，有偷神木、雕龙头、唱赞词、龙舟下水、龙头上红、朝庙、祭龙等特殊风俗。因是纪念屈原，更有"宁荒一年田，不输五月船"之民谚流传。

据史料记载，屈原在巴陵地区生活长达近10年，在此创作了大量深蕴思想的作品。《九歌·湘君》中"驾飞龙兮北征，邅吾道兮洞庭"、《九歌·湘夫人》里"袅袅兮秋风，洞庭波兮木叶下"等咏叹，从中均可窥见诗人上下求索的悲壮形象。赓续文脉，弦歌不辍，今年暑期，"共聚蓝墨水上游"的文学交流活动在汨罗举行。每当漫步在故乡的小河边，我都会情不自禁地久久凝视缓缓流淌的河水，像是要在清流下搜寻那亘久的诗意与幽情。

汨罗江与湘江、资江、沅江、澧水等大小河流最后汇入洞庭湖，而后注入长江。洞庭湖是岳阳的血脉，古称云梦，为国内第二大淡水湖。岳阳处江湖交汇之处，怀抱洞庭，北依长江。谈岳阳离不开洞庭湖，没有这渺渺烟波，古城便失不少景趣情趣。孟浩然的"气蒸云梦泽，波撼岳阳城"，贾至的"岳阳城上闻吹笛，能使春心满洞庭"等道出了城湖之间的唇齿关系。正如范希文言："予观夫巴陵胜状，在洞庭一湖。"洞庭湖滔滔莽莽，吞吐长江，水流天际，朝晖夕阴，气象万千。儿时在湖畔常见的场景，不时回映脑际——沙鸥翔集，江豚逐浪，渔歌互答，千帆结阵……

说洞庭湖当然离不开岳阳楼，说岳阳楼更是必谈《岳阳楼记》。在我看来，岳阳楼为洞庭的点睛之笔，而《岳阳楼记》则赋予岳阳楼以不朽之灵魂。

岳阳楼，与湖北武汉黄鹤楼、江西南昌滕王阁并称为"江南三大名楼"。它高踞岳阳古城西门城墙之上，坐东朝西，下瞰洞庭，与君山遥遥相望。据载，此楼始建于东汉建安二十年（215年），现存三层建筑系清光绪六年（1880年）所遗古建筑，飞檐翘角，斗拱交错，庄重典雅，金碧辉煌，为国内独一无二的大型盔顶结构。近年来，岳阳楼不断修缮，新建了瞻岳门、碑廊等多处景观，景区规模扩大，城楼湖山，相映增彩。岳阳楼是立体的画、凝固的诗，在历史长轴上历经千年风雨仍然璀璨夺目。

"江山留胜迹，我辈复登临。"岳阳楼平时游人如织，节假日更是摩肩接踵。盛夏时节，我又登岳阳楼，再一次被"衔远山，吞长江，浩浩汤汤，横无际涯"的景色所震撼，深感范公所述"岳阳楼之大观也，前人之述备矣"的真切。惭于言拙，眼中景心中情难以生动描摹。范公云："居庙堂之高则忧其民，处江湖之远则忧其君。是进亦忧，退亦忧。"诵而味之，惕然警省。

巴陵天下秀，洞庭鱼米香。小时过年才能饕餮的盛馔，现在岳阳城里大街小巷的门店中皆可品尝。此地美食特色在鱼。"鳙鱼大头鲤鱼尾，鲢鱼肚皮草鱼嘴，青鱼中段肉最美"的吃法，可见人们在享用鲜鱼上多么讲究！最有名的莫过于"巴陵全鱼席"。巴陵全鱼席由洞庭湖产的银鱼、鳜鱼、鳊鱼、草鱼、鳝鱼、泥鳅等烹饪的佳肴组成。我在街边小店点了竹筒鱼、松鼠鳜鱼、藕丝银鱼、冰冻鱼胶等全鱼席中的几道名菜，价格适中，鲜美异常，大快朵颐。

巴陵沃野千里、百湖竞妍，也曾星火燎原，是革命遗迹、旧址遍布的红色大地。老一辈革命家任弼时、何长工诞生于此，"平江起义"在此吹响号角，平江成为有名的将军县。自然风光与厚重文化相融，悠久历史与现代文明交汇，光荣梦想与山乡巨变统一。岳阳已成为通江达海的现代港口之城、新材料新能源新装备日益兴旺的新型工业之城。"守护好一江碧水"，这也是一座可尽情深呼吸的旅游之城、生态宜居之城。

回眸巴陵，怦然心动，那是故乡山光水色的灵动、悠深文脉的颤动、新质生产力的搏动。

《人民日报》2024年12月26日第20版

# 漫 笔

馓子飘香

无数枚月亮

麦田里的夏日

月夜随想

心月的辉映

咸水歌

# 江北的早市

朱明东

太阳刚升起，哈尔滨江北的早市就睁开了眼。过高架桥桥洞向北没多远，一辆农用四轮车"吱嘎"一声停在路旁。一对中年夫妇从车上下来，男人打开车厢，卸下时令蔬菜，女人则在马路牙子上铺起一大块塑料布，再麻利地往上摆放蔬菜。正摆着，卖小百货的老张头来了，在对面的马路牙子上支起一个不到两米宽的摊床。接着，卖水果的李大嫂到了，其他摊主也陆陆续续地来了。几个人一顿忙活，寂静的街道转眼成了热闹的早市。

在江北，集叫赶，市叫逛。赶，是为了需；逛，是为了品。"需"自不必说，单说这个"品"。除了品尝和感受人间烟火气外，就是要在逛早市时品出一种散淡、一种轻松和一种从容来。晨曦映照江北大地，江北人纷纷走出家门，奔向早市。近的出小区就到，远的还要开车赶来。此时的江北早市，早已被围得水泄不通。从日用百货到农副产品，从古董旧货到时尚工艺，从吃喝零食到服装鞋帽，只有想不到的，没有买不到的。吆喝声、说笑声、嘈杂声，在江北的早市上一浪强过一浪。

瓜果蔬菜是早市上的主角。江北人爱逛早市，多是采瓜购果买蔬菜。天下滋味早市知。食在人间，哪家哪户离得了吃？瓜果蔬菜的卖家多，竞争也激烈。你家卖瓜，他家也卖瓜，你家从省外进的货，他家在城外有大棚。瓜呀，果呀，都较着劲儿比着鲜，你圆我润它香甜，谁也不比谁的差。价格不贵，任你挑任你选，不满意不要钱。你看，自产的黄瓜带着刺开着花儿，水灵灵地诱惑着人们的眼；大辣椒、小青椒闪着绿油油的光，似在骄傲地宣告辣的誓言；一捆捆小白菜和小葱，白里夹着绿，绿里生着白，如天然的翡翠；那紫得鲜亮的茄子，那胜似红灯笼的西红柿，还有花菜、鲜藕、冬瓜，眼巴巴地看着过往的江北人，盼着能被多看上一眼，多挑上几斤，多买上几两。

一阵酒香飘了过来。前面，七八个大酒坛子一字排开。每个坛子上都贴了张红纸，写着大大的"酒"字。卖酒的小哥大声吆喝。几个老汉不约而同围拢过来。一个问："不上头？"一个"哼"了一声："不上头，那是白开水。"另一个直接拿起一旁的小酒提，就往一个开了封的坛子里舀："酒好不好，尝尝就知道。"卖酒小哥脾气好："对对对，你尝吧，尝好了也好帮我做个活广告。"酒香越飘人越多，闻酒的、品酒的、买酒的络绎不绝。

卖酒的旁边是卖豆腐的。老黄豆腐是老品牌。自打老黄去外地养老，他的女婿就成了老黄豆腐的传承人，几年的勤学苦练，几年的磕磕绊绊，老黄豆腐的牌子总算没有倒。早市上卖豆腐的不只老黄豆腐一家，都是卤水豆腐。赵钱孙李，人不同，豆腐也是一家一个味儿。若讲站得稳立得住叫得响，只有老黄豆腐。块大敦厚，不塌不垮，不渣不涩，没有豆腥味儿，鲜嫩柔滑中还略带淡淡的甜。没个好品行岂能修炼成早市上大家的最爱？

最有烟火气的还是小吃区。大麻花、油炸糕、酥油饼、玉米饼，这个糕、那个点，还有各种风味的粉啊面啊，麻的辣的，都热腾腾、香喷喷地让你满口生津。最吊胃口的要数老庞家的大馃子和豆腐脑。每逢早市，老庞都用新油来炸大馃子，要的就是嘎嘣脆、鲜香酥。老庞媳妇做的豆腐脑白嫩软滑，一勺辣椒油、放一点韭菜花，再撒上一抹香菜叶，那滋味不单单美了胃，更暖了心。不论贫穷还是富有，只要在此待上一会儿，随便吃点儿啥，包你能品出人世间最朴素的美味。

早市是逛出来的。这逛，也得分三类。一类是逛需，买回几斤菜、几斤瓜果，不拖泥带水，买完就打道回府；一类是逛闲，不买东西不捡漏，遛个弯饱个眼福，只图个乐儿；还有一类，权且当晨练，不在摩肩接踵中挤一挤，不闻一闻早市上的新香甜，浑身不得劲儿，一天不踏实。

早市便利了江北人的生活，也蕴藏了江北人的盼头。一年到头，每周一四六就早上几个小时，风雨无阻，雷打不动。它陈列简单，拆装灵活，经营时短，不抢各大商场和超市的风头，更不挤占江北宝贵的空间。在江北人的生活清单里，早市位置虽不靠前，却从未受冷落。

江北的味道里有朝阳的气息，更有江北人用心生活的滋味。

《人民日报》2024年1月10日第20版

# 荆芥的味道

刘庆邦

　　初夏的一天，我坐在菜园边的一棵杏树下看菜园。年轻时在我们老家，我参与过看瓜、看秋，也看过菜园。不管看什么，我都负有一份保卫的责任，防止夜行人偷生产队的东西。而我现在看菜园呢，变成了欣赏的态度，是休闲，看着玩儿。我看见了，菜园里的不少蔬菜都在开花。黄瓜开黄花，辣椒开白花，茄子开紫花。有一对翅膀上带黑色斑纹的白蝴蝶，翩翩地在各种菜花上面飞舞，像是把每朵花都数一遍。可它们数呀，数呀，老也数不完。越是数不完，它们数得越来劲，乐此不疲的样子。花眼看花，看着看着，我觉得蝴蝶仿佛也变成了两朵花，是会飞的花。

　　只有荆芥还没开花。

　　这里是一处建在北京郊区的文化创意园。文创园的建园模式是一园加三园，其他三园分别是花园、果园，还有菜园。花园里的花多是春花，如牡丹、芍药等。它们开时很盛大，也很鲜艳，但花期很快就过去了。果园里的果子多是杏子和桃子等夏果，夏季一过，果子就没有了。唯有菜园里的多种蔬菜，就像其中的两畦韭菜一样，发了一茬又一茬，从初夏到初冬都绿鲜鲜的。

　　我最喜欢的蔬菜是荆芥，说我对荆芥情有独钟也可以。

　　有布谷鸟在园区上空飞来飞去，发出催促人们割麦的叫声。在布谷鸟嘹亮的叫声中，我似乎闻到了麦子成熟的毛茸茸的香气。艳阳高照，菜园里已经有些发热。因我坐在杏树下的树荫里，我不仅感觉不到热，小风阵阵吹来，我反而感到清爽、惬意。我还是起身走出凉荫，到种有荆芥的菜畦边，去看阳光下的荆芥。菜园里种有三畦荆芥，荆芥有些稠密，整个看去，不见植株，只见整块的绿，洒水不漏的样子。大概因为荆芥稠密的缘故，所有荆芥都在争相往上生长，以争取更多的阳光和空间，更好地拓展自己的叶片。这是新发的第一茬荆芥，每一个叶片都厚墩墩的、绿莹莹的，在阳光下闪耀着翡翠一样的光彩。荆芥还不到开花的时候，直到初秋，荆芥才会开花。荆芥开出的是一串串白色的、细碎的花朵。我并不盼着看荆芥的花朵，我更爱看的是荆芥的绿叶。每看见荆芥的绿叶，都会唤起我的记忆。也就是说，我看荆芥，也是看自己的记忆。

我的老家在豫东大平原，从我刚会吃饭的时候开始，每年夏天都能吃到荆芥。生荆芥可以用盐调着吃，可以用蒜汁拌黄瓜吃，也可以下到汤面条锅里煮熟吃。荆芥有一种特殊的清香味，那种味道可以用口舌尝出来，但很难说清。好像它的味道生来就是用来尝的，而不是用来说的。如果硬要说的话，它的味道有一点点像薄荷，入口有丝丝凉意。但它的凉却不像薄荷那么明显，那么刺激。荆芥的凉，是一种温和的凉，恰到好处的凉。听母亲说过，蝇子害怕荆芥，从来不敢落在荆芥上。我注意观察了一下，还真是呢，蝇子可以在别的蔬菜上爬来爬去，无所顾忌，可一遇到荆芥，它们便如临大敌似的，赶紧飞走了。这表明荆芥是一种有独特味道的菜，也是一种健康的菜，吃了对身体有好处。

我19岁那年到煤矿工作，从豫东来到了豫西，从平原来到了山区。在矿区生活了八九年，我不记得自己吃过荆芥，好像一次都没吃过。从豫东到豫西，距离并不是很远，四五百里路而已。可平原上种荆芥，山里人却不种荆芥，也不吃荆芥。每到夏季，我都会想到荆芥，想得几乎口舌生津。然而，好像山里产煤，我们那里不产煤；我们那里种荆芥，山里人不种荆芥，让人一点儿办法都没有。27岁那年，我从河南调到了北京，越走越远，就更吃不到荆芥了。

有一年，母亲来北京帮我们看孩子，说家常话时我说到，在北京吃不到荆芥。母亲有心，我随便说一句闲话，老人家就记在了心里，再来北京时，就带来了荆芥的种子。母亲说，她要在北京种一下荆芥试试。我家住在二楼的一间屋，家里一寸土地都没有，母亲在哪里种荆芥呢？母亲的办法，是把一只废弃的搪瓷洗脸盆利用起来，在里面盛进多半盆子土，放在东边的阳台上，在盆子里种荆芥。在母亲的悉心照看下，几天之后，荆芥还真的发了芽，长了叶，很快便嫩绿盈盆。荆芥还是那个荆芥，味道还是那个味道，我终于又吃到了荆芥。

在盆子里种荆芥总是有限的。有一次，我跟老家的朋友说起母亲在盆子里种荆芥的事，那个朋友趁着到北京出差，竟给我带来一大塑料兜子还带着根须和露水的新鲜荆芥，恐怕七八斤都不止。那两三天，我把荆芥的叶子掐下来，又是凉拌，又是烧汤，又是煎荆芥面糊饼，又是用荆芥炒鸡蛋，吃得连三赶四，总算一点儿都没有浪费。

我在菜畦边蹲下身子，掐了一片荆芥的叶子，用手指捻了一下。我一捻，荆芥叶子里的汁液浸出来，就把我的指头肚染绿了。我放在鼻前闻了闻，一股清香的荆芥味扑鼻而来。行了，荆芥可以吃了。我晒得头上出了微汗，又到杏树下的藤椅上坐着去了。我记起来，有一次我到新疆石河子参加一个文学活动，竟在建设兵团招待所的餐厅里吃到了荆芥。我有些惊讶，问服务员：这里怎么有荆芥？服务员告诉我，因为河南人把荆芥种子带到了新疆，所以新疆就有了荆芥，这没什么奇怪的。是的，到北京30多年后，我在菜市场的一个摊位上也看到了荆芥。看到荆芥，我眼睛一亮说，呀，荆芥！卖菜的中年妇女说：是荆芥，买一把吧？我说一定要买。荆芥用塑料绳扎成一把一把，论把卖，一把3块钱。我听出中年妇女是河南口音，跟她交谈了几句。交谈中得知，她所在的县和我老家的县是邻县，我们是老乡。老乡说，她租住在北京的郊区，荆芥是她自家种的，种得多，吃不完，就拿到菜市场卖一些。她还说，她是以荆芥找老乡，凡是买荆芥的都是老乡，她已经找到了好几个老乡。我跟她说笑话：这样一来，荆芥不是成了老乡接头的暗号吗？老乡笑了，说：不管暗号不暗号吧，反正人不认人，荆芥认人，凡是小时候吃过荆芥的人，一辈子都忘不了。我以后再去菜市场买菜，那卖菜的中年妇女一眼就认出了我，说老乡，有荆芥。

文创园的园主更是我的老乡，我们的老家不仅在一个县，还在一个乡。他所在的村庄房营，和我所在的村庄刘楼，相距不过四五里路。文创园开办以来，他不仅留出一块地作菜园，还特意安排，菜园里一定要种荆芥。别的什么菜种不种他不管，只有荆芥必不可少。如此一来，在整个夏季，我只要到文创园为我设的写作室写作，每天都可以吃到荆芥。这表明荆芥很皮实，生长能力很强，对地域、土地没什么挑剔，在哪里都可以随遇而安、蓬勃生长。

据传，荆芥是从波斯传到我国的，荆芥也叫假苏、姜芥、樟脑草等，在我国的栽培历史已超过了2000年。荆芥最早的记载见于汉代的《神农本草经》。荆芥既是一种风味独特的蔬菜，还是一种中药材。明代李时珍所著《本草纲目》里记载，荆芥有"散风热、清头目、利咽喉、消疮肿"的作用。李时珍的文字可真讲究，您看他所使用的动词，一个都不重复。

身旁"啪嗒"一声，我扭头一看，是一颗成熟的杏子掉落在旁边的草地上。这棵根深叶茂的杏树上，结满了又大又白的杏子，以至硕果累累，压弯了枝头。风很小，树上的杏子不是被风吹落的，是自己掉落的，是真正的"杏熟蒂落"。绿丝毯一样的草地上，落下的大白杏已经不少。草地是暗色，白杏是明色，明暗对比，像是一幅油画。园区里住有一些专事岩彩画的画家，我想他们应该就地取材，把草地上的白杏画下来。成熟的杏子是诱人的，我起身随手捡了几颗刚刚落在草地上的杏子，到浇菜用的水龙头那里冲了冲，就掰开吃起来。成熟的杏子又甜又沙又香，真是好吃极了！

吃完杏子，日近中午。我掐了一把荆芥，还摘了两根带有黄花儿的嫩黄瓜，上楼准备和妻子一块儿做午饭。

《人民日报》2024年1月29日第20版

# 喜鹊

高亚平

　　喜鹊可以说是关中农村最常见的鸟类了，尤其是靠近秦岭北麓这一带的乡间，人家房前屋后的大树上，乡野沟渠坎畔的树枝间，多有喜鹊的影子。喜鹊的样子很喜庆，圆圆的脑袋，尖尖的喙，胖胖的身躯，长长的尾巴，羽毛黑、白、蓝、紫色均有，可以说是人见人爱。而乡人们最喜欢的，是它喳喳的叫声，他们认为那是一种吉祥的声音。"喜鹊喳喳叫，客人就来到"，在我们村里，这是人们最爱说的一句话。

　　我也很喜欢喜鹊，缘由有二。一是我自小生活在乡下，喜鹊多见，见的多了，就如乡邻一样熟悉了，熟悉了便心生欢喜。二是觉得这种鸟好看，叫起来也好听，不像麻雀，整天一群一群的，聚集在人家屋檐前，叽叽喳喳，吵得人心烦，有时还糟害庄稼，惹人不待见；也不像猫头鹰，叫起来声音尖厉刺耳，如锐器在石板上划过。

　　记忆里，喜鹊在春天和冬天最常见，夏天见到的似乎不太多。这也许是夏天草木茂盛，喜鹊的行踪不易被发现的原因吧。春天，在故乡的原野上常能见到喜鹊。它们一只两只的在麦田中蹦跳，头一点一点的，看上去很好玩；或者一边喳喳地叫着，从这棵树上缓缓地飞到那棵树上，尾羽划出优美的弧线。这个季节，喜鹊的巢也比较好找，多在高大的白杨树上。行走在乡野上，偶一抬头，你便会看到一个个巨大的喜鹊巢，安然地蹲踞在高杨大柳的树梢间，好像是一件件艺术品。天空是纯净的，蔚蓝的，不染一丝杂尘，这时也许有风，那巢便随了风轻轻摇晃。

　　虽然摇晃，却不用担心巢会被风刮下来，因为喜鹊是筑巢的高手。我在乡间生活了多年，见过好多鸟儿的巢，燕子的，麻雀的，斑鸠的……我以为，都不及喜鹊的巢筑得漂亮、结实。麻雀就乱乱的一团草，囫囵弄一个小窝。有时，它们甚至连这样简易的巢也不筑，就直接栖息在人家的屋檐下，或者树丛中。燕子的巢固然精致，但也是筑在人家的屋梁上，而且喜用旧巢，既没有喜鹊巢大，也没有喜鹊巢好看。至于斑鸠巢，多筑在大树主干一两丈高的斜枝处，不但潦草，也极不安全。少年时期，我就不止一次看见，村童爬上树去掏斑鸠窝，惊得斑鸠绕着树乱飞。而喜鹊就无此之虞，它们的巢多在大树的顶端，村童爬不上去；就是爬上去了，也因树梢枝干太细，孩子们怕折断树枝，跌落在地，而不敢贸然爬上顶端去掏喜鹊窝。更何况，村人还禁止小孩爬到树上掏喜鹊窝。因此，喜鹊在故乡多见，就是极自然的事了。

　　春夏季节，喜鹊忙碌着筑巢、生蛋、育雏，而到了秋天，喜鹊似乎悠闲了一些。这个季节，雏鹊已长大，不用再哺育，田间又多的是食物，它们不用费太多的力气，就可以吃饱。吃饱了的喜鹊就在田野上，或者在人家房前屋后的大树上鸣叫、嬉戏。只有到了冬天，因为缺少食物，又加之天气太冷，它们才显得呆滞一些，似乎没有春夏秋三季活跃。而冬天见到的喜鹊，多数时候都是在觅食。

　　喜鹊喜逐人居，这种现象，我是早就知道的。过去，在家乡的那段年月里，我也常见到。不过，近二十年来，在平原上、川地里，我见到喜鹊的次数似乎变少了。有时候偶尔见到，也常常是一只两只的，没有成群的。而那喜鹊的巢，也似乎比记忆中小了些，望过去约有篮球般大小，孤零零地架在半大树的树梢间。去年冬天，我去秦岭沣峪口游玩，在红草河边，竟然意外地碰到了一大群喜鹊，它们叫着，闹着，在一块山地里蹦跳着，边跳边啄食。那份悠然，令我神往。我当时激动了半天，还专门停下匆匆的脚步，静静地观看了一阵子。那一刻，我的心似乎又回到了熟悉的故乡，回到了遥远的童年。恍惚间，我看见慈祥的奶奶拿了一张喜鹊登梅的大红窗花，正往窗格上贴。而窗外，则是一地的白雪，一树的琼枝。

《人民日报》2024年1月29日第20版

# 立春的味道

高洪波

　　春天，春光，在期盼中悄无声息地来到了我们的面前，给人一种猝不及防的感觉。我想起自己在2020年2月间写的一首儿童诗，题目叫作《立春的味道》，第一段是这样写的：

> 春天的味道真好，
> 被一张透明的春饼包裹着，
> 轻轻地咬一口，
> 露出白豆芽和绿蒜苗。

　　我写这首小诗的时候，恰好赶上了疫情。我用一个孩子的视角表达出对春天的向往，更表达了孩子对在抗疫一线战斗的爸爸的思念。小诗悄悄地写了，也悄悄地发表了。现在，我把它重新翻拣出来，向四年后的春天问一个好。

　　春天的确象征着希望，意味着阳光、温暖、生机，还有绿色。

　　关于立春，南方有南方的习俗，北方有北方的约定。比如在遥远的云南边疆，春天的时候，乡亲们会在自己的堂屋里铺上绿色的松毛。于是，松香和初春的气息，齐齐地洋溢在农家的堂屋里，一脚踏上去，润滑中有一种莫名的欣喜。而北方要吃春，吃春的主要食品就是薄而透明的春饼。春饼不同于油饼，更不是馅儿饼。北方的春饼烙制时一层层抹上黄油，若干张放在一起烙，还有的把它们放在一起蒸。无论是烙制还是蒸制，春饼散发出的都是春的气息。既然叫春饼，春饼里边一定要有特殊的内容，比如白色的豆芽、绿色的蒜苗、金黄色的炒鸡蛋，还有喷喷香的肉块。吃春饼的时候和烙春饼的时候，都是孩子们最欢迎和最期盼的时刻。因为他们都知道，吃完了春饼，满足了自己肚子里小馋虫的欲望之后，就可以开心地到阳光下去游戏、去嬉闹、去和小狗们玩耍、去和小猫们逗趣，或者拿着一把玩具枪在院子里互相追逐，或者戴着孙悟空的面具，轮流表达自己对英雄的崇拜之情。

春天属于大地。我认为，春天更加属于快乐的孩子，因为孩子们的生命律动与春天天然地共鸣。他们唱着向往春天的歌，他们呼吸着有几分暖意的空气，他们更愿意用鞭炮的脆响迎接生命中又一个美好的春天。

春天、春光、春意，加上春联，天地间便拥有了浓浓的不可遏制的春色。这春色更集中地体现在一盆芳香而又碧绿的水仙花上。无论是"玉玲珑"还是"金盏银台"，无论是雕过还是没有雕过，水仙在北方有着一种不可替代的春之使者的作用。当然更具有代表性的是金黄色的迎春花，可惜它们绽放的时间要更晚一些。

春天里其实还有另外一种声音，那就是从花鸟市场里买回的翠绿色的蝈蝈。这种反季节的鸣虫是北京孩子们的最爱，也是唤起我童年记忆的一种特殊的寄托。蝈蝈们在笼子里用夏天才有的大嗓门纵情地叫着，它们本是属于夏季和秋季的昆虫，但是由于人工饲养的技巧，它们在四季的任何一天都可能出现在我们的生活中。所以从花鸟市场买回两只大肚子蝈蝈，相当于找回童年的乐趣，让我想起小时候捕捉蝈蝈的特殊的快乐，在蝈蝈的鸣叫声中，春天就这样来到了我的身边。有了这样的生活经历，我甚至觉得，大肚子蝈蝈也是春天的使者。

　　童年是人生的重要阶段，是沉浸在童心和童趣中的一段宝贵的、诗意的时光。我是一个痴迷于儿童文学创作的作家。最近，一本由我主编的童书《百年百首童诗》出版了。我觉得，这本书是被春意和春光所笼罩、所包裹的一本饶有童趣的书，我愿意把它奉献给每一个热爱春天的孩子和成人。或许，从某种意义上说，《百年百首童诗》也属于每一个0到99岁的热爱诗的人吧。

　　热爱诗，你就会热爱春天；喜欢诗，你就会喜欢春天。

　　诗和春天同在，诗与童年同在。所以在春光明媚的此时此刻，我祝福每一个人心中都洋溢着春意，眼里都充盈着春光。在向未来、向阳光、向希望发出自己的呐喊声时，你张开双臂，春天就来到了你的怀抱里。

《人民日报》2024年2月5日第20版

# 小院花开

彭<br>程

　　我被一阵声音惊动了，意识到这是家里那只老猫弄出的响声。起身走到客厅，看到它趴在阳台上通往小院的纱门旁，盯着外面看。那里，一团松软的白色正在半空中飘浮，板栗大小，是粘成一团的柳絮。它引起了猫的关注，猫用爪子用力抓挠纱门的钢丝网，发出唑唑啦啦的声音。我拉开纱门，柳絮飘进屋子，落到地板上。猫兴奋地追过去，小心地用鼻子嗅，柳絮便向前移动，猫的鼻息足以吹动它不停地滑行。

　　柳絮飘飞，揭开了夏日之美的序幕。

　　5月上旬的清晨6点钟，天色已足够明亮。碧蓝的天空没有一丝云，小院木栅栏围墙外面，十来米开外，三棵瘦削挺拔的槐树，叶子被昨夜的一场急雨洗得清亮。几只麻雀落在最近那一棵树的树杈上，冲着小院摇头晃脑，叽叽喳喳，仿佛在议论什么。

　　最可能成为它们评议对象的，是各色各样的花朵。小院不大，但种满了花。最为醒目的，非硕大饱满的绣球花莫属。绣球种了两棵，一棵是无尽夏，原产于美洲大陆北部的品种，栽在花盆里，茁实茂盛，粉紫色的鲜艳花朵被椭圆形绿叶簇拥着，热烈张扬。另一棵是栽在地里的欧洲木绣球，株形略高而疏朗，浅绿色花朵沁出玉石般润泽的光亮。它们来自各自遥远的故乡，此刻却隔着一丛叶片碧绿肥厚的玉簪，彼此相守相望，共有一处家园。论到和谐相处，并生共存，植物界堪称典范。

　　几株蔷薇等距离排列，柔软的枝条沿着木栅栏攀缘，密簇簇的深红色花朵缀满了栅格，有几朵钻出菱形木格伸到墙外，向过路人点头致意。最让我惊喜的，是蔷薇脚下的几棵郁金香。去年初冬挖坑埋下种子时，我并没有抱什么希望。这个地方冬天漫长而寒冷，零下二十几摄氏度是常有的事情，它却扛过严寒发芽了，三五片条状披针形叶子，托举出艳丽的花朵。它们孤独地兀立着，仿佛战场上单兵坑里的士兵，让人对其生命力的坚韧生出敬佩。

麻雀还在聒噪，应该是注意到了更多的花。两棵紧邻的百合，一样的高低粗细，开出的花一棵金黄，一棵猩红，好像在彼此较劲。一排鼠尾草挺举着紫色的花穗，有一点风就会摇摆。毛地黄那一串绛红色的花朵，适合想象成童话中小精灵们使用的酒盅。俗名野菊花的木茼蒿知道自己低矮，为了显示存在感，便努力绽放星星点点的金色花朵。比它更低的是矾根，有着大理石般纹理的叶子紧贴在泥土上，分别是橙红色、墨绿色和古铜色，会不会也被麻雀当成花朵？

麻雀该是得出了结论，也许另有任务，扇动翅膀飞走了，让树枝有了瞬间的颤动。只一会儿的工夫，阳光强度便增加了不少，槐树叶金黄闪光。我走过树下的小石径。昨夜一阵毫无预兆的电闪雷鸣后，便是一场骤雨。这样的雨水总是属于夏天的，虽然来得似乎有些早。泥土经雨水浸泡，两块小石板陷落下去，连同缝隙之间的几株芝樱。我取来铁锹，铲了一锹土填在石板下踩实，又把匍匐在泥土里的芝樱扶起来。我曾花了半天时间，蹲在这条十几米长的小径旁，种下两百多株这种微小的地被植物。它的小小花朵清丽可爱，要把脸贴近才能看清楚。植物的形态千姿百态，每一种美都积淀了亿万斯年的生长和进化，都值得珍视。

石径的尽头有一棵杏树，低矮纷披的树冠间，已经结出不少青绿的杏子，枣子大小。想到苏东坡的那一句"花褪残红青杏小"，写的正是这个时节的模样。此刻的它和梅子又有些像，于是联想到了望梅止渴的掌故，进而又想到了另一句诗，杨万里的"梅子留酸软齿牙"，齿颊间也忽然感到了一些异样。

喜欢古诗词，读多了，便知道诗人们也并不羞于描绘这等细微幽美的景致。深邃沉郁如杜甫，每天忧虑家国社稷的安危，牵念黎民百姓的悲苦，但也会在浣花溪旁的草堂里，苦中寻乐，观赏身边寻常风景，写下这样生动的诗句："糁径杨花铺白毡，点溪荷叶叠青钱。"柳絮落满了地面，浮萍点缀着溪水，生机盎然。此刻在我脚下，方圆几平方米地面上，也落满了多种植物的花和果实，有山楂花，有榆钱，更多是海棠花的细碎花瓣。这里的海棠树成排成片，连绵不断，花事炽盛时如同一片白雪的海洋，在阳光下闪闪发亮。如今花期已尽，一地银箔似的碎屑，在提示曾经的盛大恣肆，仿佛炭火熄灭后的余烬，依然散发出微热。

音乐声响起来了，是隔壁小院那个退休多年的工人大哥在拉胡琴。曲调欢快奔放，听来有几分熟悉，想起来了，是一首名为《骏马奔驰在草原上》的老歌。那正是他年轻时流行的歌曲，那时也该是他生命的初夏季节。大哥很勤快，在小院里种了芫荽、小葱、小油菜，鲜嫩无比。他昨天在院子前面的空地上栽了一棵花椒树，并建议我也种点什么，荒着也可惜。我有些动心，但种什么好呢？考虑再三，我打算撒上一把格桑花的种子。格桑花耐活，不用打理，适合一向疏懒的我，它细长的茎秆栉风沐雨，从天地间汲取养分，生长得茁壮茂盛。到了秋天，各种色彩的美丽花朵会竞相绽放，在这个多风的地方，起伏摇曳。

从拱形的木门下走回小院，门框旁那一株去年春天种下的紫藤，终于绽出了绿芽，此前我曾担心它是不是被冻死了。这也是常有的事情。每年春天，路边那一排茂密深绿的冬青灌木丛中，总会有一些灰白干枯的枝叶，把生命停留在了寒冷的冬季。

我端详紫藤枝杈间那一簇簇初具绿叶形态的芽点，青绿中有一些嫩黄。虽然晚了些，但一天强似一天的阳光和暖风，会让它们在此后的日子里迅疾成长。我仿佛看见，一个月后，它细弱柔韧的枝条爬上了拱门，不断分蘖延伸，彼此牵连纠缠，将拱门变成一个绿色的穹隆。

那时，它会开出一串串蝴蝶形状的紫色花朵，如同一条条垂落的珠帘，淡雅的香气会吸引来蜜蜂。在小院里晒太阳打盹的猫，听到蜜蜂的嗡嗡声，会一个激灵醒来，兴奋得两眼闪光，一次次跳跃，试图捉住飞舞的蜜蜂。

猫捉不住蜜蜂。我的一支钝笔，也只能约略地捕捉住一点这个季节的美，将它的形与色、光与影、声音与气息，努力地留在字行间、纸面上，化作记忆中的一缕馨香。

《人民日报》2024年5月15日第20版

# 立夏的滋味

周华诚

十年前，我还在浙江衢州生活。立夏前一天，雨稀里哗啦下了一白天。傍晚雨停，我和好友驱车前往药王山。一路空气闻起来甜滋滋的，满目青翠欲滴，十分养眼。

傍晚的药王山，很是安静。车轮在柏油路上驶过，留下沙沙沙的声音。不时有鸟儿飞来飞去，几声鸟鸣，更添几许幽静。药王山下，溪水淅沥地响。"空山新雨后"，意境也不过如此吧。山尖上云岚缭绕，使青山若隐若现。人不登上山去，只那么远远一望，心里便是一片的宁静、一片的清澈旷远了。

药王山脚有村民站在溪边吃晚饭。他们吃的食物叫饭馃。饭馃是当地村民在立夏这一天必吃的传统食物。其主料是大米，把米饭煮熟，碾碎，搓成擀面杖粗细的长条，再继续搓成小条，切成小段。然后放水，加入新鲜豌豆与细笋丝，撒上葱花与干辣椒……这山村人家的简单食物，却令人赏心悦目。豌豆碧绿清甜，笋丝鹅黄鲜嫩，加之翠绿和深红的点点葱花与辣椒，连汤带汁的一碗，呼啦呼啦入得口中。豌豆是甘糯的，笋丝是鲜美的，米团子是有嚼劲的，这一碗立夏的食物，吃起来深觉过瘾。

原本是平淡无奇的白米饭，在立夏这一天，却变成一碗诱人的饭馃，这是乡村日子的花样吧。

立夏食饭馃的风气，其实在浙西乡间颇有流传。但我们的村庄，普遍会在这一天吃乌米饭。这也是江南常见的了。乌米饭，本是用的白色糯米，之所以其颜色乌青发亮，是乌饭树的功劳。乌饭树长在山上，是一种灌木，采其枝叶，捣汁以浸泡糯米，蒸煮出来就是乌米饭了。杭州的菜场里，立夏前一两天都有乌饭叶卖，只是价格一天一变，去得晚了，常常不易买到。

宋时林洪著《山家清供》中，说到"青精饭"，乃是用"南烛木"（一名黑饭草）制成——"采枝叶，捣汁，浸上白好粳米，不拘多少，候一二时，蒸饭。曝干，坚而碧色，收贮。如用时，先用滚水量以米数，煮一滚即成饭矣。用水不可多，亦不可少。久服延年益颜……"南烛木，就是现在常说的乌饭树。

到了立夏这一天，我常常也会自己去菜场。这时候的蔬菜摊子上满目翠绿，黄瓜、茭白、野山笋、豆苗、香椿，都是时鲜之物。好些人在买豌豆，有带豆荚的，也有剥好了的，热热闹闹的样子。摊主说，今日立夏，可以用豌豆做糯米饭吃。

做糯米饭想来复杂，其实简单。把糯米浸泡一小时，沥去水分。热锅放油，翻炒蒜米炒出香味，加入豌豆、咸肉丁，也略炒出香气。再把糯米放入，加盐、生抽、料酒及一点点红辣椒，翻炒过后，转移入电饭煲，加少量水煮熟。熟之后搅拌均匀，再焖一焖，香香的焖糯米饭就做好了。油亮亮的糯米饭、碧绿的豌豆、红色的咸肉丁，真是一年当中色彩最好的一碗饭。

从前在乡村过日子，翻炒过后的糯米，并不转移到电饭煲，而是在柴灶铁锅里焖熟。这是十分考验技术的事。柴灶里一开始火势要旺，继而火势要敛着，以小火慢慢地煨。中间不能揭开锅盖，否则容易夹生。等锅里的米都熟了，柴火撤除，开锅略微翻炒，锅底尚有一层微微的焦黄，正是锅巴，最香的那种。

我母亲总是会教我做这样那样的食物来吃，不厌其烦，每一个小小的步骤都要详尽说与我听。这在我看来，正是农人们对于日子的郑重态度。

立夏这天，还要吃立夏蛋。所谓立夏蛋，也不过是普通的茶叶蛋而已。但立夏这天吃了蛋，热天不疰夏。疰夏就是指食欲减退，因吃不下饭而消瘦。患者多为小儿。吃了茶叶煮的蛋，就不会疰夏了，还要称一称孩子的体重，这也是民间的风俗。民间衡量健康，一贯是以体重为标准，体重增加便值得欢欣鼓舞。所以立夏这天称人，也是有讲究的：移动秤砣时，只能向外挂，表示数量增加，而不往里头移。时代变化了——你看现在，大人们多以苗条为美，平口里的健身房也常常人头攒动，都要减肥呢。立夏这天也不例外，没有见哪个健身房在立夏这天放假的。

门口一株枇杷树，果实也越来越黄了。我看树丛里有鸟儿飞来飞去，故意从枇杷树间飞过，是不是也在计算着枇杷的成熟日期呢。

说来说去，似乎立夏都是跟吃有关。门前的泡桐花，这些日子已经开得乱糟糟了，落在水缸里，一枚一枚朝上漂浮在水面上，就像是画上去的一样。泡了两天，那些花瓣变得近乎透明。

花落完，春天就这样过去了。我想起翁卷的诗句："绿遍山原白满川，子规声里雨如烟。乡村四月闲人少，才了蚕桑又插田。"

立夏过后，水稻田里的农事，就越来越密集了。

记得有一年，我去采访一位老人家。那天，我就在他所住的老旧的职工宿舍聊天。他十分珍惜来之不易的幸福，家庭平和温暖，工作也尽心，多次被评为市级优秀教师。而他的老伴，那一头白发的老妇人，一直在厨房里忙碌。出来时，手上捧了一锅豌豆糯米饭——我这才记起那天是立夏——她一定留我在家吃饭，似乎我还与老先生饮了一杯酒。正因为那一碗豌豆糯米饭，我一直记得那一天，而且印象是如此深刻。

《人民日报》2024年5月15日第20版

# 麦田里的夏日

马金莲

祖母对节气很敏感。她是位农村妇女，从来没有念过书，不会写自己的名字，但她有一套自己的独特方式和世界建立联系。比如春来秋往、寒暑交替的季节变化，二十四节气的转换，她都能熟练使用。某一夜的睡梦里，或者第二天一大早，她掰着指头数日子，说明儿入伏，或者今儿头伏了。只要你留心听，你会发现类似这样的话，她能从一年的开头念叨到年尾。

那时候我也就七八岁吧，正是贪耍的年纪，夏天除了吃饱喝足，便是疯了一样满村庄撒欢儿，夜里头挨上枕头便呼呼睡去。

明儿入伏。祖母在独自念叨，然后告诉我，不要招惹地上的虫虫牛牛，更不要随便去草深处耍，伏天的虫虫牛牛有毒哩，不是好招惹的。祖母除了念叨，还付诸行动，她帮着祖父找出所有的镰刀架子和刀刃，磨石也早蹲在屋檐下了。祖父特意抽出时间磨镰刀，清水滴在青石上，刀刃被蹭得霍霍响。

伏来了，农忙中最要紧的重活儿开始了。

满山遍洼的麦子黄了，阳光骤然就变得炽烈，好像满肚子都是积攒一年的热量，要在三伏天里全部释放出来。昨天还顶着一抹青绿的麦子，在第二天的阳光下齐刷刷转了色，一种让人内心焦灼的黄，在分秒必争地加速变深。

"麦子黄了，该收割了。现黄现割，白雨白落。"祖母嘴里念叨着，脚步不停地走动。她一到热天就穿一条粗布裤子，上身是褐色或者灰色的粗布汗衫，脚上永远是她亲手做的布鞋，头上戴着白帽，外头扣了一顶草帽。祖母的草帽没有新过。祖母不抱怨，她拿大针白线把草帽烂出的洞儿、磨损的边儿，密密麻麻地缝合起来。于是，落在她脸上的阴凉，从来都是带着斑驳之影的。

辛苦种地，为的就是把庄稼全须全尾地收割进家，赶在黄透之前，更要赶在雷阵雨、冰雹之前，多收一些算一些。没人能从我们手里夺走近在眼前的丰收。田家儿女各当家，割麦的割麦，放牛的放牛，做饭的做饭，懒人是要被笑话的。

为了避开正午极致的热，大家天不亮就下地了，趁着清凉赶紧开割，也有人天黑后还在月亮底下收割。我那时候小，大人没让我跟趟儿。跟趟儿在我看来就是要人的命，一大片麦子，这头望不见那头，黄灿灿一片，你得蹲下去，挥动镰刀，一刀一刀往前割，一直割到另一头去。在酷暑的麦田里，这土地从来没有这样辽阔过，简直没有尽头，每一镰刀都伴随着汗水和喘息。

汗从头发里往出冒，源源不断，沿着脸往下溜，脖子黏糊糊的，汗水和麦穗上飘的尘土搅拌在一起。人心里就渴望快躲到阴凉下面去，或者跑到沟底的水泉边，扒光了自己跳进水里，美美地泡上一阵。大家的遮阳工具很简单，就是草帽，爱美的女性会买一顶彩色的凉帽，帽子只能遮一下头顶直射下来的骄阳。

唯一能逃开这酷热的办法是去磨镰刀，蹲在立起来的麦码子下面，嘴里噙一口凉水，一边磨，一边给磨石上吐水。劳作之后的短暂歇息，是这样惬意，这样奢侈。

镰刀磨好了，喝一口水壶里的凉水，也是很舒服的。最让人惊喜的，是有西瓜吃。这时候，若有颗大西瓜，一刀切下去，沙瀽瀽的瓤儿红得让人心灵颤抖，抓起一块大口吃，那个松爽呀，简直赛过神仙。可惜村庄偏远，当时乡亲们的生活不富裕，没有奢侈到能够天天吃西瓜的程度。只有这收割天，家里提前派人去集市上买几个西瓜，买回来藏在窑里或者窖里。窑和窖是天然的存储佳地，西瓜久放不坏，拿出来凉凉的。每次下地背一个，放到阴凉下面，一趟麦子割出头，切开了，大家每人分一块或者两三块。

在麦地里吃着西瓜，你会发现这才是西瓜最好吃的时候。每一口都透心甜，每一口都能把你的心给偷走。

祖母先不吃西瓜，她给大家磨镰刀，无怨无悔地磨着。西瓜被大家你一牙儿他一牙儿拿走，剩下一大块孤零零地留给祖母。我的心就惦记着祖母的那一块，它怎么那么诱人呢，越看越红，艳得耀眼，多想咬上一口啊。

祖母终于享用她的西瓜了。她带泥土的手在衣襟上蹭蹭，因为劳作而粗得变形的手指有些笨拙地举着西瓜。她没有咬，放下西瓜，用刚磨过的镰刀切下一小块，给了我，又切一小块，给姐姐，再切，给小叔叔。祖母的一大块西瓜被瓜分后瘦小得只剩了最小的一牙儿。此时，她才满意地吃起来。

正午来临，再能吃苦的农人，也要回家歇一歇。路上，大家的疲惫露出来了，脚步扑踏扑踏地响着，路面上的尘土都懒得动，静静蛰伏着。回到家，躲在树荫凉儿下，吃饭，歇午觉。世界静止了一样安宁。小孩子是不乏的，也忘了热，骑在杏树上，眼睛贼溜溜瞅着枝头的杏子，寻找黄熟的享用。割麦的日子能持续十天到半个月。等收割完毕，节奏终于舒缓下来，早秋其实已经不远了。

# 咸水歌

陈世旭

　　天上有星千万颗咧，

　　海底有鱼千万条……

　　伴着绵长的歌声，一叶扁舟从远处驶来，身后迤逦着一缕波痕。船上两名女子，一人撑篙，一人撒网。在汩汩的流水声中，歌声像看不见的足尖，在水面上轻盈点出一圈圈涟漪。水网密布的传统沙田水乡，歌喉一旦展开，九霄云外都飘满悠扬的乐音。

　　这是粤乡一个临水村落的寻常夏夜。沿岸而建的凉棚，随处可见系在榕树下和河边的沙艇，静悠悠的流水，绿油油的天地，一切繁盛而又幽雅。

　　珠江流域，尤其是三江汇流处的三水河口，聚居着史籍所称的疍户。据《太平寰宇记》载，广东疍户生于江海，居于舟船，随潮往来，捕鱼为业。明末清初屈大均在《广东新语·诗语》中载："疍人亦喜唱歌，婚夕两舟相合，男歌胜则牵女衣过舟也。"这歌便是"咸水歌"。

　　曾经浮家泛宅的疍家，源源不断来到珠江口沿海一带的冲积平原，在艰难开拓自己生存空间的同时，创造了灿烂的文化。一首首经典的咸水歌，犹如一颗颗散落于民间的明珠，拂去岁月的轻尘，依然摇曳生辉。

　　咸水歌有长句、短句，有不同的音调和拖腔。有独唱、对唱，由上句和下句组成单乐段体，多数用在独唱或是问答式的对唱曲中。因为歌头、衬词或者叙事的需要，乐段又扩充或延长，构成不拘一格的自由体或叙事形式的长诗。乐句的旋律机动灵活，同是一个唱腔的咸水歌，两段词的旋律会有所不同，只是歌头、歌尾或拖腔不变，这成了咸水歌的特点。

咸水歌与水上居民的日常生活密不可分，有着节奏上的共鸣。水上居民的生活是摇摆的，咸水歌便也在摇摆的节奏上形成。不同性格的人唱出来的歌，节奏迥然相异。听咸水歌，就如看见波光粼粼、千帆相竞。

疍家祖辈浮生江海，今宵枕着水浪拍岸的声响入眠，明晨醒来依然是水浪在身边流淌。他们创造出咸水歌，用以寄寓心灵，保持生命活力，支撑他们活出精彩。

尤其在夏夜，这里的人们，无论老少、不分男女，纳凉时兴趣一来，就大展歌喉。还没有停止劳作的人，也一边摇橹一边唱。只要对歌一开始，人们瞬间忘情。隔船对唱、隔河斗歌，或搭歌台对歌。高堂歌雄浑高亢，古腔、新腔、长句、短句，花样迭出；大罾歌、姑妹歌，婉转缠绵。夜来四面八方，水上陆上，渔火齐明，皓月投下银光，歌声伴随涛声此起彼伏。基围旁边、桥上到处挤满了人，构成一幅独特的水乡夜色图。

"江行水宿寄此生，摇橹唱歌桨过滘。"像任何一个热爱歌唱的族群一样，疍家人把喜怒哀乐都唱透了，从摇篮唱到生命的尽头。摇橹时唱，织网时唱；洞房花烛时唱，生离死别时唱。咸水歌最初没有谱，世世代代口耳相传，通过斗歌或对歌演唱，不断发展。疍家上岸定居之后，方有了专门的词作者和曲作者。禾蔗蕉蚕、捕鱼捞虾，娱乐恋爱，歌以唱和。

　　咸水歌的语言像泥土一样朴实，人们从歌中体会到先辈所经历的一切：他们像水一样冒险动荡，又像水一样随遇而安。水是他们的衣食之本，更是寄托心灵的所在。流传了几百年的咸水歌，反映的是一个地方的民俗文化底蕴，是粤地乡民消暑度夏的好形式，更是拉动民间文化的一根弦。

《人民日报》2024年9月4日第20版

# 无数枚月亮

黄咏梅

　　从古至今，月亮都是文学作品中最常见的抒情载体，它的圆缺感应着人类的情绪，它的清辉擦拭着人类对时间的凝视。它被象征和隐喻留在了隽永的诗文里。

　　跟大多数中国孩子一样，"床前明月光，疑是地上霜。举头望明月，低头思故乡。"这首《静夜思》是我最早的文学启蒙。还没认识几个字的孩童，意识懵懂，咬字囫囵，月亮就通过诗词音律早早进入记忆里了。我童年时的中秋节，天上的月亮往往伴随着古诗词里的月亮。那时候，我们楼顶的公共天台，用简易的竹子搭着一个瓜架，丝瓜、苦瓜、葫芦瓜、葡萄……藤蔓四处攀爬，绿叶密密麻麻隔出来一方小天地。每逢中秋，吃罢团圆饭，我们便在瓜架下铺一张席子，摆上月饼、芋头、花生、瓜子、柚子等传统的拜月食品，席地而坐，边吃边等月亮。热爱文学的父亲必定会挑选一些关于中秋的诗词给我们讲，摇头晃脑，十分动情。年少不识愁滋味的我，光顾着品味五仁月饼的香甜，哪里能理解那些诗人对月抒怀的情感？

　　有一次，父亲讲了一首有趣的诗。他指着天上圆圆的月亮说，诗人觉得它像一把没有柄的团扇。恰好旁边的母亲正用蒲扇给我们扑赶小咬，我将蒲扇夺过来，照着天空对比，不像。父亲解释说，古代女子的团扇，面料是绢丝，轻薄透亮。我脑海里就出现了一个古装戏里的女子，轻轻摇着月儿一般明亮的团扇，在空中散步，真美。顿时月亮也变美了。后来，我将这首《咏月》抄录到日记本里："当涂当涂见，芜湖芜湖见。八月十五夜，一似没柄扇。"很长一段时间，我都认为这是写中秋最轻快的一首诗了。后来人到中年，回想起那些不复返的少年时光，回想起与父母在中秋赏月的情景，突然觉得这首诗变得酸涩起来。

　　古代文人有不少对中秋月亮的直观赞美，比如李朴的《中秋》写道："皓魄当空宝镜升，云间仙籁寂无声。平分秋色一轮满，长伴云衢千里明。"直接描绘圆月的皎洁、柔美、清亮、高贵。但与我们共情的诗句，大多皆与人的情感、境遇、命运相系。"一切景语皆情语"，仰望一轮圆满的明月，思乡怀人的情绪到了最浓烈的时刻。那首最为人熟知的《水调歌头·明月几时有》，是苏轼于丙辰中秋大醉之后写给弟弟苏辙的，"人有悲欢离合，月有阴晴圆缺，此事古难全。但愿人长久，千里共婵娟"，虽表达的是一己之情，却毫无半点怨艾，虽无奈却通达，虽忧伤却温暖。苏轼写出的不是广宇之月，而是一种放达的人生境界，因而能跨越时空，与无数人共情共鸣。

　　有一年中秋在东海边，当圆月从海平线上升起，游客纷纷用手机对着月亮拍摄。跟我同行的一位老师，乘着些许酒兴，攀上一块礁石，面向大海，背诵起张若虚那首《春江花月夜》。刚开始，多数人没在意他，直到他读出那几句人们耳熟能详的诗句："江畔何人初见月？江月何年初照人？人生代代无穷已，江月年年望相似"，他的声音仿佛制造出了一种魔力，游客聚拢了过来，静静倾听。人生虽短却代代无穷，如同这轮满月，年年岁岁将清辉洒落人间。无论身处哪个时代的人，都能享受到这永恒的美景，何其令人慰藉。而在永恒的自然观照之下，属于个体的时间却是短暂的，又何其令人惆怅。这些诗句将眼前一轮圆月推远了，推向了无限的时间长河；又从远处拉近了，从游客的镜头中落到了心灵里。

当代作家张炜曾写了一篇关于中秋的文章。文中写在异地谋生的父亲，为了与家人过个中秋节，千里迢迢回家，赶路时不断叮嘱自己："只要月亮还在天上，就不算晚！"当他终于在深夜敲开家门，张炜看见"爸爸的头发上落满了月光，白灿灿的。我忍不住伸出手摸了一下，又用力搓了两下，那月光还是留在他的头发上……啊，月亮还在，爸爸真的追上了它"。当我读到这篇文章，想起自己刚工作的第一年中秋，父亲下班后，从三百多公里外的小城坐夜车赶来，敲开我的宿舍门。在睡眼惺忪中，我看到父亲仿佛是携着月光进来的。在这篇《追月人》里，我又见到了那个二十五年前的父亲，这么近，那么远。

王夫之说："天情物理，可哀而可乐，用之无穷……"月亮只此一枚，但只要人类的情感在，它便有无数枚。

《人民日报》2024年9月16日第8版

# 心月的辉映

刘大先

　　春花秋月，感时咏怀，几乎是中国文学传统里绕不过去的主题，由此也生发出各式各样的名篇佳句。在一派秋风萧瑟、秋雨凄凉中，只有刘禹锡那样的少数人才会标新立异："自古逢秋悲寂寥，我言秋日胜春朝。"有意思的是，涉及中秋，情形就有些不同，"万里无云镜九州，最团圆夜是中秋"，一扫萧索之气。由中秋引发的思亲、望乡、忆旧、怀远……情绪固然是不同的，但是它们共同指向团圆的主题。

　　中秋之际，秋高气爽，暖湿宜人，又逢收获季节，皎洁饱满的月亮更加增添了节日的兴味。是夜，桂香飘浮，清辉如雪，月白风清，水天一碧，天地人共同沐浴在光辉之中。"风露清，月华明，明月万家欢笑声"，这般日子，可谓人间好时节。

　　我记得少时在乡村，中秋时候还有"摸秋"的习俗。三五小伙伴，趁着月色，结伴到田间地头去摘人家的瓜果豆角。这在我们那里，被当作一种乐趣，主人家也不会在意，因为只是象征性地摘取，后来演变成一种习俗，蕴含着对自然馈赠的敬畏和对丰收的祈愿。

　　华枝春满，天心月圆，可能是中国文学中最为温馨、明朗、博大而令人悦纳的两个意象。不过，与诗歌不同，小说里的中秋往往是"以乐景写哀，以哀景写乐，一倍增其哀乐"，像黛玉、湘云月夜联诗，孔明禳星五丈原，都是发生在中秋之夜。鼓乐欢欣之中，黛玉与湘云在诗句中感怀身世；两军鏖战不下，诸葛丞相于五丈原拼力一搏，这些或哀伤或无奈的场景，在耿耿月光下更添情韵，给人留下难以忘却的印象。

月亮是不偏不倚的，它高悬天际，照彻乾坤，印透山河，将自己的光华无私地散布在群山叠嶂、千流万川之上。从空间来说，"直到天头天尽处，不曾私照一人家"；从时间来说，"今人不见古时月，今月曾经照古人"。千江有水千江月，所有的情思实际上都是人们内心的折射。

所以，我最喜欢的是杭州六和寺中鲁智深坐化的中秋之夜。小说中写道，那时候，征方腊已经大功告成，凯旋之际，夜宿僧房的鲁智深半夜听到钱塘江的潮声雷响，以为是战鼓齐鸣，僧人却告知那是江潮之声，鲁智深由此幡然醒悟。钱塘的潮汐由月亮引力而来，他随潮归去，也是伴月而行。

由一己命运遭际，指向人生、历史和宇宙，这是中国美学的一种境界。月圆时分，明河共影，表里俱澄澈，万象为宾客，人世间琐碎的万事万物，古往今来的时光流转，都已经不再重要，重要的是从凡庸琐屑中超拔出来的光明俊伟的人格与天人合一的境界。"此夜中秋月，清光十万家"，那清光走过了"今夜月明人尽望，不知秋思落谁家"，也走过了"三五夜中新月色，二千里外故人心"，甚至也走过了"俱怀逸兴壮思飞，欲上青天揽明月"，直抵王阳明所说"吾心自有光明月，千古团圆永无缺"。

天宇上的阴晴圆缺，尘世间的悲欢离合，最终都消弭在一片浩瀚无垠的月光里。它来自我们内心的光明，同对于团圆的美好祈愿。云间月、水中月、心里月，最终融为一体。这种相互照耀的状态大约就属于我们经历中的巅峰体验，并不常见。尤其在当下的一些地方，夜晚被街灯与霓虹照亮，被喧嚣与嘈杂充斥，月光似乎都黯淡与遥远了许多，心绪也已经很难回到那寂然无思、应物无端的状态了。

回想这些年来的生活，我记忆深刻的中秋只有两次，都是在新疆。

一次是在昌吉的天山之麓，与朋友漫行，遥见茫茫云海间，一轮朦胧的月亮拢上了青灰的雾气。天之苍苍，其正色邪？浑然中只觉得自己渺小无比，化入青黄的大地尘埃草木中去了。一次是在塔什库尔干的高台废墟之上，喀喇昆仑山与兴都库什山巍峨逶迤，凛然当空的明月硕大无朋，照彻了石头城的草场、谷底与沟壑，纤毫毕现，仿佛也照彻了我的心。心灵在那个时候，无瑕无垢，回到了原初的一念。

尽管如今大家都知道月球不过是一颗遍布陨石坑与玄武岩的普通天体，但是对于我们而言，它不仅仅是月球，它还是月亮。月亮蕴含着数千年来人们的历史经验与人生感受，附着了经过社会与时间洗漉的美学意涵，具有难以替代的意义。

我们多少都需要那样心月辉映的时刻，就像我们知道生活的粗糙和严酷之后，依然心怀难以磨灭的浪漫与理想，那是人之为人的根源所在。

《人民日报》2024年9月16日第8版

# 馓子飘香

马慧娟

节日里，人们都不会亏待自己，总会想方设法犒劳一下自己的口腹。以前过节，瓜子花生是少不了的，能有点水果糖更好，再买点苹果，还要泡茶，蒸点馒头花卷，准备上一些青菜，粉条自己做……当然，最重要的是要炸馓子，这是桌子上必不可少的。可炸馓子是个费劲的过程，所以得早早计划。

家里老母鸡下的鸡蛋不能再吃了，得攒着炸馓子用。面柜里的面粉不多了，得早点淘洗麦子去磨。炸馓子费油，得收拾胡麻榨油去。还要早早联系炸馓子的"把式"，毕竟这么重要的事情，得有专业的人来做。

离节日还有半个月的时间，母亲就着手准备炸馓子需要的这些东西了。不只是母亲，村里的人都在准备。"把式"的时间已经预约排满了，毕竟搭一次油锅不容易，而且必须赶在节日那天让大家吃上自己家的馓子啊。

小村庄到处都飘着胡麻油的香气，因为村里每天都有人炸馓子。小孩子的快乐时光也来了，手上油汪汪的，嘴唇油汪汪的，顺带着，空气也是油汪汪的。大家根据这油汪汪的气味就知道今天是谁家在炸馓子。

离天亮还有两个小时，母亲就架起了柴火锅，将买来的花椒大料倒进锅里，再加进去一桶水开始熬煮。这个过程一直持续到天亮，随着花椒水的香气越来越浓郁，炸馓子的序幕拉开了。

水熬好，便去请"把式"。系着围裙的"把式"进门的时候，母亲已经在一个盆里打好了鸡蛋液，拿出了买来的白糖，油壶也已拎出来备着，只等"把式"下手和面。

炸馓子的面不能放发酵粉，软硬要和做面条的面一样，这样才能保证馓子是酥脆的。有人觉得，不就是和面嘛，我也行！但最后炸出来的和硬棍一样，嚼不动，还费油费面。这个环节不能失手，所以才要请"把式"来，确保万无一失。

"把式"一边和母亲聊天，一边把花椒水舀出来晾着，顺便还给母亲解释这样做的原理。母亲一边点头一边配合。大把的白糖撒进去，黄澄澄的胡麻油倒进去，打成糊糊的鸡蛋掺进去，熬成褐色的花椒水淋进去，白白的面粉就丰富了起来。还有条件好的，会加蜂蜜，如果想吃咸味的，就再加盐。"把式"有条不紊地推进着各项流程。

而在另一边的大案板上，嫂子已经卷起袖子等着揉面。在地上，一个条桌已经支好，两个哥哥拿着比手臂粗的压面杠子，只等嫂子将"把式"和好的面揉到一起，就放到这个条桌上反复压。面团被搬到条桌上之前，条桌和面杠子都已经抹上了油，防止压面的时候粘连。压面是为了让鸡蛋液、油以及其他调料充分融合，更好激发面粉的弹性。这样，搓馓子的时候才不会断，炸出的馓子才会酥脆。

炸馓子的每一个环节都体现着技术。压面需要两个人力气相当，配合默契，这样面团才能受力均匀，更好融合。经过好几轮的按压，面团被压成了长方形。又轮到嫂子上场了，她拿着刀把一整块面分成大小一样的面剂子。我和二姐就开始给这些面剂子抹油，然后码放在一个大盆里。直到盆装满，再换下一个。

家里人多，馓子炸的就多，一直到100多斤面粉和完、压好，分割后装进盆里，准备工作才告一段落。炕桌、案板都被清理出来，准备搓馓子。第一盆面已经醒好，按照搓馓子的人数拿出来几块，用手指在中间钻个洞，然后抹上油，慢慢地捏成圈圈。直到圈圈越来越大，就可以放在桌上搓了。一圈一圈，搓到筷子粗细的时候就可以了，再一圈一圈盘起来，用两根长长的筷子挑起来放着。

另一边已经起锅烧油了，从油锅里捞馓子也是个技术活，所以这个过程还是得"把式"参与。将盘好的馓子先下进去一头，等稍微定型，再炸另一头，然后对折起来炸中间。等都定型了，就把长筷子抽出来，馓子就像一个小拱门一样漂浮在油锅里，被滚起来的热油簇拥着，直到颜色金黄，就可以捞出来了。

在不断的重复中，盆里的面少了下去，笸篮里的馓子多了起来。父亲看着堆起来的馓子，眼里全是高兴。这件大事解决了，节日也就过得圆满了。

如今，馓子仍然是节日里饭桌上必不可少的吃食，但村里人极少再去大张旗鼓地炸馓子了，而是选择在想吃的时候去买两把。买来的馓子永远是酥脆的，但也一直是同一个味道。

生活一直向前，节日一直会延续下去，馓子也会跟着节日一直都在。我们怀念曾经费心炸馓子的日子，我们也接受今天的方便快捷。怀念是为了记住，记住是为了延续，在馓子飘香的日子，我们总会想起记忆深处最重要的人。

《人民日报》2024年9月25日第20版

# 月夜随想

丁以绣

中秋佳节，一轮明月挂在晴空，银辉洒满大地。大家的目光追逐着明月，也寻找浩渺天空中不多的几颗星星。

小时候读过一篇天文学家写的科普文章，解释"月明星稀"的原理，记不真切了。昨天，我又请教了一位物理学教授，他说清朗中秋，北半球的夜空能见度极高，月亮的亮度是多少等级，肉眼可见的不多的几颗星星亮度是多少等级，这些星星的亮度等级，可能是月亮的多少倍。但皓月当空时，月光会照亮空气薄云，"这时看星星，就像夜间在明亮的屋子里透过玻璃看外面，玻璃反光使得很多东西看不到。"然而，在巨大的天幕上，实际上其他的星星还在一如既往地闪耀着。时序循环，每到夜晚，繁星依旧散漫于天空，带给我们惊喜。

不过，我今夜激动的，却不为面对浩渺天宇和一轮圆月，而是心心念念于几天前观看的一场宣讲演出，那是"民族的脊梁——党领导下的中国核工业"主题宣讲活动。"两弹一星"精神及核工业精神的铸造者，正是民族历史上耀眼的"星星"。

20世纪中叶，许多求学海外的中华儿女千方百计回来了，投身新中国的建设。其中，一些身怀绝技的科学家参加了事关国家民族安危的重大科研项目，如"两弹一星"国之重器研制，其核心研究团队中的主要科研人员，大多是曾求学海外的中华儿女。"两弹一星"是新中国伟大成就的象征之一，是中华民族的骄傲。1999年9月18日，在庆祝中华人民共和国成立50周年之际，邓稼先、于敏、王大珩等23位为研制"两弹一星"作出突出贡献的科技专家，被中央授予功勋奖章。祖国永远记得他们。近2个小时的宣讲演出，"两弹一星"及核工业从初期立项，到"两弹"试爆成功，再到核电民用开发大踏步前进，演绎着许多中核人的动人故事。其中最感动我的，是邓稼先、郭永怀的故事。

邓稼先出身书香门第，当年在美国取得博士学位时才26岁，被人称为"娃娃博士"，导师和好友挽留他在条件优越的国外继续搞科学研究。郭永怀回国时已经在国外学习工作了16年，解决过世界级的科学难题，蜚声中外。但是，邓稼先、郭永怀听从祖国召唤，毅然回到了中国。他们以身许国的感人事迹，以前我就在书上读过，但在会场上，我还是忍不住心潮汹涌，热泪盈眶。毫无疑问，邓稼先、郭永怀这样的人，是天上特别耀眼的星星。中秋之夜，仰望星空，我们一定能够在天幕中辨认出他来。

其实，在"两弹一星"元勋的背后，还有无数的星星在闪烁，只是我们知晓的不多。据介绍，当年为研制原子弹，许多人深入西北戈壁荒漠，有百余人牺牲在岗位上。他们每个人的背后，都牵系着一个家庭，后方的家人牵肠挂肚、朝思暮想，成为前方奋斗者的精神支柱。汇报短片里提到了郭永怀的妻子李佩，就是那些看不见的星星之一。

听宣讲时，我与邻座关女士交流。她说关于李佩，宣讲短片只是一个简单的勾勒。李佩是"两弹一星"元勋郭永怀的夫人，是"中科院最美的玫瑰"，她被国人所知的大多是其语言学家、中国科学院大学教授的身份。她一生淡泊名利，默默奉献，怀有强烈的报国之志，自觉把个人理想与祖国命运、民族振兴联系在一起，她的故事同样感人。可以说，"两弹一星"的闪耀，离不开李佩们的默默奉献。

我知道的，"两弹一星"功臣中还有一位杰出贡献者，他是中国核武器理论研究和设计的主要学术带头人之一，北京师范大学资深教授黄祖洽先生。面对自己的成就，他淡然地说："山花今烂漫，何须绘麟阁。杏坛二三子，起舞亦婆娑。"如今先生已经离开我们整整10年了。

如果要说那些看不见的星星，我想起我曾经的同事徐胜帝的父母。他父母20世纪60年代也是戈壁滩上的战士，为大国重器的研制默默奉献了青春年华。胜帝和哥哥就出生在那个时代。不幸的是，他哥哥在很年轻的时候就罹患绝症离世。胜帝在几年前也身患胰腺癌，经过与疾病两年多的殊死搏斗，他还是留下爱妻和尚在读中学的爱女走了。如果说胜帝的父母是那些看不见的星星，那么，在胜帝身上，也能看到他父母的星光在默默传递。

胜帝与我同年进入单位工作。当年单位一共招收了24位来自不同岗位的人。如今，这些人有的扎根地方，有的在行业一线持续努力，有的下海创业，有的远赴海外发展，有的离职读书追逐少年理想……与胜帝有关的一件事是我永难忘记的。我们新入职的员工都要参加人事部门组织的统一培训，在领导支持下，我负责组织单位新入职员工发起争当优秀员工的倡议。我起草了一份《倡议书》，其中引用了"会当水击三千里"一句。在草拟倡议时，也就是为这句诗，胜帝来到我办公室讨论起来。他说"苟利国家生死以，岂因祸福避趋之"一句也可写入。我认为文字不长的一份倡议，多处引用名人名句不妥，便作罢。

此后多年，他多次和我谈起林则徐的这句名言，表达自己工作中不徇私情的决心、精忠报国的志向和服务行业的情怀——谁能够知道，胜帝的精神血脉中有多少来自他的父母。我敢肯定地说，胜帝的精神世界中，一定流淌着"两弹一星"精神。这就是精神的传承，这就是民族发展的希望——在特别耀眼的星星背后，有无数的星星在默默地发着光和热，在汇聚着磅礴力量。

"星垂平野阔，月涌大江流。"岁岁有中秋，家家赏星月。欣赏我们看见的，记住我们不能忘记的，告慰先辈：你们的追求我们铭记着，祖国明天一定会更好！

《人民日报》2024年10月18日第20版